KARIN KALISA

RADIO ACTIVITY

ROMAN

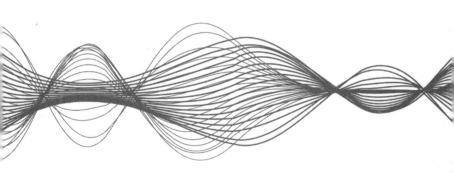

DROEMER

Besuchen Sie uns im Internet:
www.droemer.de

Aus Verantwortung für die Umwelt hat sich die Verlagsgruppe
Droemer Knaur zu einer nachhaltigen Buchproduktion verpflichtet.
Der bewusste Umgang mit unseren Ressourcen, der Schutz unseres
Klimas und der Natur gehören zu unseren obersten Unternehmenszielen.
Gemeinsam mit unseren Partnern und Lieferanten setzen wir uns
für eine klimaneutrale Buchproduktion ein, die den Erwerb von
Klimazertifikaten zur Kompensation des CO_2-Ausstoßes einschließt.
Weitere Informationen finden Sie unter: www.klimaneutralerverlag.de

Vollständige Taschenbuchausgabe Juni 2021
Droemer Taschenbuch
Ein Imprint der Verlagsgruppe
Droemer Knaur GmbH & Co. KG, München
© 2019 Verlag C.H.Beck oHG, München 2019
Alle Rechte vorbehalten. Das Werk darf – auch teilweise – nur
mit Genehmigung des Verlags wiedergegeben werden.
Covergestaltung: Favoritbüro nach einem Entwurf
von geviert.com, Nastassja Abel
Coverabbildung: Shutterstock, pampi89
Illustration im Innenteil: Number 86 / Shutterstock.com
Satz: Adobe InDesign im Verlag
Druck und Bindung: CPI books GmbH, Leck
ISBN 978-3-426-30665-9

2 4 5 3 1

Für W.

Consider the Tender Frequency of
Blue in a Rageous Heart

Chorals of the Sea, Anonymus

I

ON

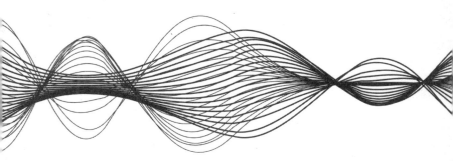

1

Als sie das erste Mal auf Sendung ging, ließen die Vorarbeiter im Hafenbüro ihre Einsatzpläne sinken. Auf den Schleppern, wo gerade die Buchungslisten besprochen wurden, hielt man inne und sah durch die Luken auf die glitzernden Wellenkämme der auflaufenden Flut. Die Autofahrer, die vor den Schleusen warteten, beugten sich nach rechts, um das Radio lauter zu drehen. An den Frühstückstischen der Stadt stockten die Gespräche, und selbst die Halbwüchsigen, die nichts zur Unterhaltung beigetragen hatten, schauten einen Augenblick lang interessiert auf.

»Guten Morgen, Seeleute«, hatte die Moderatorin gesagt, »ihr Leute auf See und an der See, hier schicke ich euch ein Bandoneon vorbei, das euch auf Nordmeerwellen in den Tag trägt. Damit ihr euch daran erinnert, warum ihr hier lebt trotz Werftenkrise und Konjunkturflaute, warum ihr nicht aufgegeben habt und Binnenschiffer geworden seid, warum euch keiner hier wegkriegt und warum Normalnull für euch das Höchste ist. Bleibt dran, wenn ihr wissen wollt, wie das Wetter in den nächsten Tagen wird und was einem japanischen Dichter zufolge alles in eine Tasse Tee hineinpasst. Wer euch das verspricht? Holly Gomighty. Auf 100,7.«

Nichts, was sie sagte, war so außergewöhnlich, dass es den morgendlichen Betrieb in einer mäßig ausgeschlafenen Hafenstadt hätte stocken lassen müssen. Es war ihre Stimme. Eine perfekte Radiostimme, aus dem mitteldunklen Register. Es lag auch daran, wie diese Stimme sprach: ganz im Tonfall hiesiger Wasser und doch angereichert mit der Melodie fremder Küsten. Und wofür sie die Leitung jetzt freigab: dieses Bandoneon mit seinem kehligen Möwenton, das an die fünf ineinanderrauschende Akkordeons im Schlepptau haben musste, in deren Fahrwasser wiederum eine gute Handvoll Streicher und Bässe einander aufwiegelten. Dann, noch weiter im Hintergrund, irgendetwas Stimmhaftes – ob menschlich oder elektronisch, ob aus dieser Welt oder aus einer anderen, war schwer zu sagen. Und das alles zusammen machte, dass man in die Wellen gezogen wurde, abwärts aufwärts, abwärts aufwärts, im rastlosen Anlauf dicht gebündelter Achtelnoten, die es kaum abwarten konnten, sich in den Sog des nächsten Legato zu stürzen.

Hätte man bei *Tee und Teer* erst einen Programmdirektor fragen müssen, ob die *Biscaya*, so wie sie durch die zweiundsiebzig Knöpfe des Bandoneons hindurch in die neu belegte UKW-Frequenz hineinrauschte, nicht der ideale Eröffnungssong für einen neuen Nordseesender sei, wäre es womöglich nicht so weit gekommen. Um Himmels willen, hätte der gesagt, das ist Achtziger, Big Band, schon alles gar nicht mehr wahr. Kinder, das ist: NO GO. James Last! Das ist ein anderes Jahrhundert, ein anderes Jahrtausend, das ist siebzig plus; Tanztee, nicht Radio. Ihr findet etwas anderes. Aber mit dem wasserklaren Instinkt einer am Meer Geborenen hatte Holly Gomighty gewusst, was Instrumente, die ihre Töne durch nichts als frischen Luftzug und ein paar frei schwingende Metallzungen hervorbrachten, generationsübergreifend auslösen konnten. Sie wusste, dass in diesem Moment jeder Kitschverdacht beiseitegeschoben und die Lautstärkeregler der Empfangsgeräte hochgedreht wurden. Und sie wusste genau, wie das Stück klang, wenn es erst einmal laut gedreht war, sehr laut. Sie wusste noch mehr: Sie wusste, wie es sich anfühlte, wenn sich diese nordatlantischen Wellen in den großzügigen Abmessungen eines Theatersaales ausbreiten durften und die Säulen eines Mischpults dabei weit in den roten Bereich stiegen. Dorthin, wo man auf einmal mittendrin war in Himmel, Meer und Sonne; in Wasser, Luft und Licht, und wo es nur von einem nichts gab: Erde. Und am Ende wäre der Programmdirektor eben einer gewesen, der mit beiden Beinen fest auf dieser Erde stand und auch Musik in festen Rubriken konsumierte und in all seiner unerschütterlichen Verachtung für Happy Sound und Easy Listening gar nicht gemerkt hätte, dass in dieser peinlichen Nonstop-Dancing-Soße manchmal noch etwas anderes im Spiel sein konnte. Ja, vielleicht hätte er gar nicht gemerkt, dass einem Bandoneon, diesem mollgestimmten Kleinod der Hafenkneipen, ein Happy Sound gar nicht zur Verfügung stand.

Jedenfalls standen Happy Sound und Easy Listening offenbar auch der jungen Moderatorin nicht zur Verfügung. Denn die saß da und starrte vor sich auf den Tisch, während mit jedem Takt der *Biscaya* die Guten-Morgen-Munterkeit in ihrem Gesicht sich in Verlorenheit verwandelte und Verlorenheit in Tieftraurigkeit, so bodenlos, dass sie jedem, der ihrer gewahr geworden wäre, eine kalte Hand ans Herz gelegt hätte. Aber so weit kam es nicht. War ja Radio, nicht Fernsehen.

Nachdem Holly Gomighty mit ihrem Griff in die Musiktruhe der frühen 1980er-Jahre der Seestadt viereinhalb Minuten lang ihr Element ins Ohr gespült und den Wetterbericht verlesen hatte – in dem Nordatlantik und Nordseebucht meteorologisch eng zusammenrückten, denn in beiden Fällen waren Orkanböen zu vermelden gewesen –, nachdem sie außerdem verraten hatte, dass eine Tasse Tee in Japan siebzehn Silben fasst: »Bleibt dran, wenn ihr mehr wissen wollt«, da hatte sie ihre Hörer. Sowohl die, die trotz der kleinen Lautverschiebung von l zu m, von Golightly zu Gomighty, eine zierliche Frau im Kleinen Schwarzen vor sich sahen, die nach durchtanzter Nacht mit einem Coffee to go in der einen und einem Croissant in der anderen Hand an einem Schaufenster hängen blieb und über den Rand einer massiven Sonnenbrille hinweg unerschwinglichen Schmuck taxierte, als auch die, denen bislang weder Truman Capote noch Audrey Hepburn oder Tiffanys Preziosen untergekommen waren. Eine Frau, die einen morgens dort abholte, wo man sich gerade aufhielt: hinterm Deich – und dorthin mitnahm, wo ein frischerer Wind wehte: auf die Planken eines Dreimastgaffelschoners irgendwo zwischen Bilbao und Biarritz; ja, die einen dazu bewegte, überhaupt einmal aus dem Fenster zu schauen, denn für die Ablage brauchte man ja nicht zu wissen, wie das Wetter ist, wohl aber, wenn man sich auf See befand; eine Frau, die es schaffte, dass sich ein schlecht gelaunter Chef, eine Mathematikarbeit, ein auf dem Arbeitsweg geplatzter Reifen, ein dunkelrotes Minus auf dem Kontoauszug viereinhalb Minuten lang im ewigen Gang der Wellen auflösten und nach diesen viereinhalb Minuten deutlich weniger bedrohlich daraus auftauchten; eine, die einen mitten im morgendlichen Stau, in der unaufgeräumten Küche, in der Warteschlange am Kiosk mit der Nase darauf stieß, warum man die Mobilitätsaufforderung des Arbeitsamtes in den Wind geschlagen und es hier ausgehalten hatte, obwohl dieser Wind sich dann kräftig gegen einen gedreht hatte; eine, deren Stimme diesen Gegenwind, ja, die sogar die Orkanböen in eine muntere Brise verwandeln konnte – die wollte man wieder hören, jeden Morgen, jeden Tag. Holly Gomighty. Auf 100,7.

2

Als ebendiese Holly Gomighty nach ihrer ersten Morgensendung die Treppen der Fachhochschule hinunterging, in deren Dachgeschoss das Radiostudio von *Tee und Teer* eingerichtet worden war, hatte sie zwar einen Coffee to go in der Hand, aber statt eines Kleinen Schwarzen trug sie Jeans, einen ausgewaschen Kapuzenpullover und darüber einen Uralt-Parka. Die Sommersprossen auf ihrer hellen Haut hätten ordnungsgemäß zu roten Haaren gehört, doch ihre Haare waren wie ihre Stimme: mitteldunkel. Sie stieg in die Straßenbahn und hielt dem Fahrer ihr Monatsticket hin. Unter ihrem Passfoto stand nicht Holly Gomighty, natürlich nicht, sondern Nora Tewes. Aber die Stimme, mit der sie sich bei einer älteren Frau für eine beiseitegeschobene Einkaufstasche bedankte, war diese perfekte Radiostimme. Fiel hier nur niemandem auf, so ganz ohne Mikrofon.

Radiostimme und Mikrofon, das war die ultimative Kopplung, nicht bloße Verstärkung, das war Verwandlung: von einer Stimme im Raum in einen Raum aus Stimme.

Es war ihr Chef im Tonstudio WU gewesen, der zuerst davon angefangen hatte – kurz nachdem sie bei ihm angeheuert und eines Nachmittags in ebenso nüchterner wie eindrücklicher Wiederholung des Wortes ›Test‹ sämtliche Mikrofone überprüft hatte. »Wenn du die Anlage testest«, hatte Walther Ullich gesagt, der sich seit fünfundfünfzig Jahren vorwiegend in fensterarmen, schallgeschützten Räumen aufhielt und mit dem Genuss filterloser Zigaretten seine eigene Stimme auf markante Weise ruiniert hatte, während er aus unzähligen anderen das Beste rausholte, »soll der Test nie zu Ende gehen. Versteh mich nicht falsch«, hatte er nachgeschoben, »ich bin ein alter Mann.«

»Wenn du mich dafür bezahlst«, gab sie zurück, »teste ich für dich den ganzen Tag. Versteh mich nicht falsch. Ich bin jung und brauche das Geld.«

»Kann ich mir nicht leisten«, meinte Walther, ohne die Zigarette aus dem Mundwinkel zu nehmen, »aber du könntest Radio machen nur mit Testläufen, die Leute würden trotzdem einschalten. Eigentlich brauchst du nur ein Mikrofon und eine Sendelizenz.«

»Sendelizenz klingt kompliziert«, sagte Nora und zog die

Schrauben eines Mikrofonständers an, »nach einer Menge Schwierigkeiten.«

Bei Walther wurde sie auf Stundenbasis bezahlt. Dafür, dass sie nie ein Studium der Tontechnik, nie auch nur eine Grundausbildung in Elektroakustik absolviert hatte, war der Lohn nicht so schlecht. Berechtigterweise, denn tatsächlich machte sie ihre Arbeit gut, besser als manch ein diplomierter Toningenieur, was wiederum daran lag, dass sie beträchtliche Teile ihrer Kindheit zwischen Mikrofonen und Mischpulten zugebracht hatte – an der Seite ihrer Mutter, der Tonmeisterin des Stadttheaters. Ein Vater war nicht da, und als sie noch zu klein gewesen war, um allein zu Hause zu bleiben, und sich kein Babysitter fand, verbummelte sie halbe Nachmittage und ganze Abende in dem schummrigen Studio auf der Halbetage zwischen Parkett und Rang. Sie lernte das Ausbalancieren von Bässen vor dem kleinen Einmaleins, den Umgang mit Rückkopplung, Echo und Schall, lange bevor Physik auf ihren Stundenplan trat. Sie verlernte, sich über den Mangel an Licht und Luft zu beschweren. Im Dunkeln hört man besser, hatte ihre Mutter gesagt. »Aber atmen muss ich auch beim Hören«, hatte Nora beharrt. »Diese verwöhnten Kinder von heute«, hatte die Mutter entgegnet, »jetzt wollen sie auch noch Luft.«

Luftig genug war es auf den Gittern der Beleuchterbrücke hoch über der Bühne. Zwischen Handzügen und Scheinwerfern hockte sie da, hielt hier ein Seil, dort eine Wechselbirne und lernte das mehrsprachige Fluchen. Dessen unangefochtener Meister war der aus der Karibik stammende Obermaschinist. Er fluchte im Idiom seiner Insel, einem höchst eigengesetzlichen Kreol, aber auch auf Spanisch, Portugiesisch und Englisch. Zudem vermochte er, in begnadeter Intuition, die Flüche seiner von anderswoher auf dem Schnürboden des städtischen Theaters gestrandeten Kollegen zu übersetzen – zunächst in eine der ihm vertrauteren Sprachen und von dort aus in sein eher griffiges denn grammatisches Deutsch. Nora legte sich ein dreispaltiges Vokabelheft zu und notierte diese Transaktionen im festen Glauben daran, dass ihr das Einüben feinsinniger Bedeutungsverschiebungen in groben Ansagen im Leben nicht weniger weiterhelfen würde als Vokabellisten herkömmlicher Art, und ließ sich durch kein verlegenes »Nix für kleine Mädchen« davon abbringen, im Zweifelsfall noch einmal ganz genau nachzufragen.

Als Zwölfjährige rutschte sie auf den Stuhl ihrer Mutter, wenn die mal aufs Klo musste. Und als dann wenig später ihre Stimme derjenigen ihrer Mutter zum Verwechseln ähnlich geworden war, hatten sie beide die Techniker zum Narren gehalten und an eine Tonmeisterin glauben lassen, die im Orchestergraben und im Studio zugleich sein konnte. Nach dem Abitur hatte man sie vom Fleck weg für die tontechnische Assistenz engagieren wollen: Eine geklonte Tonmeisterin zum halben Preis war so ziemlich das Beste, was man sich am Stadttheater vorstellen konnte. Aber sie war dann doch lieber zum Ballett nach Stuttgart und von Stuttgart nach New York gegangen, weil sie schon früh ihre Beine nicht hatte stillhalten können, wenn der Korrepetitor im Proberaum des Ballettensembles dem abgenutzten Gründerzeit-Klavier einen beseelten Chopin abrang. Sie lauerte im Flur auf die ersten Töne und schlüpfte dann durch die Tür, in die letzte Reihe, wo sie einfach das machte, was die anderen machten: beugen, strecken, drehen, Plié, Relevé, Arabesque. Man ließ sie gewähren und gab ihr aus Spaß kleine Auftritte im Bewegungschor, bis *Madame la chorégraphe* sich eines Tages die Augen rieb und sagte: »Die ist gut, die Kleine, ab mit ihr in die Ausbildung.«

3

In New York hatte sie von Hafenstadt zu Hafenstadt, von Einwandererhafen zu Auswandererhafen gesimst, gemailt, geskypt, dreitausenddreihundert Seemeilen weggewischt mit zwei Fingerkuppen auf einem Touchscreen. In ihrem Briefkasten in der Halsey Street von Bedford-Stuyvesant dagegen war außer den Abrechnungen des altmodischen Hausbesitzers nie etwas von Bedeutung zu finden gewesen, und dann hatte sie eines Tages doch einen Brief bekommen, und in dem stand etwas, das sie dazu brachte, innerhalb von zwei Tagen ihren Spind leer zu räumen, ihren Namen aus allen Probenplänen zu streichen, ihre Siebensachen in einen Koffer mittlerer Größe zusammenzuraffen und Toshio darüber aufzuklären, dass ihrer beider Zeit vorüber sei. Starr vor Unverständnis und mangelndem Mut, Fragen zu stellen, die offenkundig nicht gestellt werden durften, hatte er wortlos darauf bestanden, ihr den Koffer zur U-Bahn-Station zu tragen. Dort war sie plötzlich noch einmal zurückgerannt, kam wieder mit einer zweisprachigen Ausgabe der *Haiku* von Issa Kobayashi, die er ihr zum ersten Jahrestag ihres Paarseins geschenkt hatte. Sie hatte ihm den Haustürschlüssel in die linke Hand gedrückt, während sie aus seiner rechten den Koffer entgegennahm. Dann hatte sie ein Ticket gelöst, Single Trip, zum Flughafen. In der Wartezone heftete sich ihr Blick auf die Leuchtziffern einer Digitalanzeige, die in sechsunddreißig Spalten die verschiedenen Uhrzeiten rund um den Globus simultanisierte. Lange nahm sie darin nichts anderes wahr als den Sekundentakt, der die Welt in Gang hielt. Dann fing sie an, auf dieser Wand den Abstand zu ermessen zwischen Departure und Destination, wie sie auf ihrer Bordkarte angegeben waren. Kurz bevor ihr Flug aufgerufen wurde, zog sie ihr Handy hervor, öffnete es mit einem

Fingernagel, nahm die SIM-Karte heraus, zerknickte sie und warf sie in einen Mülleimer. Nicht mehr viel Zeit vertrug nur eine Zeitzone, nicht sechs.

Ihre Heimatstadt empfing sie mit vertrautem Geruch und Klang. Als wäre hier alles beim Alten. Auf dem Bahnhofsvorplatz, zwischen zwei Straßenbahngleisen, brach die Nachricht, die alles verändert hatte, aus ihr heraus, erst in Form von mit Kaffee vermischtem Magensaft, dann in einem Sturzbach von Tränen, der sich in ihr aufgestaut hatte seit jenem Moment, in dem sie den Brief geöffnet hatte und ihre ungläubigen Blicke sich in seiner ersten Zeile verfingen: »Süße, du und ich, wir zwei sind jetzt mal ganz tapfer.«

Nachdem sie eine Reihe wohlmeinender Menschen abgewehrt hatte, die guten Willens waren, ihr Trost zuzusprechen, wofür oder wogegen auch immer, und sie auf einer Bank abgewartet hatte, bis die Krämpfe in Magen und Kehle leerliefen, ging sie in das Krankenhaus, in dem sie geboren worden war, suchte die gynäkologische Station, dachte den bitteren Gedanken, dass das Leben hier gerade kopfstand, verkehrt herum war, von einer hinterhältigen Absurdität, einmal ganz zu Ende, vertrieb ihn, verbot ihm, wiederzukommen, klopfte, öffnete die Tür, nahm alle Kraft zusammen und sagte: »Hey, Mom, ich wär auch so mal wieder vorbeigekommen. Musst nicht gleich mit so was Heftigem auffahren.«

Ihre Mutter hatte den Kopf zur Tür gedreht und gelächelt wie eine, die vergessen hatte, wie Lächeln geht, und nun darüber lächeln musste, dass es ihr auf einmal dennoch gelang. Sehnsucht und eine Traurigkeit, die schon auf halbem Weg war zu einer Stille, in die nur sie allein hineinlauschen konnte, zogen durch ihr Gesicht, das nichts mehr verbergen konnte – oder wollte.

Nora richtete sich in der kleinen Wohnung ein, in der sie Kind gewesen und groß geworden war, wusch die Wäsche der Mutter, schnitt Obst und Leckereien zurecht und ließ auch dann nicht davon ab, als ihr klar wurde, dass sie ein ums andere Mal unangerührt im Behälter für Essensreste hinter der Krankenhauskantine landen würden. Längst hatte der Magen ihrer Mutter angefangen, sich leicht zu machen – zugunsten des Kopfes, der es mit einer Flut von Bildern und Gedanken aufzunehmen hatte, die schwer wogen und durchdrungen werden mussten in Hinblick auf das, was noch festgehalten, und das, was losgelassen werden durfte. Und auf das, was sich auf diese Unterscheidung nicht einließ.

4

Nachdem sie ihre Mutter zu Grabe getragen hatte, ihre Fassungslosigkeit eingekapselt und ruhiggestellt von einem Körper, der seltsam ungerührt vor sich hin funktionierte, ging sie morgens nicht ins Krankenhaus wie alle einundfünfzig Tage zuvor, sie ging ans Wasser. Durch kleine Straßen, über grüneiserne Brücken, zum Alten Hafen, von dort ans Meer. Zwischen den alten Pollern setzte sie sich auf die Basaltsteine, an deren tangschlierigen Kanten sie sich als Kind die Knie aufgeschlagen hatte, ließ ihre Blicke den vorüberziehenden Schiffen folgen, prüfte mechanisch ihre Sehkraft, indem sie die Schiffsnamen mal nur mit dem linken, mal nur mit dem rechten Auge zu entziffern versuchte, Lady Saliha, Ebba 2, Finnsea, prüfte die Windrichtung mit einem nassen Zeigefinger, schaute aufs Wasser und schwieg. Alles wie immer und doch nichts wie immer, weil niemand am Stand ihrer Kurzsichtigkeit interessiert war oder daran, woher der Wind heute wehte, oder daran, einvernehmlich nichts zu sagen, um auf das Spiel der Wellen und das Kreischen der Möwen zu lauschen und sich Schalldiagramme dazu vorzustellen. Sie wartete auf Nachricht, und manchmal meinte sie, eine zu vernehmen, im Flügelschlag eines Vogels, im Heranwehen eines Schilfhalms, im Aufleuchten einer Glasscherbe zwischen dem angespülten Rollholz – auf einer völlig neuen Frequenz.

Ließ sich eine Nachricht nicht einfangen, aß sie sich ihre Mutter herbei. Mit Äpfeln. In ihrer kleinen Mutter-Tochter-Wohngemeinschaft hatte es oft an allem Möglichen gefehlt; nie an Äpfeln. Äpfel waren ranghöchstes Lebensmittel und letzter Rückhalt. Ihre Mutter, die gelernt hatte, in allen Lebenslagen zu improvisieren und sich durch Engpässe, zeitliche oder materielle, kaum jemals aus der Ruhe bringen zu lassen, wurde nervös und neigte zu Kurzschlusshandlungen, wenn der Vorrat an Äpfeln zur Neige ging. Als könne sie nun ihrer Mutter ein Zeichen geben, dass sie gut versorgt war mit dem Nötigsten, saß Nora dort, wo Deich und Meer einander berührten, und aß Äpfel. Als ließe sich eine Nabelschnur ins Jenseits legen, kaute sie Pektin und Folsäure, Vitamine und Jod aus Schale und Kerngehäuse heraus, um die Mutter mitzuversorgen auf der letzten Reise.

Wenn sie lange am Wasser gesessen hatte und ausgekühlt war bis in die weiß gewordenen Fingerspitzen, ging sie in die Stadthalle zum Eislaufen. In der Wohnung hatte sie in einer Kiste unter dem Sofa ihre Schlittschuhe wiedergefunden – aus jener Zeit, in der noch nicht entschieden gewesen war, ob sie sich lieber auf einer rosa Satinspitze oder einer scharf geschliffenen Metallschiene um die eigene Achse drehen wollte, bis Himmel und Erde die Plätze tauschten. Ein Gefühl, nach dem man süchtig werden konnte. Die Spitzenschuhe waren in Übersee geblieben, in einer Welt, in der es Chopin, Janáček, Toshio und ein kleines Café Ecke Quincy Street gegeben hatte – und eine Mutter, die über verschiedenste Kanäle das neue Programm des Stadttheaters kommentierte. Sie nahm die Schlittschuhe mit ihrem brüchig gewordenen weißen Leder und glitt auf das Eis, um den Himmel auf den Boden zu holen oder den Boden in den Himmel zu treiben, wie damals. Aber dann waren auf einmal ihre Beine an Pirouetten nicht mehr interessiert, sondern nur daran, mit den Kufen in das dunkle Schimmern hineinzuritzen, schnell, hart und unnachgiebig, Runde für Runde, dann das aufgeriebene Eis zusammenzuschieben mit Stopps aus voller Fahrt heraus, sich an die Bande fallen zu lassen und zu beobachten, wie die Eisbearbeitungsmaschine diese Narben abschliff und eine spiegelglatte Fläche hinter sich zurückließ. Wie neu. So konzentriert starrte Nora auf das monotone Hin und Her der Maschine, dass die Fahrer sie fragten, ob alles in Ordnung sei. »Ich finde, ihr macht sie zu schnell wieder glatt«, sagte sie.

»Ja, das meinen sie alle, bis sie in den Rillen auf die Schnauze fliegen, dann sind wir hier wieder schuld«, riefen sie zu ihr herüber.

»Das ist auch nicht richtig«, rief sie zurück.

Die beiden Fahrer nickten ihr zu und zogen weiter ihre Bahnen, während Nora am Eingang zur Fläche mit dem Schlittschuh die neue Glätte abtastete und überlegte, wohin die Maschine den Abschliff wischte, letzten Endes.

Von der Eishalle ging sie ins Tonstudio. Am Mischpult blieb sie an Walthers Seite, der wenig fragte, weil er zu rauchen hatte und die wenigen Fragen, die das Leben ihm offengelassen hatte, lieber sich selbst stellte. Nora dankte ihm seine Schweigsamkeit mit Verlässlichkeit, Überstunden und Wochenenddiensten. Davon konnte sie nicht genug haben. Denn anders als Walther Ullich stellte ihre Wohnung Fragen. Irgendwann stand eine Liege im Tonstudio WU. Für wenn sie es nicht nach Hause schaffte.

5

Im Tonstudio WU war es auch, wo sie ein halbes Jahr nach ihrer Rückkehr aus New York Grischa und Tom wiedergetroffen hatte. Ihre Zweimannband nannte sich LogMen, womit die beiden meinten, ihrem Studienfach, der Logistik, Reverenz zu erweisen, nicht ohne dabei auch auf seemännische Navigationskunst anzuspielen – was nicht unmittelbar zündete, genauso wenig wie ihr mäßiger Folkrock-Verschnitt, den Nora in einer Eins-a-Tonqualität abmischte.

»Jungs«, hatte sie mit der Offenheit einer Schulfreundin gesagt, die darauf zählte, dass, hatte man gemeinsam einen manisch-depressiven Klassenlehrer, eine schwerhörige Englischlehrerin und einen dichtenden Direktor durchlitten, diese Verbindung belastbar war, »da ist kein Kawumm drin. Nicht am Anfang, nicht in der Mitte, nicht am Ende. Irgendwo müsst ihr es krachen lassen, sonst kommt ihr nie ins Radio.«

Tom, der sich keine Illusionen über die Durchschlagskraft von LogMen gemacht zu haben schien und gerade lustlos seine Gitarre verstaute, zerrte am Reißverschluss und meinte, statt darauf zu warten, dass die vom Radio sich ihrer erbarmten, würde er sowieso lieber selbst Radio machen, dann könne er auch selbst auflegen – sich selbst auflegen: LogMen eben. Grischa sah ihn interessiert von der Seite an. Dies schien ihm ein ebenso schlichter wie schöner Gedanke zu sein. »Wie damals, nur größer«, fuhr Tom fort, »wisst ihr noch, das Schülerradio?«

Da es ja noch nicht so ewig lange her war, erinnerten sich Grischa und Nora tatsächlich sehr genau an den Piratensender, für den Tom mit einem älteren Freund eine freie Frequenz gekapert und neun Monate lang vom Schlepper seines Onkels aus ein gefeiertes Programm gemacht hatte: Die Ergebnisse der Mathehausaufgaben aus der gesamten Mittel- und Oberstufe hatte er übersichtlich geordnet und in sachlicher Artikulation – wie weiland die Durchsage der Einsätze für die Hafenarbeiter: »Gänge 3 und 4, Vorarbeiter 2 und 5« – denen weitergereicht, die den wahren Schulfunk zu empfangen wussten. Die Nachmittagstreffpunkte der schulischen Subkulturen wurden ebenso durchgegeben wie die Information, wo es die Großpackung Milky Way gerade im Sonderangebot gab. Bis eines Tages ein kleiner Weltempfänger mitten auf dem langen Tisch im Lehrerzimmer gestanden hatte, ein druckfrischer Wälzer zum Rundfunkrecht in den Händen des Direktors, dreißig Lehrkräfte im Halbkreis um ihn herum, die, je nach Persönlichkeitstyp, amüsiert oder aufgebracht Toms Stimme lauschten, wie sie durch die Untiefen des Stimmbruchs hindurch die Ergebnisse deklamierte: »Prozentrechnung der 7c. Arbeitszettel Seite 1, Aufgabe 3: 24 %, ich wiederhole: 24 %, Aufgabe 2: ...«

Grischa schaute versonnen auf das Mischpult, an dem sich Nora mit ihrem Song abgemüht hatte. »Im Radio«, sagte Grischa, eher zu sich selbst als zu den anderen, »musst du was zu sagen haben. Gute Mucke allein reicht nicht.« Tom sah Grischa an wie einer, der sich für eine weit geöffnete Tür bedankte. »Hast du doch«, entgegnete er, »wer, wenn nicht du? Du sagst, was zu sagen ist, gehst damit auf Sendung, und die Welt ist dein Zeuge.«

Nora verfolgte diesen Wortwechsel und erinnerte sich durch Grischas Bart, durch seine ersten Stirnfalten und den dicken Zopf seiner blonden Haare hindurch an den schmalgesichtigen Grischa mit den halblangen Locken, an seine nachtblauen Augen, die ins Grüne kippten, wenn er sich freute oder aufregte: der ganze Junge ein einziges Meeresleuchten. Von der Schwarzmeerküste hatten seine Eltern ihn, gerade dreijährig, in jenes Land zurückversetzt, aus dem seine Vorväter stammten und das glücklicherweise auch über eine Küste verfügte, wenn auch eine kühlere. Unverdrossen hatte Grischa in der Schule für Windräder geworben, Lehrer in lange Diskussionen über Entwicklungshilfemodelle verstrickt, alle Vorzüge von Basisdemokratie in komplexen Tafelbildern gebannt, die von Schülern abfotografiert wurden, um sie ihren Erziehungsberechtigten unter die Nase zu halten, und von Lehrern, um nachfolgende Schülergenerationen damit zu beeindrucken. Mit dem aus seinem Geburtsland importierten rollenden R erklärte er die Prinzipien des Crowdfunding, lange bevor dieser Begriff in aller Munde war, ging auf dem Schulhof für Seehundstationen auf Juist und Ackergerät in Burkina Faso sammeln und studierte mit einem stetig schrumpfenden Chor unbeirrt Arbeiterlieder ein. Offenbar hatte sich seine Gemütslage seitdem wenig geändert. Immer zur Stelle, wo etwas im Argen lag.

Grischa, die Gitarre auf dem Rücken, hatte die Hand schon an der Türklinke gehabt, als er Toms Gedanken aufnahm: »Klar habe ich was zu sagen, weiß gar nicht, wo ich anfangen soll, aber wer will das hören?« Nora und Tom sahen einander an. Das klang alarmierend resignativ, für Grischas Verhältnisse. Tom zog Grischa am Ärmel zurück auf den Stuhl neben sich. »Du musst die Leute eben dort kriegen, wo sie nicht wegkönnen. Morgens, kurz vor den Sieben-Uhr-Nachrichten, wenn sie sich ihre Zähne putzen oder im Auto vor der Schleuse stehen. Da sind sie hilflos, hören alles, ob sie wollen oder nicht; es sickert in ihre Hirne, weil sie noch nicht wach genug sind, um sich dagegen zu wehren.« Grischa sah Tom an, noch immer halb zum Gehen aufgelegt und halb zum Bleiben: »Und dann schalten sie doch wieder um«, sagte er. »Tun sie nicht«, antwortete Tom, »sie haben Angst, den Wetterbericht zu verpassen.«

Nora goss den beiden Tee ein. Außer Leitungswasser bot man im Tonstudio WU zwei Getränke an: Cola und schwarzen Tee, Letzterer von Walther Ullich in Fünfliterkannen mit der gleichen Sorgfalt zubereitet wie die Abmischungen auf Band. Zwei Drittel Assam, ein Drittel Ceylon. Auch ihre eigene Tasse füllte sie nach, führte sie an den Mund und pustete die Hitze weg. Wie in Windböen von einer indischen Hochebene her wirbelten ihre Gedanken durcheinander: ... und die Welt ist dein Zeuge ... die Leute kriegen, wo sie nicht wegkönnen ... gerade noch rechtzeitig ... dranbleiben ... wenn alle dranbleiben müssen ... muss ich erst recht dranbleiben ... erst recht ... erst das Recht und wenn nicht erst das Recht, dann ...

»In Ordnung«, meinte Grischa, dessen Gesichtszüge sich belebten, ob durch den würzigen Tee oder das Fahrt aufnehmende Gespräch, »du machst den Wetterbericht, ich die Weltverbesserungsnachrichten.«

»Oder auch mal umgekehrt: Du die Wetterverbesserung und ich den Weltbericht.« Tom stieß Grischa in die Rippen.

»Und die Sondermeldungen, die mache ich«, sagte Nora und lächelte die beiden an.

»Wenn du dabei bist, kauft man uns auch schlechtes Wetter ab«, meinte Tom.

»Aber keine schlechte Welt«, sagte Grischa, »das ist das Problem.«

»Wart's ab«, meinte Nora, »lasst uns doch mal einen Namen finden.« Sie hatte den Sessel am Mischpult verlassen und umkreiste die Standmikrofone. Die Sache hier musste vorangetrieben werden, notfalls mit einer Namenssuche, die ihr im Grunde gleichgültig war, wenn sie damit nur dieser Möglichkeit näher käme, die sich abzuzeichnen begann, zaghaft, voller Sogkraft.

Tom, der die Rolle des federführenden Radiomachers nicht so schnell aus der Hand geben wollte, der das sich anbahnende Revival genießen und nichts überstürzen wollte, beeilte sich festzustellen, dass ohne Sendefrequenz ein Sendername sich als überflüssig erweisen würde.

Ob Dinge beim Namen zu nennen, nicht die erste Radiopflicht sei, hielt Nora ihm entgegen, und dass man da ja mit dem Sendernamen gleich mal anfangen könne. Sie fixierte den Boden vor sich, als könnte sie aus der abgewetzten Schraffur des Linoleums den gesuchten Namen herauslesen. Tom, erpicht darauf, diese, wie ihm schien, doch reichlich überdosierte Konzentration aufzubrechen, brachte einen ersten Namen ins Spiel:

»Logifunk«, sagte er und war sich vollkommen darüber im Klaren, dass dies nach einem Privatinteresse der LogMen klang und außerdem stark an die Mathenachhilfe von damals erinnerte. Ein Insiderwitz, den Nora sofort abblockte. »Lockt Nerds an«, sagte sie, »Techniker, Ingenieure, Programmierer. Wir brauchen was für alle, für alle von hier: Local Spirit.«

»Regionavy«, meinte daraufhin Grischa, »vielleicht mit großem N in der Mitte, wie bei LogMen.« Nora verdrehte die Augen, Tom schüttelte den Kopf: Klang nach einer neuen Privatbahn – zwischen Weddewarden und Ganderkesee. Verkehrt samstags nur alle zwei Stunden. Schienenersatzverkehr. Ging gar nicht. Nora starrte in ihre Teetasse und dann auf den kalfaterten Boden des zum Studio umfunktionierten Docks. »*Tee und Teer*«, sagte sie.

»Schwarzer Kanal?« Tom sah sie an und hob die Augenbrauen.

»Stark, schwarz, gut«, antwortete Nora, hob ihre Tasse und sah aufmunternd in die Runde. Grischas Augen begannen, grüne Funken zu sprühen: »Isses, oder?«

Anstelle einer Antwort hatte Tom seine Notenblätter aus der Gitarrentasche geholt und begonnen, auf der Rückseite von *Walk on the Wild Side* eine To-do-Liste zu schreiben, die begann mit: »Helge anrufen«, gefolgt von »Frequenz beantragen«, und die ihr vorläufiges Ende fand in dem Eintrag: »Zielgruppenanalyse«. Grischa las über Toms Schulter mit und legte beim letzten Eintrag die Stirn in Falten.

»Ein Sender zielt nicht, Tom, er sendet. Und Hörer hören.« Grischa ließ sein R rollen, in Abrundung seiner Verachtung für zu viel Bürrrokratie.

»Grischa, darum geht es: Wer sind unsere Hörer? Junge? Frauen oder Männer? Schüler oder Lehrer, Barfrauen, Banker oder Ökofuzzis wie du?«, sagte Tom. »Das musst du im Blick haben.«

Grischa setzte mit großer Geste zur Antwort an, aber Nora schnitt sie ihm ab, ohne auch nur den Ansatz einer Entschuldigung.

»Alle«, sagte sie. »Alle sollen es hören.«

6

Die Frage, wie man nicht weniger als alle erreichen würde, zog einige grundsätzliche Erörterungen nach sich. Auch die wurden im Tonstudio WU ausgetragen. Kommando *Tee und Teer*. Dreimal die Woche ab zweiundzwanzig Uhr dreißig. Ausgetragen war wiederum wohl zu viel gesagt, denn mit der Autorität der Mikrofonexpertin und Tonstudioschlüsselinhaberin beschnitt Nora, wenn die Standpunkte sich mehr oder minder einvernehmlich abzeichneten, kurzerhand die Zeit für weitere Argumentationsschlaufen und Rückpässe. Manchmal saß Walther Ullich noch an seinem Pult, hielt die Arme hinterm Kopf verschränkt und nuschelte ein »Junge, Junge« über seine Zigarette hinweg in Richtung Radiogründer, wobei er weder den einen noch den anderen Jungen im Blick hatte, sondern die junge Frau, die aus ihrer in sich gekehrten Traurigkeit jetzt eine Betriebsamkeit hervorbrachte, die ihm die Nackenhaare aufstellte – nicht, weil er etwas gegen energetische Verdichtung hatte, sondern, weil er, technisch sensibel, die Hochspannung spürte, die diesen Willen antrieb. Starkstromradio, dachte er bei sich, das kann was werden.

Ohne sich an Einzelheiten seines bereits Jahrzehnte zurückliegenden Physikunterrichts erinnern zu können, hatte Walther Ullich damit ein treffendes Bild für die Dynamik gefunden, die die Zusammenkünfte im Tonstudio WU prägte: drei ziemlich aufgespulte Individuen, die sich phasenverschoben und wechselseitig in Spannung versetzten, dabei ihre Energien potenzierten und sich langsam, aber sicher auf die gleiche Frequenz einpendelten.

Tom war es, der an einem der ersten Treffen unversehens hochtourig wurde, und zwar als Grischa die Frage stellte, welches Format der Sender denn eigentlich haben solle. »Keines, will ich meinen«, stieß Tom hervor, mit einer Vehemenz, die die beiden anderen erst einmal sprachlos machte. In ihr Schweigen hinein fing er an, mit der weit ausgreifenden Umständlichkeit all jener, die auf einmal gezwungen sind, sich über das auszusprechen, was sie lange schon im Innersten umtreibt, eine Erklärung abzugeben: Format – beim Radio sei dies nur ein anderes Wort für die öde Wiederkehr des Immergleichen. Wehe, wenn der Sparwitz kurz vor der vollen Stunde ausbleibe oder das Pseudoquiz: »Gewinne hundert Euro, wenn du fehlerfrei drei Wahrzeichen deiner Stadt aufsagen kannst, okay, nahezu fehlerfrei, na gut, eines reicht auch«, oder: »Wir verlosen eine Reise in die Alpen: Gehören die Alpen a: in die Norddeutsche Tiefebene, b: ins Ruhrgebiet oder c: ins Gebirge«. Und genau dieses Trauerspiel immer genau um halb. Pünktlich sein für nichts, das sei Format. Und in den Minuten dazwischen Musik für die, von denen man meint, dass sie eher nur ein Wahrzeichen ihrer Stadt aufsagen können oder die Alpen mit den Abraumhalden in Duisburg verwechseln.

»Sie nennen das AC, habt ihr schon mal gehört, oder?«

Nora schüttelte den Kopf, Grischa nuschelte etwas von AC/DC, wwas Tom überhörte, oder überhören wollte.

»Adult Contemporary«, fuhr er fort, und genau dieser erwachsene Zeitgenosse, der werde ja da erst hergestellt, dudelfunkformatiert, gehirngeschrumpft. Und deswegen könne und dürfe *Tee und Teer* mit Format nichts zu tun haben, gar nichts. Nicht mit ihm. So wahr er hier sitze. Tatsächlich saß er ziemlich knapp auf der Stuhlkante, bereit zum Aufstehen und Gehen.

Auch eine weniger tendenziöse Darstellung hätte rasch ergeben, dass Nora und Grischa mit dieser Schwundform der Radiokultur gleichfalls nichts am Hut haben wollten und ihnen nichts ferner lag, als jetzt gegen Toms starke Überzeugungen anzuarbeiten. Grischa, der flammende Reden dieser Art eher aus seinem eigenen Mund gewöhnt war und diesen Seitenwechsel erst verarbeiten musste, dem aber darüber auf einmal ganz gegenwärtig geworden war, warum er mit Tom, dem Leichtfüßigen, noch immer befreundet war – seitdem der ihm damals auf dem Schulhof einen Ball zugepasst und ihn, den Randständigen, ins Spiel gezogen hatte; der ihm wenig später auch noch die Klarinette aus der Hand genommen und eine Gitarre hineingelegt hatte, um ihn einen ziemlich lasziven Offbeat zu lehren –, begann vor sich hin zu nicken. Tom, der ihm immer die leichte Seite der Dinge zeigen wollte, The Big Easy, hatte offenbar doch nicht verlernt, wie das ging: Dinge schwernehmen. ›Format‹ zum Beispiel, dort, wo es nicht hingehörte. In sorgsamer Vermeidung ebendieses Wortes begann Grischa, behutsam, beinahe zärtlich, nachzufragen: Aber wie solle es denn, hm, aufgebaut sein, wenn nicht … also Form an sich, verstehst du, Form, nur so eben als, ja, Form, Gestalt, du weißt schon, ist doch nichts Schlechtes, oder? Damit die Hörer sich ein bisschen auskennen. Er zum Beispiel, ehrlich gesagt, stehe auf Nachrichten zur vollen Stunde. Über das, eh, sorry, also die Form, nein, die Darstellung, meine ich, der Nachrichten solle man unbedingt auch noch mal sprechen, aber hier und da ein Anker, wäre das nicht doch irgendwie richtig ... damit die Leute wissen, woran sie sind, in etwa, wenigstens ...

Tom nickte, so froh darüber, so dankbar dafür, dass er jetzt nicht kämpfen musste, dass hier zwei Menschen waren, die sich nicht über seine roten Wangen, seine gepresste Stimme und seine angespannten Nackenmuskeln lustig machten, sondern sofort begriffen, dass Radio etwas war, das in seiner Gegenwart nicht als Begleitfunk, als Hintergrundgeräusch des Lebens aufgefasst werden durfte, sondern als Lebensrettungsfunk, als der dünne Draht, der einen im Hier und Jetzt hält, wenn die Welt um einen herum versinkt. Eine Sache, die er selbst spätestens mit acht Jahren in buchstäblich ganzer Bandbreite verstanden hatte, als er in die heftigen Streitereien seiner Eltern hinein die Radioprogramme durchzappte, immer auf der Suche nach Stimmen, die stärker waren als die ihren. Dann, mit knapp sechzehn, als er erst nicht wusste, was genau Julia von ihm erwartete; Julia, die ihn zu sich einlud und kurz zuvor herausposaunt hatte, ihre Mutter begleite ihren Vater auf einer Geschäftsreise, und er die Erkenntnisse aus den wiederaufgelegten Nachmittagssendungen von ›Radio Romantica‹, der Aufklärungsabteilung bei den Piraten, wo eine tiefenentspannte Sexologin Antworten gab, die so klar waren, dass er sie selbst durchs Niederländische hindurch hatte verstehen können, in sich hochladen konnte und die ganze freibeuterische Gelassenheit sich vorteilhaft auf den Krampf in seinem Kopf und seinem Körper auswirkte – hatte Julia dann auch gefunden –; immer wieder war es das Radio gewesen, zumeist das illegale und dabei einzig wahre Radio, das ihn aus dem ganzen Schlamassel rausgerissen hatte, noch dazu mit dem besten Soundtrack, den man sich denken konnte. Dass er all dies hier gar nicht ausbreiten musste, sondern einfach in seinem Anliegen ernst genommen und flankiert wurde, machte es ihm leicht, den beiden schleunigst zu versichern, dass er beileibe keine Freakshow wolle. Freak an dem einen Ende, Format an dem anderen, beides nicht seins. Nora und Grischa warteten ab, in dem Gefühl, dass jetzt jedes Wort zu viel sein könnte.

Seine eigentliche Überzeugung sei ja, dass man Radio für einen Freund mache, hob Tom wieder an. Nicht für einen bestimmten Freund, mehr so für die Idee von einem Freund. Einem Freund erzähle man ja auch nicht immer das Gleiche, das hält der beste Freund nicht aus, sondern man lässt ihn, über Funk, wissen: Egal, wie mies es dir gerade geht, es gibt diese andere Welt da draußen, zumindest einen Moderator und einen Sendemast. Die Piratensender damals, das seien im Grunde alles Freundschaftssender gewesen.

»So wie bei uns«, strahlte Grischa ihn an. Tom, leicht geschockt darüber, dass sein hohes Ideal so unversehens in die Konkretion ihres trauten, kleinen Kreises zusammenschrumpfte, und doch angerührt von Grischas unerschütterlicher Begeisterungsfähigkeit, überspielte seine Irritation und meinte: »Freundschaftsradio hoch zwei. Von Freunden für Freunde. Nicht auszuhalten.« Nora, ebenfalls seltsam berührt, nickte nachdenklich. Waren diese beiden Kumpel von früher ihre Freunde? Dort, wo sie die letzten Jahre zugebracht hatte, hatte es Verliebtheit gegeben, Kollegialität, Höflichkeit und Respekt und natürlich auch von allem das Gegenteil, aber Freundschaft? Zwischen der Erinnerung an all das, was angenehm oder lästig, was schön oder schrecklich, jedenfalls nicht Freundschaft gewesen war, und der unfassbaren Vereinzelung, in die sie sich jetzt versetzt sah, schlotterte Grischas hochanaloge Freundschaftsanfrage in ihrer Seele wie ein Gespenst umher. Sie vertrieb es mit einer Reihe sachlicher Erwägungen:

»Auf jeden Fall brauchen wir noch ein paar solcher Piratenfreunde für unser Radio«, meinte sie. »Wenn ich die Morgensendung mache, Tom mittags und Grischa abends auf Sendung geht, dann maßschneidern wir noch ein paar Sendeplätze drum herum, und schon passt das, oder?«

Auch wenn hier gerade, im Wind des Freundschaftsthemas segelnd, ihr Radio mächtig Fahrt aufnahm, entging es Tom und Grischa nicht, dass die Lady in ihrer Mitte gerade mir nichts, dir nichts die Morningshow an sich gerissen hatte. Aber da sich mittags und abends ganz gut mit ihren individuellen Leistungskurven deckte, oder anders gesagt, da morgens früh um vier aufzustehen und gute Laune zu verbreiten, im Grunde jenseits ihrer Vorstellungsvermögen lag, protestierten sie nicht und überließen sich der harmonisch-produktiven Stimmung. Sie ahnten schon, dass die nicht von Dauer sein würde. Dafür war die Luft hier einfach zu geladen. AC oder DC oder AC/DC oder nichts von alledem – diese Schnellstraße Richtung Radiosender hatte definitiv etwas von einem *Highway to Hell*.

7

Und tatsächlich gerieten Tom und Nora schon wenige Tage später heftig aneinander – als es wieder einmal um die Frage ging, für wen genau *Tee und Teer* eigentlich auf Sendung gehen solle, und Nora sich immer noch auf keinerlei Zuschnitt einlassen wollte.

»Alle, alle, alle«, sagte Tom, »wenn du alle willst, dann musst du auch in allen Sprachen senden. Allen Sprachen der Welt – was sag ich, in allen Sprachen des Alls.«

Grischa beeilte sich, die Ironie in guten Willen umzumünzen: Das sei doch gar keine schlechte Idee, echt jetzt, Tom, einfach mal die Ohren offen halten, in welchen Sprachen die Schauerleute von werweißwoher und überhaupt die Bewohner ihrer Stadt so unterwegs waren. Sollten nicht gerade die, die nicht so leicht darauf hoffen konnten, jemanden zu treffen, der ihre Sprache teilte, funkversorgt werden?

Nora verzog die Mundwinkel, hob die Augenbrauen und schob ihre Notizzettel geräuschvoll zusammen. Tom verspürte auf einmal große Lust, sie ein für alle Mal, genau: alle Mal, von ihrer Alle-und-zwar-schnell-Schiene zu schubsen.

»Eben«, sagte er, »eigentlich müssten wir überhaupt in den kleinsten Sprachen der Welt senden, im Sinne des Artenschutzes. Yugurisch, Korsisch, Friesisch.«

Als Nora sah, wie Grischa ihm aufmunternd zunickte, und fragte, ab wann eine Sprache eigentlich als klein und ab wann als bedroht gelte, heftete sie ihren Blick fest auf die Cola-Kisten an der gegenüberliegenden Wand, wie um von dort Hilfe zu erhalten, diese Diskussion abzuschneiden, die sich jedoch, ganz im Gegenteil, im Pingpong zwischen Tom und Grischa in die Überlegung hineinmanövrierte, ob – Extremfall – ein Sprecher für sich selbst Radio machen könne. Sender und Empfänger in Personalunion – eine perfekte Verdopplung, oder etwa nicht? Anders gesagt, allein die Vorstellung eines einzigen Zuhörers, meinte Tom unter Grischas heftigem Nicken, macht, zusammen mit dem Sprecher, schon mal mindestens zwei, eine satte Steigerung um einhundert Prozent. Messerscharf folgerten sie, dass, wenn Radio nicht nur ein Multiplikator sei, was alle Welt sowieso behauptete, sondern in sich eine Multiplikationsfunktion habe, dann könne es Radio für sich selbst gar nicht geben, logischerweise. »Stimmt doch, Nora, oder?«, fragte Tom und blinzelte siegesgewiss zu ihr hinüber. Sie zog ihren Blick von den

Cola-Kisten ab und antwortete unbeeindruckt, dass, wer Logistik studiere, sich damit noch lange nicht für Logik qualifiziert habe und dass sie nicht daran dächte, *Tee und Teer* mit kleinen Sprachen zu minimieren. Wenn das hier auf eine Nischenexistenz rauslaufen sollte: nicht mit ihr. Tom, mit leicht erhöhter Stimme, gab zurück, dass ihm jedenfalls das doch allzu sehr nach Einschaltquote und Massenware klinge und, das wolle er nun schon mal sagen, ziemlich unpassend sei für eine, die in ihrer Jahresarbeit fürs Abitur über beziehungsweise gegen die Zinsanstiege der Mikrokredite in Bangladesch geschrieben und dafür den Engagement-Preis des Jahrgangs abgegriffen hatte. Mit ausdruckslosem Gesicht ließ Nora ihren Bleistift zwischen Mittel- und Zeigefinger hin und her schnellen, und alle drei spürten sehr deutlich, dass ihr Radio kurz vor einem Kurzschluss stand. Da fing Grischa, der im Schneidersitz auf dem schmalen Tisch zwischen Mischpult und Cola-Kisten saß und unter den angewiderten Blicken von Nora und Tom Milch und Zucker in seinen Tee rührte, an, von seinen Eltern zu erzählen: wie sie, die durchs Leben gekommen waren mit Behelfsrussisch, Basisukrainisch und Erinnerungsdeutsch, die treuesten Hörer der fremdsprachigen Hörfunksendungen wurden, fünfzehn Sprachen, keine davon für sie eine Muttersprache. Geboren und aufgewachsen am Fuße des Höhenzugs, der Europa von Asien trennt, hatten sie sich konsequent nach Westen ausgerichtet und ihren Sokol 308 auf den Empfang der Deutschen Welle eingestellt. Als sie dann im Sog einer fernen Einbürgerungswelle dorthin zurückgespült wurden, von wo ihre Familien einst aufgebrochen waren, hatten sie das Gefühl gehabt, sie wären es dem Radio, ja, eigentlich dem europäischen Kontinent schuldig, mit denen eine Frequenz zu teilen, die ebenfalls eingereist waren und sich am Ende noch fremder fühlen mussten als sie selbst, die ja auch schon die lange ersehnte Heimat nicht immer ganz heimatlich fanden: Funkhaus

Europa, das sei ihr Sender gewesen. Das Beste daran: dass man nicht immer alles verstehen musste. Wie im Urlaub. Urlaub machten die Grimkirstezenkos zu Hause. Um nichts in der Welt hätten sie ihren Sender verstellt.

»Genau das müssen wir schaffen«, sagte Nora, aus deren Gesicht die Streitlust verschwunden war, »dass unsere Hörer um nichts in der Welt den Sender verstellen.«

»Dann brauchen wir doch ein Quiz«, sagte Grischa, »Quiz ist wichtig.« Seine Eltern hätten jedes Quiz versucht mitzumachen, egal in welcher Sprache. Allein von der Stimmung her habe sie das angefixt. »Hörer wollen das: mitraten, mitreden, gewinnen ...« Er stockte, als er Tom tief Luft holen hörte, um ihm ins Wort zu fallen. Nichts sei gewonnen, wenn man die Hörer was gewinnen lässt, meinte er, in der Tonlage schon wieder nach oben rutschend, gar nichts! Im Gegenteil: Man müsse mal die zählen, die beim Quiz vor lauter Fremdscham immer wegzappten oder gleich ganz ausschalteten. Das sei nämlich ganz sicher eine Verlustrechnung und überhaupt, wie die Technik mit ihren Pfeiftönen schon zeige: Hörer am Telefon, das sei Rückkopplung allerschlimmster Sorte, in jeder Hinsicht.

»Hm«, schaltete sich diesmal Nora, die ihren Gedanken nachzuhängen schien und offenbar doch jedes Wort mitgeschnitten hatte, vermittelnd ein, »vielleicht später, wenn wir uns an die Hörer gewöhnt haben.« Während Grischa und Tom diesem eigentümlichen Perspektivwechsel nachsannen, drehte Nora im Tonstudio WU die Lichter aus. »Lasst uns lieber mal über Musik nachdenken«, meinte sie. »Music matters.«

8

Zu Beginn ihres nächsten Treffens wandte sie sich an Tom. »Was spielen diese Format-Typen eigentlich für Songs?«

»Hit-Mix.«

»Aber es gibt doch ganz verschiedene Formate.«

»Aber immer Hit-Mix. Aus verschiedenen Jahrzehnten, je nach Sender, aber immer alles von einer Sorte.«

»Das heißt, wenn man von allem etwas machen würde, hätte man alle?«, fragte Nora.

Tom seufzte: »Möglich. Oder eben keinen.«

»Hört mal«, sagte Nora, »wir stellen das einfach auf den Kopf: Mix-it statt Hit-Mix.«

»Alles durcheinander? Das geht nicht gut.«

»Warum nicht? Für jeden was dabei.«

Tom, erfreut darüber, dass wenigstens das leidige ›alle‹ weg war, wiegte dennoch bedenklich den Kopf, als Nora nachsetzte:

»Nicht alles von einem, sondern immer eins für alle.«

Tom ließ sich mit einem tiefen Seufzer auf einen Stuhl sinken, Grischa wischte Staub von einem Notenständer. Nora fand, dass der Stimmung von Resignation und Hilflosigkeit, die ihr entgegenschlug, am besten mit einer Offensive zu begegnen sei, und begann auszuführen, wie sie sich das vorstellte: Aufsteiger der Woche neben den Gassenhauern von gestern, Deutschrap neben Uptown Soul, Freddy Quinn neben Freddie Mercury, ein Walzer von Chopin neben Waltzing Matilda. »Und wer hält das alles zusammen?« Sie strahlte Tom und Grischa an. »Wir, die Moderatoren von *Tee und Teer*.«

»Ist dann doch auch wieder ein Format, oder?«, meinte Grischa, der das Gefühl hatte, noch ein bisschen auf Toms Anti-Format-Welle mitschwimmen zu müssen. Aber der hatte angebissen: »Nein, Grischa«, sagte er, »das ist Anti-Format, das ist Radio, echtes Radio.« Er beugte sich zu Nora hinüber, schlug ihr auf die Schulter, drehte ihren Stuhl zum Mischpult. »Fang an«, sagte er.

Nora stöpselte ihr Handy ein, ließ ihre Finger über die Fader gleiten und spürte einen fast perfekten Abglanz jener schnellen, heftigen Freude, die sie beim Eislaufen in der Stadthalle empfunden hatte, wenn wieder mal jemand auf Kufen über den Kabelsalat im Abstellraum gestiegen war, um das Random Play der antiquierten Jukebox zu aktivieren, sie an die Boxen anschloss und damit eine wilde Mischung zusammengewürfelter Singles aus verschiedenen Jahrzehnten, Vorlieben und Anlässen in Gang setzte: ein Ave Maria der Callas gefolgt von *Sweet Home Alabama;* eine Schnulze von Elvis gleich nach einem ungarischen Tanz, Rod Stewarts *Sailing* abgelöst von Gershwins *I got Rhythm.* Und alle, die sich freitagnachmittags dort versammelt hatten, in diesem eisigen Biotop der Artenvielfalt, waren hingerissen und mitgerissen, lieferten einander kleine Showeinlagen und lauerten atemlos und Händchen haltend auf den nächsten Witz, den der Roboterarm bereithielt. Ein bunter Haufen waren sie gewesen, eine Schnittmenge der Gesellschaft, wie sie keine Bevölkerungsstatistik besser hätte zum Vorschein bringen können: Neben den normalen Schlittschuhmädchen und den normalen Jungs, die kamen, um die normalen Schlittschuhmädchen anzuquatschen, waren da die in Lurex gewandeten Ex-Eiskünstler, die den Rittberger nur noch einfach machten, aber sehr elegant und noch immer vollkommen unangestrengt, friedlich zusammen mit den ebenfalls in die Jahre gekommenen Hockey-Veteranen, in deren verspiegelten Sonnenbrillen sie sich wiederfanden, waren da die im Fahrtwind wehenden Kopftücher der Migrantinnen, denen Schlittschuhlaufen nicht an der Wiege gesungen worden war, was zeigte, wie wenig das, was an der Wiege gesungen wird, zu sagen hat, letzten Endes. Wenn die alle *Tee und Teer* hören würden, egal, ob sie ihren Tee mit Rum, mit Kardamom, mit Sahne und Kandis, mit frischem Ingwer oder Jasminblüten trinken, dann könnte es klappen, dachte Nora. So ließe sich die ganze Stadt mit aufs Eis ziehen. Sie sah ja, wie rasch ihr Musik-Mix die Freunde und selbst Walther Ullich in allerbeste Laune versetzte und zu eigenen Spezialmischungen anstachelte.

»Zu nächster Woche machen wir jeder mal ein Probeband«, sagte sie, als ihr erst ein Frösteln über den Rücken und gleich danach ein Zittern in die Finger fuhr. Sie schaltete die Anlage aus und zog ihre Jacke an.

»Hey, hey, hey – wir müssen uns doch erst mal um eine Frequenz kümmern. Das ist ein Riesending, weißt du, das dauert und kostet, und dann die Digitalschiene, und keiner weiß so richtig, wie das ...« Tom stockte, als er Noras Gesicht sah.

»Was?«, fragte Nora. »Wir haben noch keine? Ich denke, du kennst jemanden beim Rundfunk – so ein hohes Tier?«

»Helge. Ich habe ihm eine Nachricht geschrieben.«

»Hat er geantwortet?«

»Ja, wir wollen demnächst mal was trinken gehen.«

»Ruf ihn an, wir wollen ihn sehen«, sagte Nora, schloss die Studiotür ab, schwang sich aufs Fahrrad und fuhr davon. Ein paar Meter weiter musste ihr eingefallen sein, dass sie sich nicht verabschiedet hatte. Sie hob kurz die Hand. Noch ein paar Meter weiter bremste sie plötzlich, drehte sich halb um und rief: »Quiz ist wirklich nicht so schlecht, sollten wir machen – vielleicht irgendwas mit GPS, womit man jemanden aufspüren kann?«

»Jemanden?«, fragte Tom irritiert.

»Oder irgendetwas, was Verstecktes, Verborgenes – ihr wisst schon.«

»Du meinst diese Schatzsuche mit Handys«, sagte Grischa.

»Genau«, meinte sie, »genau so etwas. Das machen wir.« Sie schwang sich wieder auf ihr Rad und fuhr zügig davon.

Grischa sah ihr nach: »Sie hat sich schon verändert«, meinte er dann zu Tom, »so tough – das haben sie ihr da drüben in New York beigebracht, oder?«

»Ich weiß nicht«, antwortete Tom, während er Rucksäcke und Gitarren auf der Rückbank seines klapprigen Passats verstaute. »Tough? Ist sie nicht eher ganz schön neben der Spur – überaktiv und dann wie weggetreten. Wirft sie was ein?«

»Kann ich mir nicht vorstellen«, sagte Grischa, »vielleicht hat sie so eine Art Dauer-Jetlag. Soll's geben. Und ich glaube, irgendwas war mit ihrer Mutter.«

9

Dauer-Jetlag war keine schlechte Beschreibung für die schmerzende Wachheit, die Nora seit ihrer Rückkehr nicht loswurde. Nur dann und wann wich diese Wachheit einer Müdigkeit, die sich nicht hinter den Augen, sondern im Magen sammelte und ihr von dort aus alle Kraft aus Armen und Beinen saugte, bis sie, einem Hampelmann gleich, in sich zusammensackte, nur um kurze Zeit später, wie durch eine unbarmherzig betriebene Zugschnur, wieder in höchste Anspannung versetzt zu sein.

So war es auch nach dieser langen Nacht, als Nora in der Morgendämmerung durch die noch leeren Straßen fuhr, ihr Fahrrad am Zaun festschloss und in die Wohnung trat, die auf sie wirkte wie eine unwirkliche Kopie der Wohnung ihrer Kinderjahre, eine, in der alles gleich war, nur ohne Leben; die ein Totenhaus war, und die sie schon auf der Schwelle wissen ließ, dass sie, sobald sie im Bett wäre, den Gedanken nicht würde loswerden können, dass auch sie nun in einem Sarg läge, still, leise und ungerufen in dieser Welt, und dass dieser Gedanke dann auf so schreckliche Weise nahezu angenehm werden würde, dass sie, wie all die Nächte zuvor, aus diesem Bettsarg flüchten und sich wieder an den Küchentisch setzen müsste, auf dem nie wieder die zwei Tassen und zwei Teller stehen würden, nie wieder. An diesem Morgen jedoch starrte sie nicht auf die abblätternden Farbschichten der Garagentore vor dem Fenster, sondern fuhr das Notebook hoch, um ihr Probeband zu erstellen. Sie hatte schon eine Handvoll Ideen, sie öffnete Programme und Playlisten und war auf gutem Weg, als ihre Finger entgleisten: Janáček hatte sie eingeben wollen, mit Accent aigu und Háček – da war sie sehr genau geworden in New York, wo ihr mehr und mehr daran gelegen war, die Schrullen des alten Europa zu retten, und sei es in Form von Häkchen, Längenstrichen und Kringeln –, Janáček also sollte es sein, mit allem Drum und Dran und vor allem mit dem Adagio aus seinem zweiten Streichquartett, das sie mit Toshio getanzt hatte. »I am fed up with folk dances«, hatte ihr Chef gesagt, »the guy must have written something else« – und war mit sicherem Instinkt auf *Listy důvěrné* gestoßen: Intime Briefe. Ein rauschhaftes Wechselspiel von zärtlichster Hingabe und Zurücknahme, dolcissimo, in Zweiunddreißigstel-Sextolen hin zu Jubel, Glut und Leidenschaft, maestoso con espressione, und wieder zurück in betörende Verhaltenheit. Alles immer wieder in schwelgendem Des-Dur, der Tonart, die Kassenerfolge erzielt und Kritiker weichklopft. In drei aufeinanderfolgenden Seasons hatte dieses auf sich verausgabende Weise einnehmende Stück im Programm gestanden. Ein Tscheche mit Hang zu ebenso heftigen wie unglücklichen Liaisons als Kuppler zwischen einer Deutschen und einem Japaner in New York. Der Korrepetitor hatte die Bratsche in eine Viola d'amore umorchestriert. To top it all.

Und, ja, sie hatten ihren Janáček geprobt und aufgeführt und danach versucht, einander das zu sein, was die rastlose Innigkeit seiner Musik und die perfekte Passung ihrer Körper ihnen nahelegten. Für Toshio war Liebe die Fortsetzung des Tanzes mit anderen Mitteln. Weil er es liebte, mit ihr zu tanzen, mehr als mit anderen, meinte er sie zu lieben. War es, um ihn auf die Probe zu stellen, dass sie Schritt für Schritt das Tanzen verlernte? Und er ihre Fehler ausgleichen musste, ihre nachlässigen Bewegungen und verzögerten Einsätze? Es hatte schleichend begonnen, wie eine heimtückische Krankheit: Erst stolperten nur ihre Gedanken in den Tanz hinein, obwohl sie dort nichts zu suchen hatten, dann hatten die Gedanken sich eingenistet und sabotierten ihre Schritte – und ihre Liebe. Toshio machte Andeutungen, sprach von momentaner Krise und einem kleinen Trainingsrückstand und umschlang und liebkoste sie heftiger und zärtlicher, wie um sie in die Stimmigkeit ihres Pas de deux zurückzuholen. Würde er mich lieben, dachte sie, mich, und nicht nur sich und mich im Tanz, würde er erkennen, dass es mir an etwas mangelt. Wobei sie selbst erst nach und nach herausfand, woran: nicht an Training, nicht an Zärtlichkeit, sondern an Worten; solchen, aus denen sich Welten bauten. Sie war mit den *Räubern*, mit *Faust*, *Lady Macbeth* und dem *Guten Menschen von Sezuan* groß geworden. Die bevölkerten ihre Innenwelt, blieben aber seit langem ohne jede Resonanz. Auf der Bühne hier verpuffte Ausdruck in Bewegung, fand sie. Sie fing an, laut zu schimpfen, wenn ihr etwas misslang; es misslang ihr immer öfter etwas, also schimpfte sie immer öfter und lauter. Der Chef der Compagnie setzte Janáček ab und rief sie zu sich. Er habe sie einmal als Feuervogel gesehen, als eine neue Karsawina, sagte er. Sie sich auch, antwortete Nora. So sehe er sie jetzt nicht mehr, sagte er. Sie sich auch nicht mehr, antwortete Nora. Sie habe fünf Kilo zu viel und rede zu viel, sagte er. Sie rede noch zu wenig, und seit sie fünf

Kilo mehr habe, schlafe sie besser, antwortete sie. Ob sie wisse, welche Worte man in einem fremden Land immer zuerst lerne, fragte er. Flüche natürlich, antwortete Nora. Dass er vor zwanzig Jahren sechs Monate in Deutschland gastiert habe, in Hamburg. Er verstehe, was sie da von sich gebe, sagte er. Sorry, antwortete sie.

Bald schon war sie nicht mehr die zweite Besetzung mit Chance auf die erste, sie war gerade noch die zweite Besetzung mit Gefahr, auf Position drei zu rutschen. Sie war nicht mehr im Gespräch. Neuankömmlinge zogen an ihr vorbei. Sie wollte noch einmal zeigen, was sie konnte, konnte plötzlich viel weniger, als sie können wollte. War uneins mit sich und dem Tanzen und einsam mit sich und Toshio. Toshio fühlte diese Abtrünnigkeit und konnte ihr doch immer nur den Tanz entgegensetzen, den Tanz der Finger, der Zehen, der Zungen, der Hüften, aber ihren Kopf, den erreichte er nicht und ebenso wenig ihr Herz, und diese beiden zusammen verlegten sich auf eine nachdenkliche Unbewegtheit, von der andere Körperteile nicht betroffen waren.

Janáček hatte sie eingeben wollen, für das Probeband. Warum nicht mit seinem russischen Wiegenlied die Morgensendung beginnen, dachte sie, dritter Satz, Moderato-Presto. Und gleich hinterher der Sirenengesang dreier Bluegrass-Ladies: *Didn't Leave Nobody But The Baby*. Das ist doch etwas für Leute, die früh um sieben im Auto vor der Schleuse warten müssen. Mit ihrer Mutter hatte sie das immer im Auto gesungen. A cappella. A cappella war nicht so leicht. Gewesen. Man hätte eine Stimmgabel im Handschuhfach haben müssen, oder die dritte Stimme. »Uns fehlt Emmylou Harris«, hatte ihre Mutter gesagt, »hätten wir die dritte Stimme, bräuchten wir keinen Stimmton.«

Abrupt riss Nora die Finger von den Tasten und stieß den Stuhl zurück. Als hätte die Erinnerung an die Suche nach dem eingestrichenen A auf 440 Hertz einen elektrischen Schlag von tausend Volt ausgelöst. Als hätte sie mit einer Tastenkombination unversehens an den gleißenden Schmerz gerührt, der sich hinter Geschäftigkeiten aller Art zu verbergen wusste, aber nicht verwunden war, nicht einmal gemildert, nicht abgestuft. Gesteigert hatte er sich, stärker als beim letzten Mal war er, als er sie in jener Nacht überfallen hatte, in der sie träumte, ihrer Mutter die Wohnungstür zu öffnen. »Hab den Schlüssel vergessen«, hatte die ihr in die Gegensprechanlage gesagt, und Nora hatte den Mund geöffnet und zu einem Scherz angesetzt: »Bin ich denn dein Schlüsselkind?«, hatte sie sagen wollen, und dann waren die Worte in ihrem Mund stecken geblieben, und keiner ihrer Finger hatte sich rühren lassen, um den Summer zu betätigen, sosehr sie sich abmühte, keine Worte, kein Summen, und statt zu scherzen und die Tür zu öffnen, war sie aufgewacht, und eine Sekunde später war dieser Schmerz da gewesen: so scharf und eisig, dass er kurz davor war, ihr jede Empfindung zu rauben, aber nur kurz davor. Doch jetzt – jetzt gefror sie nicht wie in jener Nacht, es war, als hätte die Blitzartigkeit des Schmerzes in ihr eine ungeheure und ungeheuerliche Wärmeenergie freigesetzt. Sie ließ ihre Finger wieder auf die Tasten sinken und schrieb: »Wie zeigt man jemanden an?«

Zeitlebens war sie so wenig mit Organen des Rechtsbetriebs in Berührung gekommen, dass alles, was sie darüber im Kopf hatte, eigentlich nur aus amerikanischen Anwaltsserien stammte. Nun landete sie auf Seiten, die Namen trugen wie ›Hilf dir selbst mit Regelrecht‹, ›Juri-Check‹ und ›Der Strafrechner‹, die zeigten, dass sie nicht die Einzige im Lande war, die jemanden anzeigen wollte und nicht wusste, wie. Der Cursor in der Suchmaske war bereit für jeden Buchstaben eines jeden Verbrechens. Sie erinnerte sich an jedes Wort, das ihre Mutter gesagt hatte, in jenen Stunden. Dieses Wort, das sie jetzt suchte, war nicht dabei gewesen. Obwohl es ein Allerweltswort war, obwohl es nahelag, so nahe, dass es absurd war, dass es ihr nicht einfallen wollte. Sie biss sich fest an dieser irrwitzigen Alltagschimäre von einem Wort, bis es ihr in die Fingerspitzen schoss, die wartend auf den Tasten lagen. Dieses Wort, das amtlicherseits und allerweltseits eingesetzt wurde für Fälle von – Missbrauch, genau, Missbrauch war es, Missbrauch, dieses lächerliche Wort, das gar nicht gefallen war, und doch genau das, worauf die Suchmaske gewartet hatte, denn wozu hatte sie sonst ein solch komplexes Pull-down-Menü, das die ungeheuerliche Vielfalt von Missbräuchen offenbarte, die schon einmal aktenkundig geworden waren, und das dazu gleich noch ein Netz von Links aufzuspannen wusste, das den Missbrauch wie ein Horrorkabinett flankierte. Schändung und Schädigung. Das klang nach Mittelalter und Haftpflichtversicherung. Nötigung und Notzucht. Das klang nach halb geöffneten Hosenschlitzen, fettigen Haaren, schlechtem Atem und Schmerbauch. Und außerdem klang es irgendwie danach, als hätte es mit Notwendigkeit zu tun. Selbst die Not haben sie sich auf die Seite geschafft, dachte sie und spürte das Blut in ihren Schläfen pochen. Um ihresgleichen zu schonen. Wie mit diesem Wort, Missbrauch, das nach bloßer Fehlinterpretation klang und ihre innere Abwehr in genau dem Moment überwunden hatte, als ihr eine Kollegin aus der Compagnie in den Sinn gekommen war, die sich eines Tages in der Garderobe beim Annähen der Bänder über ihre Kindheit ausgelassen hatte – in einer Rückhaltlosigkeit, die damals alle peinlich berührt hatte. »›I've been abused‹, they told me to say in court. Jesus, I was a kid, what the fuck did that word mean to me? And to them? Huh? Abused, like in misused, like he hadn't read the manual before forcing his dirty fingers into my pussy?«

Damals hatte sie diesen Ausbruch der zweiten Besetzung der Giselle, die eine Katastrophe im Pas de deux war, aber göttlich in ihren weiten Temps levés quer über die Bühne, und die es immer zu weit getrieben hatte mit Intrigen und Schamlosigkeiten aller Art, schnell beiseitegeschoben wie all ihre früheren Ausbrüche und auch die, die noch folgten, aber nun stand ihr alles vor Augen, als sei es gestern gewesen, und sie ließ sich anstecken von diesem Furor der Giselle aus Broken Arrow, Oklahoma, der man ihre Sprache hatte nehmen wollen, aber immerhin hatte es dort eine Anklage gegeben und ein Urteil. Und genau dafür würde sie hier jetzt auch sorgen. Wie viele Jahre würde er büßen müssen für seine Tat von damals? Sie googelte die Verbindung von ›Strafmaß‹ und, to hell, ›sexuellem Missbrauch‹. Und stieß auf Zahlen, so lächerlich gering, dass sie erst meinte, es wäre die von ihr überlesene Gebühr für den Recherche-Service juristischer Webpages. Mehrere Male hintereinander prüfte sie, ob sie etwas falsch eingegeben hatte, ob Tatanzahl und Haftjahre, ob Jahreszahl und Schmerzensgeld vertauscht worden waren. Sie hatte ›lebenslänglich‹ erwartet.

Ihre Augen hingen an den Beispielurteilen, die ergangen waren, wenn Onkel ihre Nichten, wenn Brüder ihre Schwestern, wenn Nachbarn die Nachbarstöchter und -söhne nicht so gebrauchten, wie das Gesetz es vorsah. Einstellige Haftstrafen, vierstelliges Schmerzensgeld – ausgehandelt durch Geständnis und Entschuldigung, zuweilen. Eingestellte Verfahren. Verschleppung. Ermittlungsfehler, Freispruch. Und immer wieder: Auf Bewährung. »Bewährung!«, hörte sie sich heiser flüstern. Sie dürfen sich bewähren, dachte sie, zweieinhalb Jahre keine Hand unter dem Rock kleiner Mädchen, und sie sind raus aus der Sache. Sie schlug mit der flachen Hand auf den Küchentisch, gleich noch mal. Und noch mal und noch mal. Wütender Takt für die Wörter und Bilder, die ihr durchs Hirn jagten. Und die Kinder müssen es aufbewahren, bis ans Ende aller Tage. Irgendwer musste es ja bewahren, worin sich andere bewähren dürfen. Ihre

Wut loderte. Sie hatte einen schwarzen Bodensatz aus Cola, Assam Broken und Trauer, sie flammte rotglühend auf und züngelte nach Nahrung. Als wüsste sie nicht, welchem hinterhältigen Algorithmus von ›Skandalurteilen‹ sie hier folgte, als hätte sie nie über Gewaltkarrieren im Knast gelesen, als wäre nicht sie diejenige gewesen, die immer in vorderster Linie gegen die Law-and-Order-Fraktion geätzt hatte, wo immer sich eine Gelegenheit bot, ja, als sähe sie nicht sehr genau, dass sie selbst gerade auf eine völlig schiefe Bahn geriet, überrannte sie sich, wollte sie weiter und weiter in die Schere von Tat und Strafe hinein und sich daran verletzen: Lange musste sie nicht suchen. Für schweren Missbrauch seiner sechs-, neun- und zwölfjährigen Enkelinnen in dreihundertfünfundzwanzig Fällen erhielt ein Großvater fünf Jahre Haft und vierundzwanzigtausend Euro Geldstrafe. Ergab nach Adam Riese 5,6 Tage Haft pro Tat und je achttausend Euro pro horrifizierter Kindheit. Das hohe Alter des Täters mildernd angerechnet. Ein Eilantrag blitzte durch Noras Raserei: die Diskrepanz an Jahren zwischen Opfer und Täter ab sofort gesetzt als Basisstrafe. Weniger niemals. In keinem einzigen Fall. Damit käme man im Fall vor ihr auf dem Monitor auf sichere fünfzig Jahre, und im Schnitt könnte das an die dreißig Jahre ergeben. Eine richtig gute Idee, fand sie. Langzeitstrafe für Langzeitschäden. Und sie würde darüber berichten, morgens um kurz vor sieben, wenn die Stadt sich die Zähne putzt oder vor der Schleuse steht und nicht umschaltet, weil gleich der Wetterbericht kommt.

Ihr wurde schwindlig, sie stand auf, trank Wasser, sah auf die Garagentore, so oft überstrichen, dass sich, von rostigen Stellen aus, die Farbplättchen in scharfen Kanten ablösten. Sie wusste noch genau, wie sich das unter den Fingerkuppen angefühlt hatte. Haut war ein verlässlicher Speicher. Ihre hatte nicht nur die abblätternden Kanten der Farbplättchen gespeichert, sondern auch Toshios Zärtlichkeit, in allen Regionen, in allen Schichten: Sie konnte sein Gesicht nicht vor sich sehen, aber ihre Haut hatte eine sehr klare Erinnerung an Toshios Haut: trocken, warm und glatt, in der Innenseite von Armen und Beinen heller als ihre Haut an den Außenseiten, und an ihren Außenseiten genau einen Ton heller als seine. Wie das Es über dem Des-Dur am Ende der *Intimen Briefe*. Toshio, dachte sie, der nach ihr verlangte, weil er nach der innersten Wahrheit des Tanzes verlangte und nicht nach der ihren, der sie geliebt hatte, weil er die Schönheit einander verlangender Körper liebte; der sie für diese Erfüllung brauchte, weil sie so gut passte wie keine andere, und der sich nicht gern aufhielt mit Erkundungen, die sich nicht mit dieser Erfüllung verbanden, und der doch in all seiner Hingebung und Zärtlichkeit so weit von Missbrauch entfernt war wie irgendetwas. So weit wie ›need‹ von ›use‹. He needed her, he did not use her. Und auch damals, noch in der Schule, mit Charly, als sie beide unerfahren, hektisch und albern, es endlich, endlich wissen wollten, war da selbst auf dem pieksigen Freibadrasen, den sie sich spätnachts über zwei Zäune hinweg ergattert hatten, immer noch Zeit gewesen, für Fragen und Antworten, für Innehalten und Weiterwollen. Und wenn dies alles ins Gegenteil verkehrt wäre, dachte Nora, wenn die Haut nicht Zärtlichkeit speichern würde, sondern Zudringlichkeit? Wenn sie sich unter der Hand eines jeden anderen Menschen verschloss, weil sie ja gar keine Haut mehr war, sondern ein Alarmsystem? Und wenn sie dann eines Tages mehr davon einfach nicht aufnehmen könnte und die Haut sich häuten würde – wie die Garagenfarbe: Erst platzte eine Stelle auf, dann ließen sich immer größere Stücke abziehen. War es so?, fragte sich Nora. War es so im Körper ihrer Mutter gewesen? Breiteten sich die Schäden im Körper geschundener Kinder auf diese Weise aus? Wurden sie immer schneller immer großflächiger? Oder wuchsen sie einfach mit wie Narben: tot, unelastisch und dennoch wuchernd? Oder schlugen sie Wurzeln im Fleisch und kamen unaufhaltsam überallhin, wie der Giersch, der neben, vor, in und hinter den Garagen letztlich überallhin kam? Überallhin, bis in die Fingerspitzen, die dann niemanden mehr streicheln konnten, die Zehen, die an keinem Bein hochstreichen konnten, obwohl sie es wollten? Bis in die Haarspitzen, die sich elektrisierten, wenn sich ihnen eine Hand näherte?

Und wenn er das immer noch tat?, dachte Nora, so jemand hört doch nicht einfach auf damit. Wenn ihn nicht jemand davon abhält. Sie setzte sich wieder an den Tisch und lud eine Musteranzeige auf den Bildschirm, öffnete ein Word-Dokument und übertrug das Muster auf den Fall, der ihr hinterlassen worden war. Aus dem Jenseits Anzeige zu erstatten war im Muster nicht vorgesehen. Dann war sie eben die, wie hieß das noch mal? Erbberechtigte; berechtigt, das Erbe anzutreten, in diesem Fall: anzuzeigen. Aber diese Musteranzeige war wie ein Musterhaus: eine kalte, leere, sinnlose Hülse. Sie musste von innen her ausgestattet werden. Nora kaute an ihren Fingernägeln, bis sie auf einmal eine sehr klare Vorstellung davon hatte, wie dies geschehen konnte.

Sie schrieb und löschte, schrieb weiter und löschte weniger. Sie hatte ihre Kopfhörer aufgesetzt und hörte sehr laut Musik. Die hielt sie wach. Koffein und Adrenalin hatten eine gute Basis gelegt. Als sie die Kopfhörer absetzte, waren auch diese Botenstoffe aufgebraucht und hatten in ihr eine Dumpfheit zurückgelassen, die sie hoffen ließ, einschlafen zu können. Einschlafen zu können und dann weiterschlafen zu können und vielleicht sogar wieder einmal durchschlafen zu können. Als sie sich auf dem Sofa ausstreckte und eine Decke über ihren Körper zog, stand die Sonne schon hoch über den Garagen, und auf dem Tisch lag ein dreiseitiger Brief, der eine Amtsgerichtsadresse trug und in der Betreffzeile ein ordnungsgemäßes »Anzeige wegen schweren Kindesmissbrauchs«, und daneben ein Umschlag mit einem Probeband, auf den sie mit einem Edding »Noras musikalische Früherziehung« geschrieben hatte. Es fing mit Janáček an und hörte mit Valerie June auf. *Workin' Woman Blues.* Damit hatte sie im Kleinen Tanzsaal der Compagnie eine Ansage machen wollen. In grauem Drillich, und immer nur eine Handbreit überm Boden. Toshio hatte am Rand gestanden, hilflos den Kopf geschüttelt und abgewunken. Und weil sowieso alle Hörer bei *Tee und Teer* anrufen und fragen würden, wem denn bitte schön diese Wahnsinnsstimme gehöre und ob sie das bitte sofort noch mal spielen könnten, hatte sie gleich noch eins obendrauf gesetzt: *Somebody to Love.* Valerie June. Mit Ukulele. Für Toshio.

10

Am nächsten Abend im Studio WU waren Grischa und Tom sehr angetan, sowohl von Valerie Junes hypnotischem Groove als auch von Noras Naturbegabung als Moderatorin, die sie vorausgesetzt hatten, die sich ihnen aber nun, in ihrer phantastischen Mischung der Songs, die ebenso verschlungen war wie die Big Curls auf dem Kopf der Künsterlin aus Tennessee, in vollem Ausmaß zu erkennen gab. Tom meinte, erst durch Noras Probeband hindurch das Prinzip Mix-it statt Hit-Mix voll und ganz begriffen zu haben, dass es tatsächlich nicht mehr und nicht weniger sei als eine Ausstrahlung von Wort und Klang in die Wellenlängen der ganzen Welt hinein. Hatte er jetzt aber wirklich schön gesagt, oder? Klang nach ›alle‹, oder? Nora wiederum beeilte sich, ihrerseits die Bänder von Tom und Grischa zu loben und zu preisen: Tom, der für eine Mittagssendung sehr ansprechende Meldungen erfunden, mit scharfer Zunge moderiert und musikalisch genial in Stellung gebracht hatte – darunter der Bericht über eine neue Marssonde, begleitet von einem eindringlichen Elektrobeat: ›Der Mond ist aufgegangen‹. Grischa, der eine Spätabendsendung mit einem furiosen Beitrag über Werftarbeiteraufstände in Bremen 1928, Danzig 1970, Sevilla 2004 bestritten und es geschafft hatte, Hannes Wader neben Jacek Kaczmarski und Violeta Parra zu setzen, um ebenfalls der ganzen Sache Höhe und Tiefe in alle Himmelsrichtungen zu verleihen, und der sich auf den letzten Zentimetern des Bandes verabschiedete mit »euer Grischa Grimkirstezenko«.

»Schöner Name«, meinte Tom, »deine Eltern haben einen Sinn für Wohlklang, aber ich stelle mir gerade vor, wie ich mir die Zunge breche, wenn ich deine Sendung ankündigen soll: ›Und jetzt freut euch auf die Sendung mit Grischa Grimkirstezenko.‹«

»Ich kann mich schlecht umtaufen lassen, oder?«, fragte Grischa, der schon als kleines Kind seinen Namen, der in wechselnden Amtssprachen hier und da Buchstaben verloren und eingetauscht, zumeist jedoch welche dazugewonnen hatte, in atemberaubender Geschwindigkeit zu buchstabieren gelernt und ihn sich damit in all seiner Sperrigkeit zu eigen gemacht hatte – wie auch seinen Vornamen, der sich in seinem Fall von Kristian, nicht von Gregor her in seine russische Umgebung hineinverschliffen hatte. Später hatte er einen aus Georgien stammenden Freund, der ihn nach Länge und Kompliziertheit des Nachnamens in den Schatten gestellt und den er allein dafür geliebt hatte. Sie wurden die ›Unaussprechlichen‹ genannt und hatten dies als Respektsbekundung genommen.

»Du könntest schnell noch heiraten«, schlug Tom vor.

»Wen?«, fragte Grischa
»Nora«, antwortete Tom.
»Tom«, meinte Nora.
»Oder du gibst eine Anzeige auf: ›Junger Mann sucht schönen Nachnamen. Nicht über zehn Buchstaben‹.« Tom hatte Spaß an der Sache.

Grischa, der allen Ernstes geglaubt hatte, seine Liebäugelei nach zwei Seiten sei nicht registriert worden, wusste nicht, wie er diese Anspielungen aufnehmen sollte. Als Scherz? Als Chance? Als Einladung zu einem Outing? Überhaupt, dass die beiden ihn offenbar besser kannten als er sich selbst. Nora, die sich bei keinem einzigen Abi-Treffen hatte sehen lassen, die ihn somit jahrelang aus den Augen verloren hatte und von deren Liebesleben er nicht das Geringste wusste, außer, dass da vielleicht mal was mit Charly aus dem Englisch-LK gewesen war, und Tom, der von einer Beziehung in die andere stolperte, der mit siebzehn von zu Hause ausgezogen war und seitdem auf der Suche nach neuen Unterkünften und Freundinnen war, idealerweise in Kombination – diese beiden hatten offenbar im Blick, dass sein Begehren ihn in verschiedene Richtungen zog. Wussten sie auch davon, dass es ihn nachts rauszog aus der Elternwohnung in Straßen, durch die er tagsüber nicht ging? Dass er aber dann in diesen Straßen nicht stehen blieb, dass er wieder und wieder mit sich nicht weiterkam und dann irgendwann nach Hause lief. Nachts zog er aus, tags wohnte er bei den Eltern. Weil er panische Angst davor hatte, auszuziehen. Wie andere Leute Flugangst haben oder Platzangst, hatte er Angst vor gepackten Koffern und leer geräumten Zimmern. Als Kind, sein Kopf auf Höhe der geschnürten Bündel, der Kisten und Kästen, hatte er gesehen, wie ein großer Jammer aufkam, ein ganzes Dorf erfasste und nicht zu stillen war. Genau dann, als das so lange ersehnte Weggehen, das ja eine Heimkehr sein sollte, sich von Traum in Tatsächlichkeit wandelte. Der große Auszug – dorthin, wo einem, wenn man ankam, noch immer ein ›Aus‹ vor die eigene Existenz gestellt wurde, man ein ›Aussiedler‹ war und bleiben würde. Kisten packen, Tür hinter sich zumachen: Horror. Ob Männer oder Frauen ihn anzogen, schien ihm ein kleines Problem vor dem Hintergrund, dass er nicht ausziehen konnte. Outing, das hatte bei ihm viele Dimensionen. Konnte man nach einem Outing eigentlich noch mal in sich gehen? Das war es, was er jetzt vor allem wollte. Er drehte die Teetasse in seinen Händen.

»Kürz die letzten Silben doch einfach weg, Grischa«, schaltete sich schräg von hinten Walther Ullich ein, »Grimm kennt jedes Kind.«

Damit war die Situation erst einmal gerettet, und statt einer Offenbarung schloss sich eine Diskussion darüber an, ob Tom am Mikrofon wirklich Kleinschmidt heißen müsse oder ob er sich nicht auch einen Piratennamen zulegen dürfe und er hätte auch schon einen: Bonny. Nach Anne Bonny, furchtlose Piratin der Karibik – Tom Bonny, besser ging es nicht.

»Und du?«, fragte Grischa und schaute Nora an.

Als sie nicht antwortete, sondern nur ihren Tee mit einer Stimmgabel umrührte, sinnloserweise, denn sie trank ihn ohne Zucker und Sahne, ruderte er mit den Armen vor ihrer Nase herum. »Hey, und du? Wie heißt du?«, hakte er nach.

»Holly«, antwortete Nora, »Holly Gomighty.«

»Wieso?«, fragte Tom.

»Gefällt mir«, sagte sie.

»Das ist die aus *Breakfast at Tiffany's*«, sagte Tom.

»Fast«, antwortete Nora, »die hat ein l in der Mitte, ich ein m.«

»Kann niemand schreiben, zu viel y«, gab Grischa zu bedenken, der ja mit reichlich Erfahrung in dieser Sache aufwarten konnte, »und sprechen ist auch schwierig, irgendwie zu unvertraut. Mach doch Nora Norden oder so was.«

»Nora Nebel«, warf Tom ein, »oder Nora Navy.«

Nora sah die beiden an, schüttelte den Kopf, das sei ihr zu blau-weiß gestreift. Ob sie wie ein Label für Maritim-Mode rüberkommen solle? Und was die Aussprache anbelange, die Leute hier seien mit amerikanischem Soldatenradio groß geworden. Die verstünden alles. Und warum um Himmels willen solle sich jemand ihren Namen aufschreiben wollen? »Hörer sollen hören«, sagte sie schließlich und schaute Grischa an, »hast du doch selbst gesagt. Der Name soll ihnen in die Ohren kriechen und da bleiben: ›Listen to Holly Gomighty. She's gonna tell you something.‹« Sie sagte das, wie man es bei *The Lot Radio* ins Mikro geräuspert hätte. Tom und Grischa kannten *The Lot* nicht und nicht den ausgemusterten Container, aus dem New York 24/7 radioversorgt wurde, erfassten aber unmittelbar die Wahrhaftigkeit dieser Ansage. In die Stille, die sie hinterlassen hatte, setzte Nora nach: »Wann treffen wir deinen Kumpel?«

11

Tom hatte den Teufel getan, gleich ein Treffen der versammelten *Tee-und-Teer*-Mannschaft mit Helge, der es gerade auf die vorletzte Stufe Richtung Programmchef gebracht hatte, zu arrangieren. Er wusste, wie Helge tickte. In dessen Adern floss das Blut der letzten freien Friesen Butjadingens, er wurde nicht gern überrumpelt. Also traf Tom ihn erst einmal allein und unspektakulär im Leuchtfeuer, wo sie sich ohnehin zweimal im Jahr auf Bratkartoffeln mit Spiegelei und drei Bierchen zusammenfanden. In diesem Jahr war dies bereits zweimal der Fall gewesen, also konnte Helge davon ausgehen, dass etwas Besonderes anlag.

Dennoch tauschte man sich zunächst in aller Ruhe über Familie und Freunde aus, das Wetter, die Fußballergebnisse und die Spritpreise. So viel Zeit musste sein. Dann schleuste Tom das Thema Radio ins Gespräch ein, das Radio im Allgemeinen, beklagenswert, aber speziell ihr Radio damals, wie war das schön gewesen. Nicht von Dauer, aber auf hoher See und in hoher Stimmung. Es war, als legte man bei Helge einen Schalter um: von ›freundlicher Mitmensch‹ zu ›Fisch im Wasser‹. Radio war Helges Element.

In seiner Familie hatte man darauf gehalten, in Dauerauseinandersetzung mit der Gebühreneinzugszentrale, nur Radioapparate anzumelden. Die Leute von der GEZ, einen Fuß in der Tür, versuchten um zwei Ecken zu schielen, wo die Familie Bruns ihre Fernseher versteckt hatte. Ohne Fernseher, nur Radio, dass sie nicht lachten. Heutzutage. Und doch konnten sie bei den Bruns nur ein riesiges Röhrenradio erspähen, das die Wohnküche dominierte. Man sah den Gesichtern der Gebühreneintreiber an, dass sie weiterhin Verdacht hegten. Für sie war eine Wohnung ohne Fernseher so wenig vorstellbar wie für die Bruns eine Wohnung ohne Radio. Radios fanden die GEZler natürlich auch meldewichtig und meldepflichtig, aber richtig scharf waren sie eigentlich nur auf Fernseher. So hatte man bei den Bruns auch nicht einen Anflug von schlechtem Gewissen, die siebzehn verschiedenen Weltempfänger, die sich bei ihnen angesammelt hatten, einer national beschränkten Behörde mit freundlichkeitsbeschränkten Mitarbeitern vorzuenthalten. Sowieso waren die meisten dieser Geräte dauerhaft auf 107,9 eingestellt, ganz am Ende des UKW-Spektrums. Da sendete AFN, und soweit sie wussten, bekamen die amerikanischen Soldaten-DJs nichts ab von den Gebühren.

Es hatte also nicht an fehlenden Gebühren, schon gar nicht speziell denen der Familie Bruns, sondern an allgemein fehlender Gefährdung, am Fall von Mauern, dem Aufziehen eiserner Vorhänge und dem Abziehen bewaffneter Truppen gelegen, dass AFN, als Helge gerade zehn Jahre alt geworden war, abgeschaltet wurde. Einfach abgeschaltet wurde. Um zwölf Uhr mittags. Im großelterlichen Wohnzimmer waren alle Familienangehörigen mütter- und väterlicherseits trotz einer Erbstreiterei, die bereits in ihr siebentes Jahr ging und familiäre Vollversammlungen zu Geburtstagen, Taufen und Konfirmationen verhindert hatte, waren also dessen ungeachtet alle Streithähne, dazu Nachbarn und Freunde zusammengekommen, um an einem stark bewölkten Märztag die letzten Minuten AFN-Sendezeit gemeinsam zu hören und, Köpfe gesenkt, Schiffermütze in den Händen, dem sterbenden Sender die letzte Ehre zu erweisen. Helges Großvater hatte Elvis gehört, seine Großmutter Bing Crosby, seine Eltern und deren Geschwister Middle of the Road und die Bee Gees, sein älterer Bruder Depeche Mode und Queen, er selbst Public Enemy und UB40, alles auf 107,9 Megahertz. Was sollte jetzt werden?

Die Ältesten unter ihnen, in deren Volksschulbildung Englischunterricht nicht vorgesehen gewesen war, hatten dennoch achtundvierzig Jahre lang aus dem amerikanischen Seewetterbericht die nötigsten Informationen ganz gut herausgehört und gratis ›the exchange rate of the day‹ mitgeliefert bekommen, obwohl für ihre eigenen Portemonnaies das Verhältnis von Dollar zu Deutscher Mark nicht unmittelbar relevant war. Es hatte einfach dazugehört – wie das Auf und Ab der Kegel am Wasserstandsanzeiger. Und das sollte jetzt alles nicht mehr da sein. Es wurde geweint, sein Vater schenkte Korn aus. Für Helge war diese Zusammenkunft die erste Trauergemeinde seines Lebens und entsprechend beeindruckend. Aus dem brennenden Wunsch heraus, die Mienen der Anwesenden aufzuheitern, malte er sich aus, wie AFN in den Untergrund gehen und aus einem der alten

Luftschutzbunker weitersenden würde – bis ihm klar wurde, dass die Radiomoderatoren ja Soldaten waren, die das Senden aus Luftschutzbunkern ehemaliger Feinde am Ende gar vor ein Militärgericht bringen würde, und abgesehen davon schon rein technisch gesehen Bunker nicht gerade der ideale Ausgangspunkt waren, *on air* zu gehen. Jedoch bahnte dieses aus Kummer und Empathie geborene und schnell verworfene Gedankenexperiment seine große Liebe zu den Piratensendern, deren Goldenes Zeitalter zwar schon einige Jahre zurücklag, über die er aber nun alles Lesbare zusammentrug und die er abends mit seinem Weltempfänger zu finden versuchte, seit auf 107,9 nichts mehr rockte. Die meisten Piraten sendeten inzwischen mit einer offiziellen Lizenz und waren auf das Drei-Meilen-Schlupfloch, Mittelwelle und rostige Schiffe gar nicht mehr angewiesen. Umso wichtiger erschien es ihm, den Gedanken an die Offshore-Aktivisten hochzuhalten. Später heckte er zusammen mit dem Nachbarsjungen Tom, der ihm jetzt gegenübersaß und der ihn schon früh, obgleich einige Jahre jünger, um einen Kopf überragt hatte, dabei auf gleichen Wellen unterwegs gewesen war, den Piratenschulfunk aus und konnte dafür seinen Onkel gewinnen, der den AFN-Untergang auch nie so recht hatte verwinden können und aus einem unbestimmten Protestgefühl heraus mit seinem Schlepper sehr bereitwillig raustuckerte, draußen vor Anker ging, sich aufs Ohr haute, die Jungs machen ließ, und ihnen nur bei der Einrichtung des Antennenverstärkers ein bisschen zur Hand ging. Letztlich war der Bausatz aus Korea auch nicht viel komplizierter als die Bordelektronik. Und dass Meerwasser perfekt erdete, verrückt eigentlich, machte ihnen die Sache dieses irregulären Schulfunks überraschend leicht. Mit weitreichendem Erfolg, in jeder Hinsicht. Bis eines Tages ein Schnellboot im Auftrag der Bundesnetzagentur einigermaßen forsch längsseits ging und die Offshore-Sendungen beendete – wobei sich alle Beteiligten ein blaues Auge geholt hatten: Der Schlepperkapitänonkel, der Helges und Toms Beteuerungen zufolge von ihrem Tun und Treiben keine Ahnung gehabt hatte, erhielt dennoch eine Verpflichtung zur Nachschulung in Rundfunkrecht, weil er es sich nicht hatte verkneifen können, mit der Drei-Meilen-Zone und den Grenzen staatlicher Souveränität anzukommen. Da musste jetzt die ganze Härte des Gesetzes weitergebildet werden, damit auch der Herr Schlepperkapitän verinnerlichen konnte, dass am Nikolaustag des Jahres 1965 die Bundesrepublik Deutschland das Europäische Übereinkommen zur Verhinderung von Rundfunksendungen, die außerhalb des nationalen Hoheitsgebietes gesendet werden, unterzeichnet und zur Stellungnahme sowohl an das Bundesministerium für Post- und Fernmeldewesen als auch an das Bundesministerium für Justiz weitergeleitet hatte, wie sich der Drucksache V/1585 des Deutschen Bundestages vom vierzehnten März 1967 entnehmen ließ, und dass diese Ministerien ihre Arbeit getan und darauf hingewirkt hatten, dass im Juli 1969 Bundesrat und Bundestag ein entsprechendes Gesetz beschließen konnten. Auch wenn dies weit vor Ihrer Geburt lag, Herr Schlepperkapitän, dürfen Sie das jetzt bitte ein für alle Mal zur Kenntnis nehmen und fortan Sorge tragen, dass Ihr Schiff nicht Ort illegaler Handlungen wird. So der Schulungsleiter. Die Rede von Drucksache, Bundesrat und Bundestag, von beschließen und illegal lag Ole Bruns tatsächlich reichlich fern, aber die Formulierung ›fortan Sorge tragen‹ verfing sich in seinem Hirn und entfaltete dort die Wirkung eines Fluchs mit Ansage: Sollte er weiterhin Antennenverstärker auf seinem Schlepper dulden, würde er fortan Sorge tragen. Und das war entschieden das, was er nicht wollte. An der Sorge, genügend Aufträge zu bekommen, um das Bauspardarlehen zurückzuzahlen, trug er schwer genug, da brauchte keine andere Dauersorge dazukommen. Wirklich nicht. Und auch wenn das ›Sorge tragen‹ streng genommen genau andersrum gemeint war, deckte sich dieser Gedankengang in etwa mit den Intentionen der Nachschulung. Toms Nachschulung hingegen bestand darin, dass er einen Teil der Sommerferien in seiner Schule verbrachte, mit der Aufgabe, an der Seite des Hausmeister-Ehepaares Schränke aufzuräumen, Gardinen ab- und gewaschen wieder aufzuhängen, Unkraut aus den Beeten zu rupfen und hübsche Wandzeichnungen aus Schülerhand mit schnödem Weiß zu übertünchen. Aber da Hausmeister und Hausmeisterin eigentlich ganz umgänglich waren, ihm in den Pausen Sprite und Streuselkuchen anboten und nichts dagegen hatten, dass er sich mit einem alten Transistorradio durch die stillen Schulflure bewegte, hatte die ganze Sache, besonders im Nachhinein, Züge einer After-School-Radio-Show.

Helge, der als Kopf der Radiopiraterie ausgemacht worden war, musste zehn Tage lang in der Seniorenresidenz Suppe ausgeben und Böden wischen. Bei Antritt dieser Strafe hatte er jedoch schon längst mit dem jungen Auszubildenden, der im Boot der Bundesnetzagentur den Peilsender betreute, Freundschaft geschlossen. Dem hatte man nämlich deutlich ansehen können, wie gern er die Seiten gewechselt hätte, wie unangenehm ihm diese rabiate Stilllegung war. Was verstand eine Bonner Behörde von den Wellen auf hoher See? Leuchtenden Auges hatte er auf das Schlepperstudio, das Tom und Helge sich eingerichtet hatten, geschaut, wo neben den herrlichsten Funk- und Soul-CDs ein Stapel mit Textaufgabenlösungsschritten und die von einer netten Referendarin hastig ausgefüllten englischen Lückentexte herumlagen. Wer etwas Herz im Leibe hatte, der konnte dieses Szenario nicht über den Leisten einer Funkkontrollmessstelle schlagen. Er fand einen Weg, bei Helge inoffiziell sein Bedauern über das Aufbringen des Schulschleppers und die Beschlagnahme der Antenne zu bekunden, woraus sich eine langjährige

Freundschaft entwickelte, die, getragen von Liebe zur Hochfrequenztechnik und größtem gegenseitigen Respekt für die jeweiligen Auslotungen der Grenzen, Lücken und Spielräume des Rundfunkrechts, der beste Start in sein Doppel-Studium von Kommunikationswissenschaft und Nachrichtentechnik gewesen war, den Helge sich hatte denken können. Alles im Zeichen von Hip-Hop und Northern Soul. Als dann die wilden Zeiten vorbei waren, er seine Tine geheiratet und zwei Mädchen bekommen hatte, für die es sich lohnte, ein Leben nach Recht und Gesetz zu führen, mit Aufstiegschancen, dreizehn Monatsgehältern und einem schicken, eigenen Büro, da hatte er allen Ernstes beim offiziellen Sender angeheuert, einer Anstalt des öffentlichen Rechts, ordentlicher ging's ja kaum, aber im Herzen, im Megahertzen sozusagen, war er natürlich Pirat geblieben; jedenfalls fühlte es sich so an. Deshalb hatte er sich auch aufrichtig gefreut, als er kürzlich eine Nachricht von Tom erhalten hatte. Mit ihm würde er im Leuchtfeuer bei Bier und Bratkartoffeln wieder einmal so richtig schön in den Erinnerungen an die alten Zeiten schwelgen können, was immer sonst noch anliegen mochte. Und dann kam der um die Ecke nicht mit Liebeskummer, nicht mit Obdachlosigkeit oder Prüfungsfrust, auch nicht mit Piratennostalgie, sondern mit einem Plan, der sich völlig im Legalen abspielen sollte. Nix mit Seesender, Antennenverstärker und subversiven Botschaften, sondern alles nach Möglichkeit gleich von Anfang an öffentlich-rechtlich und auch eher groß als klein, obwohl man gerade erst zu dritt war, wie Tom ihm nach dem zweiten Bier erklärte: ein aus Odessa eingewanderter Menschenrechtsaktivist, Grischa, du hast ihn mal kurz gesehen, und eine mäßig durchgeknallte, aus New York reimmigrierte Ex-Ballerina, beide aber der Hammer am Mikro und er selbst sei ja auch nicht so ganz unbegabt. Das klang in Helges Ohren doch erst einmal ziemlich nach Schnapsidee, aber je mehr er erfuhr und als er dann noch reinhören durfte in die Probebänder – an Kopfhörer hatte Tom gedacht –, desto mehr vertiefte sich sein enthusiasmiertes Lächeln. Er setzte sich gerade hin, schob sein Bierglas zur Seite, bestellte einen doppelten Espresso, um mit klarem Kopf zu projektieren, überlegte laut, rieb sich den blondgrauen Bart, den er seit Kurzem trug, und machte Andeutungen über EU-Fördermittel und Initiativprogramme, die Tom, der den Wechsel von Alkohol zu Koffein nicht mitvollzogen hatte, sich nicht so recht zusammenreimen konnte, die ihm alles in allem jedoch recht ermutigend vorkamen. Genauso wie der kräftige Schulterschlag, mit dem Helge sich von ihm verabschiedete, nicht ohne ein Datum für eine zügige Zusammenkunft der ganzen Radiotruppe bei ihm im Büro anberaumt zu haben.

12

Solchermaßen vorbereitet stand das erste Treffen von *Tee und Teer* mit Dr. Helge Bruns, Leiter der Abteilung Mediale Meinungsvielfalt, Fachreferent der Bundesnetzagentur, Ortsvereinsvorsitzender und Ausschussmitglied in der Gruppe europäischer Regulierungsstellen für audiovisuelle Mediendienste, kurz ERGA, unter einem ausgesprochen guten Stern.

Tom hatte sowohl Nora und Grischa als auch sich selbst eine Kompatibilität mit öffentlich-rechtlichen Gegebenheiten verordnet, und so saß man in zivilisiert abgefangener Aufregung da, trank Tee und redete über dieses und jenes: die Stadt, das Meer, das Wetter, die ehemalige Schule, bis Helge die Sache dahin lenkte, wo eigentlich alle hinwollten. Tom habe ihm ja neulich schon von diesen Radioplänen erzählt, sagte er, und weil ihm das im

Großen und Ganzen gut gefallen habe, sehr gut sogar, habe er mal etwas rausgesucht, was vielleicht dazu passen könnte. Ein europäisches Start-up-Programm namens ›Make Waves‹. Achtzehn Monate Laufzeit für innovative Radioprojekte – mit der Option langfristiger Übernahme ins öffentliche Senderspektrum. Dafür werde eine Frequenz zur Verfügung gestellt und eine Grundfinanzierung.

Tee und Teer schwiegen und sahen sich an. Wo war der Haken? Das war viel zu einfach, zu perfekt, zu förderlich.

Ob es denn nicht Tausende von Bewerbungen gäbe, fragte Tom, und ob sie denn da überhaupt eine Chance hätten, und wenn, dann gäbe es sicherlich monatelang Schreibarbeit und Nachweise und Gutachten und so weiter, und da sie ja, bis auf die Ausnahme von damals, die man vielleicht eher nicht so herausposaunen sollte, keine Rundfunkerfahrung hätten, als Hörer natürlich schon, aber nicht als Macher, da stünden die Chancen vielleicht gar nicht so gut? Hatte das überhaupt Zweck?

Helge drehte sich vergnügt mit seinem Bürostuhl hin und her. Er war der Spur einer Erinnerung an einen längeren Wortbeitrag der vorletzten ERGA-Sitzung gefolgt und hatte das Förderprogramm in einem Abschnitt entdeckt, der eine siebenstellige Ordnungsnummer, abwechselnd numerisch und alphabetisch, dies wiederum alternierend römisch und arabisch, trug und somit als Inbegriff des Unterpunktes so gut zwischen all den niedrigstelligen Hauptpunkten versteckt war, dass ihn kaum jemand aufspüren und dann auch noch aus einem schlecht übersetzten Passus die Möglichkeit einer befristeten Frequenzvergabe für innovative Radioprojekte herauslesen, geschweige denn Entsprechendes beantragen konnte – weshalb die Fördergelder zu verfallen drohten.

Tja, meinte Helge, soweit er hier sehe, gäbe es deutlich weniger Anträge als Fördermittel. Der EU sei es ja schon immer gelungen, Förderprogramme denen, für die sie gemeint waren,

unzugänglich zu machen – er kämpfe tagtäglich für mehr Transparenz –, aber er denke, in diesem Fall sei auch die Digitaldiskussion daran schuld. Wenn man täglich höre, UKW liege im Sterben, wer wolle sich dann noch um eine Frequenz bemühen?
»Wir«, sagte Nora rasch.
»Recht habt ihr«, antwortete Helge, »Totgesagte leben länger.« Dies sei zwar nicht die Meinung seines Hauses, aber er persönlich setze ganz darauf, dass es mit UKW nicht so schnell zu Ende gehe. Kurz und klein, die Chancen für *Tee und Teer* standen seiner Meinung nach äußerst gut, die Gelder ständen mehr als bereit, es gäbe Mittel und Wege, Eiligstanträge zu stellen. Was ihm aber jetzt ganz wichtig sei: Dass hier nicht nur ein Achtzehn-Monate-Strohfeuer abgefackelt, sondern ein Sender auf die Beine gestellt werden würde, der tatsächlich das Zeug hätte, in das öffentlich-rechtliche Programm überzugehen. Denn das Öffentlich-Rechtliche brauche dringend wieder mal Schwung, und der käme sicherlich nicht über die Digitalschiene frei Haus, wie manche seiner Kollegen meinten, sondern der entstehe nun mal hier und hier – Helges Hand legte sich erst auf seine Stirn, dann auf sein Herz.

Tee und Teer nickten, lächelten – ein solches Credo, von einem Europapolitiker mit Geheimratsecken.

»Ein Heimatsender, völlig neu interpretiert«, fuhr Helge beflügelt fort, »das ist es, was wir brauchen. Von hier, aber nicht von gestern.« Ein Sender, der zeige, dass lokal und global im Innersten zusammenwirken, wie man ja im Grunde auch schon höre, lokal – global, wie die zwei Zeilen eines Gedichts. Und was die Musikauswahl anbelange, das hätte sich in den Probebändern auch schon sehr gut angelassen. Inzwischen sei ja die Großelterngeneration hardrocksozialisiert – wie kann, wie muss Radio darauf reagieren? »Löst diese Frage, dann ist das Ding in trockenen Tüchern«, meinte er.

»Machen wir«, sagte Nora. »Wann fangen wir an?«

Helge blickte sie an, erstaunt und leicht pikiert darüber, dass ihm die Rolle des Taktgebers hier so mir nichts, dir nichts aus der Hand genommen wurde.

»Antrag, Frequenz, Freigabe«, antwortete er und schob Nora einen aufgeschlagenen Hefter rüber, in dem er mit Leuchtmarker eine Ziffer markiert hatte – eine gut besuchte Frequenz, die demnächst frei werden würde.

»100,7«, sagte sie, schaute auf und lächelte. »A licence to broadcast.«

Helge nickte und blickte Nora prüfend an. Eine durchgeknallte Ballerina hatte er sich vollkommen anders vorgestellt. Nicht so supernormal in Jeans und T-Shirt, so ungeschminkt und unlackiert, und vor allem, wie er sich eingestand, nicht von so überfallartig schnellem Verstand, der immer gleich die Handlungsimperative mitlieferte. Zusammen mit den dunklen Augenringen und ihrer hoch konzentrierten Anwesenheit, die in sich etwas hochgradig Abwesendes hatte, war das schon eine sehr seltsame Mischung. Und in einem hatte Tom jedenfalls recht gehabt. Sie hatte eine tolle Sprechstimme. Die Hörer würden sie lieben. Musste man jetzt nur noch ein paar Kleinigkeiten festzurren. Im Grunde konnte nichts schiefgehen, durfte nichts schiefgehen und würde nichts schiefgehen, sagte er sich. Warum nicht die Fühler nach einem geeigneten Studio ausstrecken? Tom und Grischa sollten mal in der Fachhochschule nachfragen. Der richtige Ort für einen jungen Sender, stimmt's? Und die Live-Übertragungen? Tom brachte einen alten Teerkocher als Übertragungswagen ins Spiel. Mehr aus Spaß.

»Genau!«, rief Helge. »Der wird das Wahrzeichen von *Tee und Teer*! Muss unbedingt in euer Logo. Teerkocher, das ist spitze! Ist das nicht inzwischen verboten, das Teerkochen? Da war doch was – Grundwasserschutz? Das heißt, die Dinger werden irgendwo günstig verscherbelt. Umbau lässt sich machen. Werkauftrag.«

Der Gedanke, aus einem alten Teerkocher vor Ort zu berichten, war nicht uninteressant, auch für Nora und Grischa nicht. Und die Sache mit dem Logo kam ihnen auch gar nicht so übel vor. Helge nutzte diese freudig amüsierte Aufnahmebereitschaft, um gleich noch ein paar Punkte hinterherzuschieben. Ein Verfahren, das er in Sitzungen, vor allem denen der ERGA, mit guten Erfolgen eingeübt hatte:

»Sport«, sagte er, »das müsst ihr machen. Ich sage nur: Baustellenradio.«

»Fußball«, meinte Tom, halb fragend, halb seufzend, denn Fußball war in ihrer Stadt ein wunder Punkt. »Moritz«, sagte Helge.

»Stimmt«, antwortete Tom und entschlüsselte dann diesen Steno-Austausch für Nora und Grischa: Moritz, ein Kneipenkumpel, der statt Fußballreporter in Dortmund eben doch Sportlehrer am Stadtrand geworden war, aber die letzten WM-Spiele im Public Viewing so mitreißend kommentiert hatte, dass man ihm, sobald er erschien, ein Mikrofon in die Hand gedrückt und dem Beamer den Ton abgedreht hatte – also der hätte auf jeden Fall das Zeug dazu, einen Aufstieg in die dritte Liga herbeizureden, und das würde natürlich günstig auf *Tee und Teer* zurückwirken. »Den fragen wir«, meinte Tom abschließend und hielt damit die Rubrik Sport für ausreichend versorgt. »Und Rudern«, schob er dann doch noch nach, »bei uns rudert doch die halbe Stadt.«

»Wenn's danach geht, müssten wir auch vom Tanzsport berichten«, meinte Helge, »da waren wir mal wer.«

»Längst vorbei«, meinte Nora. Sie hatte noch mitbekommen, wie im Bewegungschor des Stadttheaters etliche Ex-Turniertänzerinnen aufgefangen worden waren, während in den zur Neuvermietung ausgeschriebenen Tanzschulen die Pokale verstaubten. »Tanz, im Allgemeinen, das lässt sich machen«, schob sie nach, um das Ganze in Gang zu halten.

Grischa, der während der Sportgespräche um ihn herum seinem familiär tief verankerten Hörfunkenthusiasmus nachgesonnen hatte, schlug vor, einen Radio-Nähkurs für Blinde anzubieten. Der Irritation, die er damit auslöste, begegnete er mit der Geschichte seiner Mutter, die, zweistellig kurzsichtig, in einer Klinik für Sehbehinderungen das Nähen vom Tonband gelernt hatte. Das Band hatte eine alte Stationsschwester besprochen und dabei genau gewusst, wie lang die Pausen jeweils zu sein hatten. »Ihr müsstet meine Mutter mal hören, wenn sie darüber spricht, wie sich Stoffe und Nähte anfühlen. Da können auch Sehende was lernen«, sagte Grischa. Nora, der der Schock ihrer eigenen sprunghaft angestiegenen Kurzsichtigkeit noch in den Knochen saß, nickte. Auch Helge zeigte sich begeistert. Ein Nähkurs für Blinde am Radio wäre jedenfalls ein echtes Alleinstellungsmerkmal. »Wunderbar«, sagte er und rieb sich hochzufrieden die Hände. »Technische Ausstattung, Moderatorenpool, GEMA, digitaler Parallelbetrieb, Podcast – darum werde ich mich dann kümmern.« Schnell kamen sie überein, dass in einer Reihe zügig aufeinanderfolgender Termine die angesprochenen Punkte bearbeitet werden müssten, während im Hintergrund nicht weniger zügig und ohne den geringsten Verfahrensfehler die Fördermittel an Land gezogen werden würden. »Und wenn nicht?«, fragte Grischa. »Dann machen wir's anders«, entgegnete Helge, »aber wir machen's.«

»Du bist dann aber nicht so etwas wie unser Programmdirektor, oder?«, fragte Tom. Helge schenkte ihm einen langen, verständnisvollen Blick. »Ich bin ein Freund«, sagte er und fand dabei das richtige Verhältnis von Empathie und Emphase, »ein Freund, der euch zur Seite steht.«

Tom strahlte erst ihn an und dann in die Runde. »Freundschaftsradio«, meinte er, »wie ich gesagt habe.«

Mit dem schönen Gefühl, dass Helge *Tee und Teer* unter seine Fittiche genommen hatte, ohne Wenn und Aber, mit all dem Enthusiasmus und der Unverwüstlichkeit derer, die es geschafft hatten, ihre Leidenschaft zum Beruf zu machen, mit der Gewissheit also, dass die Segel in Windeseile richtig gesetzt worden waren und es volle Kraft voraus gehen konnte, verließen Nora, Tom und Grischa mit ihren To-do-Listen das Büro. Draußen klopften die Jungs einander auf die Schultern, und es fiel das Wort LogMen. Nora aber sprang vom Treppenabsatz mitten in die gebohnerte Eingangshalle hinein und setzte zu einem Grand Jeté an, der von einer Perfektion war, an die sie selbst nicht mehr geglaubt hatte, und die das von Generation zu Generation weitergegebene Tänzerinnengesetz, man würde sich nach nur einem einzigen Tag ohne Training nicht mehr als Tänzerin fühlen, Lügen strafte. Es stimmte nicht. Und die Sache mit der Diät, ohne die kein Tänzerinnengewicht zu halten war, stimmte auch nicht. Nora aß auf eine so selbsterhaltend selbstvergessene Weise, dass ihr Körper offenbar vergaß, zuzunehmen, obwohl ihm seit Monaten nichts Kalorienreduziertes, weder Low Carb noch Low Fat, angeboten wurde – stattdessen Pommes und Burger am späten Abend. In ihrem Grand Jeté quer durchs Foyer des Rundfunkgebäudes jedoch schien sich eine aufgestaute Körperspannung zu entladen, wie kein Supertraining der Welt sie hätte aufbauen können. Mit weit gestreckten Beinen flog sie durch die Halle – in einer Schwerelosigkeit, die keine Superdiät hätte erzielen können. Vielleicht ihr bester Sprung. Und sie brauchte dafür keine Spitzenschuhe, die mit Nagellack gehärtet und mit Geigenharz rutschfest, die außen mit Satinbändern benäht und innen mit Babypuder bestreut worden waren, sondern einfach ein paar Sneaker, deren Stoff sich seitlich schon von den Gummisohlen trennte und die mit mehrfach gerissenen und halbherzig verknoteten Schnürsenkeln zusammengehalten wurden. Sie konnte noch tanzen. Sie würde Radio machen. Sie hatte eine Lizenz, sie hatte eine Mission, und sie hatte Mittel an der Hand. Ihr Weg war frei.

Noch am Abend, in der stillen Wohnung, kreiste dieses Allmachtgefühl in Noras Blut. Sie strich den Briefumschlag mit Gerichtsadresse, den sie lange hin und her getragen hatte, glatt. Sie hatte ihn mit einer Briefmarke aus der Küchenschublade frankiert, die das Jubiläumsjahr eines Rosengartens feierte, das inzwischen selbst ein kleines Jubiläum lang zurücklag. Da kam ihr der Gedanke, das Porto könnte sich in all diesen Jahren erhöht haben. Sie prüfte es in ihrem Handy: Briefe Inland Deutsche Post. Ja, es hatte sich erhöht. Nicht nur einmal. Sie zog eine Jacke über, fuhr zum Hauptbahnhof, löste eine zusätzliche Briefmarke, klebte neben das postalisch gefeierte Rosarium den schön gezeichneten Kopf eines deutschen Politikers und warf den Brief ein. Dann stieg sie in die Straßenbahn und betrachtete ihr Gesicht im getönten Konkav der Fensterscheibe, hinter der die spätabendliche Stadt vorüberzog. War sie das wirklich? Sah so eine Task-Force aus? Zwei scharfe Linien von der Nase zum Mund, der selbst wiederum sich nicht anders ausnahm als eine weitere schmale Linie. In zwei tief liegenden Höhlen ihre unbewegten Augen, aus denen heraus sie sich selbst taxierte und in die hinein sie sich verschwinden fühlte. Sie wandte sich ab und starrte stattdessen auf den schmalen Monitor, der die nächsten Haltestellen anzeigte, diese altvertrauten Namen, neuerdings in gepixeltem Neon, das sie wie Orte erscheinen ließ, an denen sie nie gewesen war.

13

Für den Rechtsreferendar Simon Bernhardi dagegen, der ebenfalls spätabends, mit einem überdimensionierten Rollkoffer, welcher allerdings die Aufgabe eines Umzugskoffers erfüllte und für diese Funktion wiederum eher zu klein war, am Hauptbahnhof in eine Straßenbahn stieg, war das Leuchtband eine Selbstverständlichkeit städtischer Personenbeförderung, nicht jedoch die Namen, die darauf erschienen. Immer wieder verglich er die Anzeige mit dem Zettel in seiner Jackentasche, auf dem er sich notiert hatte, was seine Vermieterin ihm am Telefon durchgegeben hatte, in jenem norddeutsch-bedächtigen Tonfall, der ihm zum ersten Mal, seit er entschieden hatte, sein Referendariat dort anzutreten, wohin Leute angeblich nur reisen, um wegzukommen, deutlich machte, dass sich hier die Sprache, womöglich auch das Zeitgefühl ändern würden. In diesem sogenannten Armenhaus Deutschlands.

Und dann führte ihn die Straßenbahnlinie durch eine Stadt, die viel weniger den Anschein einer Durchgangsstation oder einer Endstation aufwies, als zu vermuten gewesen war, die vielmehr mit allen Requisiten backsteingemauerter Sesshaftigkeit ausgestattet war – und zwar auf eine derart übersichtliche und dabei, wie er in der dahingleitenden Bahn zu spüren meinte, freundlich-entspannte Weise, dass er schon auf den ersten Metern Straßenbahngleis begann, sich zu Hause zu fühlen. Darauf war er nicht vorbereitet gewesen, weder auf dieses Gefühl noch auf eine Bilderbuchstadt. Das lange Bahnhofsgebäude, übereck die Post – so mochten sie als Ensemble der Weltverbindung schon vor zweihundert Jahren dagestanden haben, und gleich gegenüber Bäckerei und Apotheke. Wenige Stationen weiter ein altehrwürdiges Schulgebäude, dann eine Brücke, die auf einen großzügigen Platz führte, der den Blick freigab auf ein Theater, das in Dimension und Schönheit der Armenhausrede Hohn sprach, festlich erleuchtet, mit hohen offenen Türen, durch die die Zuschauer gerade hinausströmten. Durch das Straßenbahnfenster auf der anderen Seite sah er auf ein Denkmal, einen Herrn, der offenbar nicht müde wurde, über die Geschicke dieser Stadt zu wachen, in der er, Simon Bernhardi, ein möbliertes Zimmer angemietet hatte, völlig unbesehen, weil ihm das Wegkommen insgesamt wichtiger gewesen war als das Ankommen, und die ihm vertraut wurde, noch bevor er überhaupt in seiner Straße angelangt war. Vom Meer sah er nichts – nur Straßennamen, die darauf verwiesen. Wo es eine Deichstraße gab, konnte das Meer nicht weit sein. Und die Luft, die er einsog, als er ausgestiegen war und die Straße nach seiner Hausnummer ablief, war böig, salzig und teerig und gab ihm Gewissheit, dass er genau dort angelangt war, wo er hingewollt hatte, und dass es die beste Idee seit langem gewesen war, all das, was er nicht in diesen einen Rollkoffer hineinbekommen hatte, tatsächlich hinter sich zu lassen, ganze sechseinhalb Zugstunden weit hinter sich zu lassen. Im Westerwald, wo man auf dem Familiensitz der Bernhardis viel zu sehr damit beschäftigt war, auf sich zu halten, und er selbst viel zu sehr damit, an sich zu halten. Wo sein Vater, ohnehin wenig zufrieden mit dem mittelmäßigen Examen seines mittleren Sohnes, ihn gefragt hatte, was er denn dort wolle, in dieser Stadt unterdurchschnittlichster Lebensverhältnisse. Na dann gute Nacht, Marie. Sein Großvater hatte noch »Heimatland, ade« gesagt. Seine Mutter hatte gar nichts gesagt, sondern nur die Mundwinkel nach unten gezogen, und sie mit herabgezogenen Mundwinkeln ins Brötchen beißen und kauen zu sehen, wie jemand kaute, der auf sich hielt, war kein schöner Anblick gewesen. »Sie liegt am Meer«, hatte Simon geantwortet und dabei ganz bewusst den Kategorienfehler begangen, volkswirtschaftliche Gesamtkalkulation mit geologischer Formation gegenzurechnen.

»Wenn du unbedingt ans Meer willst, geh doch nach Hamburg«, hatte sein Vater ihm entgegnet. »Ich könnte Arthur fragen, ob er etwas für dich weiß.«

Allein der Gedanke an Arthur, den Bruder seines Vaters, der als Wirtschaftsanwalt das Recht des Stärkeren gern mit dem Bürgerlichen Gesetzbuch aufblies, machte Hamburg zu einem Ding der Unmöglichkeit; wenngleich es tatsächlich Arthur gewesen war, der in Simon den brennenden Wunsch geweckt hatte, Jura zu studieren – einzig und allein, um ihm Paroli bieten zu können, ihm die Luft rauszulassen, ihn in sich zusammensinken zu lassen –, wenn man ihm schon keine reinhauen durfte, wie er es sich von Kindesbeinen an vorgestellt hatte.

»Hamburg«, hatte Simon geantwortet, »liegt nicht am Meer.« Sein Vater hatte ihn kurz und scharf angesehen, so wie nur er es konnte, dieser Meister der Schärfe und Kürze, und nicht mehr geantwortet. Vielleicht weil er sich geografisch überrumpelt fühlte oder, wahrscheinlicher, weil er die unsinnige Korrelation von Küste und Karriere nicht der Rede wert befand. Und dass es in den Umzugsplänen seines Sohnes letztlich noch nicht einmal mehr darum ging, Karriere zu machen, sondern dass das ganze Referendariatsszenario sich tatsächlich näher am Ausstieg als am Aufstieg bewegte, dies lag sowieso vollkommen außerhalb dessen, was in der Familie Bernhardi als denkbar galt. Genauso wie das kleine möblierte Zimmer im sechsten Stock eines Hochhauses aus den fünfziger Jahren, das Simon bezog und an dessen Fenster er am Abend seines Einzugs noch lange stand und sich nicht sattsehen konnte an den Leuchtketten der Kräne und Schiffe, die ihm sicher anzeigten, was er in der Dunkelheit nicht mit eigenen Augen sehen konnte: die See. Das Klopfen seiner Vermieterin indessen, die dem weit gereisten jungen Mann eine gute Tasse Tee hineinreichen wollte, nahm er nicht wahr, denn sein Hörgerät hatte er abgelegt. Ohne sah er besser.

14

Wenige Wochen nachdem Nora die Straßenbahn für ihren Posteinwurf und Simon sie für seine Einreise genutzt hatte – beide mit dem Ziel Amtsgericht –, war jede zweite Bahn dieser Linie, die sich auf der Nord-Süd-Achse durch die Stadt schlängelte, von einem Unternehmen für Verkehrsmittelwerbung wetterfest und UV-stabil mit einem schwarzen Band beklebt, auf dem in der Farbe frisch aufgegossenen Ostfriesentees eine 100,7 leuchtete, die wiederum den Schriftzug ›Tee und Teer – Meer Radio‹ hinter sich herzog. Im oberen Teil der Fenster prangte auf einer Spezialfolie das Datum des ersten Sendetages, das den Countdown und damit das Tempo der Vorbereitung angab, das die Gemächlichkeit der Straßenbahn allerdings bei Weitem übertreffen musste und sich deutlich weniger Zwischenhalte erlauben durfte, wenn dieser Termin gehalten werden wollte; und dies wiederum wollte keiner der Beteiligten infrage stellen. Jetzt, wo der positive Bescheid aus Brüssel rechtskräftig vorlag.

Helge Bruns gab seine Abendstunden und Wochenenden dran und erhielt sich seinen Familienfrieden mit der Zusage, im kommenden Sommer nicht weniger als vier Wochen am Stück an der dänischen Küste zu campieren und im darauffolgenden Herbst ernsthaft nach einem Collie-Welpen Ausschau zu halten.

Man entwarf Sendeplätze und kümmerte sich um Gastmoderatoren, sie buchten Nachrichtensprecher und debattierten über ein Nachtprogramm. Darauf hatte Grischa bestanden. Eigentlich sei Radio ja vorwiegend für die, die nicht schlafen können. Die dürfe man nicht in der Versorgungslücke hängen lassen mit Free Jazz und den Hits vom Vortag. Denen müsse man etwas bieten, gerade denen. Nora nickte. Hörte gar nicht auf zu nicken. Das war ein seltener Anblick, und Tom versuchte, die Gunst des Augenblicks sofort zu nutzen:

»Radio Veronica hat nachts die Langversion von *The War of the Worlds* gesendet. So etwas könnten wir doch auch machen«, meinte er, »die Schlaflosen dieser Stadt werden uns dafür lieben.«

»Für den *Krieg der Welten*? Ich weiß nicht«, entgegnete Grischa.

»Muss halt lang sein und irgendwie spleenig«, antwortete Tom, »etwas, wofür der Tag zu hell ist und zu kurz. Die Nacht ist lang und dunkel, und statt auf das Morgengrauen zu warten und dauernd zum Kühlschrank zu laufen, kann man da etwas hören, was man sonst nie im Leben hören würde – noch nicht mal irgendwo im Stau.«

»Wie wär's mit *Berge Meere und Giganten*? Wisst ihr noch, die ganze elfte Jahrgangsstufe lang hat Müller-Kripke uns das aufgetischt. Und dann auch noch diese Döblin-Lesegruppe angeboten, für die ungekürzte Fassung. Freitagnachmittags. Der Mann war echt nicht von dieser Welt.«

Sie schwiegen und lächelten in Erinnerung an einen zauseligen, kleinen Mann, dessen literarischer Enthusiasmus sich durch nichts, keinen Lehrplan, keinen Schülerspott, keine Kollegenschelte hatte brechen lassen und der dann einen Tag nach der seitens der Schule halbherzig gefeierten Verabschiedung ins Pensionärsleben vor ein Auto gelaufen war. Und wie sie alle dagestanden und gewünscht hatten, sie hätten ihm einfach mal eine Blume aufs Pult gestellt; nicht erst jetzt.

»Aber diese Enteisung Grönlands mit den Vulkanfrachtern, die hatte was, oder?«, setzte Tom noch einmal an. »Klimawandel ist nichts dagegen.«

Er brummelte noch etwas von: gehört eigentlich in die Prime Time, aber Nora fiel ihm ins Wort: »Grischa hat recht. Radio ist nachts vielleicht noch wichtiger als tagsüber.« Helge, der gerade überlegt hatte, ob er selbst eigentlich jemals eine Zeile von Döblin gelesen hatte, ließ seine Augen nachdenklich auf ihrem blassen Gesicht ruhen, auf dem die Sommersprossen immer deutlicher hervortraten. Immer schien sie ihm auf mehreren Spuren gleichzeitig unterwegs zu sein, wenn nicht eher knapp neben allen Spuren, jedenfalls unberechenbar und ihm immer eine Nasenlänge voraus.

Er schwang sich in seinem Sessel nach vorn und beauftragte Tom und Grischa, die Verhandlungen über die Einrichtung eines Studios im obersten Geschoss ihrer Fachhochschule zu beschleunigen und eine Kooperation mit dem Wahlpflichtfach Medien & Kommunikation zu initiieren.

Tags drauf sprachen die beiden im Rektoratsbüro vor und stießen auf offene Ohren. Da sie jedoch gleichzeitig ein Freisemester beantragten, führte diese Verschlungenheit von Drinsein und Draußensein der studentischen Verhandlungsseite zu bürokratischen Irritationen, die auszuräumen nach Aufwand und Komplexität einer Abschlussprüfung im Fach Logistik gleichkam.

Als sie diese Hürde genommen hatten und Helge die frohe Botschaft zusammen mit einer Flasche Schampus direkt überbringen wollte, fanden sie keinen smarten Radiofunktionär vor, sondern einen unausgeschlafenen Menschen, der sich die Haare raufte: »Ob ihr es glaubt oder nicht: keine Tontechniker weit und breit. Der Markt wie leer gefegt. Keiner weiß, warum. Katastrophe.«

Tatsächlich war Helge davon ausgegangen, dass der Pool von festen Freien und halbfreien Halbfesten und deren festen freien Vertretungen so gut bestückt und selbstauffüllend war, wie er es aus seiner Studenten- und ersten Berufszeit in Erinnerung hatte. Inzwischen jedoch krallten sich die öffentlichen Sender wie eifersüchtig Liebende an ihre besten Leute und hatten nur zögerlich die Kontaktdaten einiger Wackelkandidaten herausgerückt, die, wie sich schnell herausstellte, sämtlich Besseres zu tun hatten, als ein knapp finanziertes neues Radiostudio mit aus dem Boden zu stampfen. »Und das, nachdem ich denen eine Hundertprozentstelle aus der Tasche geleiert habe. Hat mich drei Sitzungen und eine Bootsfahrt am Samstagnachmittag gekostet.«

»Wirklich?«

»Ja, sicher.«

Tom nickte anerkennend, Grischa schüttelte den Kopf. Nora schlug vor, dass sie dann eben selbst eine Zeitlang die Tontechnik übernehmen könne. »Nein, du machst die Morningshow«, wurde ihr bedeutet. »Ich könnte Walther fragen«, meinte sie daraufhin. Aber als sie bei ihm vorbeischaute und mit ›hundert Prozent‹ und mit ›festfrei‹ und ›halt dich fest: Weihnachtsgeld‹ winkte, winkte Walther Ullich ab: Er sei nur noch mit sich selbst kompatibel, und am Ende gäbe es da Rauchverbot. »Aber warum macht ihr nicht einen Aushang?«, fragte er. »Letztlich regelt sich alles über Aushänge. So bist du doch damals auch zu mir gekommen, Nora.«

Nora übermittelte diesen Vorschlag eines alten Hasen im Tongeschäft, und Grischa und Tom entwarfen einen Aushang. In Großbuchstaben der Schriftgröße 72, nochmals vergrößert auf 141 %, wurde dort auf ein Radio aufmerksam gemacht, das einen tontechnisch versierten Menschen suche. Dringend! Der Aushang verbrauchte in Helges Drucker drei Tintenpatronenfüllungen und wirkte in seiner geballten Schwärze eher wie ein Fahndungsplakat als wie ein Stellenangebot, aber tatsächlich war die Lage ja auch dramatisch.

15

Djamil war drei Tage hintereinander vor dem Aushang stehen geblieben und hatte auf die fünf fetten schwarzen Großbuchstaben des Wortes ›RADIO‹ gestarrt. Am Abend des dritten Tages hatte er sich hingesetzt und eine Bewerbung geschrieben, exakt nach dem Schema, das man ihn hierzulande gelehrt hatte: auflisten, was war, verbergen, was nicht war. ›Lückenlos‹ nannten sie das.

Dann hatte er die auf dem Aushang angegebene Handynummer angerufen, mit einem gewissen Tom gesprochen und sich mit ihm und seinem Kollegen in der Eingangshalle der Fachhochschule verabredet. Dort übergab Djamil Anschreiben, Lebenslauf und Zeugnisse. Tom und Grischa, denen ihre plötzliche Arbeitgeberposition peinlich war, reichten einander die Papiere hin und her, räusperten sich und versuchten, ein zu gleichen Teilen verbindliches wie unverbindliches Lächeln hinzubekommen, bis Tom schließlich alle Unterlagen auf die Fensterbank legte und sagte: »Erzähl doch mal, Djamil. Du hast Radioerfahrung?«

Djamil sah sie an und wusste nicht, wie er das, was er da so schön formatiert, sauber ausgedruckt und wohlsortiert übergeben hatte, in wörtliche Rede zurückübersetzen sollte. Radioerfahrung. War das die richtige Bezeichnung für jene Monate, als in seinem zerstörten Land die von Tunesien heranrollende Welle der Arabellion die Hoffnung nährte, alles könne sich zum Besseren wenden, ja, es könne am Ende gar eine neue Zeit anbrechen, die sich mit den Verheißungen dessen verband, was man Demokratie nannte? Während derer sie, die Studenten der Universität Aden, die Welle, die von Radio Kalima ausgegangen war, erst mit kleinen Radiogeräten und dann mit ihren Mobiltelefonen aus sehr löchrigen Netzen einzufangen versuchten und dachten, was sie in la Tunisie können, können wir in al-Yaman auch, und wie sie es dann gewagt hatten, im Dachverschlag eines Sechsfamilienhauses, das, ganz am Rande ihrer Stadt, in die Wände eines Vulkankraters hineingebaut war, einen Sendemast aufzustellen, den man einem Elektrohändler, der umständehalber ganz zum Elektroreparateur geworden war, abgerungen hatte, und sie zusammen mit den Kommilitonen von der Elektrotechnik subtile Improvisationsstrategien gelernt hatten, alles, was der große Lehrmeister Mangel lehrt, um täglich drei Stunden auf Sendung zu gehen. Und wie er nach anfänglichem Zögern mitgemacht und drei seiner fünf Schwestern mit hineingezogen hatte, und es allein seine Schuld gewesen war, dass der Sender so gut funktionierte und seine Schwestern so furchtlos schöne Reportagen machten, sie mit einer viel zu heiteren Heimlichkeit ihre Freundinnen dazuholten, und es letzten Endes der gute Empfang und die freiheitlichen Inhalte, vor allem jedoch die ungelittene Präsenz von Frauenstimmen gewesen war, die zusammen dafür sorgten, dass es mit dem Radiostudio ein schlimmes Ende genommen hatte; wie überhaupt mit der arabischen Revolution. Dass dort die Stecker nicht mit Händen, sondern mit Gewehrkolben aus der Wand gezogen wurden und das, was solchermaßen vom Strom getrennt worden war, sicherheitshalber kurz und klein geschlagen worden war, in maßloser Wut darüber, dass hier niemand vorgefunden worden war, obwohl der Tee in den Tassen noch lauwarm war, vor allem die Frauen nicht, die meinten, hier den Mund weit aufmachen zu dürfen. Die hatten sich drei Häuser weiter in einem kleinen Verschlag zusammengedrängt und zeichneten Fluchtwege mit dem Finger auf den Tisch. Warteten und warteten weiter, bis sie meinten, nun könnten sie es wagen, und eine von ihnen hinausging und sie ihr alle dann nachgegangen und jedenfalls nicht mehr nach Hause gegangen waren, sondern einfach fort, wobei fort alles andere als einfach gewesen war ...

Im Foyer einer norddeutschen Fachhochschule, vor zwei Studenten, die er zwar zum ersten Mal im Leben sah, die ihm jedoch allein durch die Aufmerksamkeit ihrer Blicke und ihr Ungehetztsein Vertrauen in seine eigene Rede schenkten, packte Djamil mit den Mitteln dreier staatlicher Sprachkurse und eines mehrmonatigen Selbststudiums all das, was seine Radioerfahrung ausmachte, in einen Bandwurmsatz, der mit einer Kette wiederkehrender Konjunktionen und einer eigenwilligen Vertauschung von Subjekt und Prädikat ein reguläres Satzende in weite Ferne schob – wie er überhaupt seit damals, als das Radio zerstört wurde, alles als im Aufschub begriffen empfand und auch in der siebten Stadt dieses Landes, das ihn im Namen der Genfer Flüchtlingskonvention willkommen geheißen hatte, noch nicht angekommen war, trotz Studentenausweis und Wohnheimzimmer, und wie überhaupt das Warten, das In-der-Luft-Hängen und das Weitergereichtwerden für Djamil Inbegriff des Deutschen geworden waren: nicht nur von Sprachkurs zu Sprachkurs, sondern auch von Notaufnahme zu Bundesamt, von Bundesamt zu Bürgeramt, von dort zum Integrationskurs, vom Integrationskurs zum Jobcenter, vom Jobcenter zur ehrenamtlichen Hilfsorganisation und zum kirchlichen Willkommensteam, und zwar in immer neuen Städten entlang einer nur den Behörden einsichtigen Linie von Südwest nach Nordost, ohne dass dabei irgendetwas geschehen war, ohne dass so etwas wie Zukunft überhaupt in den Blick genommen worden war.

Warten und In-der-Luft-Hängen konnte man nicht erzählen, also setzte er mit seinem Bericht dort neu an, wo er wieder Boden unter die Füße bekommen hatte. Mit Frau Schulze, die sich in einem Jobcenter in Magdeburg seine Stagnationskarriere angesehen hatte, daraufhin auch ihn fest ins Auge gefasst und gefragt hatte:

»Herr Nizar, was wollen Sie eigentlich machen?«

Er hatte die Achseln gezuckt, weil er dies für eine dieser Behördenfragen gehalten hatte, eine besonders absurde in diesem Fall, aber die Bearbeiterin hatte nicht aufgehört, ihn ernsthaft interessiert anzusehen. Sie hatte ihre Frage wiederholt und dabei ein entscheidendes Wort hinzugefügt:

»Herr Nizar«, hatte sie gefragt, »was wollen Sie eigentlich wirklich machen?«, und mit diesem kleinen Zusatzwort seiner Ämterexistenz einen ungeheuren Realitätsschub verliehen, der ihn von einem Papier-Djamil zu einem Fleisch-und-Blut-Djamil gemacht hatte, und in dieser plötzlichen Lebendigkeit hatte er in sich auf einmal nichts als diesen brennenden Wunsch gespürt, dort wieder anzuknüpfen, wo sein Leben den größten Riss bekommen hatte, wo diese riesige Lücke zu klaffen begonnen hatte. »Studieren«, hatte er damals gesagt, weil das ein aufnahmefähiges Wort war und jedenfalls in die richtige Richtung wies.

»Und was, Djamil?«, hatte Frau Schulze ihn gefragt, und weil er zum ersten Mal in einem Amt nicht eine förmlich korrekte Anrede erfuhr, sondern den Namen hörte, mit dem er sich selbst verband, löste sich seine Zunge.

»Wie man einen Hafen wiederaufbaut«, hatte er geantwortet, so schnell, dass es ihn selbst überraschte.

»Wie heißt das Studienfach dazu?« Frau Schulze war nicht mehr gewillt gewesen, lockerzulassen.

»Weiß nicht«, hatte er gesagt und befürchtet, dass, wenn ein

Weg sich nicht mal ordentlich bezeichnen ließ, er sicherlich gleich wieder versperrt sein würde.

Aber dann hatte Frau Schulze in ihrem Bekanntenkreis herumgefragt, was man studieren müsse, um einen Hafen wiederaufbauen zu können, und viele nichtsnutzige Antworten geerntet, bevor der Schwiegervater einer ihrer Freundinnen übermitteln ließ, ob sie denn alle das wirklich nicht wüssten: Transportwesen. Auch bekannt unter dem Namen Logistik. Zu studieren an einer Reihe von Universitäten, insbesondere solchen, die sich ein ›Technische‹ davorheften, aber auch an Fachhochschulen, dort übrigens nicht schlechter. Nun denn, er freue sich auf den neuen Hafen – wer immer ihn aufbauen wolle. Herzliche Grüße. Diese Grüße hatte eine gut gelaunte Frau Schulze ihm ausgerichtet, samt der Geschichte ihrer Recherchen und einer Liste der Studienorte, die infrage kämen. Gemeinsam hatten sie sich über die Zulassungsbedingungen informiert und sie mit dem abgeglichen, was er an Zeugnissen vorweisen konnte. »Djamil«, hatte Frau Schulze beim nächsten Termin gesagt, »hier hast du die Papiere, pack deine Sachen, lerne Hafenaufbau und melde dich bei mir, wenn du's geschafft hast.« Ohne Frau Schulze jedenfalls, die es einfach sattgehabt hatte, Verschiebebahnhof zu spielen, hätte er höchstwahrscheinlich nie an einem großen, deutschen Überseehafen seine Hafenaufbau-Studien betreiben und schon gar nicht in der Eingangshalle einer Fachhochschule ein Stück seiner Vergangenheit offenbaren können, was ihn jetzt allerdings in Scham und Sorge darüber stürzte, ob er nicht zu privat geworden war – und zu politisch.

Tom und Grischa hatten zugehört, genickt, gelächelt, den Kopf gesenkt, wieder gehoben, hatten einander nicht angesehen, nur Djamil, wie er dastand und sich in seiner eigenen Geschichte vortastete, von Radio Kalima bis zu Frau Schulze. Und wussten: Er hatte ihnen gefehlt.

Ob Djamil sich vorstellen könne, jetzt mit ihnen ins Dachgeschoss zu fahren, um sich seinen neuen Arbeitsplatz anzusehen, fragten sie, ohne noch irgendwelche Formalitäten aufzubringen, na ja, viel sei ja noch nicht zu sehen, aber sie würden sich freuen, wenn er nicht nur tontechnisch, sondern auch sonst an dem neuen Sender mitwirken würde, wollen wir? Tom deutete zu den Fahrstühlen.

»Nehmen wir die Treppe«, sagte Djamil. Das Leben hatte ihn gelehrt, enge fensterlose Räume zu meiden. Aber das gehörte in eine weitere Lücke seines Lebenslaufes und gerade nicht hierher.

16

Als Nora Djamil kennenlernte, hatte der bereits eine Reihe Kabel verlegt und war gerade dabei, Halterungen für Monitore in die Wand zu schrauben. Auf dem Boden lagen Skizzen des Planungsbüros zu Steckfeldern und Akustikwänden, die Nora interessiert in die Hand nahm. Gemeinsam schritten sie den Raum ab, zeichneten die doppelglasige Trennwand in penibelster Neigung zwischen Aufnahmestudio und Senderegie auf den Boden, markierten, wo die Mikrofone angebracht werden sollten, wo die Lampen zu montieren und das Mischpult einzurichten seien. Sie hockten auf dem Boden, strichelten den Lauf der Kabelkanäle auf großformatiges Papier und verabschiedeten sich nach einigen Stunden mit dem schönen Gefühl, sich ungeachtet unterschiedlicher Muttersprachen im internationalen Diskurs der Tontechnik bestens verständigen zu können. Die Adressenliste mit den Lieferanten steckte Nora ein: »Wenn man denen nicht auf die Füße tritt, ist man verloren«, sagte sie in Erinnerung an die helle Aufregung im Theater, wenn eine Ersatzlieferung mal wieder auf sich warten ließ und man in letzter Sekunde, im Laufen, Pappe und Styropor von den Geräten reißen und sie anstöpseln musste, noch bevor man die Kabelbinder abgedreht hatte, damit der Maschinist endlich den Bühnenvorhang in Gang setzen konnte.

Nora sei ja sehr nett, sagte Djamil später zu Tom und Grischa, und man hörte ihm die Erleichterung darüber an, dass nicht eine komplizierte, eine strenge oder, der Himmel möge es verhüten, eine fremdenfeindliche Frau das Glück seiner zweiten Radiokarriere zur Strecke bringen würde. Nach einer kleinen Pause fügte er hinzu: »Aber hat sie kaltes Fieber.«

Tom und Grischa wussten erstens nicht, ob es sich um eine Frage oder eine Aussage handelte, zweitens nicht, was kaltes Fieber genau sein sollte: eine verborgene Krankheit oder eine jemenitische Temperamentseinordnung, und drittens nicht, was sie darauf antworten sollten. Also nickten sie vage, weil sie die Vermutung, dass irgendetwas mit Nora nicht stimmte, teilten, ließen die Diagnose, die sie nicht einordnen konnten, jedoch in der Luft hängen.

Djamil bemerkte ihr Unverständnis, aber da er keine Ahnung hatte, wie er es anders hätte ausdrücken können, dass Nora ihn stark an die Leute in seiner Heimat erinnerte, denen die Malaria ihren lebensbedrohlichen Wechsel von Auskühlung und Überhitzung aufgeladen hatte, wenngleich Nora das alles ohne Bettlägerigkeit und medizinische Betreuung auszutragen schien. Aber ihre Augen, die waren typische Cold-Fever-Augen. So viel war klar.

Es war nicht die Malaria, die Noras Körper bis ins Mark auskühlte und sich dort einnistete, unbeeindruckt von Sonne, Heißgetränken, Wärmflaschen, Daunenjacken und sportlicher Betätigung. Es war die Trauer. Die Trauer, die sie mit niemandem teilte, die sie niemandem mitteilte. Sie ging zum Friedhof, stand am Grab, zupfte die welken Blätter und hörte die Worte ihrer Mutter seltsam in ihren Ohren klingen, wie durch einen umgekehrten Trichter. Sie ging nach Hause, wollte sich wärmen mit der Erinnerung an Toshio. Sie hörte Janáček, sie holte sich Toshio heran, wie man sich einen Ausschnitt der Welt mit einem Fernglas heranholt, unwirklich nah, doppelt fern. Alles nicht normal, sagte sie sich, und: kein Wunder. Kein Wunder, wenn man in einem Körper herangewachsen war, der ein Verbrechen gespeichert hatte. In einem solchen Speicher hatte es eine normale Zeugung gar nicht mehr geben können. Nicht normal nichtnormal, außerkörperlich und Reagenzglas und so weiter, sondern innerkörperlich nichtnormal, mit all den sich immer weiter ausbreitenden Schäden, mit Aushalten und Versteinern und Zähnezusammenbeißen. Fragte sich, wie sie je gedacht haben konnte, normal zu sein: überdurchschnittlich gelenkig, unterdurchschnittlich sehstark; überdurchschnittlich schöne Stimme, unterdurchschnittlich strapazierbare Geduld. Alles in allem: normal. Fragte sich, ob nicht ein Fluch der Gewalt auf ihr lag und ob nicht dieser Fluch ihr diese verfluchten Gedanken einflüsterte. Sie musste an ihrer Normalität arbeiten.

Im Telefonbuch suchte sie nach einem Freund von früher, rief ihn an und ließ ihn nach Kaffee und Kuchen nicht lange im Unklaren darüber, dass sie eigentlich nur an eines dachte. Charly, obwohl er sich am Telefon allen Ernstes mit Karl Leonard Berends gemeldet hatte, war ganz der leidenschaftliche Liebhaber, als den sie ihn in guter Erinnerung hatte, und mit großer Erleichterung spürte Nora, dass sie das Spiel von Locken und Lassen noch kannte und es genießen konnte, und doch war dieses Spiel hitzig, ohne zu wärmen. Wunderkerzen-Sex: Der Funke sprang über, es prickelte und glitzerte, aber es war so schnell vorbei, wie es sich entzündet hatte. Schon während sie sich anzog, war ihr wieder kalt. Charly schüttelte den Kopf, als er sah, wie sie alles in doppelter Ausfertigung überstreifte, T-Shirts, Pullover, Strümpfe – er konnte sich gar nicht daran erinnern, ihr das alles ausgezogen zu haben –, und hielt es für die Berufsmarotte einer Balletttänzerin. Sie sagten, es war schön und bis dann und möchtest du noch einen Kaffee, und wussten beide, dass dies nichts anderes hieß, als dass es für eine Wiederauflage eigentlich keinen Grund gab. Einerseits wärmte es nicht, und andererseits hatte Karl Leonard eine Freundin, die ein beängstigend sicheres Gespür für Parallelaktionen hatte und dann ausgesprochen anstrengend werden konnte.

Das vergebliche Warten auf eine Antwort vom Amtsgericht kühlte Nora zusätzlich aus. In diesen zugigen Warteraum zogen Bilder ein. Ein alter Mann, der mit einem Satz kratziger Bettwäsche vor seiner Pritsche stand. Spät, aber nicht zu spät. Sie wusste bereits davon; er noch nicht. Mochte er jetzt noch schlafen, den Schlaf der Satten und Selbstgerechten, die meinten, eine Platinkreditkarte, Tennisfreundeanwälte und die Mitgliedschaft in einem Dutzend gemeinnütziger Vereine könnten sie vor allem beschützen, sogar vor Gerechtigkeit.

Sie hatte herausgefunden, wo er wohnte, und von der gegenüberliegenden Straßenseite aus das Einfamilienhaus betrachtet: die schwere Haustür, die eng gefalteten Gardinen und die Thuja-Hecke hinter dem Jägerzaun. Die Thuja-Hecke war länger nicht geschnitten worden, die Gardinen glatt, aber grau. An Haustür und Sockel hatten sich Flechten und Moos ausgebreitet. Ich muss mich beeilen, hatte sie gedacht und gespürt, wie ihr Körper sich aufheizte, ihr Schweißperlen vom Haaransatz auf die Stirn traten. Sie zog ihre Jacke aus, holte sich auf dem Rückweg am Bahnhof eine eiskalte Cola und dachte über Beschleunigung nach – und Agitation. Über Nachrichtenkanäle – und Flashmobs.

Als sie die Cola ausgetrunken hatte, rief sie Helge an und sagte: »Wir brauchen noch die Social-Media-Dienste. Alle – alle, die es gibt.«

»Versteht sich von selbst«, antwortete Helge, der ihren Maximalismus zu schätzen wusste, »aber du bringst mich darauf, dass wir noch den Vertrag mit der Webadministratorin unter Dach und Fach bringen müssen. Ich klemme mich gleich mal dahinter.« Nach einer kurzen Pause, in der er diesen Termin notierte, spielte er den Ball zurück: »Sag mal, hast du die Werbung im Blick?«

In einer ihrer letzten Sitzungen hatten sie beschlossen, den kleinen Betrieben, die sich im Kampf gegen die Ketteninvasion aufrieben, ein bisschen unter die Arme zu greifen. Das konnte der Stadt und ihrem neuen Sender nur guttun. Ein Win-Win-Spiel – unter Auflagen allerdings: Es sollten Eigenproduktionen sein und nicht ohne Witz. Tatsächlich waren die Einsendungen zu achtzig Prozent phantastisch gewesen und hatten offenbart, dass geborene Kleinkünstler durchaus an Werkbänken, Rührmaschinen und Ladentischen zu finden waren. In einer schlaflosen Nacht hatte Nora, in mehrere Decken gehüllt, die ausgewählten Spots tontechnisch aufpoliert und in das Zeitfenster vor den Nachrichten sortiert. So konnte sie jetzt, auf Helges Nachfrage, lässig parieren. »Längst fertig«, sagte sie und legte auf. Drei Minuten später rief sie ihn noch einmal an: »Was ist eigentlich mit dem Teerkocher? Sollen wir den jetzt nicht mal langsam abholen?«

»Immer muss sie das letzte Wort haben«, murmelte Helge, während er die Nummer des Teerwagenbesitzers wählte, um den Termin klarzumachen.

17

Der Teerkocher, den Tom im Internet aufgetrieben hatte, verstaubte gerade samt Zugmaschine auf dem Gelände eines Berliner Gebrauchtwagenhändlers, der eher kein gebürtiger Berliner war, und ›Wagen‹ war für die gebrauchten Gefährte, die er dort versammelte und verscherbelte, auch ein eher schwaches Wort: mehr oder minder mitgenommene Busse, Boote, Bauwagen, außerdem containerartige Aufbauten, für die einem ein Name nicht so recht auf den Lippen lag und die eher nach speditiven Sonderanfertigungen aussahen. Alles abzugeben ausschließlich gegen Bares und täglich nur bis achtzehn Uhr. Man solle nicht versuchen, danach auf das Gelände zu gelangen: »Geht Hund rum«.

Zu dritt reisten *Tee und Teer* mit der Bahn an, fuhren vom Bahnhof wenige Stationen mit der Tram zu einer weitläufigen, hoch eingezäunten sibirischen Steppe mit locker geparkten Fahrzeugen, legten die fünfzehn Hunderteuroscheine, die Helge ihnen aus der Sendergrundausstattung ausgezahlt hatte, auf den Tisch wie Leute, die weder gewohnt waren, größere Summen Geldes mit sich zu führen, noch, sie auf Tische zu legen, die wenige Requisiten bürgerlicher Seriosität aufwiesen. Der Gebrauchtwagenverkäufer nahm die Scheine, zählte sie mit Daumen und Zeigefinger nach wie jemand, dem man früh beigebracht hatte, jeder anderen Zähltechnik zu misstrauen, und beförderte zur großen Erleichterung der angehenden Radiomoderatoren anschließend nicht eine Kleinkaliberwaffe aus der Schreibtischschublade, sondern einen Schlüssel nebst Fahrzeugpapieren, winkte ihnen, ihm zu folgen, führte sie zu einem quietschgelben Teerkocher mit Zugmaschine, wies sie darauf hin, dass er nur mit einem Führerschein der Klasse CE zu fahren sei. Er wartete darauf, dass der Motor so gut ansprang, wie er versprochen hatte, und wies ihnen den Weg vom Gelände durchs Tor, während der Hund, der abends rumging, noch an der Leine lag und sich nur am Knochen interessiert zeigte, der ihm gerade hingeworfen worden war.

Es war auf dem Rückweg, während sie auf der Landstraße westwärts zogen, einer tief stehenden Sonne entgegen, die den Himmel in ein psychodelisches Gelb-Orange tauchte, als Grischa, der am Steuer saß, weil er als Einziger von ihnen einen Unimog fahren durfte, auf einmal klar wurde, dass er, ausgerechnet er, jetzt einen Teerkocher durch die Gegend schipperte, der Zeug produziert hatte, das mit Fug und Recht aus dem öffentlichen Raum verbannt worden war, nur leider wieder einmal viel zu spät, und dass sie jetzt so ein Ding wieder zu Ehren kommen lassen würden, also er wisse nicht, ob …

Tom fiel ihm ins Wort, was das denn heißen solle: zu Ehren kommen lassen? Andersherum werde ein Schuh daraus: »Wir definieren ihn um. Wir produzieren einen Stoff, der nach Hafen riecht, aber nicht giftig ist.«

»Im Gegenteil«, warf Nora ein. »Wir entgiften.«

Grischa blickte zur Seite, um nach Zeichen zu suchen, die ihm diesen Satz verständlich machen würden, aber Toms »Hey, guck auf die Straße, Mann« kam schneller, als er aus Noras Gesicht schlau werden konnte.

»Und wie?«, fragte er nach, lenkte nach rechts und ließ zwei drängelnde Autofahrer vorbei.

Als Grischa und Tom schon dachten, sie würde eine Antwort schuldig bleiben, meinte sie: »Wir verwandeln giftigen Boden in frische Luft – ›on air‹, liegt doch auf der Hand. Das reinste Gegengift ist unser Radio.«

Tom nickte. »Und was den Teer angeht, Grischa, das war ja mal ein echter Ehrentitel. Teerjacken-Sender wurden die Piratenradios damals genannt. Keine Angst vor Spritzwasser, verstehst du?«

Grischa schwieg. Dachte nach. Über Meer und Gift. Nach einer Weile begann er, über die Greenpeace-Aktionen auf offener See zu sprechen. Da waren ja auch immer Teerjacken-Typen im Spiel gewesen. Die hatten ja nicht nur keine Angst vor Spritzwasser gehabt, die hatten sich gleich mal einem Himmelfahrtskommando unterstellt, indem sie sich mit Rettungsinseln vor dem Bug eines dieser Verklappungsschiffe festmachten, um es – in jeder Hinsicht – am Auslaufen zu hindern, was wiederum den Kapitän eines Schleppers erst einmal nicht daran hinderte, mit voller Fahrt auf sie zuzuhalten und so knapp an ihnen vorbeizurauschen, dass ein irrer Sog entstand, dem die Rettungsinseln nur knapp entkamen. Und zwar zu einem Zeitpunkt, als die meisten Leute es noch völlig unproblematisch gefunden hatten, Dünnsäure in die Nordsee zu verklappen – als ob diese verdünnte Brühe nicht dick genug angereichert gewesen wäre mit Schwefel, Eisen, Blei und Cadmium, Arsen, Chrom, Kupfer, Nickel, Titan, Zink. »Da wäre ich gern dabei gewesen«, beschloss Grischa diesen Rückblick, »leider vor meiner Geburt.«

»Aber quasi vor unserer Haustür«, sagte Tom.

»Weiß kein Mensch mehr, oder?«, meinte Nora.

»Dabei ging es um was. Um den Lebensraum Meer. Um Menschenrechte«, spann Grischa den Faden weiter.

»Ich dachte, um gesunde Fische.« Tom zwinkerte Nora zu.

»Wenn dir nicht klar ist, dass du am Ende der Nahrungskette stehst, du als der größte Fisch, der alle anderen, verpestet mit Schwermetallen, in sich reinfuttert und an die nächste Generation weiterreicht, dann kann ich dir auch nicht weiterhelfen.« Grischa schüttelte den Kopf, seine Hand schlug aufs Lenkrad.

»Stimmt schon. Das mit der Nahrungskette, meine ich«, lenkte Tom ein.

»Mann, Mann. Bei dir gehen selbst die Menschenrechte durch den Magen. Ich fass es nicht«, sagte Grischa, genau wie es Tom, der zufrieden vor sich hin lächelte, erwartet hatte.

»Wie ist das eigentlich damals ausgegangen?«, fragte Nora.

»Na, sie haben das einfach immer wieder gemacht, mit Schlauchbooten, Rettungsinseln, Schwimmern – das ganze Programm. Bei den Verklappungskapitänen lagen die Nerven blank. Solange sie verklappten, mussten sie fahren. Und wenn sie fuhren, hielten sie auf die Menschen vor ihnen zu. Also mussten sie beidrehen und die Schotten dicht machen. Bis die Verklappung verboten wurde. Fast zehn Jahre lang hat es noch gedauert«, sagte Grischa.

»Eigentlich müsste es ein Denkmal für die geben«, meinte Tom, in nachdenklicher Dankbarkeit für Greenpeace, die ihm unter Einsatz ihres Lebens dünnsäurefreie Rotbarschfilets erkämpft hatten. »So ein Schlauchboot mit den Teerjacken drauf. Ich seh's vor mir – direkt in der Hafeneinfahrt, wie die Freiheitsstatue.«

»Wir könnten doch eine Serie für Menschenrechte machen bei *Tee und Teer*, da nehmen wir die Sache rein«, überlegte Grischa, während er den Schalter fürs Fernlicht suchte.

»Wir fahren einfach mit unserem Teerkocher dahin, wo die Verklappungsschiffe damals lagen, und sammeln für so ein Dünnsäure-Denkmal, Anti-Dünnsäure-Denkmal, meine ich. Hier ist übrigens das Fernlicht, und jetzt schau nach vorn, verdammt noch mal.«

»Wir wollten doch ein Quiz machen, mit GPS. Vielleicht sollen unsere Hörer Menschenrechtsorte suchen, Orte, wo's Verbrechen gegen die Menschheit gab. So krimimäßig. Krimi geht immer«, schaltete sich Nora wieder ein. »Und wir warten vor Ort. Du machst Greenpeace, Grischa. Tom, was machst du?«

»Das Menschenrecht, Zeit zum Nachdenken zu bekommen. Vor der Haustür einer gewissen Nora Tewes.«

Nora verzichtete auf einen Kommentar. Nach einer Weile des Schweigens begann Tom von einem Zeitungsartikel über chinesische Wäscher zu erzählen, die an Bord der Hapag-Lloyd-Schiffe unter unsäglichen Bedingungen hatten schuften müssen und irgendwo im Hafen eine Notunterkunft gehabt hatten. Da könnte man auch mal hin mit dem Ü-Wagen.

Nora und Grischa nickten.

»Und du, Nora?«, fragte Tom, leicht anzüglich, nachdem er diesen Treffer gelandet hatte.

»Mir fällt schon auch noch was ein«, antwortete sie.

Ihr war längst etwas eingefallen. Nicht eingefallen. Es war da gewesen und hatte Zeit gehabt, sich in Stellung gebracht, auf seine Stunde gewartet, sich angeboten.

»Vielleicht etwas mit Medikamenten oder so«, ließ sie sich wenig später vernehmen.

»Ah. Du meinst die Verschiffung abgelaufener Arzneimittel nach Übersee? Ja, das ist ein ganz heißes Eisen. Perfekt«, antwortete Grischa.

»Hm.« Mehr war aus Nora, die ihre Füße aufs Armaturenbrett gelegt hatte und aus dem Seitenfenster sah, nicht herauszuholen.

Sie fuhren schweigend weiter in die Dämmerung hinein. Nora dachte an die Abendspaziergänge mit ihrer Mutter, rund um den Block und dann eben nachsehen, ob das Meer noch da war. Wie sie dann am Deich gesessen und an den Halmen gezupft hatten, die sich durch die Zwischenräume des Deckpflasters gearbeitet hatten, und wie sie erst wieder aufstanden, als von der Sonne nur noch ein sich in den dunklen Wellen verlierender Schimmer geblieben und aus dem Mal-eben-Nachsehen ein langes Sitzen und Schauen geworden war. Und währenddessen hatte ein Wind aus wechselnden Richtungen dafür gesorgt, dass alle Tagessorgen aus ihnen herausgepustet worden waren wie aus einem Raum, in dem alle Fenster gleichzeitig aufgestoßen werden und ein kräftiger Durchzug alle schwere Luft vertreibt. Sie dachte daran, wie wohl ihre Mutter als Kind am Deich gesessen und gehofft hatte, der kühle Wind möge das Gefühl fremder Hände auf ihrem Körper mit sich nehmen, sie reinigen, trösten, wenigstens der Wind, wenigstens einer, der verlässlich da war, wenn man ihn brauchte. Dachte daran, dass jener, der daran schuld war, dass dieses Kind all seine Hoffnung in den Wind setzen musste, einen sogenannten Lebensabend hatte, der es ihm erlaubte, jeden Sonnenuntergang zu sehen, den er nur sehen wollte, und dass dieses Kind hingegen keinen Lebensabend mehr hatte, noch nicht einmal einen Lebensnachmittag und folglich nie wieder die Sonne auf- und untergehen sehen würde. Gäbe es ihn nicht, hätte sie noch eine Mutter. Und hätte sie einen Vater gehabt. Und Geschwister. Sie wusste genau, wie anfechtbar dieser Gedanke war, *from a logical point of view*. Sie hasste diese Art zu denken. Eindimensional nannte sie das, wenn andere offenbarten, dass sie so dachten. Und doch war sie drauf und dran, inmitten dieses allem Irdischen enthobenen Sonnenuntergangs über einer leeren Landstraße, war sie, die zwischen zwei wirklich guten Freunden saß, die ihr freundlich gesinnt waren, drauf und dran, aus ihrem Herzen eine Mördergrube zu machen, in die nur sie allein schaute. Ihn auffliegen lassen, dachte sie, ihn drankriegen, ihn aus dem Verkehr ziehen. Ihr Magen hob sich, sie stöhnte leise auf.

»Ist dir schlecht?«, fragte Tom.

»Ja«, antwortete sie. Grischa brachte den Unimog zum Stehen, Nora stieg aus, ging ein paar Schritte, lockerte Arme und Beine, dehnte den Rumpf, wie hinter der Bühne vor dem nächsten Einsatz, holte tief Luft, atmete in kleinen Stößen aus und kletterte wieder in die Fahrerkabine. »Geht weiter«, sagte sie.

18

Am Morgen des ersten Sendetages waren weder Deckenlampen installiert noch die ›On Air‹-Leuchtschilder draußen an den Türen, weshalb kurzerhand Studenten in Wechselschicht postiert wurden. Tom hatte wenig Stimme, und das Wenige klang extrem nach Raucherkatarrh. In der Mensa der Fachhochschule gab's Freitee mit Kaviarstange. Helge lungerte schon zwei Stunden vor Startschuss in der Tontechnik herum, setzte sich hin, stand wieder auf, trommelte mit den Fingern auf den Stuhllehnen herum, bis Djamil ihm seinen werweißwievielten Kaffee aus der Hand nahm und ihm dafür die neueste Ausgabe von *themen + frequenzen* anbot. Grischa, der erst spät am Abend übernehmen würde, strahlte eine freudig entspannte Ruhe aus, und Nora – Nora war in sich gegangen. Immer weiter in sich gegangen, bis sie dann nach dem Signal für ihren Einsatz vollkommen aus sich rausging und die Bewohner ihrer Heimatstadt ansprach wie eine, die in ihrem Leben schon verhältnismäßig viel Zeit damit verbracht hatte, den richtigen Ton zu treffen. Nachdem sie ihre ersten Sätze gesprochen und Djamil, in dessen Gesicht sich Anspannung und Freude einen wilden Wechsel lieferten, das Zeichen gegeben hatte, die *Biscaya* loszulassen, drehte sie sich zur Wand und kämpfte gegen die aufsteigenden Tränen, auf die sie lange gewartet hatte, die sie nun jedoch in 3'54 rückstandslos aus der Kehle bekommen musste. Nach 3'25 drehte sie sich zurück, suchte wieder Blickkontakt mit Djamil, fand einen Blick, an dem sie sich aufrichten, die Heiterkeit in ihrer Stimme stabilisieren und nun den Haiku-Dichter Issa zu Wort kommen lassen konnte – Issa, der vor zweieinhalb Jahrhunderten gemeint hatte, dass alles, was gesagt werden muss, von der Länge eines Schlucks Tee sein sollte, und ein Schluck Tee, das hieße im Japanischen nun mal ISSA, wie sie aus verlässlicher Quelle wisse. Und damit alle sich gleich mal einüben konnten in die Kunst, Wesentliches in siebzehn Silben zu kondensieren, fordere sie die seestädtische Bevölkerung auf, ihr dergleichen zu liefern. Für die Morgenrubrik »Ein Schluck Tee«, täglich um sieben Uhr zwanzig. Auf der Webpage von *Tee und Teer* könnt ihr euch die Sache mit den siebzehn Silben noch mal genau ansehen und dann eure Schöpfungen an die einfachste Internetadresse der Welt senden, nämlich an ›teeundteer@meer.de‹.

So ging die erste Sendestunde hin. Knappe sechzig Minuten, in denen Djamil Nora nicht aus den Augen ließ, auf ihren erhobenen Arm wartete, der sich punktgenau in die Waagerechte senkte, wenn er die nächste Musik einspielen sollte, sechzig Minuten, in denen Grischa die gerade eingetroffenen *Tee und Teer*-Kugelschreiber auseinander- und wieder zusammenbaute, in denen Tom Nägel kaute wie zuletzt während der Abiprüfungen und Helge *themen + frequenzen* unter seinen Händen in eine Loseblattsammlung zerlegte. Das *Amen Break* der Winstons, sechs Sekunden drum loop in doppelter Herzschlagfrequenz, war das Letzte, was Djamil vor dem Werbeblock abspielte. Wobei Werbeblock ein zu abgegriffenes Wort war für diese Spots:

Ein Bäcker in vierter Generation warb für seine Safranbrötchen: ein Rezept, das sein Vater aus Dänemark mitgebracht hatte, gleich nach dem Krieg. Sprach von den flammend roten Safranfäden, die er ausschließlich in Bioqualität aus der Hochebene von Taliouine im Süden Marokkos beziehe, wie sie, in einem Sud zum Teig gegeben, diesen in ein Goldgelb verwandelten, und kam so mühelos auf den *Ring of Fire,* seinen Musikwunsch zu Ehren seines Vaters, ein Verehrer von Johnny Cash. Gott habe sie selig. Alle beide.

Vor den nächsten Nachrichten war es ein Teppichhändler aus

dem Nordwesten der Stadt, der in üppigen Worten seine armenischen Teppiche beschrieb: Blumen, Bäume, Vögel, Pferde und gekrönte Stiere. Fair importiert aus Jerewan. Keiner gleiche dem anderen, aber sie alle suchten ein neues Zuhause. *Über sieben Brücken musst du gehn,* dies sei sein Musikwunsch, in der Coverversion der größten armenischen Sängerin aller Zeiten, der wunderbaren Shoghig Azadyan. Ihr Timbre einer Daliah Lavi gleich, ihr Temperament einer Gianna Nannini würdig. Der Teppichhändler hatte eine Aufnahme der Künstlerin verlinkt, weil er nicht davon ausgegangen war, dass der neue Radiosender sie so mir nichts, dir nichts ausfindig machen würde.

Vor den Elf-Uhr-Nachrichten kam ein Buchhändler zu Wort, der im eisigen Winter 1979 seinen Laden eröffnet hatte. Damals zwischen einem Goldankauf und einem Dentallabor. Heute zwischen einem Leerstand und einem Tattoostudio. Seine Stimme durchmaß in dreißig Sekunden einen beeindruckenden Weg von heiserer Melancholie zu heller Freude – dabei sprach er nicht über Bestseller, sondern über Ladenhüter: Gottfried Kellers *Frau Regel Amrain und ihr Jüngster,* eine Novelle, die jeden Erziehungsratgeber in den Schatten stelle, so viel wolle er schon mal verraten, und dann Uwe Johnsons *Ingrid Babendererde.* Ostsee, nicht Nordsee, aber hallo, See ist See, oder?, und der Streit von Meinungsfreiheit und Radikalisierung jedenfalls von allgemeinstem Interesse. Übrigens in Mundart geschrieben. Und er übersetze Mundart nun mal gern mit Sprachkunst. Dies seien seine treuesten Ladenhüter, aber er würde sie aus der Hand geben, es gäbe noch ein paar andere ... Sein Liedwunsch sei *Going Home* mit dem großartigen tschechischen Jazzpianisten Karel Růžička. Denn auf dem Weg von Johnson zu Keller, von Wendisch Burg nach Seldwyla komme man ja in Prag vorbei und müsse es nicht links liegen lassen ...

Um fünf Minuten vor zwölf erhob ein Bestattungsunternehmer in dritter Generation, der gegen den Ruin durch die Discount-Beerdigungen ankämpfte, seine Stimme. Er sprach in dem behutsamen Tonfall eines Menschen, der gewohnt war, erschöpfte und aufgewühlte Gemüter vor sich zu haben, über Holz. Birke, Buche, Buchsbaum. Diese drei. Die erste hell, samtig glatt die zweite, ewigkeitsnah der dritte. Die letzte Reise in den lebendigen Texturen und Aromen, die die Natur wohlweislich bereitstelle. Djamil begegnete Noras Blick. Er kannte diese Art von Blick. Zu gut. Er spielte den Musikwunsch des Bestatters ein: Cat Stevens: *My Lady D'Arbanville, why do you sleep so still ...*

Nach den Zwölf-Uhr-Nachrichten ging Tom Bonny mit seiner grippal verröchelten Stimme auf Sendung, und Nora wechselte in den Technikraum. Toms Sendung begann mit einer Liveschaltung in die Mensa, wo die ersten studentischen Reaktionen zu *Tee und Teer* eingeholt wurden, die – zumeist männlich-bärtig-norddeutsch – von Sympathie, dabei jedoch von einer Zurückhaltung getragen waren, die an die kultigen Werbespots einer Bierbrauerei im hohen Norden erinnerten. Anschließend wurden die Gastmoderatoren und verschiedene Sendeplätze vorgestellt: darunter Djamil mit Arabradio, zweimal die Woche, dienstags und donnerstags, zweisprachig. Dann die Meeresforschung, die die Einladung zu einem festen Sendeplatz gern angenommen hatte und mit der Rubrik ›Nordlicht – Neues von Normalnull‹ auszufüllen gedachte. Man ließ sich für den Sendeauftritt gerade noch umschulen: von Fachvortrag zu Storytelling. Lydia Grimms Sendung ›Tuchfühlung. Nähen mit Gefühl bei *Tee und Teer*‹ dagegen würde schon nächste Woche starten. Erstes Thema: die Kappnaht. Und so viel könne er schon mal verraten: Hier werde alles auf links gelegt. Dazwischen Meldungen über den herannahenden Sturm und, im Vorgriff auf Dinge, die da kommen würden, ein Interview mit einem Strandgutsammler. Tom feierte – alles, was er an Radio liebte: in seiner Show, auf seiner Welle.

Als Nora sah, wie gut die Sache anlief, schlich sie sich aus dem Studio, zog am Automaten einen Kaffee, verließ die Fachhochschule durch einen Hinterausgang, stieg in die Straßenbahn und fuhr zum Friedhof. Es war nicht die Jahreszeit, die freiwillig Blumen hergab, aber zwei Reihen hinter dem Grab ihrer Mutter hatten sich einige Büschelrosen im Schutz einer kleinen Goldweide gut gehalten. Sie brach sich ein Stängelchen ab, das fiel unter Nachbarschaftshilfe, füllte am Brunnen eine Handvoll Wasser in ihren Coffee-to-go-Becher und drückte ihn in die Erde. Sie richtete sich auf, steckte die klammen Finger in die Taschen ihres Parkas und zerknüllte den Sendeplan, den sie dort hineingestopft hatte. Sie zog ihn aus der Tasche, faltete ihn auf, faltete ihn wieder zusammen, allerdings so, wie ihre Mutter es ihr beigebracht hatte anhand alter Regiepläne, die sie als Zeichen- und Bastelpapier aus dem Theater mit nach Hause genommen hatte: Elf Kniffe, und du hast ein Boot – sie setzte es in den Wind, neben den hellen Stein, drehte sich um und ging.

Als Tom Bonny an Grischa Grimm weitergab, war sie wieder im Studio. Djamil war von einem der vier Springer, die der öffentlich-rechtliche Rundfunk ihnen bereitgestellt hatte, abgelöst worden und offenbar joggen gegangen, denn er hatte seine Boots gegen die Laufschuhe getauscht, die zuvor auf einem Stuhl neben dem Mischpult postiert gewesen waren wie ein Talisman. Auch Helge und Tom waren gegangen, Tom fast ohne Stimme, Helge nahezu ohne Nerven, beide einander fortwährend knuffend und anrempelnd vor lauter Freude über den gelungenen Start. Im Leuchtfeuer wollten sie mit Freunden weiterhören und feiern. Die Adresse hatten sie Nora auf den Tisch gelegt.

Grischa hatte für seine erste Abendsendung das Probeband zu Werftarbeiteraufständen mit O-Tönen aufgemotzt, denen Nora, die sich in einem Sessel zusammengerollt hatte, lauschte, als säße sie an einem Echolot, das die Geschichte einer Stadt am Meer einfing. Ihrer Stadt. Grischas tatkräftige Stimme jedenfalls moderierte diese Lebensbilder unaufgeregt und ungehetzt – schließlich lag ein langer Abend vor ihnen, unterbrochen nur von Nachrichten und Wetter. Und was waren Nachrichten und Wetter, diese ganze Kurzatmigkeit, angesichts einer tiefgreifenden Strukturkrise, die Tausende von Arbeitern und Familien in Verzweiflung gestürzt hatte? Durch die Trennscheibe hindurch sah sie sein kindliches, ernstes, schönes Gesicht, zu zwei Dritteln von einem dichten, blonden Bart- und Kopfhaar bedeckt, auf dem sich immer wieder ein freundliches Lächeln ausbreitete, das seine Hörer nicht sahen, das ihnen aber zugedacht war. An diesem Abend vernahm Nora Niegehörtes aus den Schicksalsjahren ihrer Heimatstadt, die ziemlich genau zwischen der Geburt ihrer Mutter und ihrer eigenen gelegen hatten. Krise, Niedergang, Abstieg, Schlusslicht, Schrumpfen, Schließung, Konkurs – eine bittere Vokabelliste, eine einzige gigantische Depression, die zugleich einen Tiefpunkt im Verhältnis des Menschen zu seiner Umwelt darstellte. Ein einziges Aus und Vorbei. Wie hatte es überhaupt weitergehen können? Wie hatten hier Menschen aufwachsen können? Sich entwickeln? Mut fassen? Kinder bekommen? Inmitten von Werftenkrise, Schifffahrtskrise, Fischereikrise – dieser Gipfelkette von Krisen direkt am Meer. Was es alles zwischen den Polen von Kaputtreden und Gesundbeten zu tun gegeben hatte. Und weiterhin zu tun gäbe – behutsam und beharrlich herausgefragt von Grischa Grimm, dessen Brotdose mit Pelmeni, die kalt und vom Vortag immer noch besser waren als die meisten rasch zusammengezimmerten, ewig gleichen Stullen, die alle anderen in ihren Schultaschen hatten, heiß begehrtes Tauschobjekt gewesen war. Ohne Verhandlungen hatte Grischa alles angenommen, was man ihm im Gegenzug angeboten hatte:

Stullen mit Blutwurst, Butterkäse, Quittenmarmelade. Zum ersten Mal wurde Nora klar, dass sie ihn liebte, dass sie ihn liebte wie einen Bruder. Einen Bruder, der bei entfernten Verwandten aufgewachsen war, der in ihrem Leben auf- und wieder untergetaucht war, einen Bruder, von dessen Leben sie im Grunde nicht viel wusste, aber was sie wusste, war, dass sie allein den Gedanken, irgendjemand oder irgendetwas könnte diesem Menschen, dessen Gutmütigkeit beschränkte Gemüter mit Blödigkeit verwechselten, etwas zuleide tun, wie einen körperlichen Schmerz fühlte.

Schließlich legte Grischa die Kopfhörer auf den Halter und verließ das Aufnahmestudio, und während der Tontechniker noch überprüfte, ob alle Einstellungen für die Nachtlesung und die nachfolgenden Übertragungen ordnungsgemäß eingerichtet waren, kam er in den Mischraum und ließ sich in den zweiten Sessel sinken. Nora stand auf, nahm sein Gesicht in beide Hände, gab ihm einen Kuss auf den Mund, einen dieser Küsse, die innig, aber bar jeder Erotik waren, und setzte sich wieder in den Sessel. Grischa, überrascht, mit überströmendem Herzen, hatte alles verstanden: die Zuneigung, den Kuss, den Rückzug – ihre Einsamkeit und seine eigene und den Punkt, an dem diese beiden Einsamkeiten aufeinandertrafen. Er schloss die Augen, legte die Füße hoch auf den äußersten Rand des Mischpults. Bald kamen Noras dazu, und er gab ihnen kleine Stupse, bis er sie leise lachen und schimpfen hörte.

Dann verfolgten sie die vorproduzierte Lesung eines jungen Schauspielers aus Seattle, der von seiner aus dem Nordharz stammenden Mutter ein vorzüglich artikuliertes Deutsch eingeimpft bekommen hatte, dem kleine, eigenwillige amerikanische Schlenker implantiert waren, die jetzt in der Hörerschaft des Senders das Bewusstsein wachhielten, dass die Geschichte jenes weißen Pottwals etliche Tausend Seemeilen entfernt lag. In der Abstimmung hatte sich *Moby Dick* gegen *Berge Meere und Giganten* durchgesetzt. Weil die großmaßstäbige Vendetta eines monomanischen Kapitäns ihnen die bessere, ja die perfekte Gutenachtgeschichte zu sein schien. Wann sonst ließe das Leben einem denn Zeit für die Details einer Walfangharpune? Außerdem hatte sich Melville seinen Lebensunterhalt als Zollinspektor im Hafen verdienen müssen. Dies dürfte in der Bevölkerung einer Stadt, die vier Zollämter aufzuweisen hatte, gut aufgenommen werden. Nacht für Nacht. Viermal eine halbe Stunde, dazwischen Musik aus Melvilles Welt: tahitianische Gesänge, die Lieder der Bronx, peruanische Rhythmen. In dieser ersten *Tee und Teer*-Nacht wurde bis Kapitel acht gelesen: »Ja, die Welt ist ein Schiff, das den Anker lichtet, nicht eines, das nach beendeter Fahrt in den Hafen einläuft ...« – bevor man sich für die verbleibenden Stunden in die Kette der öffentlich-rechtlichen Anstalten einklinken würde. So lange, bis Holly Gomighty mit ihrer Morningshow die Hörer in den Tag bringen würde.

Die Stadt hatte einen neuen Sender.

19

Davon bekam der Neubürger Simon Bernhardi erst einmal nichts mit, obwohl er regelmäßig mit den Werbestraßenbahnen zwischen seinem etwas zu üppig möblierten Zimmer und seinem etwas zu karg möblierten Minibüro hin- und herfuhr. Mit Radio hatte er nichts zu schaffen. Schwerhörigkeit und Radio, das passte nicht zusammen. Radio und Hörgerät auch nicht. Er hätte still sitzen bleiben müssen, aber wenn er still sitzen blieb, dann wollte er genau die Musik hören, die er hören wollte, und nicht die, die es gerade zu hören gab. Und nicht jemandem zuhören, der für Leute sprach, die nebenher durch den Raum liefen und hantierten, unabhängig von den Akustikströmen, auf die das kleine Gerät in seiner Ohrmuschel angewiesen war. Kürzlich hatte ihm sein Bruder einen Kopfhörer mit Bluetooth-Funktion geschenkt, der ihm, im Prinzip, mobiles Hören ermöglichen sollte, ganz wie bei normalhörigen Menschen; jedoch war es eben nicht normalhörig, mit Lautsprecher durch die Gegend zu laufen und dann nicht mehr zu hören, was Leute, die Radio hörten, außerdem noch hören konnten: ein Klingeln an der Tür, eine Milch, die überkochte, das Maunzen einer Katze im Hausflur. Natürlich waren diese Bluetooth-Kopfhörer gut gemeint gewesen, in der techniklastigen Art seines Bruders Zuneigung zu zeigen. Seine Schwester schickte ihm dann und wann halb gezeichnete, halb geschriebene Briefchen, eine Tradition aus der Zeit, als sie sich selbst, lange vor der Grundschulzeit, das Schreiben und ihrem kleinen Bruder das Lesen beigebracht hatte, weil dies die Verständigung enorm erleichterte. Wie sich überhaupt die beiden immer an seine Seite gestellt hatten, wenn der Vater sie als »meine Hübsche« und als »mein Sohn« vorgestellt und von Simon als »der hört schlecht« gesprochen hatte, weil der das ohnehin nicht hörte. Simon aber hatte es von den Lippen seines Vaters gelesen und aus den Reaktionen seiner Geschwister heraus und nach zwei operativen Eingriffen durchaus auch akustisch vernommen.

Während also *Tee und Teer* alles daransetzte, alle zu erreichen, war Simon Bernhardi in seinem Amtsgericht-Kabuff hauptsächlich damit beschäftigt, in sich hineinzuhorchen. Hier war er also gelandet, mit seinem mittelmäßigen Examen in der Tasche – mittelmäßig, weil er sich in den Hörsälen immer wieder die Freiheit genommen hatte, sein Hörgerät einfach auszuschalten. Das Geleiere vorne am Stehpult, das Gekichere und

Gegähne um ihn herum, die asthmatische Lüftungsanlage an der Decke, das Getrappel draußen auf den Fluren. Dann hatte er an dem kleinen Rädchen hinterm Ohrläppchen diese Kulisse einfach auf null gestellt – und manches nicht mitbekommen. Und hier bekamen die Leute ihn nicht mit. Sie hatten ihn begrüßt und gleich wieder vergessen: Simon wusste, woran das lag. Er fiel nicht auf. Daran hatte er zeit seines Lebens gearbeitet: nicht auffallen. Wenn er nicht auffiel, fiel vielleicht auch sein Hörgerät nicht auf. So einfach war das. Die Jeans straight cut, die Hemden uni, die Haare nicht zu kurz und nicht zu lang – und schon sah niemand mehr hin. Mit den Jahren und den medizintechnologischen Innovationsschüben war sein Hörgerät so klein und unauffällig geworden, dass er ruhig etwas auffälliger hätte werden dürfen, aber da hatte er sich an das Unauffälligsein schon so gewöhnt, dass er nicht daran dachte, es zu ändern. Aus schierer Gewohnheit hatte er sich im Studium das allerunauffälligste Sachgebiet herausgesucht: Arbeitsrecht. Dass er in seiner Abschlussarbeit den Kündigungsschutz mit ein paar ungewöhnlichen Ideen verbunden hatte, war noch nicht einmal den Gutachtern aufgefallen – falls sie die Arbeit überhaupt bis zu Ende gelesen hatten.

Er war schon mehrere Wochen im Referendariat, als ein nicht sehr großer, heftig blinzelnder Mann, der neben seiner eigenen Stelle die Vertretung seiner Vorgesetzten vertrat und dem er bereits zweimal vorgestellt worden war, ihn in der Cafeteria gefragt hatte, wer er denn sei, und auf Simons Antwort hin ein »Ach ja!« ausrief, das im Ausmaß freudigen Erstaunens nicht so recht zur Unverbindlichkeit der Kantinenbegegnung passen wollte, sich allerdings wenige Stunden später erhellte, als er in Simons Zimmertür stand und einen Aktenberg auf dessen Schreibtisch ablud, den er ›Anschauungsmaterial‹ nannte, und noch irgendetwas von ›in Verzug geraten‹ und ›schon mal vorbereiten‹ hinterherschob. Bei Fragen: Raum 315, im Nachbargebäude, Dr. Brettschneider. Allerdings schwer zu erreichen, weil häufig im Gericht.

Nachdem Simon den wackligen Aktenstapel nach Format und Volumen so geordnet hatte, dass er nicht mehr akut einsturzgefährdet war, begann er, die Unterlagen durchzusehen und nach bestem Wissen für die Weiterreichung zu bearbeiten und auszustatten. Jeden Tag blieb er etwas länger. Echte Menschen. Wirkliche Straftäter. Wahre Geschichten. Er las in den Unterlagen wie in einem modernen Roman. Bis er eines Abends in seinem Büro eine Kaffeemaschine anschließen wollte und bemerkte, dass außer für Schreibtischlampe und Rechner keine der Steckdosen in seinem Kabuff funktionierte. Also ging er zum Pförtner. Im Gegensatz zum Tagespförtner, der vor den oberen Rängen den Gerichtsdiener und den unteren gegenüber den Vollzugsbeamten gab, war der Nachtpförtner gleichbleibend freundlich. Simon brachte sein Anliegen vor. »Dascha nu das Geringste, aber warum denn Kaffee, min Jung? Tee hält doch viel länger wach, und für Tee kannste immer zu mir kommen«, antwortete er, winkte Simon in seine Loge und deutete auf einen kleinen Tisch an der Rückseite des Schlüsselregals. In Nichtachtung der Brandschutzvorschriften, die auch hier gut lesbar an der Wand hingen, stand dort eine große Emaillekanne auf einem Kupferstövchen. »Hier bei uns im Norden trinkt man Tee, nech«, sagte der Nachtportier, während er Simon einen Becher einschenkte, »kommst ja wohl nech von hier.« Simon schüttelte den Kopf, ohne näher auf seine Herkunft aus dem Westerwald einzugehen, von dem sowieso niemand wusste, wo er lag. Dafür lobte er den Tee, der nichts, aber auch gar nichts zu tun hatte mit dem anämischen Darjeeling First Flush, an dem seine Mutter morgens nippte. Dies hier war Tee auf Kaffeeart. Nahezu schwarz, sehr stark und unmittelbar belebend. »Der hält dich jetzt wach bis morgen früh«, sagte der Nachtportier, der sich als Hannes vorgestellt hatte. Bis in die frühen Morgenstunden wach zu bleiben war nicht genau das, was Simon im Sinn gehabt hatte, als er mit der Vision eines Espresso ins Erdgeschoss gefahren war, aber einstweilen genoss er die Belebung, und obwohl er mit Hannes dann nicht noch einmal über die Steckdosen gesprochen hatte, bemerkte er schon am nächsten Tag, dass sie repariert worden waren oder freigeschaltet oder was auch immer. Jetzt konnte er seine kleine Espressomaschine anschließen, ging aber dennoch später am Abend öfter mal runter zu Hannes, um sich mit dem Starktee für weitere Aktendeckel zu wappnen und gemeinsam mit einem vertrauenswürdigen Menschen zu schweigen. Im Hintergrund lief das Radio, und weil sie beide still dasaßen und nur den Dampf von der Tasse bliesen, hörte Simon tatsächlich zu, fand Gefallen an Grischa Grimms rollendem R, lächelte beifällig über dessen launige Meditation zum Begriff der Kündigungswelle und erntete damit auch ein bedächtiges Kopfnicken von Hannes: »Jo, jo, jetzt heißt hier schon das Radio so, nech?« Simon schaute ihn fragend an. »*Tee und Teer* ist das«, sagte Hannes und deutete auf den Apparat auf dem Regal. »Neuer Sender.« Und nach einer längeren Pause: »Guter Sender.«

Fand Simon auch, obwohl ihm Vergleiche ja weitgehend fehlten. Kurz dachte er sogar daran, sich ein Radio auf den Schreibtisch zu stellen, aber dafür hätte er sich um eine Doppelsteckdose bemühen müssen, und selbst wenn er sich ein batteriebetriebenes zulegen würde, bliebe das Problem mit dem Kopfhörer und dem Klopfen an der Tür. Er vertagte das Thema.

20

Es war an einem dieser Abende, an denen eine ordentliche Portion Ostfriesentee ihn wach hielt, als er vier Fünftel des Aktenstapels abgetragen und sich zu einer Strafanzeige durchgearbeitet hatte, deren Eingangsdatum beklemmend weit zurücklag und die ihn seltsam berührte, nicht nur, weil auch die Straftat selbst lange zurücklag, vor seiner eigenen Geburt.

Der Tatbestand, sexueller Missbrauch, war in Anführungszeichen gesetzt. Der Beschuldigte bereits im Greisenalter, das Opfer kürzlich verstorben, kaum fünfzig Jahre alt. Die Anzeige erfolgte durch die Tochter, und diese Tochter hatte ihre Angaben zunächst ordnungsgemäß in die Rahmen eines Vordrucks eingepasst, sich jedoch nach einigen Zeilen von der Kurz-und-Knapp-Sprache, die hier von Amts wegen erwartet wurde, verabschiedet und sich den Platz verschafft für Bezeichnungen, die nicht unbeholfen und nicht gestelzt, sondern von bestürzender Direktheit waren. Dort stand nicht: Der Angezeigte hat sie missbraucht; dort stand: Er hat ihr Ekel und Scham eingeätzt. Dort stand nicht: Der Kinderschänder hat sie unsittlich berührt; dort stand: Er hat sie verwundet und zerschürft. Da stand nicht: Es ist zu sexuellen Übergriffen gekommen; dort stand: Er hat ihr Unheilbares zugefügt. Da stand nicht: Vergewaltigung, sondern: Versehrung.

Was für ein seltsames, altertümliches Wort. Wo sie das herhatte … Und wie es dort hingehörte … Simon spürte sein Herz in der Brust klopfen. Nicht nur in der Brust, auch im Hals und in den Ohren, seltsam verstärkt durch das Hörgerät. Das war schon sehr lange nicht mehr passiert. Sein Herz hatte sich, wie alles Übrige an ihm, der Unauffälligkeit verschrieben. War es der schwarze Tee oder war es die emotionale Wucht, die ihm auf diesem Papier entgegenkam? Er lehnte sich zurück, schloss die Augen, dachte nach, ging zum Regal, schlug das Strafgesetzbuch auf, blätterte vor und zurück, bis er dort fand, was er in Erinnerung gehabt hatte, ging zum Fenster, betrachtete eine ihm wenig gesichert erscheinende Baustelle und ging wieder zurück zum Schreibtisch. Eine lange zurückliegende Geschichte. Traurig, natürlich, und irgendwie besonders, aber juristisch betrachtet einfach, sehr einfach zu lösen – abgesehen von der Frage, wie man auf so etwas antwortet, sprachlich betrachtet. Eigentlich war alles mit einem Satz gesagt: Aufgrund der Verjährungsfrist kann ein Ermittlungsverfahren nicht mehr eingeleitet werden. Diesen Antwortentwurf würde er morgen auf den Stapel der bereits durchgesehenen Akten legen und mit der Hauspost ins Büro des Staatsanwalts geben. Dann würde er vermutlich, mit wenigen Änderungen, offiziell unterzeichnet und ordnungsgemäß frankiert, das Haus verlassen. Er knipste die Lampe aus, stellte sein Hörgerät auf ›Rundum‹, fuhr mit dem Fahrstuhl ins Erdgeschoss, musterte dort im Spiegel sein Gesicht, in dem zu wenig Sauerstoff und zu viel Teein eine ungesunde Mischung ergeben hatten, winkte Hannes zu und beschloss, als er in die kühle Luft hinaustrat, zu Fuß nach Hause zu gehen.

Nach einer unruhigen Nacht schnappte er sich am nächsten Morgen das Schreiben auf seinem Tisch, ging tatsächlich zum ersten Mal, seitdem ihm der Aktenberg übergeben worden war, in Raum 315 des Nachbargebäudes und hatte Glück, dass der überarbeitete, stark blinzelnde Staatsanwalt gerade nicht im Gericht war, sondern an seinem Schreibtisch saß, auf dem neue Aktenberge eindrucksvoll zu wachsen begannen. Er winkte Simon herein und sah ihn fragend an. Hatte man schon das Vergnügen gehabt, einander kennenzulernen? Nachdem Simon sich ihm zum vierten Mal vorgestellt hatte, inzwischen als den, der seinen Aktenstapel bearbeitete, fasste er den mutmaßlichen Straftatbestand zusammen und schloss seine Frage an: »Verjährt, stimmt doch?« – und wusste eigentlich schon im selben Augenblick, dass seine Frage eigentlich lautete: »Verjährung, kann das sein?« Er bekam eine prompte Antwort, in der eine Spur geringschätziger Überraschung mitschwang darüber, dass sich der junge Referendar für eine juristisch so messerscharf geregelte Angelegenheit aus dem Nachbargebäude herbemüht hatte:

»Sicher, sicher! Strafrechtlich ist das nur noch von historischem Interesse. Opferschutzhilfe, allenfalls.« Er wedelte mit der Hand auf eine Weise, die offenließ, ob er damit den Wechsel der Zuständigkeiten unterstreichen oder Simon aus seinem Büro hinauskomplimentieren wollte. Simon blieb vor dem Schreibtisch stehen, als sei die Sache nicht hinreichend geklärt. Dabei überlegte er vor allem, ob in einem abschlägigen Bescheid ein Hinweis auf die Opferschutzstelle aufgenommen werden sollte oder nicht und wie er dieser eigenartigen Nora Tewes das Ganze erklären konnte; ob er vielleicht doch mehr als einen Satz brauchen würde.

»Da gab's ja noch Creme 21, Ilja Richter und Rudi Carrell mit *Am laufenden Band*«, setzte der Mann hinter dem Schreibtisch nach, lockerte seine Krawatte und schüttelte den Kopf. »Opfer gestorben, Täter zweiundneunzig. Wer zu spät kommt, den bestraft das Leben.«

»Wie bitte?«, fragte Simon und tastete nach seinem Hörgerät.

»Ach egal«, antwortete Dr. Brettschneider, »jedenfalls ist die Sache klar. Formular Nr. ... – hm, hab ich vergessen. Sie finden das.« Er erhob sich und zog seine Robe vom Bügel – ein unmissverständliches Zeichen dafür, dass er das Gespräch für beendet hielt.

Wer zu spät kommt, den bestraft das Leben. Hatte der das wirklich gesagt?, fragte sich Simon auf dem Weg zurück. Ein Satz, der ihm auf Anhieb zu gleichen Teilen absolut treffsicher und in höchstem Maße anstößig vorkam. Er blieb an einem Fenster stehen, sah nachdenklich auf einen einsamen Innenhofbaum, der so eingekastelt war, dass selbst der hier allgegenwärtige Wind seine Blätter nicht erfassen konnte, was ihn wie ein Modelleisenbahn-Requisit aussehen ließ. Während er darauf wartete, doch noch ein Blatt sich rühren zu sehen, sortierte er seine Gedanken: Wer zu spät kommt, kann die Anzeige direkt wieder mitnehmen, hieß das doch. Und die Schuld gleich noch mit dazu. Den Rest erledigt dann das Leben. Bumerang, dachte Simon.

An dem Baum hatte sich kein Blatt gerührt. Simon ging in sein Büro, setzte sich an den Rechner, zog ein Musterschreiben aus dem Ordner ›Vordrucke‹ auf den Schreibtisch und machte sich daran, das verjährte Verbrechen einzupassen. Er war versucht, genau wie die Absenderin der Strafanzeige, einige Akzente zu setzen, verbot sich aber jeden weiteren Gedanken daran, als er sich vor Augen hielt, dass er ja sein Schreiben nicht einfach absenden konnte, sondern seinen Vorgesetzten zur Prüfung würde vorlegen müssen. Da würde er gleich seinen Koffer wieder packen dürfen. Das wollte er nicht. So erlaubte er sich nur, einen halbwegs empathischen Satz an den Anfang zu setzen:

»Sehr geehrte Frau Tewes, wir bedauern zutiefst, Ihnen keine Hoffnung darauf machen zu können, dass die Straftat, die Sie schildern, mit den Mitteln des Strafrechts verfolgt werden kann, und möchten Ihnen unser Beileid zum kürzlichen Verlust Ihrer Mutter ausdrücken.« Schlimm, diese Sätze. Aber noch schlimmer, als sie zu schreiben, fand er es, sie nicht zu schreiben. Bestimmt wurden sie ohnehin rausgekürzt von den Leuten in den Zimmern am oberen Ende des Flures, die die Augen verdrehen würden angesichts der unangebrachten Gefühligkeit eines jungen Referendars, direkt von der Uni. Simon legte den Aktendeckel in die Hauspost mit dem vagen Gefühl, nicht sein Bestes getan zu haben. Aber sein Bestes – was sollte, was konnte das hier denn überhaupt sein? Er zog die nächste Akte vom Stapel. Körperverletzung. In einer Kneipe in der Innenstadt. Gegen Unbekannt. Das musste er jetzt auch erst einmal herausfinden, wie das genau ging, einem Unbekannten den Prozess zu machen. Wenigstens drohte hier keine Verjährungsfrist, die Sache war erst vier Monate alt. Im Vergleich zu ›lange her‹ war ›gegen Unbekannt‹ offenbar ein Klacks.

21

Als Nora an einem Mittwochmittag nach der Morningshow nach Hause ging, um sich eine Mütze Schlaf zu holen, lag im Briefkasten die Post, auf die sie so lange gewartet hatte. Sie starrte eine Weile darauf, als könne sie nicht glauben, dass eine Antwort vom Gericht doch noch den Weg zu ihr gefunden hatte. Dann riss sie den Umschlag auf und las den Text, fünf Zeilen lang, kürzer als der Briefkopf. Während sie die Treppen hinauflief, las sie das Schreiben noch zwei Mal. Verjährungsfrist überschritten – leider mitteilen, mit freundlichen Grüßen – im Auftrag. Sie überflog das beiliegende Informationsblatt zum Opferschutzgesetz, verstand, dass es dort um Schadensersatz, gegebenenfalls, gegebenenfalls kursiv und unterstrichen, für Fälle ging, in denen der Täter schadlos ausging, als wäre dieser Fall nicht gegeben und als könne es um Schadensersatz und nicht um gerechte Strafe gehen, als müsse sie oder ihre Mutter im Nachhinein von irgendeiner Opferschutzstelle betüddelt werden, mit einem Blumenstrauß in einer Friedhofsvase. Wie naiv war es doch gewesen, Beistand durch das Recht zu erwarten. Als hätte dieser Bescheid Wuthitze und Trauerkälte zu einer zielstrebigen kühlen Effizienz fusioniert, sah sie sehr klar vor sich, was jetzt zu tun war. Sie stöpselte ihren Laptop ein, öffnete ein Textfenster, setzte die Adresse ein, die oben im Formular angegeben war, ein gewisser Simon Bernhardi, ohne dass ihr auffiel, dass dieser Name nicht mit dem des Unterzeichners des Briefes identisch war, und schrieb, was sie zu schreiben hatte.

Dann ging sie in die Mensa der Fachhochschule, stellte sich in die nächstbeste Schlange, nahm das Tablett, das ihr über den Tresen geschoben wurde, aß und wusste nicht, was sie gegessen hatte, als sie dieses Tablett in einem Geschirrwagen zurückließ. Sie ging zurück ins Studio, schnitt fünf neue Werbeeinheiten zurecht und hätte in dem Moment, in dem sie die Datei schloss, nicht sagen können, wofür in diesen Clips Werbung gemacht worden war. Dann setzte sie sich zur wöchentlichen Besprechung, viel zu früh, in den kleinen Konferenzraum, den *Tee und Teer* im Dachgeschoss gekapert hatte – von einem Emeritus, der sich entschlossen hatte, doch nicht noch in sein siebenundsechzigstes Lebensjahr hinein an seinem Lebensthema ›Lange Wege halbreifer Früchte‹ zu arbeiten, sondern auf Teneriffa – kurze Wege zwischen Haus und Strand – seine Memoiren zu schreiben. An der Wand hingen noch die Poster der Konferenzen, mit denen er hier in Erinnerung bleiben wollte: Kühlschiffahrt und Klimawandel, aus der Zeit, in der Schifffahrt noch mit zwei f ausgekommen war. Nora starrte auf die in Blocksatz gedruckten Buchstaben, ohne sie zu sinnbringenden Gebilden zusammenzusetzen. Grischa und Helge trafen gleichzeitig ein und hatten sich schon im Fahrstuhl in ein kontroverses Gespräch über Freihandelszonen verstrickt, sodass sie weder Noras eher ungewöhnliche Pünktlichkeit würdigten noch ihre Blässe wahrnahmen. Tom, der gerade an einen Gastmoderator von ›Nordlicht‹ abgegeben hatte, und Djamil, der sich von einer Werkstudentin vertreten ließ, trafen nahezu gleichzeitig ein, beide mit dem nervösen Elan derjenigen, die nur auf einen Sprung vorbeischauen, weil sie noch zu tun haben. War nicht ohnehin alles wunderbar? Die Sendungen hatten ein phantastisches Feedback, ›Mix-it‹ hatte einiges ausgelöst: »Mein Leben lang habe ich nach dem Titel dieser Melodie gesucht – jetzt weiß ich: Es ist der zweite Satz des Klarinettenkonzerts von Mozart«, schrieb ein Hörer, und eine andere: »Jetzt kommt endlich wieder mal meine Enkelin zu mir in die Ferien, ich habe ihr gesagt, ich mag Cro.« Nur zwei ernsthafte Beschwerden hatte es gegeben – eine, weil zu wenige Chart-Hits gespielt würden, eine andere, weil zu viele Chart-Hits gespielt würden. Die Werbeblöcke entpuppten sich als der Renner. Allein der Bäcker: Sein Laden war gar nicht mehr gut gelaufen, aber am Tag nach der ersten Ausstrahlung des Clips war die Straße, in die sich für Morgenbrötchen kaum mehr jemand verirrt hatte, mit Autos verstopft, aus denen Leute sprangen, um Safrankringel Kopenhagener Art zu kaufen. Über *Tee und Teer* wurde die Stelle eines morgendlichen Brötchenlieferservice per Lastenfahrrad ausgerufen, woraufhin sich so viele junge Männer meldeten, dass man das ganze Stadtgebiet und nicht nur das Viertel hätte beliefern können. Wahrscheinlich hofften sie, von Holly Gomighty höchstpersönlich interviewt und eingestellt zu werden.

Holly Gomighty indessen war fern davon, jemanden einzustellen; alles, was sie gerade einstellte, war ihre Teilnahme an dem Gespräch – bis die Rede auf das Wochenend-Quiz ›EinSatz für Menschenrechte‹ kam, das vor wenigen Wochen von *Tee und Teer* ins Leben gerufen worden war und sich zunehmender Beliebtheit erfreute. An jeweils drei Wochenenden wurden drei Bauteile eines Satzes, dessen erste zwei Wörter vorgegeben waren, an verschiedenen Stationen der Stadt gesammelt: Liveschaltungen. Die vierte Station musste auf der Basis der bislang gesammelten Satzteile entweder erraten oder per Geocaching erlaufen werden.

»Hier plante – Greenpeace die Blockade gegen Dünnsäureverklappung« war das Ergebnis des ersten Quiz gewesen, und der Teerkocher – ihr ›EinSatzwagen‹ – war in der kleinen Nebenstraße am Deich zu stehen gekommen, wo sich im Jahr 1980 eine Handvoll Aktivisten in eine Wohngemeinschaft einquartiert, von dort aus mit dem Fernglas die Verklappungsschiffe in den Blick genommen und sich ihnen mit Schlauchbooten und Rettungsinseln in den Weg geworfen hatte. Zuvor hatte man die Hörer erstens vor ein Friedensmahnmal, zugleich ein Mahnmal abstrakter Kunst, gelotst und unter der Moderation von Grischa geschickt in pazifistische Diskussionen verwickelt, so lange, bis in der aufziehenden Dämmerung wie von Geisterhand die bizarren Steinplatten in ein leuchtendes Grün getaucht wurden – und so dem heimwärts strebenden Publikum ein Licht aufging; sie zweitens am darauffolgenden Sonnabend in ein Heimatmuseum vor das Gemälde eines lange in Vergessenheit geratenen Marinemalers, der die Blockade der Elb- und Wesermündungen durch britische Schiffe im Jahre 1803 auf Leinwand gebannt hatte, eingeladen; und drittens zu einem sonnabendlichen Auffrischungskurs im Chemieraum eines naturwissenschaftlich ausgerichteten Gymnasiums aufgefordert. Thema: ›Summenformeln‹. Beispiel: H2SO4.

»Hier erkrankten – chinesische Wäscher durch Seifenlaugendampf an der Lunge«, war der Satz, der die *Tee-und-Teer*-Hörer an einen Kai brachte, wo vor hundert Jahren Schiffe mit Menschen aus Shanghai und Hongkong angelegt hatten, die fortan auf allen Weltmeeren unterwegs sein und anderer Leute Wäsche waschen würden. An den Sonnabenden zuvor war die Hörerschaft erstens in einer kleinen, feinen Seifenfirma mit Natriumcarbonat alias Waschsoda vertraut gemacht worden, hatte zweitens in einer stillgelegten Heißmangel an einem Bügelwettbewerb teilgenommen und war drittens im Garten eines Lungenklinikums über die Folgen giftiger Dämpfe für die Atemwege informiert und mit abschreckenden Materialien ausgestattet worden. Vom Teerkocher aus hatte Tom mit zwei Praktikanten eine überlange, mit Fotomaterialien behängte Wäscheleine zur Seemannsmission gespannt, wo ihnen junge Leute aus Asien und Südamerika erzählten, wie ihr Alltag heute aussah – wobei sie nicht alle Fragen beantworten wollten und zuweilen so lange an ihrer Zigarette zogen, dass man den Eindruck gewann, dass das, was da so bange im Raum stand, mit eingesogen und runtergeschluckt werden sollte. Auch nicht gut für die Lunge.

Jetzt waren sie mitten in einem Quiz, das zu guter Letzt in eine ehemalige Kaserne führen würde, die in eine Flüchtlingsunterkunft umfunktioniert worden war, gerade rechtzeitig, um nach der Auflösung der illegalen Camps im Hafen von Piräus viele der dort Gestrandeten aufzunehmen. Hierhin retteten sich … In der ersten Station, einer Sondervorstellung von *Pote tin Kyriaki* mit deutschen und englischen Untertiteln in einem der allerletzten Programmkinos der Stadt, hatten viele zum ersten Mal erfahren, dass *Ein Schiff wird kommen* von Lale Andersen, die inoffizielle Hymne ihrer Stadt, der Titelsong eines griechischen Films war. Während auch die nächste Station, eine wilde, immer knapp an der Räumung vorbeischrammende Wagenburg, bereits eingebongt war, blieben Details des übernächsten Sonnabends, der die Hörerschaft von *Tee und Teer* in die Halle des Hauptbahnhofs führen würde, zu klären. Es sollte ein Kursbuch-Lesewettbewerb ausgerichtet werden. Preisfrage: Wie kommt man von Dublin nach Genf? Tom bezweifelte, dass überhaupt noch irgendjemand ein Kursbuch lesen konnte, Grischa zweifelte zwar nicht daran, wohl aber daran, dass diese Städtetrip-Adressen als Stationen internationaler Flüchtlingspolitik entschlüsselt werden würden, und Djamil gab zu bedenken, dass heutzutage Flucht zu Fuß oder mit dem Flugzeug stattfand, nicht in Zügen. Nora schwieg.

»Ich bitte um neue Vorschläge«, sagte Helge, nachdem man sich geeinigt hatte. »Wir haben noch vier weitere Runden zu planen, bis das Dutzend voll ist.«

Djamil wollte ein Quiz zum Thema Hafenbau beisteuern. Er habe gelesen, es hätte schlimme Bedingungen gegeben, damals, als das Hafenbecken ausgehoben wurde, viele Verletzte und Tote. Seuchen außerdem. Gerade habe er einige Bücher darüber bestellt. Über Fernleihe aus Bamberg. »Bamberg ist Hafenstadt?«, fragte Djamil, irritiert darüber, dass die hiesige Stadt ihre Entstehungsgeschichte ausgelagert hatte. Die anderen wussten zwar nicht so ganz genau, wo Bamberg lag, aber dass es nicht am Meer lag – das immerhin konnten sie versichern. Klar allerdings war auch, dass, wenn die einschlägige Hafenbau-Literatur sich dorthin verirrt hatte, die ganze Sache Zeit bräuchte.

»Ich mach das nächste«, meldete sich Nora zu Wort.

»Super, um was geht's?«, fragte Tom, und alle drehten sich zu Nora, in dieser Sekunde realisierend, dass sie bislang in untypischer Zurückhaltung einfach nur zugehört hatte.

»Um ein Verbrechen.«

»Eine Menschenrechtsangelegenheit?«, hakte Grischa nach, der sein Konzept nicht verwässert wissen wollte. Verbrechen gab es schließlich viele.

»Unbedingt«, antwortete Nora.

»Darf man fragen …?«, tastete Tom sich weiter vor.

»Es soll doch auch für euch mal spannend bleiben, oder?« Nora sah in die Runde. Ihr Gesicht hatte etwas Farbe bekommen.

In das irritierte Schweigen hinein, das sie mit ihren Andeutungen hinterlassen hatte, warf sie einen Brocken nach:

»Hat mit Medikamenten zu tun, Salben und so weiter. Überschrittenen Fristen.«

Tom und Grischa erinnerten sich an die Teerkocher-Rückfahrt aus Berlin, wo Nora so etwas angedeutet hatte. Transport abgelaufener Arzneimittel in Entwicklungsländer, war es nicht das gewesen?

»Heißes Eisen«, sagte Grischa. Tom nickte.

Helge überlegte, wie heiß die Sache sein durfte, damit sich der neue Sender nicht gleich daran verbrennen würde. Wobei andererseits ebendieser neue Sender seinem Namen ruhig auch gerecht werden durfte. Schließlich waren weder Tee noch Teer Produkte von Niedrigtemperatursektoren. Trotzdem.

»Woher der Fall?«, fragte er und schaffte es, die freundlich-unabweisliche Autorität eines Haupt- und Letztverantwortlichen in seine Stimme zu legen.

»Ich war bei Gericht«, antwortete Nora und registrierte eine deutliche Entspannung in Helges Mienenspiel. Nach kurzem Zögern legte sie nach: »Längst verjährt; ausermittelt, ein Altfall.«

Das versprach eine historische Dimension. Helges Lächeln vertiefte sich.

»Super«, meinte Grischa. »Wo ist die erste Station?«

»Wart's ab«, sagte Nora. Als sie an den leicht gereizten Reaktionen bemerkte, dass sie schon wieder dabei war, den Bogen zu überspannen, gab sie nach:

»Na gut. In der Riffstraße. Da sind Salbendöschen hergestellt worden. Bei Kunststoff-Kruse.«

Kunststoff-Kruse entpuppte sich als vertrauensbildendes Wort. Es klang nach plastikgewordener Harmlosigkeit; nach Puppenstube.

»Wollt ihr jetzt noch wissen, wo die Riffstraße ist?«, fragte sie. »Oder schaut ihr selbst nach?«

Obwohl allen im Raum diese Geheimnistuerei auf die Nerven ging, waren sie so erleichtert darüber, dass da auf einmal der fröhlich-freche Ton der Holly Gomighty auf 100,7 wieder mitschwang, dass sie auf weitere Investigationen verzichteten.

22

Was Nora Tewes über Verjährung eigentlich dachte, erfuhr dieser Tage der Rechtsreferendar Simon Bernhardi am eigenen Leibe, weil ein entsprechendes Schreiben an ihn höchstpersönlich adressiert war und demzufolge nicht dort landete, wo es einem geregelten Verfahren nach hingehörte, sondern wiederum bei ihm, dem Referendar in der Staatsanwaltschaft, der eigentlich gar keine eigene Postadresse hätte haben dürfen. Er erfuhr es am eigenen Leibe, indem dieser Leib anfing zu zittern und in ein Lachen ausbrach, das ihn von Kopf bis Fuß erschütterte. Ein bitteres, ein irres Lachen. Weil es stimmte. Weil sie recht hatte – und keine Verträge mit der Amtssprache.

»Verjährung?«, schrieb sie. »Welcher Täter-Verein ist auf die Idee gekommen, diese Verbrechen verjähren zu lassen? Welche Missbrauchs-Lobby hat beschlossen, die Täter laufen zu lassen, wenn sie sich über die Jahre retten? Sexueller Missbrauch an Kindern, die daran sterben: verjährt. Wie kann ein Mensch überhaupt in der Lage sein, unter ein solches Unrecht eine Unterschrift zu setzen? Wie kann er sich beim Händewaschen im Spiegel ansehen, ohne zu kotzen? Diese Apathie, diese Würdelosigkeit, all dieser Dreck in den Winkeln eures hochheiligen Rechts. Stumpfsinnige Rechtsverdreher, alles lasst ihr wieder und wieder passieren!«

Simon starrte auf das Schreiben und fuhr sich mit der Hand über die Stirn.

Hatte er nicht dasselbe gedacht, als er neulich im Strafgesetzbuch die Gesetzeslage geprüft hatte? Und ihm diese vertraute Formel auf einmal wie eine nie gesehene Wortverbindung ins Auge sprang, inmitten eines ungeheuerlichen Satzes, der besagte, dass jemand, der »wenigstens leichtfertig« den Tod eines Kindes als Folge eines sexuellen Missbrauchs verursache, mit Freiheitsstrafe nicht unter zehn Jahren bestraft werde – wenn die Tat nicht bereits verjährt sei. Und doch hatte er selbst wieder mal alles hingenommen: dass jemand, der einem Kind schweren sexuellen Missbrauch angetan hat, der es womöglich dadurch umgebracht hatte, überhaupt vom Prinzip der Verjährung profitieren durfte – und wie sträflich leichtfertig die Präzision diese Formel selbst war: »wenigstens leichtfertig« – was sollte das heißen? Dass da jemand gerade mal eben keine Rücksicht genommen hatte – auf das Leben eines Kindes?

Er musste aufstehen, das Fenster öffnen und tief durchatmen. Er war in Aufruhr – als hätten all die kleinen Momente seines Aufbegehrens im Stillen, das innere Augenverdrehen, das Kopfschütteln und das Hörgerätabstellen, sich in dieser Stunde zusammengefunden, um endlich, mit der Zeitschaltuhr dieses Briefes, die Mauer, die seinen privaten Widerstand von seinem Handlungsspielraum trennte, zum Einsturz zu bringen.

Tatsächlich fühlte sich Simon Bernhardi trotz Studium, Examen und Referendariat so wenig mit Recht und Gesetz verbunden – abgesehen davon, dass er sich in ihren Bahnen hielt –, dass der Ausbruch dieser Klägerin, die keine sein würde, ihn nicht anfocht. Im Gegenteil: Dass man so sprechen, dass man so schreiben konnte, so gnadenlos berechtigt, weitete ihm das Herz. Nein, diesen Brief würde er nicht weiterleiten, an wen auch? Er würde ihn beantworten, so, wie er es verdient hatte. Mit Sympathie, mit

Ernsthaftigkeit, aber auch mit Fachwissen und kühlem Kopf. Er trank ein Glas Wasser, öffnete ein Textfenster. Leicht flossen ihm die Sätze in die Tasten. Sein Verständnis, sein Respekt, seine Anteilnahme. Dennoch die Idee der Rechtssicherheit, in dessen Geist die Verjährungsregelungen stehen – nicht leicht von der Hand zu weisen. Rechtsfrieden, Friedfertigkeit, Vertrauensschutz. Im Prinzip. Und Ermittlungsschwierigkeiten. Ein Unbehagen, das bleibt. Im Einzelfall, tragisch. Ohne Zweifel. Und gewiss Grund zur Verzweiflung. Dieses Endgültigwerden. Das Recht, das nicht nur hinter Gitter bringt, sondern auch Tür und Tor öffne. Nicht in Abrede zu stellen. Rückwirkungsverbot, oberstes Prinzip. Täterschutz. Könne man so sagen. Fatalerweise. Der Imperfektionismus unserer Welt. Eine Tragödie, letzten Endes. In Zukunft eigentlich nicht mehr zuzulassen, diese Ausflucht. Seiner Meinung nach.

Als Simon fertig war mit diesem Schriftstück, steckte er es in einen Umschlag, versah diesen handschriftlich mit der Adresse und gab ihn in die Ablage für den Postausgang. Selbst der Gedanke daran, dass hier jemand versehentlich oder absichtlich den Brief öffnen und dahinterkommen könnte, zu welchen Freimütigkeiten der neue Referendar imstande war, der doch hier angetreten war, um Recht anzuwenden, und nicht, um es infrage zu stellen, und schon gar nicht, um es zu kommentieren, nur den eigenen Einschätzungen vertrauend und nicht den Standardkommentaren, und das Ganze dann auch noch an eine Frau zu adressieren, die offenkundig Streit suchte und womöglich noch weit mehr Schwierigkeiten machen würde, wie immer, wenn man solchen Querulanten Beachtung schenkt, konnte ihm die Leichtigkeit nicht nehmen, die sich verrückterweise in Zusammenhang mit einem Briefwechsel über ein schweres Verbrechen in ihm ausbreitete. Er stieß das kleine Fenster auf und stellte das Radio an, das inzwischen auf seinem Schreibtisch stand. Es half ihm, wieder Tritt zu finden.

Hannes hatte drei Wochen Urlaub gehabt, und nachdem Simon Grischa Grimms Stimme mit ihrer seltsamen Eindringlichkeit in den Abendstunden vermisst hatte, hatte er dem Radiohören insgesamt doch noch mal eine Chance geben wollen. Mit dem Hörgerät, das er seit Kurzem trug, ein kleines technisches Wunderwerk, ging er besser auf Empfang, als er gedacht hatte. Auch ohne Bluetooth-Kopfhörer. Er hatte angefangen, sogar morgens das Radio anzudrehen, das in der Schrankwand seines möblierten Zimmers stand. Es stammte unverkennbar aus den siebziger Jahren, wie er aus den Aufklebern der damaligen Fußballnationalmannschaft schloss. Die Kassettenklappe war sorgfältig verklebt worden und außer Funktion, aber das Radio hatte einen satten, runden Klang, der, wie ihm schien, ohne viel Verlust in seine Gehörgänge fand. Die Morgensendung war auch nicht ohne. Jeden Tag ein Haiku, Punkt sieben Uhr zwanzig. Er hatte sogar schon daran gedacht, eines beizusteuern. Über Laute, die man nicht hört. Oder über nächtlichen Tee beim Pförtner. Samstagnachmittags gab es ein Quiz, das mit der Stadtgeschichte zu tun hatte, aber auch mit der Weltlage im Allgemeinen. ›Lokal – global‹ hatte ein Moderator das neulich genannt. Und dann einen Song aufgelegt, der ihn, obgleich in einem verrockten DJ-Remix, mit einem Schlag in die Kindheit zurückversetzt hatte: *Ich bin ein Mädchen aus Piräus.* Das hatte bei Familienfesten seine ungelittene Großtante mit ihrer rauchigen Stimme gesungen und sich dazu mit weit ausladenden Arm- und Hüftbewegungen durch die Räume des Bernhardi'schen Anwesens bewegt, in dem das letzte Tanzereignis vermutlich während der Besatzung durch amerikanische Truppen stattgefunden hatte. Tante Käthe stammte nicht aus Piräus, sondern aus Paderborn. Ihr Schmuck war auffällig, aber nicht auf die reiche Art. Ihre Haare waren ziemlich nachlässig mit Spangen zusammengefasst, die sie werweißwo aufgegabelt haben mochte, sicher nicht im hochpreisigen Fachhandel. Sie ließ sich von der herablassenden Mindestfreundlichkeit der Familie, in die ihre unerschütterliche Liebe zu dem schüchternen Bruno Bernhardi sie hineinmanövriert hatte, nicht ihre gute Laune verderben und überhörte, dass man sie hinter unzureichend vorgehaltener Hand ›gewöhnlich‹ nannte. Gewöhnlich fand Simon gut. Ganz nah an ›unauffällig‹ – obwohl ihm klar war, dass das hier gerade nicht gemeint war.

Wieder lächelte er in Erinnerung an Tante Käthe in sich hinein – auch darüber, dass er es bis in eine angeblich völlig runtergewirtschaftete Hafenstadt hatte bringen und zudem seine Radio-Aversion hatte hinter sich lassen müssen, um sie, die längst neben ihrem Bruno in der Familiengrabstätte der Bernhardis lag, vor sich zu sehen, so deutlich, dass er meinte, den Duft, der sie umgeben hatte, blumig und holzig zugleich, riechen zu können. Gar nicht so schlecht, was sich in seinem neuen Zuhause so tat: lokalglobale Hitkultur, irre richtige Proteste gegen irre falsche Gesetze, und eine Bevölkerung, die sich an verregneten Samstagnachmittagen aufmachte, um ›menschenrechtsintensive‹ Orte aufzusuchen. So hieß das hier im Amt.

Tatsächlich wurde wenig später auf *Tee und Teer* an den nächsten Quiz-Sonnabend erinnert. Eine neue Folge, diesmal beginnend mit *Hier wohnt ....* Die durfte er nicht verpassen, sagte sich Simon. Vielleicht sollte auch er einfach mal hingehen.

23

Am nächsten Sonnabend wachte Simon mit Halsweh auf. »Sie haben doch Fieber, junger Mann, da tut heiße Zitrone not«, meinte seine Vermieterin und versorgte ihn nicht nur mit Vitamin C, sondern auch noch mit einem handgestrickten Schal und Hühnerbrühe. Simon blieb im Bett, platzierte das alte Nordmende-Radio auf seinem Nachttischchen und wartete auf das Quiz. Diesmal mit Holly Gomighty. Die heutige erste Station war auf dem stillgelegten Werkstattgelände einer Firma, die zweiundfünfzig Jahre lang Apothekergefäße hergestellt hatte: Salbenkruken. Unten weiß, oben rot. In acht verschiedenen Größen – von Kunststoff-Kruse dafür gemacht, in Hinterzimmern von Apotheken mit frisch angerührten Substanzen befüllt zu werden, um gegen Trockenekzeme, Brandwunden und Ausschläge aller Art zu helfen. Hier also interviewte Holly Gomighty den ehemaligen Chef der Firma, der gern noch einmal seine goldenen Jahre als Unternehmer aufleben ließ und in die Details der Salbenkruken einführte, die alle Welt einfach Döschen nannte. Nicht, dass er etwas dagegen hatte, aber das Wort Döschen informierte nun mal nicht darüber, dass hier nicht einfach Kunststoff im Spiel war, sondern apothekenzugelassenes Polypropylen, und das war immerhin geruchlos und hautfreundlich, physiologisch unbedenklich und recycelfähig. Wie irgendwann aus Gründen der Hygiene der Dreh- und Schraubmechanismus Einzug gehalten habe, der auf dem Prinzip eines zweiten Bodens im Inneren der Kruke beruhte, welcher in der Bedienung nach oben geschraubt werde – was Holly Gomighty dazu veranlasste, über die Doppelbödigkeit des Apothekergewerbes zu spotten. Nicht nur die kleine Entnahmeöffnung zur Minimierung der Umgebungskontaminationsfläche, führte dessen ungeachtet der Krukenhersteller aus, auch der neu eingeführte Originalitätsverschluss sei folgenreich gewesen: Man glaube gar nicht, wie viele Verletzungen eine falsche Handhabung dieses scharfkantigen Press-on-Verschlusses hervorgebracht habe – »die dann ja auch wieder salbentechnisch behandelt werden mussten«, warf Holly Gomighty ein. Herr Kruse lachte kurz auf. Tja, und diese Geschichte wolle er nun auch noch schnell loswerden, wie sie nämlich einmal durch eine falsche Farbmischung statt tiefroter pinkfarbene Deckel produziert hätten und die Apotheker ihnen rückmeldeten, die Patienten hätten Angst, an illegal importierte Salbe geraten zu sein, und dass sie diese Billigsalben allen Beteuerungen und Erklärungen zum Trotz nicht aufbrauchen wollten, und also jede einzelne Salbe hatte neu angerührt werden müssen, da Umfüllen sich aus Gründen möglicher Verunreinigung ja verbat. »So sind sie, die Menschen«, sagte Kunststoff-Kruse.

Die Menschen, hier in Gestalt von *Tee-und-Teer*-Hörern, wurden nach ihren Salbenkruken-Erfahrungen befragt, und abgesehen davon, dass ihnen das Wort Salbenkruke so ungeläufig war, dass sie doch wieder ›Döschen‹ sagten, wussten sie sehr nachvollziehbare Geschichten zu erzählen – von bröckelnden Salbenresten irgendwo hinten im Medikamentenschränkchen, die jahrzehntelang darauf warteten, sondermüllgerecht entsorgt zu werden. Aber sollten sie für die Quiz-Lösung nun ›Salbe‹ notieren oder ›Apotheker‹ oder ›Pharmazie‹? Die Geschichte mit den pinkfarbenen Chinadeckeln deutete doch irgendwie an, dass es um illegale Pharmatransporte gehen könnte. So Richtung Containerterminal. Waren dort nicht neulich tatsächlich Lieferungen auf dem Weg nach Asien konfisziert worden? Nun denn, beschloss Holly Gomighty die Fragerunde, am nächsten Sonnabend würde man der Sache näher kommen.

Da werde ich dann aber wirklich mal hingehen, sagte sich Simon, bis dahin ist das Fieber wieder weg.

24

Am nächsten Sonnabend ging es nicht in Richtung Hafen. Es ging komplett in die Gegenrichtung. In den Nordosten der Stadt, vor eine Nachhilfeschule. Simon hatte sich ein Fahrrad gemietet und kam, weil er sich zweimal verfahren hatte, erst dort an, als das kleine Podest für die Liveschaltung schon dicht umringt war. Auf diesem Podest stand Holly Gomighty. In Cowboystiefeln und, obwohl für den Tag bis zu fünfzehn Grad angekündigt worden waren, einem dicken Parka, dessen Fellbesatz in das Windschutzfell des Außenmikrofons hineinzuwachsen schien.

Ohne große Nachhilfe seitens der Moderatorin entfachten sich lebhafteste Diskussionen, weil die Leute, die hier aufgelaufen waren, nicht weniger als mit Salbenresten mit der Thematik besorgniserregender Schulnoten nur allzu vertraut waren: Wie die zwei Fünfen vom Halbjahreszeugnis wegbekommen? Einzelnachhilfe zu Hause? Teuer, und man musste vorher aufräumen, zu allem Überfluss. Schülerklub-Assistenz? Da lernen die Kids am Ende nicht nur Geometrie, sondern auch das Kiffen. Nachhilfeschule? Na ja. Vertragsbindung? Ferien durchbezahlen? So weit kommt's noch. Nachhilfe bei der Fachkraft zu Hause? Kein Aufräumen, frische Luft fürs Schülerhirn auf dem Weg hin und zurück und konzentriertes Arbeiten von Angesicht zu Angesicht. Warum nicht? Nee, meinte eine Mutter, dass dann die Lütten irgendwo sind, hinter irgendeiner Wohnungstür und so, das gefalle ihr gar nicht.

»Wohnungstür und so?«, fragte Holly Gomighty.

»Na ja«, schaltete eine andere Mutter sich ein, »wie bei einer Tagesmutter. Du gibst dein Kind ab, und dann ist die Tür zu, und du weißt nicht …«

»Was soll das denn heißen?«, meinte eine jüngere Frau, die

mit einem Doppelbuggy gekommen war und ihn zu nutzen wusste, um durch die Hörermenge ein ordentliches Stück vorwärtszukommen. Simon wich ihr in letzter Sekunde aus. Es könne ja schon mal zu Bevorzugung kommen, wurde ihr geantwortet. Es seien eben nicht nur die eigenen Kinder. Und so allein mit einer Horde von Kleinkindern, in einer Wohnung, da könnten einem auch schon mal die Nerven durchgehen. Am Ende sogar mal die Hand ausrutschen. Von Schlimmerem wolle man gar nicht reden.

»Nein?«, fragte Holly.

»Na ja, was man manchmal so hört ...«

»Was denn?«, fragte Holly nach. Simon bewunderte die Unverfrorenheit ihrer Nachfrage. Sie hat sich eben warm angezogen, dachte er.

»Na, eben Sachen. Liest man ja immer wieder.«

»Hm.« Jetzt hatte sie tatsächlich das Mikro nur für diesen einen Laut an ihren Mund genommen, um es dann gleich darauf wieder auffordernd in die Menge zu halten.

»Man weiß ja ...«

»Ja?«

»Auch mal so anfassen. So.«

»Verstehe.«

Die Doppelbuggy-Frau, die sich eine Position direkt neben Holly Gomighty erobert hatte, geriet außer sich über einen solchen Generalverdacht. »Wo kommen wir denn hin – mit so wenig Vertrauen und so viel Hysterie?«, rief sie.

»Weiß jemand, wo wir dann hinkommen?«, fragte Holly Gomighty.

»Dann muss man die Kinder ja rundum bewachen. Helikopter, sag ich nur«, schaltete sich ein Mann in die Debatte ein.

In dem vielseitigen Austausch – »multilaterale Herausforderung«, hätte sein Hörgerätakustiker das jetzt genannt – entgingen Simon die Einzelheiten. Erst als Holly Gomighty der Nachhilfeschulleiterin das letzte Wort erteilte und sie dieses ausschweifend dafür nutzte, zu betonen, wie wichtig es sei, dass die Kinder eben in einer freundlichen Atmosphäre lernen können sollten ... und die Kinder eben ein Recht darauf hätten, gefördert zu werden ... und die Kinder eben ja auch noch Kinder seien und spielerisch Zugang finden sollten zum Lernstoff, konnte Simon wieder folgen, akustisch wie auch inhaltlich. Den meisten hier gerade anwesenden Kindern hingegen schien es völlig egal zu sein, ob die Tür zur Nachhilfe offen oder geschlossen war. Sie ergriffen in letzter Sekunde die Gelegenheit, live im Radio für die Abschaffung von Zeugnissen im Allgemeinen und von Klassenarbeiten im Besonderen zu plädieren: »Ihr macht doch was mit Menschenrechten, oder?«

Danach zog sich Holly Gomighty in eine kleine Gruppe Radiotechniker zurück, und Simon machte sich auf den Heimweg, innerlich merkwürdig angespannt und aufgespult, obwohl er weder Kaffee noch Hannes' Schwarztee getrunken hatte. Vielleicht hatte er den Grippeanflug doch noch nicht ganz überstanden.

In den nächsten Tagen wurde die Diskussion, die als Podcast-Episode auch im Netz zu hören war, unter dem Titel *Tür zu* in einem verlinkten Hörer-Forum mit irritierender Vehemenz weitergeführt. Der eine oder andere Beitrag musste von der Systemadministratorin nach den Regeln der Netiquette gelöscht werden.

25

Am darauffolgenden Sonnabend wollte Simon eigentlich zur nächsten Quiz-Station radeln. So hatte er es noch am Abend zuvor dem Nachtpförtner Hannes mitgeteilt, der diesen Plan für gut befunden und Simon einen Autogrammauftrag mitgegeben hatte: Holly Gomightys Unterschrift, die würde sich doch gut hier in seiner kleinen Loge machen, was? Gleich neben der Teekanne. Dann hatten die beiden eine schöne Tasse Tee nach der anderen getrunken, sodass Simon erst in den Morgenstunden eingeschlafen und dann viel zu spät aufgewacht war. Er musste die Adresse der dritten Quiz-Station im Netz suchen, das WLAN stolperte, es dauerte viel zu lange, dann waren die Mieträder gerade komplett an eine amerikanische Reisegruppe vergeben worden, und ihm blieb nichts anderes übrig, als sich mit öffentlichen Verkehrsmitteln auf den Weg zu machen. Er würde wieder zu spät kommen, aber zurück nach Hause wollte er nicht. Zweimal stieg er problemlos um. Der letzte Bus jedoch, der an der Quiz-Station halten sollte, kam nicht. Kam und kam nicht. Simon wartete vor einem ramponierten, in unzähligen Schichten besprayten Wartehäuschen an einer trostlosen Ausfallstraße, steckte fest, während die Sendung schon längst begonnen hatte. Er fingerte nach seinem Handy und überlegte, ob er damit eine UKW-Liveübertragung einfangen könnte. Das Funknetz erwies sich als stabiler als das Verkehrsnetz, und von kleineren Stockungen abgesehen, ließ sich die Sendung gut verfolgen. Weil er seine Kopfhörer nicht dabeihatte, blieb ihm nichts anderes übrig, als das Radio laut zu drehen und dicht an sein Ohr zu halten. Aber er war hier ja allein auf weiter Flur.

Das Quiz hatte heute zu einem Blitzableiterhersteller geführt.

Es dauerte nicht lange, bis ein Kind, das die Leuchtreklame und Warnschilder für die Hörer zu Hause beschreiben sollte, sagte: »Genau wie auf der Stirn von Harry Potter«, aber der sei ja daran nicht gestorben.

»Warum eigentlich nicht?«, fragte Holly Gomighty.

»Weil seine Mutter ihn so liebte«, wurde ihr geantwortet. Die wäre ja so eine Art Blitzableiterin gewesen.

»Das hast du jetzt sehr schön gesagt«, meinte Holly Gomighty, das Lachen der Menge abwiegelnd. Dann holte sie den Werksleiter vor das Mikro, der Liebe als Schutzschild eher nicht naheliegend fand. Er für seinen Teil verlasse sich da lieber auf Kupferdraht.

»Aber wenn gerade kein Blitzableiter in der Nähe ist?«

Der Werksleiter brummelte, dass dem, der blitzschutzgesicherte Areale mutwillig verlasse, eben nicht zu helfen sei. Woraufhin Holly Gomighty zugestand, auch im Reich von Harry Potter sei nicht jedes Kind vor zerstörerischen Kräften geschützt gewesen. Man denke nur an Ariana Dumbledore, Schwester des Chefzauberers, die als Kind unheilbare Schäden davongetragen habe, als sie einer Gruppe Normalmenschlicher in die Hände gefallen war, die – ja, so genau wisse man das eben nicht. Jedenfalls sei sie danach nicht mehr dieselbe gewesen. Hatte selbst blitzartige Ausbrüche, und zwar so heftig, dass die Gefahr bestand, sie für immer an eine geschlossene Klinik zu verlieren.

»St.-Mungo-Hospital«, rief jemand.

»Sie ist vorher gestorben, ganz jung«, eine andere.

Simon versuchte sich zu erinnern. Hatte nicht dieser Grindelwald damit zu tun gehabt?

Voller Rätsel sei dies doch, meinte indes Holly Gomighty – wie ein Quiz bei *Tee und Teer!* Selbst die bestens aufgestellte Harry-Potter-Forschung, die jeden Fluch, jeden Zauber, und sei er noch so sehr in einem Nebensatz versteckt, umfassend erläuterte, habe keine klaren Worte für die Natur dieses Verbrechens gefunden – »Stimmt doch?«.

Sie erntete breite Zustimmung. Aber hier und heute würden sie dafür ein Wort finden, das zudem das dritte Lösungswort sei, meinte Holly Gomighty. Was hatten die drei Muggel-Jungs der damals Sechsjährigen angetan, dass sie sich komplett nach innen kehrte, nur um zeitweise völlig außer sich zu geraten? Sie bitte um Meldungen. Ist doch klar, höre sie dort? Ja? Da hinten bitte. Ja, Sie. Nein, hier ins Mikro, bitte. Vergewaltigt? Sind Sie sicher? Von den Muggel-Jungs? Jedenfalls sei Ariana traumatisiert worden, meinten einige Hörer.

Klinge nicht falsch, antwortete Holly Gomighty, sei aber doch sehr allgemein, oder? Überhaupt sei es eigenartig, dass J. K. Rowling das nicht genauer beschrieben habe – eine Autorin, die den Cruciatus-Fluch so schildern könne, dass es einem den Magen umdrehe, und den Zeitumkehrzauber, dass einem drei Tage lang schwindlig sei. Kaum zu glauben, dass sie das schlimme Geheimnis der versehrten Ariana nicht gelüftet habe.

»Versehrt?« Im Publikum wurden Stimmen laut, aber Simon, der von seiner Bank im Bushäuschen aufgesprungen war, konnte nicht heraushören, was sie sagten, und war auf die Nachfragen von Holly Gomighty angewiesen: Körperlich hatte Ariana doch keine Verstümmelung davongetragen? Keine echte. Aber was hieß schon ›echte‹? – Schwierig das alles. Die Seele? Ob die versehrt werden könne? Warum denn nicht? Aber das sage man eben nicht: seelenversehrt. Kriegsversehrt, das ja. Das hört man immer noch mal, wenn auch selten. Rollstuhl, Krücke, glatt umgeschlagene Hosenbeine und Ärmel.

»Sie haben einen Einwand?«, fragte Holly Gomighty. Es müsse dann nicht ›seelenversehrt‹ heißen, sondern ›vergewaltigungsversehrt‹, sagte ein junger Mann ins Mikro, logisch betrachtet. Wieder dieses Rumoren und Raunen. Atemlos stellte Simon den

Regler auf Maximum und hörte in der nächsten Sekunde Holly Gomightys Stimme so laut und klar, als stünde sie neben ihm.

»Gewaltversehrt«, sagte sie, das träfe dann auf beide Fälle zu. Der junge Mann, nach einer kleinen Pause, willigte ein. »Stimmt«, sagte er.

»Kein unpassendes Wort, oder?«, meinte jetzt wieder die Moderatorin. »Wenn bei Kindern, die solche Gewalt erfahren hätten, ein Stück Seele abgeschnitten sei, ließe sich doch manches erklären: die explosionsartigen Zauber der Ariana Dumbledore genauso wie die Macken vieler Normalmenschlicher, die in die Hände von Versehrern gelangt seien. Solchen, die lebenslange, prinzipiell unheilbare Verletzungen zufügten. Was meinen Sie denn dazu?« Holly Gomighty hielt auffordernd das Mikro in die Höhe.

Die murmelnde, kopfwiegende Unschlüssigkeit des versammelten Publikums sah und hörte Simon Bernhardi nicht, und doch stand für ihn in genau diesem Moment außer Zweifel, dass sich ihm, ihm allein, so wie er dort in seinem Bushäuschen stand, zwischen Zigarettenkippen und zerquetschten Plastikflaschen, eine Wahrheit offenbarte. Er hatte eine Ahnung gehabt, nahezu einen Verdacht. Hatte sich die Sache aus dem Kopf geschlagen. Denn natürlich hatte er ›Nora Tewes‹ gegoogelt und sie in einem Gruppenfoto als eine stark geschminkte Ballerina eines offenbar ziemlich berühmten New Yorker Balletts gefunden, Dritte von links. Wie oft mochte es den Namen Nora Tewes geben? Extrem unwahrscheinlich, dass diese Frau von der Tanzbühne einer amerikanischen Metropole auf einmal als Holly Gomighty im Radiostudio einer mittelgroßen Küstenstadt gelandet war. Und doch hatte er den Einklang zwischen der scharfzüngigen Ungehaltenheit in den Schreiben der Nora Tewes und dem raschen Witz der Holly Gomighty, den er wahrnahm, nicht aus dem Kopf bekommen. Und jetzt, da er über das Radio aus dem Mund ebendieser Holly Gomighty drei Halbsätze gehört hatte, die er fast gleichlautend im Schreiben der Nora Tewes gelesen hatte, war dieser Einklang so unabweislich geworden, dass er sich an die Briefe der Nora Tewes jetzt in der Stimme der Holly Gomighty erinnerte. Ausgerechnet er, der schwerhörige, unauffällige, der gerade zugezogene und auch hier schon wieder in Vergessenheit geratene Simon Bernhardi, hatte etwas begriffen, was im Begriff war, sich zu einer sehr gefährlichen Sache zu entwickeln.

Er lief auf und ab, in langen Schlaufen: auf die Windräder zu, dann mit einer Kehrtwende am Bushäuschen vorbei auf eine Baustofffirma zu. Lief und kehrte um, lief und kehrte um und dachte nach. Als der Bus stadtauswärts endlich kam, verpasste er ihn, weil er gerade auf die Windräder zulief und ihn nicht hörte. Stadteinwärts verpasste er ihn, weil er gerade auf die Baustofffirma zulief und ihn wiederum im Rücken hatte. Schließlich machte er sich zu Fuß auf den Rückweg, grübelnd und Pläne schmiedend.

»Sie sehen ja gar nicht gut aus, junger Mann«, empfing ihn seine Vermieterin, »sagen Sie bloß, Sie haben einen Rückfall.«

»Ich hoffe nicht«, antwortete Simon Bernhardi, »ich habe viel zu tun.«

Am nächsten Morgen beantragte er Urlaub. Er rief in der Personalstelle an. »Simon Bernhardi, Simon Bernhardi«, murmelte die Frau am anderen Ende der Leitung, »ich finde Sie gar nicht. Arbeiten Sie überhaupt hier?«

26

Nicht nur Simon Bernhardi war auf eine Spur geraten. Ein kleines Grüppchen von Frauen, nicht mehr jung, noch nicht alt, sehr schweigsam, rückte an diesen Sonnabenden mehr und mehr zusammen. Und beobachtete die Moderatorin sehr aufmerksam. Nicht kritisch, nicht freundlich, einfach nur sehr konzentriert – als würden die Frauen mittels dieser jungen Moderatorin in Vergangenheit und Zukunft zugleich schauen und beides nicht schön anzusehen finden. Sie standen dort, sahen zu und schwiegen. Bis eine am zweiten Sonnabend sagte: »Schönen Mezzosopran hat sie. Wie ihre Mutter.«

»Annabels war etwas dunkler«, sagt eine andere. »Im Schulchor hat sie damals dieses Solo gesungen, als der Tenor plötzlich krank wurde, wisst ihr noch?«

»Im *Messias. Tröstet mein Volk.* Gleich am Anfang.«

Sie nickten und erinnerten sich an eine Stimme, die nicht viel gesprochen, sich aber angesichts einer Partitur nahezu mühelos durch drei Oktaven bewegen konnte. Ihr Nicken ging in Schweigen über.

Indessen sammelte die Webadministratorin, die vom Mutterhaus des Senders beauftragt worden war, die Social-Media-Abteilung des Jung-Senders *Tee und Teer* mitzubetreuen, irritierende Nachrichten: »Es wird auch Zeit, dass es ihm an den Kragen geht, an den weißen Kragen«, schrieb Veilchen 2; »Gut, dass er jetzt dran ist«, stimmte Caro Albatross zu. »Darauf warten wir schon lange«, schrieb Madhouse, und auch eine Melli Tausendwasser fand: »Dieses Schwein, jetzt erwischt es ihn doch.«

Sie machte sich daran, die Adresse der vierten Station zu überprüfen. Es musste doch mindestens eine Straßensperrung beantragt, eine Veranstaltung angemeldet worden sein. Sie rief bei den kooperierenden Geocaching-Unternehmen an und fing sich ein »Das liegt doch alles bei euch« ein. Wenig später jedoch bekam sie einen Rückruf mit den Geodaten der letzten Station. Sie nahm die Adresse über Google Maps in Augenschein, fand aber auch hier nichts vor, was auf eine Institution, einen Ort von allgemeiner Bedeutung schließen ließ. Und das war einigermaßen beunruhigend. Sie rief beim Katasteramt an. Auch früher war dort nichts anderes gewesen als eine Nadelwaldschonung. Dann ein Kartoffelacker. Was sollten Kiefer und Knolle mit Menschenrechten zu tun haben? Wenn die Besitzer auch die Bewohner waren, hatten sie seit sechs Jahrzehnten nicht gewechselt. Sie googelte den Familiennamen, der genannt worden war, fand eine Traueranzeige, die auf die Ehefrau passte, vier Jahre her. Die Kinder, beide, wie die Traueranzeige nicht verschwieg, in akademischen Würden, fernab dieser Stadt: Wien und Namibia. Dann lebte da jetzt ein über neunzigjähriger Mann allein. Sie öffnete den Facebook-Account, den sie etwas vernachlässigt hatte, weil sie mit den Accounts der Hauptprogramme schon mehr als genug zu tun hatte, und setzte sich augenblicklich sehr aufrecht auf die Stuhlkante. »Wir kommen. Mach dich auf was gefasst.« »Kinderschänder.« »Mörder.« Das war der Anfang. Was dann kam, war – was eigentlich? War, was sie im Grunde nur aus Nachrichten und Reportagen kannte. Rechtes, Ultrarechtes im Stile des »Einen-Kopf-kürzer-Machens« – munter vermischt mit aktuellen Parolen. Die Systemadministratorin schüttelte den Kopf. Hier stand ein Mensch mit ausgesprochen deutschem Namen am Pranger, der in der Zeit groß geworden war, in der angeblich Zucht und Ordnung geherrscht hatten. Sie verfolgte die Einträge und gewann den Eindruck, dass durch eine Verlinkung mit dem Blog Deutsche Familie das rechte Pack dieser Stadt geschlossen in den Account reingespült worden war und die Baseballschläger bereits ungeduldig in die Hand geklopft wurden, ohne zu wissen, gegen wen und warum. Sie klickte sich zu einer E-Mail-Adresse durch, deren Betreuung eigentlich nicht in ihren Händen lag – in wessen Händen lag sie eigentlich? –, und fand neben einigen Leserbriefen, die ihr harmlos erschienen, Haiku-Einsendungen für Holly Gomightys Morningshow, die ihr die Haare zu Berge stehen ließen:

Hände die schänden / helfen nicht vor dem Gesicht /
　werden erstarren

Er freut sich schon jetzt / auf sein lautestes Lied, der /
　Spatz auf deinem Dach

Inmitten der Stirn / steht dir sehr gut zu Gesicht /
　dieser rote Punkt

Ein weißer Kittel / mit gefalteten Ärmeln / darunter kein Puls

Wie so welk die Haut / der Fingerkuppen von einst /
　die das Messer kappt

War irgendetwas davon gesendet worden? Mit fliegenden Fingern – sie kam sich vor wie in einem dieser Krimis, von denen sie definitiv zu viel konsumierte – spulte sie die Bänder der letzten Woche auf sieben Uhr zwanzig, Haiku-Time, und fand zwischen beschaulichen und romantischen Exemplaren des Typs

Kommt von sehr weit her / und singt dir fremde Lieder /
　der Wind am Morgen

und

*Weil du nicht da bist / trinke ich ihn immerzu /
deinen Lieblingstee*

tatsächlich das Haiku vom Spatz auf dem Dach, das vor vier Tagen gesendet worden war, und vorgestern hatte es eins gegeben, das sie in der Liste der Einsendungen nicht gesehen hatte:

*Sie suchen dich heim / damit sie sterben können /
die zwei Untoten*

– eingebettet in zwei Krimirezensionen.

Sie überlegte, ob Holly Gomighty in ihrer Morningshow das neue Genre der Grusel-Haiku ausgerufen hatte oder ob sich dieses Geocaching-Spiel irgendwie irrealisiert haben konnte. Sie kaute auf ihrer Unterlippe herum, drehte eine Runde um den Block, trank Kaffee, ging wieder zurück und schrieb ihrer Vorgesetzten eine Kurznachricht. Die war gerade in Brasilien zur Tagung *Radiojungle. Nets and Tropes* und leitete die Nachricht am nächsten Morgen inklusive drei Stunden Zeitverschiebung an Helge Bruns weiter, der ebenfalls auf Reisen war und seine E-Mails erst nach einem mittäglichen Arbeitsessen, bei einem Espresso, las. Er sprang vom Stuhl eines Brüsseler Restaurants auf und beraumte eine Krisensitzung an. Vergeblich versuchte er, einen früheren Rückflug zu bekommen. Er verbrachte nervenaufreibende Stunden auf dem Flughafen, telefonierte mit den Geocaching-Anbietern. Unbedingt das Programm sperren. Bestätigung liefern. Umgehend bitte. Er müsse sich darauf verlassen können. Wenn nicht, rechtliche Schritte undsoweiter. Er saß in einem freischwingenden Sessel der VIP-Lounge und wurde das Gefühl nicht los, mit dem Rücken zur Wand zu stehen. Zweieinhalb Tage vorm Fingerkuppenabschneiden, vorm Stirnschuss, vorm Weißkittelleichentuch.

27

Nach einer schlaflosen Nacht hielt sich Helge am nächsten Tag nicht mit Eingangsfloskeln auf, nahm Nora, deren Augenringe ebenfalls auf gestörte Nachtruhe schließen ließen, ins Visier und sagte mit offenkundig mühsam beherrschter Stimme: »Sagst du jetzt bitte mal, was hier los ist?«

»Was soll los sein? Wir machen Radio.«

»Ich will die Rätsellösung.«

Nora schwieg.

»Ich dachte, die Sache sei durch bei Gericht. Verjährt.«

Dass jemand, der Europasitzungen leitete, nicht klar bekam, dass eine Sache bei Gericht entweder durch war oder eben verjährt, dachte Nora.

»Ja, verjährt«, antwortete sie.

»Hör mal, wir können keine Hetzjagd veranstalten. Das geht nicht«, sagte Helge, der mit größerer Lautstärke versuchte, die Sache aufzulösen, abzuwenden, umzulenken, was auch immer.

»Wer hetzt denn hier?« Auch Nora wurde lauter. »Wir haben uns vier Wochen Zeit gelassen.«

»Wir waren mit dem Ü-Wagen vor einer Greenpeace-WG, wir waren in einem Museum, in einem Flüchtlingswohnheim – und jetzt sollen wir mit dem Teerkocher vor dem Eigenheim einer Privatperson, die …« Helge schüttelte verzweifelt den Kopf. »Hast du dir das mal vorgestellt? ›Hier wohnt ein Apotheker, der Nachhilfeschülerinnen …‹, ach, verdammt …«

Ja, hatte sie. Immer wieder hatte sie sich diesen Moment vorgestellt. Nur diesen Moment. Die Belagerung, die Drohung, den enger werdenden Kessel. Egal, ob dann Polizei aufmarschieren, *Tee und Teer* eine Anzeige bekommen oder sie selbst verhaftet werden würde. Hatte sie sich vorgestellt, ja.

»Ja«, sagte Nora.

»Mach die Augen auf – und die Ohren, Nora. Das ist Zusammenrottung, Lynchjustiz. Du hast einen Mob mobilisiert.« Helge schob die Papiere, die vor ihm auf dem Tisch lagen, zu Nora rüber:

Inmitten der Stirn / steht dir sehr gut zu Gesicht / dieser rote Punkt

»Ein Mob, der Haiku schreibt? Die sind doch gut. Sogar die Silbenzahl stimmt, hast du gesehen?«, antwortete Nora.

»Lynchjustiz!«, sagte Helge, als nähme er Pressemeldungen vom kommenden Wochenende vorweg, sein Gesicht in den Händen verbergend.

»Nun beruhig dich mal, Helge«, schaltete sich Tom ein, »Lynchjustiz. Das ist Ku-Klux-Klan, Südstaaten. Lass dich doch nicht von ein paar Hassrednern verrückt machen. Hier erledigen das immer noch die Gerichte.«

»Dafür ist es dann zu spät«, sagte Helge, noch immer kopfschüttelnd.

»Sag ich ja«, sagte Nora, ohne aufzusehen.

Helge starrte vor sich hin. Nach einer Weile sagte er: »Missbrauch, nicht wahr?«

Nora machte eine unwillige Kopfbewegung.

»Hat er ... bist du ... was ist ...?« Unter den warnenden Blicken von Tom und Grischa kam Helge ins Stammeln und fiel in sein händeringendes Schweigen zurück.

»Die Nazis sind auf diesen Zug einfach aufgesprungen. Der kam ihnen gerade recht, verstehst du? Das kannst du doch nicht wollen. Schau mal in den Account. Die haben das mit ihrer Ortsgruppe verlinkt. Hier, guck mal, wie eifrig die ihr Süppchen kochen.« Helge reichte Nora sein Tablet über den Tisch. Sie würdigte es keines Blickes.

»Das Recht überholt die Rechten rechts. Darüber kannst du

mal nachdenken«, sagte sie und sah dabei an Helge vorbei auf die Kühlschiffahrtsplakate.

»Hör mal, so geht das nicht. Wenn wir den Nazis eine Plattform geben, fliegt der Laden hier in die Luft. Der Sender, alles, alles, was wir hier aufgebaut haben, steht auf dem Spiel. Dann sind wir dran.« Helge, norddeutsch in siebenter Generation, gestikulierte wie ein gebürtiger Sizilianer.

»Nicht wir. Er«, erwiderte Nora, »er ist dran.«

»Wer ist ›Er‹? Hör endlich auf, uns zum Narren zu halten.« Helge war sehr laut geworden, erntete aber nichts als Schweigen.

Er kaute auf seiner Unterlippe herum und sah Nora an, die ihre Sendemappe auf- und zurollte.

»Du hast das geplant«, sagte Helge mit gepresster Stimme in die angespannte Stille hinein, »du hast das genau geplant. Und wir waren deine Statisten.« Sein Zorn, seine Erinnerung an die mit Arbeit, Vorfreude und Aufbruchstimmung prall gefüllten Monate, die hinter ihnen lagen, seine Ahnung kommender Schwierigkeiten mit Presse, Intendanz und Rundfunkrat mündeten in einem bitter hervorgestoßenen »Mit uns kannst du es ja machen«.

Nora warf ihre Mappe auf den Tisch, kippte dabei eine Tasse um, sah den Kaffee über den Tisch in die Papiere laufen, stand auf und lief aus dem Raum – ohne Jacke, ohne sich noch einmal umzudrehen, lief sie den Gang entlang. So sah und hörte sie nicht, was Grischa Helge antwortete – ohne zu lächeln, ohne auch nur eine Spur von Verbindlichkeit in Blick und Stimme: »Mit wem denn sonst?« Und gleich noch einmal hinterher: »Mit wem denn sonst, Mann?«

Als Nora am Fahrstuhl den Knopf ins Erdgeschoss drückte, zitterten ihre Finger. Sie hatte nicht gefrühstückt, bei Licht besehen nicht nur heute nicht. Ob sie in den letzten Tagen überhaupt etwas zu sich genommen hatte, außer Tee und Kaffee, daran konnte sie sich nicht erinnern. Sie lief durch die Eingangshalle, als sich vom Garderobentresen ein Mann löste, der dort, vom Pförtner argwöhnisch betrachtet, schon sehr lange gestanden hatte, auf sie zuging und sagte:

»Hör auf damit.«

Nora sah kurz zur Seite und lief weiter. Simon hielt mit ihr Schritt.

»Das geht nicht gut.«

»Verpiss dich. Stalker.«

»Neulich hieß es noch ›stumpfsinniger Rechtsverdreher‹.«

Sie stockte nur kurz, sah ihm ins Gesicht. Der Auftragsschreiber. Natürlich. Der von Rechtsfrieden gefaselt hatte, von Ausermittlungen, Altfällen und Rückwirkungsverbot. Sie lief weiter, rascher als zuvor.

»Du kommst in Teufels Küche«, sagte Simon, der vergeblich versucht hatte, ihren Blick festzuhalten, aber sich ihrem Tempo anpasste und an ihrer Seite blieb.

»Genau da will ich hin. Verschwinde.«

»Warum?«

»Weil ich zu tun habe.«

»Warum du in Teufels Küche willst.«

Sie lief rasch über eine Straße, bei Rot. Vielleicht weil sie nichts sah, vielleicht weil sie meinte, einer vom Gericht würde nicht bei Rot gehen. Simon versuchte, ihren Blick auf sich zu lenken. Ohne Erfolg. Er hielt sie am Ärmel fest. Sie drehte sich zu ihm, sah ihn an. Öffnete ihren Mund, um ihn mit der nächstbesten Grobheit, die ihr auf den Lippen lag, zu vertreiben, als sie, während sie ihn abschüttelte und sich umwandte, ein hell schimmerndes Etwas an seinem Ohr wahrnahm, nein, nicht am, in seinem Ohr. Simon, der ihren Blick und ihre Irritation gespürt hatte, legte unwillkürlich die Hand an das kleine Gerät und überprüfte seinen Sitz. Hörgerät, dachte Nora, und obwohl sie in ihrer Übermüdung, die sie wie einen riesigen Schatten kommen spürte, etwas anderes als dieses Wort nicht denken konnte, das ihr im Grunde nichts sagte und nichts bedeutete, verbuchte sie Simons Handbewegung unwillkürlich als die eines Menschen, der tatsächlich entschlossen war, zuzuhören. Sie blieb stehen, obwohl sie um keinen Preis der Welt hatte stehen bleiben wollen. Sobald sie stehen bliebe, würde diese unendliche Müdigkeit, diese maßlose Erschöpfung sie einholen. Sie öffnete den Mund, aber statt das zu sagen, was sie sagen wollte, statt dieser zischelnden Worte, die sie in ihrem Gaumen schon gespürt hatte, kam nur ein flacher Atem über ihre Lippen. So lange, bis nicht nur in ihren Kopf eine seltsame Leere einzog, sondern auch der Wut in ihrem rasch klopfenden Herzen die Luft ausgegangen war und nicht mehr als eine zitternde Schwingung in ihrer Brust zurückließ, von der sie nicht wusste, ob sie eher dem Leben oder eher dem Sterben zugehörte.

II

STAY

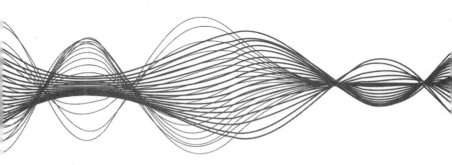

1

Nora dachte, sie habe nicht richtig gehört. Gerade war sie dabei gewesen, den Zahnputzbecher ihrer Mutter auszuspülen und auf die Ablage unter dem Spiegel zurückzustellen. Seit ein paar Tagen stand die Mutter nicht mehr auf. Eine der Schwestern hatte einen Waschtisch ins Zimmer gerollt, der vom Bett aus zu benutzen war, und hatte weit ausgeholt, um seine Funktionsweise zu erklären. Nora schnitt ihr das Wort ab, indem sie befand, dieser Waschtisch sei ja wohl das, was man selbsterklärend nenne. Die Schwester machte auf dem Absatz kehrt und würde, dessen war Nora gewiss, sich draußen bei den Kolleginnen Luft machen über den Hochmut dieser Tochter, die das Schicksal der Mutter, viel zu jung zum Sterben, noch beklagenswerter machte. Derweil verloren Mutter und Tochter im Krankenzimmer über diesen Arroganzanfall kein Wort, sondern erledigten das Zähneputzen mit der gebotenen Verachtung für eine Welt, die sensorbetriebene Krankenwaschtische, aber keine Zahnputztablette erfunden hatte. Anfangs hatte Nora solidarisch ihre eigenen Zähne mitgeputzt, heute hatte sie ihre Mutter selbst im Bett stützen müssen – und jetzt, am Waschbecken, auf einmal diesen Satz im Rücken: »Am Ende war er es, der mich verseucht hat.«

Entgeistert sah sie in den Spiegel hoch, der ihr ein halb zur Seite gedrehtes schmales Gesicht zeigte. Ihre Mutter war keine, die in Rätseln sprach, und das Wort ›verseucht‹ gehörte eigentlich nicht in ihren aktiven Wortschatz – zumindest kam es sehr überraschend für jemanden, der gerade Pfefferminzgeschmack im Mund hatte. Und überhaupt passte der ganze Satz in seiner drastischen Unbestimmtheit nicht hierher, zwischen sie beide, die gerade vollkommen mit sich selbst und ihrer schwindenden Zeit zu tun hatten. Ein Fremdkörper.

»Wie bitte?«, fragte Nora – während sich dieser Fremdkörper binnen Sekunden in eine Vermutung und von einer Vermutung in eine Gewissheit und von einer Gewissheit in eine Bitte verwandelte: Bitte, lass uns nicht über meinen Vater sprechen, diesen Dritten, den sie stets aus dem Spiel gehalten hatten. Nicht jetzt, nicht so. Sie bekam keine Antwort.

»Was hast du gesagt?«, insistierte Nora und war entsetzt über sich selbst. Warum hatte sie die Abzweigung zum Überhören verpasst?

Ihre Mutter zuckte zusammen. »Nein, nichts, vergiss es.«

»Was nun? War es nichts? Oder soll ich es vergessen?«

»Beides.«

»Du hast gesagt: ›Am Ende war er es, der mich verseucht hat.‹«

»Ich habe mit mir selbst gesprochen.«

»Und ich hab's gehört.«

Ihre Mutter schwieg.

»Mom, wenn du's mir nicht erklärst, schicke ich dir morgen Schwester Hella zum Zähneputzen.«

Ihre Mutter verzog das Gesicht. »Das wagst du nicht.«

»Ich an deiner Stelle würde es nicht drauf ankommen lassen.«

Während Nora den vertrauten Mutter-Tochter-Ton anschlug, der sie durch die Tage des Abschieds trug und den sie auf keinen Fall aufgeben wollten, aufgeben stand nicht zur Debatte, überstürzten sich in ihrem Kopf die Gedanken. Mein Vater. Er hat sie verseucht. Was immer das heißen soll. Was immerhin erklären wird, warum er nie der Rede wert gewesen war. Warum ich keinen Namen weiß und kein Bild kenne. Jetzt, ausgerechnet jetzt werde ich wissen, was ich nie wissen wollte, dachte sie, ich werde meine Mutter verlieren, und dann gibt es in dieser Welt irgendwo einen Vater, den ich zwar jetzt nicht habe, aber haben könnte, und in zwei, drei Sätzen wird er einer sein, den ich niemals hätte haben wollen und niemals haben wollen werde.

Die Mutter hob zu einer abwehrenden Geste an, als Nora sie, in höchster Not, direkt fragte: »Du meinst – meinen Vater?«

»Nein!«

Noras Erleichterung war so groß, so umfassend, so von Kopf bis Fuß, dass alle Spannung aus ihrem Körper wich und sie sich setzen musste. Wie konnte es sein, dass man von jemandem, den man gar nicht kannte, keine Schlechtigkeit ertragen wollte? Ja, fast so, als dürfte jeder beliebige andere schlecht sein, nur dieser eine nicht, der ihr doch, von sehr kurzen Phasen abgesehen, völlig egal gewesen war, fiel es ihr auf einmal leicht, weiterzufragen, nicht lockerzulassen. Nichts, was jetzt noch kommen konnte, würde an die Maximalkatastrophe heranreichen, eine Mutter zu haben, die stirbt, und einen Vater, der an ihrem Sterben schuld war.

»Wer dann?«

»Ich habe mit mir selbst geredet.«

»Hast du nicht.«

Ihre Mutter sah sie lange an, antwortete nicht.

»Wer ist ›er‹?«

Nora forschte im Gesicht ihrer Mutter nach Anzeichen dafür, was jetzt auf sie zukommen würde. Und sah dort vor allem eines: wie sich Bitterkeit und Qual in Liebe und Trauer verwandelten. Es schnürte ihr die Kehle zu. Die Pause wurde lang.

»Wenn du mal ein Kind haben wirst ...«

»Lenk nicht ab.«

»Man muss aufpassen.«

»Hör mal, das weiß ich: Drogen, Motorrad, falsche Freunde.«

Nora lenkte ab, wusste, dass sie ablenkte, wusste nichts anderes zu tun gegen ihr innerliches Zittern.

»Wenn das mal reicht.«

»Mom, wer ist ›er‹?«

Das Gesicht ihrer Mutter verzog sich zu einem schiefen Lächeln – als hätte sie in letzter Sekunde den besten, wenn auch durchsichtigsten aller Auswege gefunden.

»Er, dessen Name nicht genannt werden darf.«

Nora ließ die Verschiebung in jene magische Welt, die ihnen jahrelang ein so vertrauter Aufenthaltsort gewesen war, dass beide sich nicht gewundert hätten, wenn ihnen eines Tages ein Schreiben aus Hogwarts in den Briefkasten geflattert wäre, nicht zu. »Sag mal. Mir wird langsam unheimlich.«

Ihre Mutter drehte sich zu ihr um und versuchte sich aufzusetzen.

»Wenn du mal ein Kind haben wirst, Nora, dann pass auf, dass es nicht angefasst wird.«

Nora schwieg – auf einmal mit einer jener Geschichten konfrontiert. Von denen man hört. Immer wieder hört. Immer anderswo. Jetzt auf einmal hier.

»Von solchen, die – du weißt schon«, fuhr ihre Mutter fort, »könntest du mir das versprechen?«

Was sollte sie schon wissen? Nichts wusste sie schon. Sie war nicht vorbereitet gewesen, und dennoch verschalteten sich die Synapsen in ihrem Gehirn, als hätten sie nur auf diesen Moment gewartet, und ließen in Blitzgeschwindigkeit zehn, fünfzehn, zwanzig Erinnerungsbilder kreuz und quer durch Noras Hirn schießen: Wie sich die Gesichtszüge der Mutter verändert hatten, wenn sich ihr ein Mann näherte, und wenn er auch nur für Greenpeace oder Amnesty International oder den Deutschen Seenotrettungsdienst sammeln wollte; wie sie sie abends von sonst woher abholte und sich durch nichts und niemanden davon abbringen ließ. Noras Proteste dagegen, ihre Erklärungen, wie absolut peinlich es sei, aus der Pyjamaparty rausgerissen und in einen Ford Taunus verfrachtet zu werden, fehlte nur noch, dass man *Der kleine Eisbär* in den CD-Player schob, schienen an ihrer Mutter, die sich sonst in alles einfühlen konnte, in Liebeskummer und Klamottenkummer und Notenkummer, einfach abzuperlen. Alle Freiheit hatte sie ihr gegeben; diese nicht. Sie diskutierte über alles; nicht über Abends-nach-Hause-Kommen. Später gab es Ausnahmen: Bei Kindern alleinerziehender Mütter durfte sie bleiben. Und da die, rein zahlenmäßig, eher die Regel darstellten als die Ausnahme, war das Ganze auch keine Ausnahmeregelung mehr, sondern leicht eingeschränkt normal. Und leichte Einschränkungen wiederum waren in sich auch normal. Und jetzt kippte dieses nahezu Normale mit einem Mal geradewegs in Richtung Verhängnis.

»Mom«, fragte sie, »was ist passiert?« Ihre Mutter sah sie lange an, ohne zu antworten.

Nora hielt ihren Blick fest. Wie sollte sie denn ein Versprechen abgeben für ›wenn‹ und für ›später‹, wenn das ›was‹ und das ›wie‹ noch vollkommen im Dunkeln lagen? Es war so still, dass sie meinte, das Ticken einer Uhr zu hören. Aber in diesem Zimmer gab es keine Uhr. Also musste es der Puls in ihren Ohren sein.

2

»Mom, wer hat dich angefasst?«
»Ach, lass.«
»Nein, ich lass nicht!«
»Es hatte mit Nachhilfe zu tun.«
»Wann, wo, wie?«
»Ich hätte nicht davon anfangen sollen.«
»Mom!«
Der Blick der Mutter, fest auf die Fensterecke gerichtet, auf die

kleine Spinne, deren Leben sie täglich dem Putzteam abrangen, ließ sich durch diesen Anruf, in dem Entsetzen, Ermahnung, Ungeduld sich mischten, der alles in sich hatte, um Zuwendung zu erzwingen, nicht abbringen. Als suche sie dort nach dem Faden, an dem sich ihre Geschichte aufrollen ließe. Ja, sie hatte davon angefangen, und doch wusste sie nach diesem Anfang nicht weiter, und gleichzeitig wusste sie genauso gut wie Nora, dass es nach diesem hingesagten Anfang kein Zurück mehr gab, dass es aber einen anderen Anfang brauchte als den, der ja tatsächlich mit einem Ende angefangen hatte. Am Ende war er es, der mich verseucht hat. Vielleicht hatte sie diesen ersten Anfang nur vom Ende her sagen können, weil ihr eigenes Ende so nahe war. Weil die Zeit, die vor ihr lag, so kurz war, dass sie gar nicht anders konnte, als sich zurückzuwenden und hinabzutauchen in die Zeit, die hinter ihr lag, bis ein Anfang sie aufhalten würde. Ein roter Haarschopf und das Klingeln einer Apothekentür. Das Gesicht der Mutter, ihre Hand, die die Salbe für ihre dauerentzündete Haut entgegennahm, auch die schorfig und zerkratzt bis zu den Fingernägeln. Und seine, groß und glatt unter den scharfen, weißen Kanten seines weißen Kittels. Kein Gesicht, aber eine Stimme. Wie es dem Gatten gehe, was das Asthma mache, gerade mal Ruhe, das freut mich aber, Frau Tewes, und das Fräulein Tochter? Gerade elf geworden, nicht wahr? In der Schule sicher ganz vorn dabei?

Annabel Tewes öffnete die Augen. Während sie Nora ansah, die auf ihrer Unterlippe kaute und noch immer auf eine Antwort wartete, lauschte sie weiter in die Apotheke hinein, von der sie gerade diese Bilder empfing – ihre Mutter, wie sie die Tiegel und Tabletten in ihrer Handtasche verstaute, den Kopf schüttelte und von den Problemen in Latein zu sprechen begann. Und als ob auf einmal ein Sender, der zuvor gerauscht und geknistert hatte, plötzlich scharf gestellt worden war, hörte sie ihn antworten: Ach, Frau Tewes, Latein, da braucht es doch nur ein bisschen Durchgriff auf die Grammatik. Wissen Sie was? Wenn Sie mögen, schicken Sie Ihre Annabel doch einfach mal vorbei. Mittwochnachmittags habe ich Zeit, da helfe ich ihr gern ein bisschen auf die Sprünge. Am besten bei mir zu Hause. Ja, genau, ganz in der Nähe, dahin kann die Annabel zu Fuß kommen. Nein, um die Bezahlung machen Sie sich mal gar keine Gedanken. Ach was, Frau Tewes, ich bitte Sie – Sie als treue Kundin, wir verrechnen das mit den Gardinen, die Sie uns demnächst liefern, nicht wahr? Mir macht's ja auch Freude, ich als alter Lateiner ... Als wäre er hier im Zimmer. Sie setzte sich jäh auf. Hatte sie das jetzt laut gesagt, war das eben aus ihrem Mund gekommen? Ich als alter Lateiner?

Auch Nora erschrak. »Hey, Mom, was ist los?« Sie hatte sich den Stuhl ans Bett gezogen und ihre Mutter sanft an der Schulter berührt. »Was war denn mit Latein?«, fragte sie. Ihre Mutter fing an zu husten. Nora hielt ihr eine Tasse mit Früchtetee hin. Sie pustete, um den Tee abzukühlen, um ihr schweres Ausatmen zu tarnen, um Zeit zu gewinnen. Doch dann glitt sie durch die kreisförmig sich ausbreitenden Wellen wieder hinab, wie beim Schwimmunterricht, wenn die Puste für den Ring, der vom Boden des Beckens geholt werden sollte, nicht gereicht hatte, und man wieder auf- und abtauchen musste. Sie schloss die Augen und erhaschte sich, als sie noch viel zu klein für die Schule und vor allem für Latein gewesen war. Wie er ihr das schwere Kippglas mit dem Traubenzucker hinhielt und sie drängte, sich eines zu nehmen oder ruhig auch zwei, nicht wahr, und sie, die Traubenzucker verabscheute, die Papierchen geöffnet, gelutscht und freundlich gelächelt hatte, sie wusste ja, was sich gehörte, nur um so schnell wie möglich die aufdringlich pelzige Süße irgendwo zwischen den letzten Milchzähnen zu parken und sie dann gleich draußen in einem einzigen staubtrockenen Schluck hinunterzuwürgen.

»Möchtest du noch etwas trinken?«, fragte Nora. Ihre Mutter

schüttelte den Kopf. Vielleicht hatte sie jetzt den Anfang zu fassen bekommen. »Für Oma«, sagte sie, »war er ja eine Art Lebensretter.«

»Der alte Lateiner?«, fragte Nora.

»Der Apotheker.«

3

Annabel Tewes sah ihre Tochter an. Diese Linien, in denen ihre Augen leicht schräg ausliefen, die hatte sie von ihrer Großmutter, Luise Tewes, von allen nur die rote Luise genannt, damals nur wenig älter als Nora jetzt. Wie schwer es war, wie lange es dauerte, das junge Muttergesicht aus den Tiefen zu holen, es über die Erinnerungen an die alternde, die alte Mutter zu legen. Sie suchte danach, wie wenn man in einem alten Album zurückblättert, bis sie es wieder vor sich sah, wie es sich in dem damaligen Zweieinhalbzimmerzuhause, zwischen Spülstein und Bügelbrett, ihr und ihrem Vater zugewandt hatte – davon träumend, wie das Latein ihrer kleinen Annabel Tür und Tor öffnen würde in eine Welt der umfassenden Bildung und des gesicherten Einkommens. Das nämlich hatte Luise Tewes, die durch die Schule bis zur mittleren Reife mit nichts als einem rudimentären Handelsenglisch gekommen war, gerade aus der Apotheke mitgebracht, zusammen mit Salbe und Spray, dass man nicht früh genug anfangen könne mit den alten Sprachen: Latein und Griechisch, den beiden Säulen unserer abendländischen Kultur und Eintrittskarte in jedes anständige Studium. Er plädiere für eine Anmeldung im altsprachlichen Gymnasium, hatte der Apotheker gesagt, und der kannte sich aus, wusste, worauf es ankam.

Nora, die sehr wohl bemerkt hatte, dass ihre Mutter durch sie hindurchsah auf etwas, das ihr entging, begriff, dass hier etwas nicht gesagt werden wollte und doch gesagt werden musste. Sie beugte sich vor. »Sag mal, Mom. Latein, der Apotheker. Was weiter?« Mit Forschheit versuchte sie, die Angst in ihrer Stimme zu überdecken. Angst davor, es jetzt zu erfahren, Angst davor, es jetzt nicht zu erfahren. Davor, dass sie einer Ungeheuerlichkeit ansichtig werden würde oder dass sie eine Ungeheuerlichkeit sich würde ausmalen müssten bis ans Ende aller Tage.

Es dauerte, bis Annabel Tewes antwortete. Aber als sie dann »in seinem Arbeitszimmer« gesagt hatte, da ließ sich dieses Arbeitszimmer sogar beschreiben. Dass es am Ende eines langen Flurs gelegen hatte, dass ein wuchtiger Schreibtisch darin stand und, als sei der noch nicht schwer genug, ein Haufen Briefbeschwerer darauf, unter ihnen Rezeptzettel, als sollten die in alle Ewigkeit niedergehalten werden, dabei waren es nur dünne Blättchen, die sich auch unter einem Bleistift, einem Radiergummi oder einer Büroklammer nicht gerührt hätten. Ein Drehledersessel und ein Hocker, nahe daneben, weil man ja gemeinsam in die Bücher sehen musste, »nicht wahr?«.

Nora nickte. Sie sah es vor sich. Und Annabel Tewes sah, dass Nora es vor sich sah. Ich muss vorsichtig sein, dachte sie. Etwas erzählen, aber nicht alles, keinesfalls alles. Und während sie dies dachte, saß sie dennoch schon wieder auf dem Hocker. Sie hatte ja nicht gewusst, wie Nachhilfe geht. Latein und Apotheker, das schien ihr immerhin zusammenzupassen, als die Mutter ihr von dem freundlichen Angebot erzählt hatte, aber jetzt, in diesem Arbeitszimmer, da passte etwas ganz und gar nicht zusammen, das hatte sie gleich gespürt. Hätte sie sonst diese Gänsehaut bekommen? Erst hatte es nach echtem Unterricht geklungen: Nehmen wir uns den Akkusativ vor, hatte er gesagt. Wen oder was? Warum wusste sie eigentlich noch so genau, dass es der Akkusativ gewesen war? Dominus ancillam vocat. Claudia amicos visitat. Als hätten sich diese Sätze eingemeißelt in ihr Hirn, als ständen sie über der Tür, hinter der die Welt nicht mehr dieselbe gewesen war.

Und jetzt gehen wir noch etwas weiter: Der Mann gibt dem Mädchen die Salbe. Da üben wir den Dativ gleich mit. Unguentum habt ihr noch nicht gehabt? Unguentum, Neutrum, o-Deklination. Unguentum. Ein Ungeheuer von einem Wort. »Schau, ich helfe dir auf die Sprünge«, hatte er gesagt. »Es ist das, was gut riecht.« Er hatte hinter sich ins Regal gegriffen und eines der rot-weißen Döschen gegriffen, öffnete es, rückte noch ein bisschen näher an sie heran und hielt es ihr unter die Nase. Ja, die Salbe duftete gut. Nach Nivea mit Nutella. Aber er, er roch nicht gut, wenn er so nahe war. Wenn er hinter dem Tresen stand, spürte man es nicht. Vielleicht weil die Apotheke so gut roch, da konnte er gar nicht anders, als auch gut riechen. Jetzt kroch unter dem guten Apothekenduft etwas Stickiges und Schwitziges heraus.

»Ist dir heiß?« Nora sah auf die geröteten Wangen ihrer Mutter, die kleinen Schweißperlen auf ihrer Stirn. Annabel Tewes schüttelte den Kopf, und jetzt sah Nora in ihren Augen die gleiche doppelgesichtige Angst, die auch sie selbst erfüllte: weitererzählen oder nicht weitererzählen – beides gleich schlimm. Einen Horrorfilm kann man nicht anhalten und nicht aushalten.

»Schau mal«, hatte er gesagt, »sie duftet nicht nur gut, sie tut auch gut«, und ihr etwas Salbe auf beide Knie getupft. Wie im Scherz, als machte er das jetzt mit ihr, nur um Latein zu erklären, das, was Mütter mit ihren kleinen Kindern machten: einen Tupfer auf die Nase, zwei auf die Wangen und von dort aus übers Gesicht verstreichen. Aber er war nicht eine Mutter im Bad am Sonnabend, es war nicht der Fichtennadelschaum und nicht die blau-gelbe Dose mit dem Hirten darauf und den Lämmern, es war Mittwochnachmittag, sie war kein Kind im Bademantel, und es war der Apotheker. Es war nicht ihre Nase, es waren nicht ihre Wangen und ihre Stirn, sondern ihre Knie. Sie hatte sich erschrocken über diese Salbe, wie über einen Taubenschiss aus heiterem Himmel, und über den Apotheker wie über eine Figur in der Geisterbahn, die aus dem Nichts nach ihr griff – und doch gedacht, gleich würde die Welt wieder so sein, wie sie sie kannte. Gleich würde er sich wieder zurücklehnen und in den Apotheker verwandeln, den sie nicht besonders mochte, aber seit langem kannte und der außer mit dem Traubenzucker nie lästig geworden war. Scherz beiseite, würde er sagen, und dann würden sie den Akkusativ lernen, wie er im Buch stand. Ohne Salbe. Dachte sie, während sie die Beine zusammenpresste und auf dem Hocker ganz nach hinten rutschte. Sie wünschte, sie hätte sich eine lange Hose angezogen. Aber da wäre sie ja im Leben nicht draufgekommen, sich eine lange Hose anzuziehen – im Sommer, fast schon Hochsommer. Eine Hummel brummte am gekippten Fenster, schien den Eingang zu suchen, aber sie flog wieder und wieder mit einem dumpfen Knall gegen die Scheibe. Wenn die Hummel ins Zimmer fände, dann würde sie den Apotheker anfliegen, und der müsste seine Hand mit den hässlichen, schwarzen Haarbüscheln von ihrem Bein nehmen, um sie zu vertreiben. Aber die Hummel fand den Weg nicht. Wieder und wieder nicht. So konnte die Hand ungestört den Tupfer auf ihrer Haut verreiben, in immer größeren Bögen. Sie schob die Hand weg, mit allem, was sie an Höflichkeit und Respekt aufbringen konnte vor diesem Mann, der Mutter und Vater verlässlich mit Kortison versorgte, dem Stoff, der sie aufatmen und schlafen ließ. Sie ballte die Hände im Rockstoff zusammen und versuchte, seine Hand nach unten zu schieben, aber sie ließ sich nicht bewegen. Sie hörte nicht auf, diese Hand wegzudrücken, ihre Unterarme fingen an zu schmerzen, ihre Beine ließen sich nicht mehr bewegen, aber seine Hand lag wie angeklebt über ihrem

Knie, es war gar keine Hand mehr, sondern ein ekliger Fladen aus Haut und Haaren, der sich schmierig anfühlte, so fest, wie er da lag, und sie hatte nichts anderes denken können, als dass sie wegsollte von dort, wo sie war, einfach nur weg, bitte. Bitte. »Bitte«, sagte sie. »Hast du denn nicht verstanden?«, fragte er, während er die Finger der anderen Hand, die unter seinem Kittel gewesen war, wieder ins Lateinbuch legte, »Dativ, dritter Fall: wem oder was? Puellae. Dem Mädchen.«

Dieses Latein, das nicht in ihren Kopf wollte, aber jetzt wollte sie nichts lieber, als mit Kopf und Knie durch diese Latein-Seiten zu verschwinden, direkt zu Titus und Marcia, die als Sklaven auf dem Landgut des Senators arbeiteten. Die konnten schon Latein und mussten nicht hier sitzen und die Apothekerhände aushalten, sie waren auf dem Feld und sammelten Äpfel. Servii mala colligunt. »Akkusativ der Glücklichen«, sagte Annabel Tewes, »Akkusativ der Glücklichen.« Als hätte sie gerade eben die Formel für eine auf immer verlorene Welt gefunden.

4

»Dann bist du nach Hause gegangen und hast es Oma und Opa erzählt«, sagte Nora, die die leisen, manchmal viel zu leisen Sätze ihrer Mutter wie einen Lückentext in sich aufgenommen und bearbeitet hatte: Listen and complete.

Ihre Mutter sah sie lange an, erinnerte sich daran, wie ihr Nora als Kind immerzu ins Wort gefallen war, wenn in einer Gutenachtgeschichte das gute Ende zu lange auf sich warten ließ, und suchte nach einer Möglichkeit, ihr zu erklären, was vor vier Jahrzehnten gang und gäbe gewesen war und inzwischen so absurd wirkte wie ein Telefon mit Wählscheibe in den Händen von Kindern, die mit Handys aufgewachsen waren. »Wie denn?«, sagte sie schließlich. »Wir hatten für alles, was mit dem Körper zusammenhing, nur zwei Wörter: oben und unten. Wie soll man damit etwas erzählen? Mit zwei Wörtern?«

»Immerhin zwei«, sagte Nora, aber ihre Mutter schüttelte den Kopf. »Im Grunde waren es noch nicht einmal zwei Wörter, sondern zwei Tabus«, sagte sie. Einmal, gegen Ende der Grundschulzeit, sei eine andere Lehrerin als sonst in den Unterricht gekommen. Sie hatte ein paar Bilder hochgehalten und schnell wieder zur Seite gelegt. Darauf sah man zwei nackte Menschen, Mann und Frau, wie Barbie-Puppen, erst einzeln und dann übereinanderliegend. Weil es Winter gewesen war und die erste Stunde, war es dunkel im Raum gewesen, und die Frau hatte darauf verzichtet, das Licht anzuschalten, und keiner hatte gewagt, danach zu fragen. Also war die Sache schemenhaft geblieben und schematisch. Die Frau hatte schnell und leise gesprochen, sich oft verhaspelt und mit dem Klingelzeichen den Klassenraum fluchtartig verlassen. An dem Sprachgebrauch von oben und unten habe diese Veranstaltung jedenfalls nicht viel geändert, sagte Annabel Tewes. Nein, sie war nicht nach Hause gegangen und hatte alles erzählt.

Nora versuchte fieberhaft, die Situation einzuordnen. Alles erzählt ... Alles erzählt ... Was war das hier? Eine Beichte? Absurd. Sie sollte etwas versprechen. Was? Was alles? Dass nie wieder geschehen würde, was geschehen war – und dass ausgesprochen wurde, was geschehen war, weil es sonst vielleicht viel leichter wieder geschehen konnte. »Und dann ...«, sagte sie.

Und dann. Annabel, die die neu erwachte Angst aus der Vergangenheit in die Zukunft hineinwachsen spürte, musste eine Zukunft, die nicht mehr ihre sein würde, aber die ihres Kindes und der Kinder ihres Kindes, mit Worten abtasten und überlegen, wie sich ein Verbrechen in eine Warnung umformulieren ließ – und währenddessen sortieren, was davon sie wie oder überhaupt sagen konnte. Sie stockte, überlegte, fühlte ihre Kräfte versiegen und ihren Mut, und dann wieder die wilde Entschlossenheit, nicht gehen zu wollen, ohne es gesagt zu haben. Und dann.

5

Und dann war sie nach Hause gekommen, ins Badezimmer gegangen, hatte den Waschlappen für ›unten‹ in Seifenwasser getaucht und damit die Beine abgerieben, bis jede Spur von Salbe verschwunden war, aber dafür die vielgeschleuderten Frotteeschlaufen ihre Haut so aufgescheuert hatten, dass sie aussah, als bräuchte sie unbedingt eine Salbe. Das stürzte sie in Verzweiflung – nicht in eine, wie sie sie kannte, wenn ihr Vater nicht aufhören konnte zu husten und ihre Mutter nicht aufhören zu kratzen. Da gab es immerhin Kortison, und wenn das Kortison allein es nicht schaffte, gab es Medikamente mit anderen Namen, die, egal wie sie anfingen, immer auf -lin oder auf -ol endeten, und die helfen würden, den wunden Körper zu heilen. Holen, helfen und heilen: der tröstliche Dreiklang, der sie durch die Angst um ihre kranken Eltern getragen hatte. Auch wenn sie genau wusste, dass es nach dem Heilen doch wieder ans Holen gehen würde, denn die Krankheiten ihrer Eltern drehten sich im Kreis. Deshalb sprachen sie unter sich von ihren Kreislauf-Krankheiten – obwohl ihre Herzen ganz in Ordnung waren. Aber dieser Kreislauf, in den sie selbst jetzt geraten war, der war anders. Der hatte mit Holen – Helfen – Heilen nichts zu tun, sondern mit Salbe-Auftragen und Salbe-Abwaschen, mit Hingehen und Verschweigen, und sie hatte den letzten Ausweg aus diesem Zirkel in dem Moment verpasst, als sie aus dem Badezimmer gekommen war und auf die muntere Frage, wie es denn beim Apotheker gewesen sei, nicht den Mund aufgemacht hatte, um zu sagen, was geschehen war, sondern nur irgendetwas zwischen den Zähnen hervorgepresst hatte, was auch als allgemeine Abneigung gegen Latein verbucht werden konnte. Wie diesen Eltern, dieser dünnen, geröteten, kortisonabhängigen Haut, diesem pfeifenden Atmen kortisonabhängiger Lungen, wie diesen beiden Hoch-Allergikern, die sie freundlich und in Erwartung guter Nachrichten ansahen, so etwas sagen? Ihnen, die sowieso immerzu in der Gefahr eines Schocks lebten. Schock war das, was unter allen Umständen zu vermeiden war. Alles, nur keinen Schock. Und am Ende würde ausgerechnet sie selbst, die gewusst hatte, wo Kortison und Notfallnummern bereitlagen, lange bevor sie lesen und schreiben konnte, für einen Doppelschock sorgen. Ihre Not blieb ihr im Halse stecken. Wenn nachts die Lichter ausgingen, zuletzt das Flurlicht, wenn alles still wurde, flutete die Scham in ihr Zimmer. Scham über die schorfigen Striemen an ihren Beinen, die unter dem Frotteestoff der Schlafanzughose scheuerten, Scham darüber, dass dort Haut war, die sich anfassen ließ, und darüber, dass sie selbst da war und mit ihr diese Haut und diese Beine, mit denen sie am liebsten nichts mehr zu tun gehabt hätte. Das einzige Mittel gegen die Scham war, gar nicht da zu sein. Zu Eis werden, wegsinken, versteinern. Wenn man eigentlich gar nicht da war, war auch das, was einen dazu brachte, nicht da sein zu wollen, nicht da.

»Ich beschloss, nicht da zu sein«, sagte Annabel Tewes und stockte, als wunderte sie sich über den sachlichen Ton, den ihre Stimme gerade angenommen hatte. Nora, die ihrerseits beschlossen hatte, ganz und gar da zu sein, nicht davon abzulassen, das Gespräch in Gang zu halten, drehte den Kopf zum Fenster: »Wenn man nicht da ist, obwohl man da ist, ist das aber auch unheimlich, oder?«

Ihre Mutter antwortete nicht. In der aufkommenden Dämmerung zeichnete sich ihr Spiegelbild auf der Fensterscheibe ab. Auch sie sah hinaus.

»Wie war das mit dem Nicht-da-Sein, Mom?«, hakte Nora nach. Bleib hier, dachte sie, bleib hier bei mir.

»Eigentlich reichte es, wenn die Ohren da waren«, antwortete ihre Mutter, »dann war man gerade noch genug da.«

Sie schloss die Augen, wie um mit den Ohren von damals in sich reinzuhorchen. Wenn im Dunkeln etwas über die Ohren hereinkam, dann breitete es sich in einem aus, und da, wo die Geräusche sich ausgebreitet hatten, konnte die Scham schon mal nicht mehr hin. Und doch war man da, und die Welt auch; aber eben nur in den Ohren; und die waren nahezu körperlos. Wenn die Familie in der Wohnung oben stritt zum Beispiel. Das Auf und Ab der Stimmen, lauter und leiser und wieder lauter, schnelle, schrille Worte und dann wieder langsame, überdeutlich gesprochene. Bitte weiterstreiten, hatte sie gedacht – nur, bis ich eingeschlafen bin. Oder wenn der Wind die Masten im kleinen Yachthafen zusammenklappern ließ, mal stärker, mal schwächer, mal mehrere Sekunden lang, mal nur den Bruchteil einer Sekunde. Oder das dumpfe Tack-Tack-Tack der Nachtschicht in den Docks. Das hätte einem ja auch unheimlich in den Ohren klingen können. Aber es war nicht unheimlich, es war das Gegenteil von unheimlich. Weil so die Welt weiterging. Solange die Arbeiter die Schiffe reparierten, damit diese Schiffe weiter um die Welt fuhren, konnte diese Welt nicht versinken. Tack-Tack-Tack.

»Das kenne ich, dieses Tack-Tack-Tack«, sagte Nora. »Ich liebe es. Wie Glockenschläge von irgendeiner untergegangenen

Stadt her.« Die Mutter sah sie beunruhigt an. »Du hast es auch gehört? Nachts?«

»Nur wenn der Wind aus der richtigen Richtung kam«, antwortete Nora, stand auf und öffnete das Fenster. »Vielleicht hören wir es von hier.« Aber es war nichts zu vernehmen außer fernem Verkehrslärm und dem Rufen der Möwen.

6

Als Annabel Tewes zu dem Schluss gekommen war, dass Nora mit dem Klopfen der Werftarbeiter tatsächlich nichts als versunkene Meeresglocken verband, erzählte sie ihr, wie sie ihren Vater gefragt hatte, ob die Transistoren, die er zusammensetzte, etwas mit Transistorradios zu tun hatten.

Dieses Wort hatte sie aufgeschnappt und sich gedacht, wenn sie ein solches Transistorradio hätte, bräuchte sie nicht so fürchterlich darum zu bangen, dass die Werftarbeiter ihre Hämmer bloß nicht aus der Hand legten oder die von oben endlich wieder anfangen würden zu streiten. Ob seine Firma ihm nicht vielleicht eines geben könnte, hatte sie ihren Vater gefragt. Ein gebrauchtes vielleicht oder eines, das irgendeine Macke hatte. Denn mit Macken waren die Sachen billiger zu haben. Da hatte der Vater ihr erklärt, wie ein Transistorradio funktioniert, und sie hatte genickt und inständig gehofft, dass sich solch ein Halbleiter-Ding würde beschaffen lassen, und eines Tages war dann tatsächlich zusammen mit der üblichen Sendung loser Bauteile ein bereits fix und fertig zusammengeschraubtes Radio gekommen. Das stand fortan auf ihrem Nachttisch. Und half. Sie drehte an den Knöpfen und suchte den Sender, von dem die Mitschülerinnen redeten, die ältere Geschwister hatten: AFN. Die sich überschlagende Stimme von Wolfman Jack brachte sie zum Lachen. Die Eltern freuten sich über ihr Lachen. »Du lachst ja gar nicht mehr«, hatten sie zuvor immer mal gesagt. Und Englisch lernte sie auch gleich mit.

»Amerikanisch«, wandte Nora ein.

»Wölfisch«, meinte ihre Mutter. »Aber du kannst den ja gar nicht mehr kennen.«

»Doch, vom Hörensagen«, antwortete Nora. »Wolfman Jack hat dich also zum Lachen gebracht, sagst du …«

Ja, das Transistorradio war eine gute Idee gewesen, nahm Annabel Tewes ihren Faden wieder auf. Wenn sie spätnachts wach lag, drehte sie so lange an dem kleinen Rädchen, bis sie irgendetwas gefunden hatte – Hörspiele, Reportagen und experimentelle Musik, die sich nicht unbedingt an Elfjährige wendeten und die neun von zehn Leuten als harte Kost bezeichnet hätten, die aber dieser Elfjährigen so süß in den Ohren klangen wie nur irgendetwas, einfach weil sie da waren und die Scham in Schach hielten –, bis sie mittwochs wieder mit Macht über sie herfiel, wenn sie die Salbe und die Hände und mehr noch als Salbe und Hände aushalten musste, seinen schweren Atem, der nach Mittagessen roch, und seine Knie unter dem dunklen, kratzigen Stoff, die sie bedrängten, obwohl sie das Lateinbuch mit seinen scharfen Ecken und Kanten zwischen sich und ihn zu schieben versuchte. Sie hatte eine Hose gefunden, aber nur eine kurze. Die langen Hosen waren weggeräumt, gebügelt und mit Mottenkugeln versehen, bis zum Winter. Im Grunde war es einerlei, denn schnell war ihr klar geworden, dass der Apotheker Hosen genauso wie Röcke behandelte.

Während Annabel Tewes darüber nachdachte, wie sie das alles sagen und gleichzeitig nicht sagen konnte, ob sie nicht vielleicht nur zwei einfache Wendungen finden könnte wie: ›ziemlich schlimm‹ oder ›echt schrecklich‹, biss sie die Zähne zusammen, so, wie sie damals die Zähne zusammengebissen hatte, während er salbte und sie versucht hatte, nur an die Hummel dort draußen zu denken, die es den anderen Hummeln weitersagen und dafür sorgen würde, dass sich eines Tages, bald schon, das gesamte Hummelvolk aufmachen und ihn derart zerstechen würde, dass ihm keine seiner Salben mehr helfen könnte. Oder aber die Briefbeschwerer würden sich gegen ihn erheben und ihm auf die Füße fallen, dass er sich darunter so wenig würde rühren können wie die Rezeptzettel auf dem Schreibtisch. Und wenn die stumme Anrufung der Hummeln und Briefbeschwerer ohne Wirkung blieb, blieb ihr der Gedanke, dass sie in einer halben Stunde durch die Arbeitszimmertür nach draußen gehen würde, auf die Straße, von der sie doch nur durch die Kästchengardine getrennt war. Sie zerzählte sich die halbe Stunde mit den Kästchen der Gardine, die ihre Mutter im Arbeitszimmer des Apothekers aufgehängt hatte, unten mit Bleiband in regelmäßige Wellen gelegt. Anders als die Hummeln waren die Kästchen immer da, und anders als die Briefbeschwerer war ihre Zahl unerschöpflich. Sie stellte fest, dass sie über zweihundert, aber weniger als dreihundert Kästchen gezählt hatte, wenn er einen fremden Laut von sich gab, als würde ihn selbst etwas schmerzen, aber seine leeren Augen passten nicht zu dem Geräusch, das aus seiner Kehle drang, ohne seinen Mund zu verlassen, diesen Mund, der sich gleich wieder öffnen würde, um sie zu verabschieden. Bis zum nächsten Mal, Annabel, würde er sagen – nicht ohne ihr eine kleine Salbenprobe für zu Hause mitzugeben: Calendula und Kamille. Camilla, camillae, femininum. Seine Frau würde neben ihn treten, sich die Hände am Geschirrtuch trocknen und ihr die Hand reichen. Sie war gern in der Küche, obwohl sie es nicht müsste. So hatte Annabel sie es zu ihrer Mutter auf der Straße sagen hören: Sie müsse ja nicht, aber als Ehefrau und Mutter, gäbe es da etwas Schöneres, als ein gemütliches Heim zu schaffen? Ihre eigene Mutter, die tagsüber und nicht selten auch abends damit beschäftigt war, bei anderen Leuten Gardinen aufzuhängen, um denen ein gemütliches Heim zu schaffen, hatte vage gelächelt, während sie selbst darüber nachgedacht hatte, ob Heim und Zuhause dasselbe meinten. Eigentlich hörten sie sich nach Gegensätzen an.

An das Gesicht der Frau konnte sie sich nicht erinnern, doch an ihre Haltung, sehr gerade, den Kopf aber immer etwas schief gelegt, sodass auch ihr Blick immer an einem vorbeiging. Wie oft mochten sie und diese Frau im Apothekerhaus einander begegnet sein, überlegte sie. Jetzt jedenfalls waren diese Begegnungen zu einem einzigen Erinnerungsbild zusammengeschnurrt: Die Frau steht an der Haustür ihres Heim-Zuhauses, in dem sie gerade einen Apfelkuchen für ihn und die Söhne gebacken hat – obwohl sie es nicht müsste. Schöne Grüße an die Eltern trägt sie ihr auf, und er ruft ihr noch eine Vokabel oder eine Regel hinterher. Nicht vergessen, Annabel: Ablativus absolutus: immer losgelöst vom Satzgefüge! Als wäre es das gewesen, was sie die letzte Stunde beschäftigt hatte. Sie blickt nicht zurück, weiß aber auch so, dass noch nicht einmal der scharfe Luftzug der schnell zugezogenen Tür die Gardinen vor den Fenstern aus der Fassung gebracht hat. Die hängen picobello. Nicht umsonst ist ihre Mutter Innenausstatterin, und die erste Regel der Innenausstatterinnen ist, dass ihre Arbeit auch von außen gut aussehen muss.

»Eine Innenausstatterin ist im Grunde eine Außenbetrachterin«, hatte ihre Mutter immer gesagt. Bei ihnen zu Hause hatte sie ihre Kunst nicht zeigen dürfen. Dort gab es keine Wellengardinen, sondern nur schlichte Rollos, und die sahen auch ohne Aufhängekunst von außen und innen in etwa gleich aus. Gardinen und Teppiche waren Staubfänger, Gift für die Lungen des Vaters. Er saß in dem Fensterrollo-Wohnzimmer, der Tisch ohne Decke, der Fußboden ohne Teppich, und lötete Transistoren zusammen für eine Firma, die ihm diese Heimarbeit mit einem Lohn vergütete, der so gering war, dass er von ihren Eltern nicht als Einkommen, sondern als Zubrot bezeichnet wurde. Und doch war er nicht müde geworden zu sagen, wie froh er war, dieses Zubrot zu haben, damit er sich nicht als der Rentner fühlen musste, der er sehr wohl schon mit neunundzwanzig Jahren geworden war, seiner asthmatischen Lunge wegen. Ich bin ja so froh, sagte er, wenn seine Lieferungen ankamen, ich bin ja so froh, und das bedeutete eigentlich nichts anderes, als dass es bei ihnen zu Hause knapp war, aber eben nicht zu knapp.

Und dann war da sie, die Annabel, ihr großes Glück. Nie seien sie auf den Gedanken gekommen, erzählten sie ihr wieder und wieder, dass zwei Leute, die sich in einer allergologischen Klinik kennengelernt hatten, in der Abteilung für chronische Fälle, ein anderes Wort für Hoffnungslosigkeit, sich Hoffnung auf Nachwuchs hätten machen können. Wie sollten sie beide, die so wenig mit normalen Menschen, die sich in Zimmern mit Staubfängern aller Art aufhalten, die in die Sonne gehen und Vollbäder nehmen und Wollpullover tragen durften, gemein hatten – wie sollten sie bei so viel fehlender Normalität überhaupt ein Kind bekommen können? Annabel meinte die Stimmen ihrer Eltern aus dem Jenseits zu hören – wie sie sich gegenseitig die Einsätze für diese Glücksgeschichte gaben, immer an den gleichen Stellen. Wie sie, als sie spürten und erfuhren, dass da dennoch ein Kind entstand, ein Wunder überhaupt, lange vor seiner Geburt um die Haut und um die Lunge des Kindes bangten und sich die größten Sorgen darüber machten, was die Natur aus der Kombination einer Hautallergie mit einer Lungenallergie sich in Sachen Allergie sonst noch so hervorbringen könnte. Als dann Annabel zur Welt kam, mit kräftigen Lungen und der glattesten Babyhaut, und sie heranwuchs ohne jedwede allergische Zeichen, da hätten sie ihr Glück nicht fassen können oder, besser gesagt, konnten sie es einzig und allein in die schlichte mathematische Formel fassen, die ihnen eine ähnliche, ins Positive gewendete Absurdität anzeigte: Minus mal minus ergibt plus. Und mit ihrem Minus-mal-minus-ist-plus-Kind Annabel hatten sie wieder Vertrauen in diese Reizstoff-Welt gefasst, mit der es aufzunehmen sich jetzt doppelt lohnte.

»Ich bin mit dieser Geschichte groß geworden«, sagte Annabel. »Es war eine Liebeserklärung. Sie wog schwer.«

»Du hast mir auch immer erzählt, wie es war, als du mich zum ersten Mal gespürt hast«, sagte Nora.

»Hab ich?«, flüsterte ihre Mutter.

»Du lagst gerade am Deich, und es kam ein japanisches Riesenschiff des Wegs, als es in deinem Bauch zu zittern anfing, und wie du erst gedacht hast, merkwürdig, was fünfzigtausend Bruttoregistertonnen, nein, nein, genau das hast du immer gesagt, was fünfzigtausend Bruttoregistertonnen so alles mit den Körpern von Menschen machen, und dann ist dir eingefallen: ›Ich bin ja schwanger‹, und jetzt hat mir mein Kind zugewunken, und immer wenn du mal sauer auf mich warst, dann hast du an dieses Schiff gedacht aus dem Land der aufgehenden Sonne.«

Ihre Mutter lächelte. »Du bist jedenfalls auch ein sattes Plus«, sagte sie leise. Nora drückte ihre Hand. »Schlaf jetzt ein bisschen«, sagte sie und zog das Rollo auf halbe Höhe.

7

Genau solch ein Rollo hatte es in ihrem Zimmer gegeben, erinnerte sich Annabel Tewes, damit das Pluskind in seinem Zimmer gut schlafen konnte. Aber es schlief nicht gut. Bis tief in die Nacht hinein war es damit beschäftigt gewesen, an den Rädchen des Radios zu drehen, um nicht doch noch alles in den Doppelschock und den Doppelminusbereich abrutschen zu lassen. Sie hatte sich die apothekerfreien Stunden der Woche ausgerechnet und war auf die stattliche Anzahl von einhundertundsiebenundsechzig Stunden gekommen. Das waren viele, da war diese eine Mittwochstunde doch zu verschmerzen, hatte sie sich gesagt – hatte sie zu sich selbst gesagt, wie sie meinte, dass ein Erwachsener es zu ihr sagen würde: forsch und aufmunternd. Aber sie wusste, dass es nicht stimmte. Sie wusste, dass eine verschmerzte Stunde alle anderen Stunden der Woche mit Schmerz ansteckte, denn irgendwo musste der Schmerz sich ja hinverschmerzen. Einmal erlog sie sich ein Bauchweh, aber sie hatte nicht beachtet, dass jede Krankheit sich mit dem Apotheker und seinen Medikamenten verband und ihr Plan somit komplett in die falsche Richtung ging. Also verschmerzte sie weiter. Bis sie eines Tages, da war sie schon einige Male beim Apotheker gewesen, feststellen musste, dass das, was sie bislang zu verschmerzen gehabt hatte, mit Schmerz, wie sie ihn bislang kannte, wenig zu tun gehabt hatte. Es war wie eine einzige große Übelkeit gewesen. Aber der Apotheker, der ein ganzes Regal mit Schmerzmitteln hatte – direkt hinter der Kasse: »Schmerzmittel« stand da in großen Buchstaben, und darunter Päckchen und Fläschchen in allen Farben und Formen, und immer griff er mit sicherer Hand das richtige und hatte nur noch zu fragen, ob in der Zehner- oder der Zwanzigerpackung –, der wusste offenbar nicht nur, wie man Schmerz wegbekam, sondern auch, wie man ihn herstellte. Einen, der wie Feuer im Körper aufflammte und dablieb wie bei einem aufgeschlagenen Knie, aber eben innen, und innen hörte es viel langsamer auf zu schmerzen als außen. Wie bei der Nachbarin, die nach der Nierenoperation noch nach vielen Wochen aufstöhnte, wenn sie die Treppen hochging. Aber anders als bei der Nachbarin waren es bei ihr nicht die Nieren, die schmerzten, denn die lagen mehr in Richtung Rücken, sondern der Bauch, vorne unten. Und nicht ein Messer war der Grund – ich muss unters Messer, hatte die Nachbarin gesagt –, ein Messer brauchte der Apotheker nicht. Er war ja kein Arzt.

Das sag ich ihr nicht, das kann ich ihr nicht sagen, dachte Annabel Tewes, das alles hätte ein Kind seiner Mutter sagen sollen, doch eine Mutter durfte das ihrem Kind nicht sagen, unter keinen Umständen. Aber musste es denn nicht gesagt werden, damit nie wieder ein Kind so aufgeschnitten würde, damit kein Kind mehr gerufen werden würde, wie sie damals gerufen worden war, in diesem harmlosen Ton, den nur sie selbst als die fürchterlichste Drohung verstand.

»Annabel, kommst du schnell noch mal zu mir, die neuen Lateinaufgaben abholen«, hatte er gerufen, während sie hinten an der Gartenmauer gesessen hatte, in maximaler Entfernung vom Apotheker und seinen Gästen und so froh, froh froh froh froh gewesen war, dass sie sich heute die Gardinen von außen angucken durfte. In panischem Schrecken hatte sie erst gar nichts und dann auf die zweite Aufforderung »Hast du gehört? Die Lateinaufgaben!« nur ein »Es ist doch gar nicht Mittwoch« herausgebracht. Alle hatten gelacht. Apothekerkunden, Apothekernachbarn, Apothekerfreunde beim Apothekenjubiläumsfest, Biergläser und Ketchupflaschen in der Hand. Diese Deern, die meinte, Latein ließe sich nur mittwochs lernen. »Sei froh, dass er dir hilft«, flüsterte ihre Mutter, die sie herbeigewunken hatte, und gab ihr einen kleinen, freundlichen Stups. Froh froh froh froh froh froh – wie laut es in ihren Ohren gehallt hatte, dieses leise »froh« ihrer Mutter, das ihrem eigenen Frohsein ein Ende bereitet hatte.

»Nie ein Kind allein mit jemandem lassen, hörst du? Fremde oder Freunde, nie allein lassen. Immer immer hingucken. Immer nur den Augen des Kindes vertrauen, nur denen. Verstehst du, Nora?«

Annabel hielt Noras Blick fest. Sie hatte sich aufgesetzt, hielt sich mit einer Hand an der Triangel fest. Die Adern und Sehnen an ihrem Hals traten hervor. Auf ihren Wangen waren rote Flecken erschienen. »Ja«, sagte Nora, und obwohl sie wusste, dass dieses Ja nicht nur für die letzten Tage ihrer Mutter, sondern auch für sie selbst von allergrößter Bedeutung sein würde, dass sie vielleicht keinen Tag mehr verbringen würde, ohne an dieses Ja, und was es bedeutete, denken zu müssen, schob sich vor all dies jetzt die Sorge über das rotfleckige Gesicht ihrer Mutter, über ihren schweren Atem und die dünnen Hände, die sich in den Griff und ins Laken krampften. Nora wollte ihr helfen, sich wieder zurückzulehnen, aber erst, als sie noch einmal sehr klar und ernst »Ja, Mom« gesagt hatte, ließ ihre Mutter sich in das Kissen zurücksinken und wieder zudecken. Nora nahm ein Tuch vom Waschtisch und strich ihr damit über die Stirn, auf der sich immer wieder Schweißtropfen sammelten.

»Machst du mal das Fenster auf?«, bat sie.

Nora stand auf, zog die Gardine zur Seite und öffnete beide Fensterflügel. Ein kühler Wind zog herein, er roch nach Salz und Tang. Nora sah, wie sich ihre Mutter entspannte, die Röte aus ihrem Gesicht verschwand und ihre Aufregung einer stillen Konzentration Platz machte.

Musste sie jetzt noch sagen, was damals geschehen war?, fragte sich Annabel Tewes. Wo sie doch bis heute kein Wort dafür gefunden hatte, was damals geschehen war, als draußen gegrillt und sie in sein Arbeitszimmer gerufen wurde und froh darüber sein sollte. Als draußen gegrillt wurde, da wusste sie, dass zu Stein werden nicht das Schlimmste gewesen war. Versteinern konnte man lernen. Aber sich selbst oben an der Decke zu sehen, auf dem Kabel der Lampe, wie ein Äffchen, und auf sich runterzugucken, das war etwas anderes. Es war wie richtig tot sein, nicht bloß Stein sein und danach wieder lebendig werden, nicht wie nicht da sein und trotzdem zu hören, sondern wie lebendig begraben sein, wie tot und darüber selbst traurig zu sein. Er hätte ihr doch den Mund gar nicht zuhalten müssen. Einem toten Kind. Das hatte er sich dann auch gedacht, losgelassen und die Hand dann doch noch mal wieder draufgelegt, schweißnass, vielleicht um sicherzugehen, dass sie nicht doch noch einen Laut von sich geben würde, vielleicht aber auch, um sich in ihrem Gesicht abzutrocknen. Sie war ja tot. Dann war er zum Schreibtisch gegangen, hatte ihr einen Lateinzettel gegeben und wie zu sich selbst gesagt: »Ah, hier liegen die Rezepte deiner Eltern.«

Draußen, auf den Terrassentreppen, inmitten der Grillschwaden und der heiteren Stimmen, hatte sie das Totsein erbrochen. Ihre Mutter eilte mit Taschentüchern herbei und strich ihr übers Haar. Die Apothekersfrau brachte einen kalten Lappen. Hatte Annabel vielleicht zu viel von den leckeren Sachen gegessen? Kinder sind ja so, wissen immer nicht, wann mal Schluss sein muss. Aber diese Augen, schauen Sie doch mal, Frau Tewes, sollen wir nicht doch mal Fieber messen? Annabel schüttelte heftig den Kopf. Nein, nein, sie habe zu viel von allem gegessen, genau, zu viel von allem und durcheinander. Ganz sicher, ja. Entschuldigung. Danke. Ja, nach Hause. Bitte nach Hause. Dennoch sah man sich um nach dem Apotheker, der ja eigentlich fast ein Arzt war oder sogar mehr als das, denn er hatte gleich die richtigen Mittel parat, aber der Apotheker war gerade nicht auffindbar.

Vielleicht holte er noch einen Beutel Holzkohle oder war ans Telefon gerufen worden.

»Er war ein Feigling«, sagte ihre Mutter, unter heftigem Kopfschütteln, »ein Feigling, der sich richtig was traute.«

»Wie heißt er?«, fragte Nora, ihre Bestürzung verbergend.

»Ich gehe los und werfe ihm die Scheibe ein. Ich lege ihn auf den Grill.«

Ihre Mutter-Tochter-Sprache zu erhalten, überkonkret und unterkühlt, schnoddrig und heftig, schien ihr der einzige Trost zu sein, den sie hier geben konnte.

»Vergiss es«, antwortete die Mutter und lächelte, »in seiner Apotheke verkauft längst ein anderer die Medikamente.«

8

Noch Stunden später, als ihre Mutter in einen leichten, unruhigen Schlaf gefallen war, konnte Nora sich nicht von der Vorstellung lösen, er müsse jetzt, in genau diesem Moment, dort in seinem Arbeitszimmer sitzen mit den Briefbeschwerern, der Hummel am Fenster und den Lateinvokabeln, und Annabel, elf Jahre alt, wäre gerade erst nach Hause gegangen. Dass sie, Nora, jetzt einen Stein aufheben und ihn im Gardinenfenster einschlagen lassen könnte. Als seien inzwischen nicht mehrere Jahrzehnte vergangen. Der Apotheker ein Greis, die Großeltern längst tot, ihre eigene Mutter eine Sterbende und sie selbst eine Nachgeborene. Nur zögerlich gab sie diese eigenartige Anwesenheit ihrer selbst in einem längst vergangenen Geschehen auf, wo sie eine Scheibe zum Bersten brachte, wo er zornig aus dem Haus trat und schnell zurückwich angesichts des Zornes, der ihm entgegentrat und alles in den Schatten stellte, was ihm je an Zorn widerfahren war, und sie es nicht zuließ, dass er die Tür zuzog.

Durch diese Tür konnten sie nicht mehr gehen, aber durch die Erinnerungen, durch diese Geschichte mussten sie ganz hindurch, dachte Nora. Das alte Gift musste aus dem Körper. Nora erinnerte sich daran, wie die Mutter ihr einmal einen Bienenstich ausgesaugt und das Gift ausgespuckt hatte. So würde sie es jetzt auch machen. Raussaugen, ausspucken.

»Wie hattest du das neulich eigentlich gemeint mit dem ›verseuchen‹?«, fragte sie, als ihre Mutter erwacht war und von dem Tee getrunken hatte, den sie ihr anbot.

»Dass ich dieses Pap-Virus von ihm habe. Früher haben sie den Krebs, den es macht, Lustseuche genannt, ich habe das nachgelesen.«

»Du hast das nachgelesen?« Nora schüttelte den Kopf. »Im Netz, oder? Du weißt, dass man das nicht machen soll – überhaupt: was für ein Wort: Lustseuche! Und er – er konnte die Lustseuche gar nicht haben, weil er selbst die reinste Lustseuche war – ist«, sagte Nora. »Wenn man etwas ist, kann man es nicht noch haben. Er konnte dich gar nicht anstecken. Du bist das Gegenteil von Lustseuche. Immun, verstehst du: unmöglich. Was du hast, das kommt von irgendwo anders her, glaub's mir.«

Haben, sein, können. Eine Handvoll Hilfsverben standen Nora bei, die Welt notdürftig ins Lot zu bringen. Eine Weile, eine kleine Weile, bitte, soll sie noch zusammenhalten, diese Welt. Ihre Mutter legte ihre Hand auf Noras und lächelte, sehr müde, aber mit Fünkchen in den Augen. Die waren immer noch da.

»Ich habe neulich mit dem Assistenzarzt gesprochen«, sagte Nora wie nebenbei, »du weißt schon, der mit der Halbglatze und den dicken Augenbrauen.«

Ihre Mutter nickte.

»Er ist Tumorvirologe, hat er gesagt, und hat in einem Forschungsinstitut gearbeitet, wo sie diese ganze Schnodderscheiße erforschen.«

»Schnodderscheiße hat er nicht gesagt, oder?«

»Schnodderscheiße habe ich gesagt.«

Annabel Tewes lächelte ihre Tochter an, der sie die Lust an »sehr schönen Wörtern«, wie Nora sie als Kind zu nennen pflegte, auch mit Taschengeldentzug nicht hatte austreiben können. Und andere Mittel hatte sie nicht gehabt.

»Den haben sie hierher strafversetzt, weil er nicht mehr an die Viren geglaubt und das überall rumerzählt hat. Also, es gäbe sie natürlich, hat er mir gesagt, aber dass sie hauptverantwortlich Krebs machen, daran konnte er nicht mehr glauben. Das wäre sehr untypisch, wenn es so einfach wäre, hat er gemeint. Auch wenn man es gern so hätte. Auf einer Konferenz hat er die Viren und die Virologen öffentlich angezweifelt, und da haben sie ihm das Geld gestrichen, und er musste aus der Forschung rausgehen, und genommen haben sie ihn nur noch hier.« Sie stockte. »Er bereut nichts, hat er gesagt.«

Ihre Mutter lächelte. »Hier ist er jedenfalls ein Segen«, meinte sie. Nach einer Weile gedankenverlorener Stille sagte sie: »Ich hätte es nicht erzählen sollen. Aber wenn du selbst mal ein Kind hast ...«

Nora, für die ein eigenes Kind zu haben ein sehr abstrakter Gedanke war und die gerade vollkommen mit ihrem eigenen, todtraurigen Tochtersein beschäftigt war, stürzte sich kopfüber in die Konkretion: »Weißt du was? Mein Kind wird Annabel Luise heißen, nach dir und Oma, und der erste Junge, der sie anfassen wird, wird im selben Jahr geboren werden wie sie, nein, warte, ein Jahr später. Er wird umwerfend aussehen und sie ehren und wertschätzen, selbst wenn er sie nicht lieben sollte. Aber er wird sie natürlich lieben. Über alle Maßen. Ihr nichts als Gutes tun. Ich versprech's dir.«

Als hätte sie Nachkommenschaft, Partnerwahl, zukünftige Gefühlslagen und überhaupt die Zukunft zweifelsfrei in der Hand, legte sie so viel Autorität, Zuversicht und kommende Glückseligkeit in ihre Stimme, dass aus dem ihr abverlangten Versprechen eine Weissagung wurde – Größenwahn als Letzte Ölung.

»Und wenn's ein Junge wird?«, fragte ihre Mutter, die diesem Orakel mit der Anmut einer Moribunden begegnete, die das Leben rechtzeitig gelehrt hatte, wahre Geschenke mit weit offenem Herzen anzunehmen.

»Dann das Ganze in Blau«, antwortete Nora.

»Wie er heißen wird, meine ich«, hakte ihre Mutter nach, und die Fältchen um ihre Augen vertieften sich.

»Norbert«, entgegnete Nora und warf sich weinend und lachend aufs Krankenbett und ließ sich übers Haar streichen, bis sie einschlief.

Mitten in der Nacht wachte Nora auf. Ihre Mutter atmete in flachen, aber regelmäßigen Zügen, und sie meinte, kurz nach Hause gehen zu können: duschen, umziehen, wiederkommen. Als sie aus dem Krankenzimmer trat und sich gerade eben an das helle Licht des Flurs gewöhnen wollte, kam ein Krankenpfleger auf sie zu, schnell, damit sie nicht wieder entwischen würde. Er war hochgewachsen, hatte kurze, dunkle Haare und, hinter einer viel zu großen Brille, Augen, die immer einige Zentimeter an ihr vorbeisahen und sie doch festnageln wollten. Jetzt stellte er sich ihr in den Weg und überfiel sie mit der Frage nach einer Patientenverfügung. Ihre Mutter habe ja immer noch keine. Das sei jetzt aber wirklich dringend. Sie sei doch im Bilde, oder? Und was alles passieren könne, wenn sie keine habe, keine vorweisen könne. Sie müsse entschuldigen, aber das sei jetzt an der Zeit. Er könne ihr gern noch einmal die Formulare zur Verfügung stellen. Sie sehe ja selbst, dass ... Nora senkte den Kopf, goss sich vor dem Servierwagen im Flur heißen Tee in eine Tasse, während er sich weiter in die Verfügungsvollmachten hineinredete und erst gar nicht merkte, dass sie plötzlich mit ihrem Becher heißen Tees gefährlich nah an ihn herangetreten war. »Verfüg dich!«, zischte sie. Der Krankenpfleger machte einen kleinen Satz nach hinten, rettete sich in das Glaskastenbüro und schien bereit, den Notruf zu betätigen, falls sie sich ihm noch einmal nähern sollte.

Tags drauf warf sie ihm eine Ein-Wort-Entschuldigung hin. Als Konzession an Punkt eins der ungeschriebenen Hausordnung für Angehörige: ›Mach dir das Pflegepersonal nicht zum Feind, wenn deine Mutter im Krankenhaus liegt.‹

9

In den nächsten Tagen wurde Nora das Gefühl nicht los, ihren Fuß in der Haustür des Apothekers halten zu müssen. Noch war nicht alles angehört, was angehört werden musste, war nicht alles gesagt, was gesagt werden musste. Sie wartete eine Stunde ab, in der ihre Mutter halbwegs schmerzfrei zu sein schien und wache Augen hatte.

»Warum eigentlich Latein, Mom?«, fragte sie. »Latein ist doch einfach. Fünf Fälle, ACI und NCI, Gerundium, gemischte Deklination – fertig.«

Sie stellte diese Frage beiläufig, doch war sie Teil ihres festen Plans, jetzt nicht mehr lockerzulassen.

Annabel Tewes richtete sich in ihrem soeben frisch bezogenen Bett auf. Heute schaffte sie es ohne Hilfe. Nora spürte, wie eine absurde Hoffnung auf Heilung, wenigstens auf mehr Zeit, in ihr aufstieg.

»Sechs Fälle, Liebes, du hast schon immer den Vokativ vergessen.«

»Fünf Fälle, sechs Fälle – auf jeden Fall eine sehr übersichtliche Sache: Prädikat, Subjekt, der Rest ordnet sich von selbst. Keine Nasale, kein Gaumen-R, du musst dir die Zunge nicht verrenken«, sagte Nora mit munterer Stimme, während sie die Kleidung zusammensammelte, die sie später waschen, aufhängen, zusammenlegen und wieder mitbringen würde. Verrückt, dachte sie, ich breche hier eine Lanze für Latein. Nur um die Geschichte in Gang zu halten.

»Ich hätte mir lieber die Zunge verrenkt. Latein hatte keinen Klang für mich. Englisch und später Französisch, das schmeckte nach Sandwich und Brioche, Latein war trocken Brot. Es staubte im Mund und verstopfte die Ohren.«

»Aber bei ihm hast du es erst recht nicht gelernt, oder?«, fragte Nora.

»Nein, aber gegen ihn. Ich musste ja besser werden, um von ihm wegzukommen.«

»Wie hast du das geschafft?« Alles muss raus, dachte Nora, das ganze Gift.

»Latein war das Auswegloseste, das Hoffnungsloseste – aber letztlich – nicht ohne – Erbarmen.« Annabel Tewes sprach langsam, suchte nach Worten.

»Merkwürdige Sachen sagst du, Mom. ›Lustseuche‹, ›Erbarmen‹ – das kenn ich gar nicht von dir.«

»Wie soll man es denn sonst nennen, wenn dir eine Hand gereicht wird, in großer Not?«

»Latein hat dir die Hand gereicht?«

»Sagen wir, ich habe eine Handreichung bekommen«, sagte Annabel Tewes und begann zu erzählen, wie Latein, diese fürchterliche Sprache, ihr einen Wink gegeben habe, als sei selbst ihr es zu viel geworden, was der Apotheker in ihrem Namen tat. Am

Bücherregal. Diesem dunklen Möbel, an dem alles schwer war: das Holz, aus dem es gemacht war, die Bücher, die darin standen, der Geruch, der davon ausging: Nach Wichtigsein und guter Stube roch es. Wie sollte man einem Kind, das mit IKEA-Möbeln groß geworden war, diese Schwere erklären? Besser man erklärt ihm diese Schwere gar nicht, dachte Annabel Tewes. Schwere ist ansteckend. Wenn er gesagt hatte: »Schauen wir mal im Stowasser nach, nicht wahr?« – das »nicht wahr« gepresst und bedrohlich, nicht so wie in der Apotheke, zweimal täglich, nicht wahr, und dann auf Wiedersehen und gute Besserung, mit einem breiten Lächeln und einer angedeuteten Verbeugung –, und wenn er sie vorangehen ließ zum Regal, dann zog ihr diese Schwere von dorther in den Körper, noch bevor sie das Regal erreicht hatte und die gedrechselte Bücherleiter zwei Stufen hochgestiegen war, denn der Stowasser stand ziemlich weit oben. Die Arme so schwer, dass sie sich gar nicht hätten heben lassen, um den Stowasser aus dem Regal zu ziehen, aber sie sollte ja auch gar nicht in den Stowasser reinschauen, sie sollte ihn bloß anschauen: den grünen Stowasser-Rücken mit den weißen Buchstaben direkt vor ihrer Nase und er direkt hinter ihr.

Annabel Tewes drehte den Kopf zur Seite, schloss die Augen, aber auch hinter den geschlossenen Augen blieb das weiße Stowasser-Doppel-S da, mit seinen langen, scharfen Spitzen, die wie Eiszapfen aus dem Wort herausragten. Damals hatte sie sich mit aller Kraft vorgestellt, wie die zwei Buchstabenspitzen sich in ihre Brust bohrten, stechend, eiskalt, bis ihr diese Kälte tatsächlich den Atem nahm, sich in ihr ausbreitete und selbst den Ekel gefrieren ließ. Auch ihre Hände wurden taub unter den seinen, die so groß waren, dass sie gleichzeitig noch das Regalbrett umklammert halten konnten; weiße Knöchel unter borstigen, schwarzen Fingerhaaren.

»Ich habe so oft auf den Stowasser gestarrt –«, sagte Annabel

Tewes. Sie ließ den Satz in der Luft hängen, als hätte sie den Faden verloren. Nora wartete.

Dass sie auf einmal dort ein Büchlein gesehen habe, nur zwei, drei Plätze weiter rechts, fuhr ihre Mutter fort. Dass es einen orangegelben Rücken gehabt habe. Auf dem stand *Sapere Aude. Latein in 30 Tagen.* Dreißig Tage habe sie gedacht, in dreißig Tagen Latein lernen und frei sein. Und während er sich damit beschäftigte, wieder so auszusehen, wie die Leute ihn kannten, sich durch die Haare fuhr, den Gürtel zurechtschob und seinen Kittel glatt strich, griff sie sich rasch das Buch und steckte es in ihre Schulmappe. Sie war absolut sicher, dass er den Verlust nicht bemerken würde, denn er hatte ja nur den Stowasser im Kopf. Das heißt, noch nicht einmal den hatte er im Kopf. Längst hatte sie gemerkt, dass es auch mit seinem Latein nicht weit her war. Vor den Klassenarbeiten gab er ihr Aufgabenzettel mit Lösungen. »Die schaust du dir genau an«, sagte er dann nur. Die Aufgabenzettel waren identisch mit denen der Klassenarbeit.

»Weiß der Teufel, wie er an die herangekommen war.« Annabel Tewes schüttelte den Kopf.

»Aber dann hättest du Einsen schreiben können«, sagte Nora, »bei der Vorlage.«

»Denkst du so. Ich habe mich vor diesen Zetteln geekelt. Hab nur drauf geschielt, aber für Vieren hat es gereicht, und damit wurde alles erst noch schlechter. Ich saß in der Falle. Ohne die Zettel hätte es wieder Fünfen und Sechsen gehagelt, aber auch mit den Zetteln kam ich nicht auf gute Noten. Und mitten in dieser Falle war da auf einmal *Latein in 30 Tagen.* Dreißig Tage. Ein Monat. Ein Kalenderblatt. So lange ließ es sich vielleicht gerade noch aushalten. Diese Zahl hat bei mir den Schalter umgelegt, von einer Sekunde zur anderen. Ich habe mich zu Hause hingesetzt und die dreißig Lektionen durchgepaukt, einfach durchgepaukt, Seite für Seite. Meine Tage waren orangegelb. Ich war wie in Trance.«

»Hast du es geschafft? Musstest du nicht mehr hin?«

»Ja, nach den nächsten Klassenarbeiten war klar, dass ich frei sein würde. Die Römer waren jetzt auf meiner Seite. Zu mir übergelaufen, samt ihren Thermen und Landgütern, all ihren Kriegsschiffen und Gladiatoren. Ich ließ die Klassenarbeitsblätter auf seinem Schreibtisch liegen. Ich würde eine Zwei im Zeugnis kriegen. Gegen ihn. Ohne ihn.«

Die Stimme ihrer Mutter war leiser geworden, aber lebhaft geblieben. Als gäbe die Freude über die Zwei in Latein ihr über die Jahre hinweg einen Kraftschub.

»Oma ist dann noch mal hingegangen«, sagte sie, »mit einer Flasche Wein und einem Blumenstrauß.«

Nora sah ihre Mutter ungläubig an. »Was hat sie dem gesagt?«

Ja, was hatte sie ihm wohl gesagt? Wirklich, Sie haben unserer Annabel sehr geholfen, Latein macht ihr jetzt richtig Spaß. Sie hätten sie mal jubeln hören müssen über diese Zwei in Latein. Da ist ihr ja wohl ein Stein vom Herzen gefallen. Und von gefährdeter Versetzung sei gar nicht mehr die Rede gewesen. Wenn sie das nur irgendwie gutmachen könne, Gardinen oder auch Kissen, jederzeit.

»Im Ernst?«, rief Nora. »Sie hat ihm weiter die Gardinen aufgehängt?«

»Ja, sicher. Sie wusste ja nicht, was er hinter diesen Gardinen getan hatte. Sie war einfach richtig froh. Froh, dass ich versetzt wurde und mir dieses Latein nicht die Zukunft verhagelte – statt sie zu vergolden.«

»Und du hast einfach so danebengestanden und nichts gesagt«, meinte Nora. Sie war in die innere Logik der Sache eingetreten.

Annabel Tewes sah ihre Tochter an, die wieder auf ihrer Unterlippe herumkaute und offenbar begriffen hatte, dass nichts zu sagen alternativlos gewesen war, aber danebenstehen, das hatte sie immerhin vermeiden können. Sie habe sich schon ausreichend bedankt und verabschiedet, hatte sie ihrer Mutter zu verstehen gegeben und war draußen geblieben bei den Fahrrädern, die man dann ja nicht abschließen musste. Durch die abgetönten Fensterscheiben der Apotheke hindurch meinte sie, eine Unsicherheit in seinem Blick, der dann und wann in ihre Richtung flirrte, wahrzunehmen. Sie wusste schon damals, dass dieses leichte Flackern nichts bedeutete, nichts änderte. Und heute? Heute war sie sicher, dass er seine Beunruhigung innerhalb von Sekunden mit der Überzeugung niedergerungen hatte, keiner würde diesem Kind, das er von fünf minus auf zwei plus gebracht hatte, und zwar neben seiner verantwortungsvollen Aufgabe als Apotheker, von der ehrenamtlichen Tätigkeit im Stadtrat mal ganz abgesehen, irgendwelche Räuberpistolen glauben. Und wie sollte sie überhaupt etwas erzählen können, etwas, von dem sie in ihrem Alter gar nichts verstand und das sie deshalb auch ganz schnell vergessen würde, wie Kinder so sind, nicht wahr. Überhaupt hatte sie ja den Mund kaum aufbekommen, Tochter einfacher Eltern, kränklichen zumal, und allzu helle war sie ja wohl auch nicht. Hatte wahrscheinlich einfach abgeschrieben. Erst nicht lernen können und dann lügen und betrügen wollen. Kennt man ja. Erst einmal müsste sie den Mund aufbekommen, und dann müsste sie Worte finden, die sie gar nicht wissen durfte, und dann müsste sie noch von irgendwoher den Mut nehmen, sie auszusprechen, und letztlich müsste ihr noch jemand zuhören und – glauben. Vollkommen unwahrscheinlich.

Durch das Fenster hatte er ihr zum Abschied gewunken. Annabel hatte die Hände nicht vom Lenker genommen. Sie schaute auf das kantige, rote A über der Ladentür, mittendrin eine züngelnde Schlange. Die Schlange machte einen Strich durch die Heilkunst, und doch gingen die Leute an ihr vorbei durch die Apothekentür an den Tresen und erwarteten nichts anderes als die Heilung ihrer Krankheiten. Aber es stimmte nicht. Selbst beim Kortison stimmte es nicht. Denn es machte die dünne Haut noch dünner, trübte die Augen, entzündete den Mund und verkrampfte die Waden. Und jeder, der die Schlange im roten A sah, diesem von weit her sichtbaren Zeichen der Apotheken, konnte es wissen, durfte gewarnt sein. Warum sah nur sie das?

»Ich kann mich gar nicht daran erinnern, mit dir überhaupt mal in einer Apotheke gewesen zu sein«, sagte Nora. Sie hatten noch nicht einmal ein Medizinschränkchen im Badezimmer gehabt, wie andere Leute, bei denen das ›Hausapotheke‹ hieß. Sie hatten stattdessen ein halb zerschlissenes Weidenkörbchen im Küchenschrank gehabt mit einem Päckchen Pflaster, einer Uraltschachtel Aspirin, Fieberthermometer, Salbeisaft und Pfefferminzöl.

»Wir hatten die Theater-Apotheke«, antwortete ihr die Mutter.

»Da waren doch nur lauter abgelaufene Schachteln drin, in diesem abgeranzten Notfallkoffer«, entgegnete Nora, »mit Beipackzetteln in irgendwelchen Sprachen, überall Make-up und Flitter drauf. Und alles nur gegen Lampenfieber und Halsweh.«

»Mehr konnten wir uns eben nicht leisten«, antwortete Annabel Tewes.

10

Nora schöpfte Mut daraus, wie rasch und flüssig ihre Mutter gesprochen hatte – sich aus der Apotheke rauserzählt und das Schlimmste hinter sich gebracht hatte. Wie ein Zug, der nach einer nur im Schritttempo zu bewältigenden Strecke durch schwierigstes Gelände, durch Kehrtunnel, schmale Grate und heftige Anstiege, jetzt eine Ebene vor sich hatte, in der er Geschwindigkeit aufnehmen durfte.

Während sie noch überlegte, wie sie den Redefluss ihrer Mutter erhalten konnte, sprach die schon weiter, erzählte davon, wie im übernächsten Schuljahr in der Lateinklasse jeder Schüler und jede Schülerin einen eigenen Stowasser bekommen sollte. Als sie die dreißig Exemplare vorn auf dem Lehrerpult liegen sah, musste sie aufstehen, sich entschuldigen und eine Weile auf der Schultoilette mit Übelkeit und Herzrasen ringen, bis sie wieder in den Klassenraum zurückgehen konnte, wo ihr jemand ein Exemplar auf das Pult gelegt hatte. »Du bist so blass«, hatte die Lehrerin zu ihr gesagt, »vielleicht sollte ich dich lieber nach Hause schicken?« »Geht schon wieder«, hatte sie geantwortet und wenig später das verhasste Buch geöffnet und im Durchblättern erfahren, dass der Kleine Stowasser Joseph Maria mit Vornamen hieß. Joseph Maria. Vielleicht war es dieser Joseph Maria gewesen, der ihre Not am Bücherregal nicht mehr hatte mitansehen können und ihren Blick auf das orangegelbe Latein in 30 Tagen gelenkt hatte. Voll der Gnade. Und das gestreckte Doppel-S nenne sich Fraktur, erklärte die Lehrerin, denn es war den Schülern aufgefallen, dass die irgendwie hitlerisch aussahen; dies lasse sich von den Runen der Hitlerschergen ganz gut unterscheiden, wenn auch nicht hundertprozentig. Jedenfalls wollten Annabel die überlangen Striche des Fraktur-S im Stowasser jetzt nicht mehr als tödliche Eiszapfen, sondern eher wie zwei herabrinnende Tränen erscheinen, mitten aus diesem Stowasser heraus, wie bei der Kunstharz-Maria aus Lourdes, die die Großmutter ihrer Freundin Ines im Wohnzimmerschrank aufbewahrte. Da war sie nämlich gerade in ihrer religiösen Phase gewesen, mit Weihrauch und Kreuzkettchen und Händels *Messias* im Schulchor. ›Würdig ist das Lamm, das da starb‹ – bis rauf zum hohen F.

»Das Kreuzkettchen in deiner Schatulle, das ist von damals? Das hast du getragen?«, fragte Nora.

»Hm.«

»Und dieses Dreißig-Tage-Latein? Hielt das bis zum Abitur vor?«

»Nein«, sagte ihre Mutter und lachte kurz auf, weil sie im Gesicht ihrer Tochter den Gedanken las, wie viel leichter sie es durch ihren Lateinkurs hätte schaffen können, wenn man ihr nur dieses orangegelbe Turbo-Heft gegeben hätte. »Aber es war eine gute Grundlage.«

Das große Latinum hatte sie mit einer glatten Drei geschafft, die die Hand des Zeugnisschreibers in ein ›befriedigend‹ übersetzte, was sie als unglaublich abstoßend empfunden und in all seiner widerwärtigen Apotheker-Wahrheit weit hatte von sich weisen müssen. Das Zeugnis zerknitterte hinten in einer Schreibtischschublade. Nie wieder Latein.

»Bis du mich Vokabeln abfragen musstest«, meinte Nora und sah ihre Mutter vor sich, wie sie beide in der Theaterkantine zwischen Kartoffelsalat und Wiener Würstchen die Lateinbücher hin und her geschoben hatten. Lernen und abfragen, nachschlagen und abhören, während der Bariton sich mit dem Koch über den fehlenden Senf zu seiner Frikadelle herumstritt und die Beleuchter Skat klopften. Götterspeise erst, wenn Jupiter Optimus Maximus korrekt dekliniert worden war. Dann war Waldmeister aus und nur noch Himbeer da gewesen.

»Nein«, antwortete ihre Mutter, »schon viel früher wieder.« Als nämlich in einem ihrer ersten Jahre als Tonmeisterin das Gastspiel Wandlungen der freien, sechsköpfigen Truppe Hexameter im Sommerprogramm des Stadttheaters gestanden hatte. Ovids *Metamorphosen,* Lateinisch und Deutsch, und nähme man die Musik dazu: dreisprachig. Die Hexameter kamen aus Trier angereist, mit zwei Bussen, einem kleineren für die Schauspieler, einem größeren für deren Instrumente. Denn neben Buccina, Cornu, Cymbalum und Lyra hatten sie sich noch eine Harfe und einen Kontrabass erlaubt sowie eine japanische Trommel mit einem Durchmesser von hundertundzwanzig Zentimetern – nicht nur logistisch, sondern auch tontechnisch eine echte Herausforderung. Sie hätte sich auf das Mischen von Schneckenhorn und Rindshäuten gefreut, aber wegen des Latein, da hatten ihr im Vorfeld, solange sie nur auf die Ankündigungen im Programm hatte starren können, Nacken und Arme geschmerzt und die Ohren zu pfeifen begonnen. Dann, als in der Generalprobe die Hexameter auf ihren samtbezogenen Wagenstühlen Platz genommen hatten und zu rezitieren begannen – »Ante mare et terras et quod tegit omnia caelum« –; geschah eine Art Wunder. Latein begann zu klingen. Als wüssten Versmaß und Silben etwas über die Verletzungen, die sie davongetragen hatte, und als seien sie ebendeshalb von weit her aufgebrochen – nur um durch diesen Saal zu tönen und sich zu erklären: Hör uns an, nicht wir waren schuld – »vor dem Meer und der Erd' und dem allumschließenden Himmel«. Und auf einmal habe sie alles, alles spüren können, was ihr vorenthalten, was vergiftet worden war: die schöne Strenge, die langen, glasklaren Bogen, die dichte Reihe der Vokale in dieser unverschliffenen Urmelodie romanischer Sprachen. Auf Übelkeit und Herzrasen war sie vorbereitet gewesen, nicht auf eine solche Offenbarung in der Spätvorstellung im Kleinen Haus, in dem sich freitagabends der experimentierfreudige Anteil der Seestadtbürger versammelte. In ebendiesem Kleinen Haus konnte sie, wie Jahre zuvor dem Kleinen Stowasser, jetzt auch Latein für seine Existenz vergeben und mit ihm Zwiesprache halten. Viele Male saß sie, nachdem sie Trommel und Horn, Leier und Bass mit dem Sprechgesang von Countertenor und Mezzosopran in Einklang gebracht und einer Kollegin übergeben hatte, am Rand des Saales und lauschte. Latein war mehr als in Ordnung. Es konnte nichts dafür. Es hätte auch mit Mathe passieren können. Sogar mit Englisch und, natürlich, auch mit Deutsch.

»Und dann musstest du ja mit mir Latein pauken. Du warst streng, viel strenger als mit den anderen Fächern, dabei war ich gut in Latein«, sagte Nora.

»Ja, warst du.«

»Und so richtig locker warst du eigentlich nie in Sachen Schule, obwohl du doch eigentlich ein Hippie bist.«

»Hm.«

»Du hattest Angst, dass ich Nachhilfe brauche.«

Beide schwiegen. Hingen ihren Gedanken nach, der Nachhilfe, die es nicht hatte geben dürfen, und der, die es nie hätte geben dürfen.

»Du konntest die Zaubersprüche aus Harry Potter übersetzen. Keine andere Mutter konnte das«, erinnerte sich Nora.

»Ja, aber ich konnte kein Parsel. Wenn ich mit der Schlange im Apothekenschild hätte reden können, wenn sie sich abgewickelt und ihn ins Bein gebissen hätte, mit ihrem tödlichen Gift – ich wäre über ihn hinweggestiegen. ›Besten Dank auch, Schlange‹, hätte ich gesagt, ›ich hoffe, ich kann auch mal etwas für dich tun.‹ Alles in Schlangensprache.«

Als sie in der schwächer werdenden Stimme den vertrauten alten Tonfall der Mutter hörte, krampfte sich Noras Herz zusammen. Nicht weinen, sagte sie sich. Nicht jetzt, nicht bevor die Geschichte draußen ist, ganz und gar draußen ist.

»Hast du dir das so vorgestellt, als du mit mir die Harry-Potter-Bände gelesen hast?«, fragte sie.

Ihre Mutter richtete sich mit aller Kraft in den Kissen auf und nickte heftig. Wieder hatte sie diese roten Flecken auf der Wange und auf der Stirn. »Ja, wie oft habe ich mir das vorgestellt: die Schlange im Schild, das Apothekerbein, ich und Parsel. Und immer hatte ich das Gefühl, die Frau, die das geschrieben hat, die wusste Bescheid. Ariana Dumbledore, die wieder und wieder diese Ausbrüche bekam, nachdem sie in die Hände dieser Muggels geraten war. Erinnerst du dich?«

Nora nickte. Natürlich erinnerte sie sich an Dumbledores Schwester im siebten Band. Sie hatte in der Schule Zaubererstammbäume aufgezeichnet, wenn sie sich langweilte – und sich selbst darin einen angemessenen Platz gesucht. Die Familie Dumbledore war dabei oft in die engere Auswahl gekommen.

»Immer wenn ich mich selbst nicht verstand, dann konnte ich mir jetzt sagen, dass es bei mir ist wie bei Ariana. Und genauso wenig wie sie wollte ich in einer Klinik landen!«

Die letzten Wörter hatte ihre Mutter so schrill hervorgestoßen, dass Nora sich alarmiert aufsetzte und ihr rasch die Hand auf den Arm legte. Auch ihre Mutter schien erschrocken über sich selbst und sank in die Kissen zurück. Durchscheinend sah sie aus, wie sie da lag. Bekam sie auch Kortison?, dachte Nora, wie Oma und Opa damals? Machte das die Haut so dünn und blättrig und rot? Ihre Kehle wurde eng, mit Macht brach die Verzweiflung jetzt aus ihr heraus:

»Ich will einen Genesungszauber, Mom!« Noras Stimme, auch ihre jetzt viel zu hoch, viel zu eng, kippte in einen hellen Klagelaut. Hoch konzentriert war sie diesen Weg an der Seite ihrer Mutter gegangen, hatte sich nicht erlaubt, stehen zu bleiben oder umzukehren, auszuweichen, aber jetzt begann sie zu zittern und konnte das Weinen nicht mehr zurückhalten.

»Bitte, ich will es nicht, ich will es nicht. Ich will nicht, dass du weggehst. Ich will, dass du bleibst, Mom. Hörst du, bitte, bleib doch, bleib doch hier, bleib hier. Bitte bleib doch.«

Sie ließ sich neben sie aufs Bett fallen. Die Nase dicht am Hals ihrer Mutter, atmete sie die Vertrautheit, sank in die Zeit zurück, als sie aus schlechten Träumen aufwachen und sich trösten lassen konnte, nach einer Hand verlangen und sie festhalten durfte, bis sie wieder eingeschlafen war. Noch einmal dahin zurück, einmal noch.

»Ich bleibe ja«, flüsterte ihre Mutter an ihrem Ohr. Auch ihre Augen schwammen in Tränen – und brachten die Buchstaben, die jemand mit einem Edding auf den Krankenwaschtisch geschrieben hatte, mit ins Schwimmen. Noch einmal die Mutter sein, die die Welt hält, die tröstet, die stark ist, da ist, einfach und immer und immer und einfach: da ist, dachte Annabel Tewes. Es verging eine Weile, bis Nora sich wieder aufrichtete. Ihre Mutter wischte mit einer leichten Bewegung erst die Tränen ihrer Tochter, dann ihre eigenen aus dem Gesicht und lächelte.

»Schau mal, Nora, was mir gerade aufgefallen ist: Palliativ – lies mal von rechts nach links: Vita. Vital – na ja, fast. Alles nur ein Richtungswechsel. Komm, wir versuchen es: Retrorsum!«, rief sie.

»Wie soll das gehen – ohne Zauberstab?«, fragte Nora, voller Dankbarkeit für diesen Buchstabendreh zurück ins Leben, für die muntere Stimme ihrer Mutter. Sie sah sich um und demontierte kurzerhand die Stange zum Zuziehen der Gardinen. »Komm, wir probieren einfach alle noch einmal durch«, sagte sie. Zum Waschtisch gewandt: »Bombarda Maxima.«

Die Mutter, grob dorthin, wo sie Schwester Hella vermutete: »Petrificus Totalus.«

Von ihnen unbemerkt, war die Nachtschwester, die laute Stimmen gehört hatte, ins Zimmer getreten. Sie war sehr jung, noch in der Ausbildung. Bei ihr zu Hause hatten sich vier Geschwister die Harry-Potter-Bände gegenseitig aus den Händen gerissen, drei volle Runden lang, eins bis sieben. Statt den Tropf zu überprüfen, pflasterte sie drei Einwegspritzen zusammen und erinnerte sich an so etwas ausgesucht Schönes wie Hermines Ausdehnungszauber: Sah man nicht die Ausmaße des Zimmers wachsen und eine andere, eine ganz andere Dimension annehmen? Dann richtete sie den Spritzenstab gegen die Tür, durch die sie eben erst eingetreten war: »Repello muggeltum!«

Wer hätte gedacht, dass sie ausgerechnet auf dieser Station des größten Leids, abgeschirmt durch Flurendlage, pastellene Farbgebung und die Abwesenheit von Entlassungsformalitäten, einen derartigen Spaß haben würde. Als sie draußen im Flur eine Klingel läuten hörte, steckte sie die Einwegspritzen in ihre Kitteltasche und verließ lächelnd den Raum. Draußen, auf dem Weg zu den anderen Zimmern, Wechselwäsche in jeder Hand, brach sie in ein Schluchzen aus, so unversehens und heftig, dass ein herumgeisternder alter Mann in gestreiftem Frotteemantel innehielt und sich zum Trösten anschickte: »Mädchen«, sagte er, »ich hole dir jetzt einen schönen Schokoriegel, und morgen früh sagst du ihm, er soll sich zum Teufel scheren.« Und tatsächlich kam er angeschlurft, nachdem er sich samt Infusionsständer im Fahrstuhl ins Erdgeschoss, dort zum Snackautomaten und wieder retour befördert hatte, und reichte ihr einen Riegel, Kingsize – für ausgewachsenen Kummer. Er, von dem man leichter hätte aufzählen können, welche Krankheiten er nicht hatte, als welche er hatte; er, dessen vielfarbige Tablettensammlung für Vor-, Haupt- und Nacherkrankungen herkömmliche Tablettenschuber-Ausmaße sprengte – er vertraute auf in Karamell gegossene und mit Schokoüberzug versehene Haselnüsse als Heilung eines Schmerzes, dessen Zeuge er zufällig geworden war. Dies trieb der Schwesternschülerin, die äußerst glücklich im dritten Jahr mit einem angehenden Landschaftsgärtner liiert war, gleich wieder die Tränen in die Augen. Während sie das Papier entfernte, in die fluffige Süße biss, lächelte sie dem Alten zu, dem wider besseres Wissen der einzig vorstellbare Kummer der Jugend der der Liebe sein wollte.

Zur gleichen Zeit stöpselte Nora ihr Handy an den Rechner und zog eine Audiodatei namens ›Expecto Patronum‹ auf zwei verschiedene Sticks und zusätzlich in ihre Cloud. Wenn ihre Mutter nicht mehr hier auf Erden sein und sie dringend einen Mutterzauber brauchen würde, dann könnte der von dort kommen, durch eine Wolke brechen wie Harry Potters Hirsch oder Hermines Otter. Die Frage, ob sie sich an die Stimme ihrer Mutter würde erinnern können oder ob in der menschlichen Erinnerungsfähigkeit ein neuronaler Platz für die getreue Wiedergabe von Stimmen vergessen worden war, ob sich die Stimme ihrer Mutter mehr und mehr verflüchtigen würde, bis am Ende nur noch ein ferner, fremder Klang davon da wäre, ob sie sich vielleicht vollkommen auflösen würde und letztlich auch von der Stimme nichts bleiben durfte, noch nicht einmal ein Echo; diese Frage, die sich binnen Sekunden zu einer fiebrigen Kette von Fragen ausgewachsen hatte, war ihr durch den Kopf geschossen, als sie durch die fast unveränderte Stimme der kranken, der todgeweihten Mutter hindurch die Stimme von damals gehört hatte, wie sie ihr die Flüche vorgelesen und erklärt hatte. Geradezu reflexhaft hatte sie das Handy genommen und damit die Stimmen im Patientenzimmer aufgenommen. Der Schrecken, dass diese Frage ihr vielleicht zu spät in den Sinn hätte kommen können und dann ausgerechnet sie beide, Tonmeisterin und Tonmeisterintochter, nicht durch ein Stimmband ins Jenseits hinein verbunden bleiben würden, ließ sie, obwohl es nicht so weit gekommen war, erstarren. Aber dann, im Gefühl, doppelt und dreifach gesicherte Speichermedien für die Stimme ihrer Mutter gefunden zu haben, wurde ihr, einige Momente lang, das Herz leichter.

11

Als wenige Tage später Annabel Tewes bemerkte, wie angespannt Nora auf eine Tube mit Wundheilsalbe sah, die Schwester Hella ihnen gerade reingereicht hatte, wie sie drauf und dran war, Fragen zu stellen, und mit sich rang, wusste sie, dass sie noch nicht aufhören durfte zu erzählen.

Sie habe nie wieder Salbe gesagt, begann Annabel Tewes. Seither habe sie Creme gesagt. Creme trug man sich selbst auf. Gesalbt wurde man. Deswegen war ja auch anfangs nicht klar gewesen, ob das nicht einfach ausgehalten werden musste, das Salben, das eigentlich immer im Passiv stand, in der Leideform eben.

»Das kann nicht sein, dass du nicht wusstest, dass er sich strafbar gemacht hatte, dass er ins Gefängnis gekommen wäre«, sagte Nora ungläubig. Sie war vom Stuhl aufgestanden, hatte sich aufs Bett gesetzt und betupfte eine offene Wunde am Rücken ihrer Mutter – so vorsichtig, wie sie nur konnte.

»Wäre er?«, fragte ihre Mutter. Sie schwieg, bis Nora die Wunde an ihrem Rücken wieder mit einem Pflaster abgeklebt hatte.

»Du ahnst nicht, wie wenig wir wussten, wie unaussprechbar das alles war«, sagte sie, als sie sich wieder auf den Rücken gelegt und die Anstrengung dieser halben Drehung verarbeitet hatte. »Nicht zu vergleichen mit heute. Obwohl auch heute …« Sie ließ den Satz in der Luft hängen genau wie die Frage, die diesem Satz vorangegangen war.

Ja, vielleicht hatte sie es damals gewusst und gleichzeitig in keiner Weise daran geglaubt, dass es irgendwo Hilfe für sie geben mochte, aber sie hatte keine Tür gefunden, die sich in den Raum einer Aussage, einer Anklage, einer Festnahme, einer Verurteilung hin öffnete oder die überhaupt als eine Tür erkennbar gewesen wäre, gegen die sie vielleicht hätte klopfen und hinter der sie vielleicht hätte gehört werden können.

Einmal hatte sie ihm die Salbe an den Schreibtisch und aufs Regalbrett geschmiert. Seine Frau sollte es sehen. Die putzte doch immer. Obwohl sie es nicht müsste. Bestimmt wollte sie nicht, dass es fettige Salbe am Schreibtisch und auf dem Regal gab. Sie würde die Salbe wegwischen, und während sie sie wegwischte, würde sie sich fragen, warum es da Salbe gab, am Schreibtisch und auf den Regalbrettern und am Knauf von der Büchertreppe, und dann würde sie ihren Mann fragen, und der würde verlegen werden, und sie würde Verdacht schöpfen. Er würde sich verraten, und dann wäre es endlich vorbei. Sie würde das Salben ein für alle Mal unterbinden. Schließlich wollte sie nicht jede Woche die fettige Salbe von den Möbeln wischen. Diese Möbel waren für Staub gemacht, nicht für Salbe. Aber er war schlau. Er hinterließ keine Spuren. Das Taschentuch, mit dem er sich abwischte, knüllte er immer klein zusammen und legte es unter die Papierreste in den Korb neben seinem Schreibtisch. Dort war es ein ganz normales Schnupftuch. Als wäre ihm das klebrige Zeug aus der Nase gekommen. Mit einem Abreißtuch neben den Salbendöschen wischte er die Salbe weg. Wisch und weg. Vom Stuhl. Vom Regal. Von der Bücherleiter. Seine Frau würde keine Spuren finden. Die Rolle war dick, und es gab sie im Viererpack. Da war sie günstiger. Bestimmt gab es einen riesigen Vorratskeller, wo die Frau viele Pakete Wisch & Weg stapelte.

Wenn die Drogerien und Supermärkte nicht beliefert werden würden, in der ganzen Stadt nicht, wenn es kein Wisch & Weg gäbe, was würde er tun? Vielleicht könnte er dann nicht tun, was er tat, weil er nicht wüsste, wie er das wegmachen sollte. Dann würde er gar nicht erst damit anfangen. Wisch & Weg war schuld. Und der Stowasser, und die metallene Stimme, die Winnetou vorlas und vom Plattenspieler im Kinderzimmer aus jeden Mittwochnachmittag zu hören war. Die war auch schuld. Denn sie hielt die Kinder fest in ihrem Kinderzimmer, damit sie nicht ins Arbeitszimmer des Vaters stürmten, ihn sprachlos anstarren, fortlaufen und es ihrer Mutter sagen würden. Alle, alle hatten sich verschworen gegen sie, und sie zweifelte daran, ob die Hummeln und die Gardinenkästchen wirklich auf ihrer Seite waren. Und wenn die Gardinenkästchen nicht auf ihrer Seite waren, was war dann mit ihrer eigenen Mutter, die ja hier überall die Gardinen aufgehängt hatte?

»Oma?«, fragte Nora. »Bist du verrückt?« Sie hatte die Tube zugeschraubt, weggelegt, war aber am Fußende sitzen geblieben.

»Ich sag ja, es war wie ein Wahn. Ich habe mich gefühlt, als ob die ganze Welt sich gegen mich verschworen hätte, alle unter einer Decke – und in den Gardinen.«

»Und niemand hat gemerkt, wie du drauf warst? Du musst doch total neben der Spur gewesen sein.«

»Ja, ich war merkwürdig.« Sie lächelte schwach und schien hinter ihren geschlossenen Augen in die Erinnerung abzutauchen. »Sehr merkwürdig«, setzte sie nach, »aber mehr so nach innen.«

Nora schwieg und sah, wie die Augen ihrer Mutter auf ihr ruhten und gleichzeitig ihr Blick tatsächlich nach innen ging, wie um sich selbst im Damals zu suchen.

»Manchmal, wenn ich zu schnell erschrak oder empfindlich reagierte, dann schaute meine Mutter mich an und sagte: ›Na, was denn, du bist ja wie angefasst.‹ Das war so eine Redensart. Kennst du das noch?«

Nora nickte.

»›Du bist ja wie angefasst‹«, wiederholte ihre Mutter, tief in Gedanken. »Nein«, fuhr sie eine Weile später fort, »ich war nicht wie angefasst. Ich war angefasst. Worden.«

»Und allein damit«, sagte Nora.

»Ja«, antwortete ihre Mutter, »die anderen waren ja in der anderen Welt. In der Mittwoch einfach nur ein Wochentag war.«

12

Nora hätte nicht sagen können, ob drei oder dreißig Minuten verstrichen waren, in denen sie beide aus dem Fenster geschaut und vermutlich jeweils ganz andere Dinge vor sich gesehen hatten als den blassgrauen Himmel – bis ihre Mutter auf einmal sagte:

»Stimmt nicht. Nicht alle.«

Eines Tages hatte sie in ihrer Klasse ein Mädchen gesehen, das zerschnitt im Unterricht mit der Bastelschere ein Salbendöschen. Es war nicht leicht, mit einer Bastelschere ein Salbendöschen zu zerschneiden. Das Plastik war hart und glatt, und mit der abgerundeten Schere konnte man nicht gut reinstechen. Annabel sah, dass sie ein paarmal abrutschte und sich dabei wehtat, aber sie zuckte nicht zusammen, sondern versuchte, ganz konzentriert, von oben her durch das Gewinde des Schraubverschlusses zu schneiden. Katrin. Sie war gut in Latein. Aber nicht in Physik und Chemie. Das lag ihr nicht, aber in letzter Zeit wurden ihre Noten besser. Sie schrieb jetzt Dreien, doch außer in Chemie und Physik sagte sie kaum noch etwas. Chemie und Physik konnte der Apotheker sicher auch. Annabel starrte Katrin an, bis die ihre Blicke spürte und hochsah, trotzdem weiterschnippelte und erst aufhörte, als das Döschen in einem Haufen scharfkantiger Einzelteile vor ihr lag.

Am nächsten Tag nahm Annabel ein Salbendöschen mit in die Schule und schnitt in der kleinen Pause daran herum, ohne Katrin anzusehen, aber so, dass Katrin es sehen musste. Katrin tat, als sähe sie es nicht. Aber sie sah es. Denn sie sah sie anders an, nach der kleinen Pause.

»Da wusste ich, dass ich nicht verrückt war, jedenfalls nicht komplett verrückt«, sagte die Mutter.

Dafür aber habe die Klassenlehrerin sie angesprochen, ob sie nicht ganz bei Sinnen sei: »Hör mal auf damit, du tust dir doch weh!« Und dann sei sie aber doch neugierig geworden und hatte sich gefragt, wie man das Zeug überhaupt durchgeschnitten bekommt, mit einer Bastelschere. Diese Art Kunststoff. Den könnten wir eigentlich in die Materialausstellung aufnehmen, vorne im Flur bei den Schaukästen. »Gib mal her«, hatte sie gesagt, hatte einen Punktkleber aus dem Schrank genommen und war mit Annabel im Schlepptau zu den Schaukästen gegangen und hatte die Salbendosenecken neben Glasperlen, Styropor, Filz und Blech in einen Holzrahmen geklebt.

»Die sind Ausstellungsstücke geworden? Wirklich?«, fragte Nora.

»Ja«, sagte ihre Mutter. »Und dann ist das Merkwürdige geschehen, dass sich oben auf den Schaukästen immer neue Kunststoffdosen anfanden, ganz oder auch zerschnitten. Und dass einige Mädchen ziemlich oft davorstanden. Katrin und Silke.« Bei denen war sie ganz sicher. So, wie die die Döschen anschauten. Und vielleicht auch Liliane und Anja aus der Klasse über ihr, möglicherweise auch Britta, aus der Parallelklasse, die im Sport immer auf der Bank saß, weil sie so dünn geworden und schon ein paarmal zusammengeklappt war.

»Britta hat sich umgebracht, kurz vorm Abitur«, sagte Annabel Tewes. Ihre Stimme kippte. Nora schluckte, sagte nichts.

»Weißt du, ich habe ewig nicht mehr an sie gedacht«, hob ihre Mutter wieder an. »Sie hatte eine so schöne Haut, etwas dunkler. Ich sah ja jeden Tag auf weiße, zerkratzte Haut, und ich weiß noch, wie ich immer gedacht hatte: Wie schön Haut doch sein kann.«

»Hatte sie auch Nachhilfe?«, fragte Nora.

Ihre Mutter schüttelte den Kopf. »Nein, Britta war gut in der Schule. Ihre Mutter war allein mit ihr – und sehr streng. Sie hat bei ihm geputzt, die Apotheke. Und ich bin sicher ... Ich bin sicher, sie hatte auch Salbendöschen.«

»Habt ihr denn nicht miteinander gesprochen? Gar nicht?«, Nora schüttelte den Kopf.

»Natürlich haben wir miteinander gesprochen – wie man eben miteinander spricht, wenn man zusammen in einer Schule, aber nicht befreundet ist. Über Noten und Lehrer. Aber darüber, nein, darüber haben wir nicht gesprochen.«

»Wenn ihr euch zusammengetan hättet, hättet ihr ihn fertigmachen können«, sagte Nora.

Ihre Mutter schwieg.

»Wenn wir uns nicht so geschämt hätten, es auszusprechen«, sagte sie dann. »Voreinander. Jede eine Zeugin der anderen. Ich glaube, wir konnten das einfach nicht – es noch mal aus dem Mund einer anderen hören. Hätten wir es gesagt, aber wie hätten wir es denn sagen sollen ...« Wieder brach der Satz ab, als hätte die Sprachlosigkeit selbst sich eingeschaltet, um sich ihren Anteil doch noch zu sichern. Annabel Tewes drehte an einem losen Faden in der Bettdeckennaht. Drehte und drehte, bis sie selbst auf ihr Tun aufmerksam wurde, den Faden abriss. Es schien sie Kraft zu kosten – was Nora nicht entging. Sie streckte sich neben ihrer Mutter aus.

»Ich glaube, wir dachten, Schimpf und Schande würden über uns kommen«, beendete Annabel Tewes ihren Satz. »Unsere angefassten Körper. Wir hätten im Boden versinken müssen. Eine nach der anderen.«

Sie sah vor sich hin, schien jedoch Noras zweifelnden Blick zu spüren.

»Nein, es ging nicht«, bekräftigte sie, »es war absolut unmöglich für uns damals. Wir waren ja sowieso immer am Rande. Nicht mittendrin, so wie Elke und Frederike und Connie und Birte, bei denen alles so normal war, so beneidenswert normal, immer nach der Mode, aber nicht zu sehr, immer auf Ferienfahrt, aber nicht zu weit weg, immer gut in der Schule, aber nicht zu gut, alles so, wie es ist, wenn Geld einfach da ist und Gesundheit einfach da ist. Ich glaube, wir hatten so ein Gefühl von: Normale Kinder werden nicht angefasst. Selbst schuld, wenn du nicht normal bist.«

»Verrückt«, sagte Nora.

»Ja«, antwortete ihre Mutter, »verrückt.«

»Katrins Eltern waren strenggläubig, meine waren krank, Viola lebte bei ihrer Oma, und die trank. Britta hatte dunkle Haut. Weißt du, uns war schon klar, dass er ein, ein ...«

»Arschloch«, sagte Nora.

»... eine Art Verbrecher war, aber wir waren eben – angefasst. Und er – unantastbar.«

»Seine Salbendosen aber nicht.«

»Nein, dieser Voodoo-Zauber war gar nicht so schlecht. Ihn hat es zwar nicht umgebracht, aber uns hat es geholfen. Ein Stück weit.«

»Und diese Katrin mit den Scherenhänden, die hat damit angefangen?«, fragte Nora.

»Ja, sie hat damit angefangen, aber ich glaube nicht, dass sie ein Zeichen geben wollte. Die hat ihre Wut auslassen müssen an diesen Döschen.«

»Dass er den Mut hatte, euch Salben mitzugeben!«

»Er wird es genossen haben, die Sache noch fortzusetzen. Wie sicher er sich gefühlt haben muss. Zu Recht.«

»Nein, nicht zu Recht.«

»Ich meinte: mit Grund.«

»Hm.«

»Er hatte jede Menge Gründe anzunehmen, dass ihm nichts passieren würde. Wie auch?«

Eine Weile lang schwiegen sie beide.

»Wie auch immer«, sagte Annabel Tewes schließlich leise und schloss die Augen. Sie schien mit sich und ihren Worten zu hadern. Nora konnte sich nicht überwinden, sie zum Weitersprechen zu bringen.

»Ja, die Katrin«, setzte ihre Mutter nach einer längeren Pause von ganz allein neu an. »Die hatte nicht nur Scherenhände, die hatte auch Scherenschnittarme – Narben überall.«

»Sie hat sich geritzt?«

»Ja. Früher hieß das nicht so. Da gab's eigentlich gar kein Wort dafür. Wenn jemand so etwas machte, war er komisch. Und selbst schuld. Warum macht er das auch? Hat ja wohl en Pinn im Kopp, hieß es dann.«

Nora lächelte. Pinn im Kopp, das hatte sie lange nicht mehr gehört.

»Katrin hat das jedenfalls gemacht. Mit der Schere und auch mit den zerschnittenen Salbendöschen. Mit denen ging es sogar besser als mit der Schere. Die Teile hatten scharfe Spitzen. Ich hab's auch probiert, aber nicht sehr oft. Ich hatte schon zu lange aufgerissene Haut vor Augen gehabt, glaube ich. Und an den Armen hat man es immer gleich gesehen. Man musste lange Ärmel tragen, auch wenn es warm war.«

Nora rollte sich auf die Seite zu ihrer Mutter, nahm deren linken Unterarm von der Bettdecke, streichelte ihn und schaute dabei nach Narben, die ihr zeitlebens entgangen waren. Kurz unterhalb der Armbeuge, unter halb verheilten Einstichlöchern, verliefen zwei haarfeine, weiße Linien.

»Es hält dich beisammen, weißt du?«, sagte ihre Mutter. »Wie wenn die Haut ans Gehirn funken würde: Alles okay, alles noch da. Ich glaube, die Ritzer sind alle nur noch da, weil sie sich ritzen. Wenn sie sich nicht ritzen würden, wären sie weg. Würden auseinanderfallen. Diese Narbenlinien halten sie irgendwie zusammen. Wie Fäden.«

»Wenn man sie lesen könnte, diese Linien – wie die Wahrsager, du weißt schon …«, meinte Nora.

»… dann würde man die Schande der Welt darin finden«, führte ihre Mutter den Satz zu Ende und wandte ihren Blick wieder aus dem Fenster.

Nora ließ ihre Hand in der ausgezehrten Armbeuge liegen und wartete, bis der Kopf ihrer Mutter sich wieder zu ihr drehte.

»Als diese Tattoo-Läden aus dem Boden schossen, da bin ich um jeden von ihnen herumgeschlichen. Ich hatte eine Sehnsucht danach, dass die Nadel alles ausstechen würde, was in meiner Haut war, und mit Farbe überziehen, aber da war dieses Geräusch der Tätowiermaschine. Eine viel zu schrille Frequenz, die hat mich immer wieder in die Flucht getrieben.«

»Was hättest du dir stechen lassen?«

»Na, was man sich so stechen lässt. Ein Schiff, eine Rose.«

»An unseren Geburtstagen haben wir uns die Arme von oben bis unten tätowiert.«

»Mit wasserlöslichen Einhörnern.«

Sie wandten einander ihre Gesichter zu. Spürten die glitschige Folie der Klebe-Tattoos, die im letzten Moment unter Wasser doch noch verrutschte und beim Abziehen die Einhörner halbierte oder sie auf dem Kopf stehen ließ. Und wie der Glitzer noch wochenlang überall in der Wohnung zu finden gewesen war und Geburtstagsstimmung verbreitet hatte. Zum Greifen nah war das, und doch war es, als blickten sie in einen Hohlspiegel, in dem Feiern und Trauern die Seiten wechselten.

Als Nora meinte, ihre Mutter sei hinter ihren geschlossenen Augenlidern doch wieder eingenickt, sprach sie auf einmal weiter.

»Für mich war es dann Chlor. Einmal ins Stadtbad, und die ganze Haut war desinfiziert. Chlor war klasse. Ich ging ins Stadtbad, wann immer ich konnte. Es war ja gleich neben dem Theater. Schon in der Eingangshalle roch es so stark nach Chlor, dass es einem fast den Atem nahm. Chlor machte alles weg. Den Geruch von Nivea, Nutella und Bügelhilfe. Ich war süchtig danach.«

»Chlorsucht – sehr speziell«, meinte Nora. »Chlorophil«, setzte sie nach und lächelte über ihren schönen Einfall. Aber ihre Mutter, sonst offen und begeisterungsfähig für Wortwitz jeder Art, schien es gar nicht gehört zu haben.

»Ich glaube, ich war die Einzige, die entsetzt war, als eine Umwälzanlage eingebaut wurde, um den Chlorgehalt zu vermindern. Es waren nicht alle so auf Chlor wie ich.«

»Das gibt es doch gar nicht mehr.«

»Chlor?«

»Das Stadtbad.«

»Ja, es war so ein schönes Bad gewesen mit Zehnmeterturm und Tribüne. Und alle Welt hat sich empört: Wo sollen jetzt die Frühschwimmer ihre Bahnen ziehen? – Und ich dachte nur: Wo sollen sich jetzt all die angefassten Mädchen desinfizieren?«

»Nicht das Bad, die Gesellschaft hätte eine Umwälzanlage gebraucht«, sagte Nora.

»Du kluges Kind«, antwortete ihre Mutter, und Nora suchte darin den gutmütigen Spott, der sich in Äußerungen dieser Art immer verborgen hatte. Fand ihn aber nicht. Fand ihn nicht mehr.

Später ging sie in den Krankenhauskiosk und kam mit einem Caffè Latte, einem Buch mit Mandala-Mustern und einer Viererpackung farbiger Fineliner wieder. Sie setzte sich ans Fußende des Krankenbetts, schlug die Decke ein Stück zurück, hob den Fuß ihrer Mutter hoch und begann zu stricheln: Teerosen, Eidechsen und Kristalle.

»Was wird das?«, fragte ihre Mutter.
»Das Paradies«, antwortete Nora.
»Mit Schiff?«, fragte ihre Mutter.
»Kommt noch«, antwortete Nora.

13

»Hast du ihn eigentlich jemals wiedergesehen?«, fragte Nora.

Gerade war der Arzt, der, der nicht mehr an Viren glaubte, aus dem Zimmer gegangen. Er hatte die Medikamentendosis neu eingestellt, sodass die Schmerzen, die sich darunter durchkämpften, immer schneller, auf ihren immer breiter werdenden Bahnen, es wieder schwerer hatten, dieses Kräftemessen zu gewinnen, und sich neue Wege suchen mussten. »Und derweil schlafen Sie einfach mal etwas länger.« Das wollte Nora auch. Einfach mal etwas länger schlafen. Sich danebenlegen und mit einschlafen. Komme in diesem Schlaf, wer und was da wolle. Der Arzt hatte sie angesehen, als ob er ihre Gedanken gelesen hätte, und fügte hinzu: »Und wir passen auf.« Er war ans Fenster getreten und hatte über Himmelsrichtungen und Lichteinfallswinkel gesprochen, und auf seine ruhige Art klang das so, als sei eine

Menge mit gemeint, was anders zu sagen ihm nicht zur Verfügung stand.

»Kaffee gibt es übrigens gratis bei den Schwestern, nicht nur den aus der Thermoskanne, sogar den guten aus dem Vollautomaten«, sagte er zu Nora. Und sie verstand, dass mit Kaffee alles gemeint war: Wach sein, Welt haben, Zuspruch bekommen. Dieser Virus-Ungläubige glaubte an die Kraft frisch gemahlenen Arabicas, an hohen Druck und kurze Brühdauer. Das war mehr, als man erwarten konnte.

Die Augen ihrer Mutter waren geschlossen gewesen und ein neuer Zug hatte um ihren Mund gelegen. Nicht mehr so schmerzlich, aber ohne Schmerz war er dennoch nicht. Noras Herz pochte. Wach bleiben, dachte sie. Wach bleiben und Wach halten. Als ihre Mutter die Augen wieder aufschlug und sie anlächelte, war dieser Zug verschwunden, dafür glänzten die Augen auf unwirkliche Weise. Als ob sie sich selbst an diesem Glanz blendete, schloss sie sie wieder.

Dies war der Moment, in dem Nora das Gespräch der letzten Tage fortsetzte: »Hast du ihn eigentlich jemals wiedergesehen?«

Ihre Mutter nahm den Faden auf, als hätte es keine Unterbrechung gegeben.

»Ich habe ihn nie wiedergesehen. Aber ich bin ja auch weggezogen aus dem Viertel.«

»Unsere Stadt ist keine Megacity«, wandte Nora ein.

»Aber groß genug«, sagte ihre Mutter. »Manchmal dachte ich, dass er es war, dort im Parkett oder in einer der Logen, aber er war es nie – und manchmal ging das Licht aus, bevor ich es erkennen konnte.«

Wozu Beleuchter doch gut sind, dachte Nora.

»Eine Zeit lang hatte ich ihn vollkommen vergessen, vollkommen vergessen«, sagte ihre Mutter leise und schien über sich selbst den Kopf zu schütteln.

Nora stand auf, ging zum Schwesternzimmer und kam mit einem großen Café crème zurück. Sie benetzte die trockenen Lippen ihrer Mutter mit goldbraunem Kaffeeschaum. Als ein Lächeln folgte, flößte sie ihr ein paar Löffel voll ein. Wartete ab, gab ihr noch etwas mehr.

»Wirklich? Du meinst, überhaupt nicht dran gedacht? Ganze Tage nicht? Wochen? Jahre?«, fragte sie.

Ihre Mutter nickte erst und schüttelte dann den Kopf, als könne sie es im Nachhinein selbst nicht glauben. »Ich bin dann ja weggezogen«, wiederholte sie.

Wegziehen war ja nicht einfach ausziehen gewesen oder umziehen – es war wie überhaupt erst In-die-Welt-Ziehen gewesen. In eine Welt ohne Medikamente in Reichweite. Ihre Eltern hatten jetzt einen Notrufknopf am Handgelenk und waren direkt mit einer Diakonie verbunden. Zum ersten Mal war sie selbst frei gewesen und hatte sich in ein Leben gestürzt, in dem sie tagsüber unter Kopfhörern lernte, Klänge zu mischen, bis sie die richtige Farbe annahmen und man sie nicht nur hören, sondern eben auch sehen und, ja, auch riechen konnte, und sich nachts in den alten Schuppen hinterm Deich, in denen halb legal Bier ausgeschenkt und der Punkrock jedenfalls mindestens doppelt so laut aufgedreht wurde, wie die Polizei erlaubte, die Bässe in die Ohren dröhnen ließ.

Ausgerechnet da fing es an. Zuerst mit Zähneknirschen. Sie wachte davon auf. Und konnte dann nicht wieder einschlafen. Nur ihre Hände, die schliefen ihr immer ein, wurden taub, einfach so. Dafür hatte sie einen Ton im Ohr, der kam, eine Weile blieb und wieder ging. Sie dachte sich, Ton gehört zur Tonmeisterin, achtete etwas mehr darauf, die Lautstärken zu drosseln, und trank literweise Leitungswasser. Spülte den Ton weg, schüttelte wieder Gefühl in die Hände, das Knirschen aber blieb.

Ob sie Sorgen habe, hatte sie die Zahnärztin bei der nächsten

Untersuchung gefragt. Wie sie darauf komme, hatte sie mit einer Gegenfrage geantwortet. Weil sie Gebisse lesen könne, hatte die Zahnärztin gemeint und sie eindringlich angesehen. Da sei sie aufgestanden, gegangen und habe sich eine neue Zahnärztin gesucht, eine, die mehr die technische Korrektur des Zähneknirschens im Blick hatte als dessen psychische Ursachen. Sie ignorierte die Empfehlung einer Beißschiene, weil sie der Überzeugung war, dass Zähne letztlich hart im Nehmen sein müssten. Und andere Ärzte suchte sie gar nicht erst auf. Hatte sie Kopfweh, Fieber oder Durchfall, ließ sie sich von Freunden Medikamente mitbringen. Sie war eine der ersten Kundinnen von Internet-Apotheken. Mochten die Medikamente dort gefälscht sein – falscher als die Falschheit der Apotheke, die sie kennengelernt hatte, konnten sie nicht sein. Lange nachdem sie selbst entscheiden konnte, wohin sie mittwochnachmittags ging, mitten in der schönsten Freiheit und unter den nettesten Menschen, überfielen sie Kopfwehattacken. Blockaden der Nackenwirbel verwehrten ihr Blicke nach rechts und links, sodass sie phasenweise nach Gehör über die Straßen ging, aber ihr Gehör war glücklicherweise sehr gut ausgebildet. Die Leute, mit denen sie zu tun hatte, gewöhnten sich daran, dass sie eine Attacken-Macke hatte. Annabel – nicht ganz wie der Rest der Welt. Andere Leute fürchteten die Nacht. Nicht Annabel. Die radelte aus irgendeiner Stadtrandkneipe nachts allein durch die ganze Stadt nach Hause, aber wenn jemand im Garten den Grill anfeuerte, standen ihr die Haare zu Berge. Sie schlug Riesenbögen um den Geruch von Holzkohle. Annabel und ihre Grillphobie, sagten ihre Freunde, verdrehten die Augen und machten einen Eintopf auf dem Propangaskocher heiß, wenn es draußen etwas zu feiern gab. Es ging lange gut.

»Gut? Wirklich gut?« Nora schaute ihre Mutter zweifelnd an, und genauso zweifelnd schaute ihre Mutter zurück.

»Bis das Herzrasen kam«, sagte sie. Von einer Sekunde auf die andere sei es da gewesen. Und das ließ sich nicht ignorieren oder rezeptfrei kurieren. Sie wusste ja nicht, wie ihr geschah. Es waren ihre Kollegen aus dem Studio, die sie wachsbleich ins Krankenhaus brachten – ein zitterndes Bündel: schreckensstarre Augen, Finger, die sich in die Unterarme krampften – und mit der Diagnose Herzneurose sowie einem Döschen in der Hand wieder entgegennahmen. Diesmal war das Döschen nicht rot-weiß, sondern blau-weiß und nicht mit Salbe, dafür mit meerfarbenen, wohlgeformten Tabletten gefüllt, denen jemand einen kurzen, wohlklingenden Namen gegeben hatte: Tavor. Es hätte auch einfach ›Erlösung‹ heißen können. Eine Tablette mit oder ohne Wasser, und zehn Minuten später war alles wieder gut. In welchen Fabriken wurde dieses Pulver zusammengerührt, dass es ein solches Wunder vollbringen konnte? Ihnen gebührte der Nobelpreis für Medizin. Nein, der Friedensnobelpreis. Sie gaben den Seelen ihren Frieden zurück. Sicherlich weltweit. Ihre Hausärztin aber, zu der man sie mit dem Arztbrief aus dem Krankenhaus schickte, war auf diese Art von Erlösung nicht gut zu sprechen gewesen. »Geben Sie mal her«, sagte sie, und als sie das Döschen hatte, ließ sie es in ihrem Medikamentenschränkchen verschwinden. »Machen wir nicht«, meinte sie. Stattdessen überreichte sie Annabel einen Zettel mit zehn Adressen von Psychotherapeuten, den Annabel in die Ecke legte, während sie sich nach der Tavor-Erlösung sehnte, und als sie dann heulend wieder ankam, gab ihr die Ärztin nicht Tavor, sondern Valium. Auch schlecht, aber auf bessere Weise, sagte sie. Es sei eine Brücke, solle sie sich vorstellen. Bis eine Therapie sie wieder auf festen Boden brächte. Die Valiumbrücke war anfangs fest und sicher in der Wirkung, dann wurde sie wackelig und brüchig. Ausgerechnet auf der Brückenmitte, wo sie unter sich nichts als weiße Wasserstrudel sah. Auf Valium war kein Verlass. Kein Wunder, es klang nach Latein.

Annabel Tewes schwieg lange. Wir sind nicht fertig, dachte Nora. Sie trägt noch an etwas. Ich spüre das. »Gut, dass du das Zeug nicht länger geschluckt hast«, sagte sie, um etwas zu sagen. »Bist du dann zu einem dieser Therapeuten gegangen?«

»Ja«, antwortete ihre Mutter, eines Tages habe sie die Liste genommen und sei sie von oben nach unten durchgegangen. Der erste Therapeut sah auf ihre Beine, als sie ihm gegenübersaß. Der zweite öffnete die Tür und nahm eine Paketsendung entgegen, als sie gerade nach Worten suchte, um ihr inneres Zittern zu beschreiben. Die dritte zog bei jedem Wort, das Annabel sich abrang, die Augenbrauen hoch, als wolle sie sagen: Das ist ja das Neueste, was ich höre. Aber die vierte, in einem kleinen Häuschen vor den Toren der Stadt, legte den Schalter um. Dort durfte sie sich auf eine Couch legen und schweigen. Durfte beginnen zu sprechen, indem sie Wörter wie Töne behandelte. Schuweiin. Schuuuweiin. Schuuuuuweeiiin und neeiiiin neiiiin neiiiin und fuurrohhh fuuuurohhhhhh. Und die Therapeutin sagte nur ab und zu etwas. Aber wie sie diese Wörter dann sagte und an welchen Stellen, das änderte alles. Dort also durfte sie liegen und ihre Augen auf schlicht gerahmte Fotografien heften, die an einem Bachlauf im Hochsommer entstanden sein mussten. Wassertropfen, Blätterwerk, Wurzeln, Licht und Schatten, seltsame Mischungen von Grün. Dahinein ließ sich sprechen. Fortan radelte sie dreimal die Woche den Deich entlang. Fünfzehn Kilometer hin, fünfzehn Kilometer zurück. Bei jedem Wetter. Schwieg und sprach. Sprach und schwieg. Auf dem Rückweg, während sie gegen den Wind in die Pedale trat, sprach sie weiter. Manchmal laut, manchmal leise, ließ sie ihn endlich über die Lippen aus dem Körper kommen, ihren Windjammer.

14

»Dann hat es also doch jemand gewusst«, meinte Nora nachdenklich.

»Der Wind.«

»Ja. Aber sie auch, die Frau mit den Bach-Bildern.«

»Wer, hab ich nicht gesagt, auch nicht, was alles, aber manches, genug. Ich wusste, dass sie eine Schweigepflicht hat. Da konnte ich meine etwas lockern.«

Noras Gedanken verfingen sich in dem Wort Schweigepflicht. Ob es auch eine ›Redepflicht‹ gab, im Duden – oder wenigstens hier? Jedenfalls hatte das Reden die Tabletten ersetzt.

»Das Valium hast du dann nicht mehr gebraucht?«

Annabel Tewes nickte: Erst waren die letzten Tabletten als eiserne Ration in ein winziges Zwischenfach ihres Portemonnaies gewandert. Kurz bevor ihr Verfallsdatum erreicht war, kam die erste Stelle im Stadttheater. Von dem man sagte, es sei das schönste Jugendstilgebäude weit und breit. Für sie war es das schönste Kindheitsgebäude überhaupt. Vor-Apotheken-Zeit. Grundschule. Weihnachtsmärchen. Mit der besten Kleidung in die samtenen Stuhlreihen, das dreimalige Läuten. Dieser herrliche Vorhang, bestickt mit Fäden wie aus Engelsgewändern. Dahinter ein Räuber Hotzenplotz, der mit seinem Bayrisch die Ohren der norddeutschen Kinder ordentlich durchzwirbelte und sie in ein Lachen hineinpolterte, das in immer neuen Wellen durch den Saal wogte. Eine Frau Holle, die es von weit oben so heftig schneien ließ, dass man erstaunt war, draußen auf der Straße keine Schneewehen vorzufinden. Und natürlich Aladin. Aladin mit seiner Wunderlampe. Seide und Edelsteine, ein kleines Licht, das Armut in Reichtum verwandelte und Krieg in Frieden, und einen grauen Dezembertag in Tausendundeine

Nacht. Eigentlich war dieses ganze Theater selbst eine solche Wunderlampe gewesen. Und nun ihr Arbeitsplatz geworden. Nirgends in der Welt hatte sie sich je so wohl gefühlt wie in diesem Gebäude, das sie mit all seiner Pracht und seinem pulsierenden Leben, mit seinen verrückten Leuten, unter denen ihre eigene Verrücktheit kaum auffiel, in Obhut genommen hatte.

Ihr erster Chef dort hatte sie dazu gebracht, alles, was sie gelernt hatte, erst mal zu vergessen und sich den Raum, diesen herrlichen Raum, diesen einzigartigen, mit eigenen Ohren zu erhören. Horch hin, hatte er gesagt. Echo und Schall, die sind echte Anarchisten, verstehst du? Lassen sich nicht bevormunden. Hör ihnen zu, dann kannst du alles mit ihnen regeln. Aber nicht vergessen: Immer erst zuhören. Er war es gewesen, der abends die *Biscaya* auflegte und mit ihr durch den Zuschauerraum, über die Bühne und auf den Balkon gegangen war, um an allen Ecken und Enden in Klang einzutauchen. Und so hatte auch sie es gehalten, als er in Rente gegangen und sie seinen Stuhl eingenommen hatte.

Nora lächelte. Sie war oft dabei gewesen. Sie hatte schwergewichtige Bühnenarbeiter gesehen, die zur *Biscaya* mit ausgestreckten Armen wie Albatrosse über die Bretter schwebten, bevor sie Hammer und Bohrmaschine verräumten. Sie hatte Intendanten und Inspizientinnen gesehen, deren Beine den Takt fanden, bevor ihnen einfiel, dass sie auf klassische Musik abonniert waren.

»In dieser Zeit habe ich deinen Vater kennengelernt.«

Nora, die mit hochgezogenen Beinen auf der Fensterbank saß und mit dem Gürtel des Morgenmantels, den ihre Mutter schon lange nicht mehr in der Lage war anzuziehen, Schleifen und Knoten machte und wieder auflöste, schwieg. Dieser Satz traf sie mit der Wucht eines unvorbereiteten Schlags, aber sie regte sich nicht, wollte die Erzählung nicht ins Stocken bringen mit einer unbedachten Bewegung. Sie registrierte, dass die Stimme ihrer Mutter weich klang, beinahe zärtlich.

Dass er sein Mittagsbrot draußen am Deich gegessen habe, wie sie selbst, eines Tages also an genau ihrem Platz gegessen habe, erzählte sie, und wie ärgerlich sie darüber gewesen sei, dass da einer meinte, er könne sein Brot dort essen, wo sie zuerst gewesen sei: bei den Hanjin-Containern am alten Güterbahnhof, wo mittags die Sonne hinschien und es außer dem Wind und den Möwen weder in akustischer noch in sozialer Hinsicht viel zu bewältigen gab – anders als in der sich in jeder Hinsicht aufheizenden Kantine des Stadttheaters.

Eines Tages hatte er also dort gesessen, bei ihren Containern. Mit Stullen und Thermoskanne, genau wie sie. Sie hatte gezögert, ihn zu verscheuchen, obwohl das ihre erste Regung gewesen war, denn es war ja ihr Platz, ihre Ruhe, ihre Sonne. Er musste ihren Unmut gespürt haben, denn etwas überstürzt schlang er seine Bissen hinunter, schraubte die Kanne zu und suchte das Weite. Aber am nächsten Tag war er wieder da, etliche Container weiter, sodass man sich noch nicht einmal grüßen musste, wenn man nicht wollte, aber irgendwann fingen sie doch an, sich zu grüßen, und dann rückten sie containerweise näher zusammen, bis eine Unterhaltung möglich wurde und sie sich vermissten, wenn der andere mal nicht da war. Die frischgebackene Tonmeisterin und der Archäologe im Volontariat. Salzgras, Maschinenöl und Rost. Das Museum schräg gegenüber, das Stadttheater schräg hinter ihnen. Ein vollkommener Ort.

Geduldig sei er gewesen, ihr Vater, behutsam und unbeirrbar freundlich. Und selbst nicht ohne Macke. Das habe es ihnen leicht gemacht. Annabel Tewes schien das Nie-Besprochene mit Worten und Pausen zwischen den Worten abzutasten. Nicht dass, nachdem so lange nichts gesagt worden war, nun auf einmal zu viel gesagt werden würde. Nora regte sich noch immer nicht.

»Du glaubst nicht, wie sehr er aus dem Häuschen war, als ich schwanger wurde. Er hat auf dem Flohmarkt eine alte Wiege gekauft und monatelang restauriert. Mit einem alten Zahnarztbohrer die Muster nachgefräst.«

»Wo ist diese Wiege?«, fragte Nora.

Ihre Mutter antwortete nicht. Sie war in Gedanken in diesem Gebäude angelangt, in dem Stockwerk unter diesem. Sie bewegte die Lippen, ohne dass Wörter laut wurden. Welche Wörter hätte es denn dafür gegeben, für diese Unfassbarkeit, dass hier, genau hier, ihr Leben und Noras Leben einander geschenkt worden waren und nun wieder auseinandergerissen werden würden?

»In diesem Krankenhaus bist du geboren, eine Etage tiefer«, sagte Annabel Tewes mit leiser Stimme. »Ich kam als letzte von sieben Frauen in den Wehen und ging als erste mit dir nach Hause. Du hast dich beeilt, weil dir schon dämmerte, dass mir die Umgebung nicht so angenehm war, stimmt's?«

Nora nickte. Sah in den Hof hinunter. Ein Stockwerk tiefer war immer noch sehr hoch. Es überkam sie ein plötzlicher Schwindel, und sie setzte die Füße vom Fensterbrett zurück auf den Fußboden.

»Wir gingen nach Hause«, fuhr ihre Mutter fort, »wir legten dich in die Wiege, ich habe gesungen, er hat Geschichten vorgelesen, wir sind spazieren gegangen. Nie hätte ich gedacht, dass das Leben so schön sein konnte. Obwohl dieses Träumen anfing. Grässliche Bilder, eine Hölle voller Fratzen, die nachts über mich herfielen. Aber sie kamen nur nachts, und ich dachte mir, sie werden schon wieder verschwinden. So wie die anderen Attacken auch wieder verschwunden waren und selbst das Zähneknirschen aufgehört hatte. Ich hatte eine Therapie gemacht, und, wie ich es dort gelernt hatte, schaute ich mir am Morgen nach dem

Traum die Fratzen noch mal an und sagte mir: So ist es wohl, wenn ein Kind geboren wird von einem Kind, das angefasst worden ist. Da müssen die Monster noch mal richtig aufmarschieren, aber nicht mit mir – dachte ich. Und dann ist es passiert.«

Nora hielt den Atem an und wagte nicht, sich zu bewegen. Was immer jetzt kam – sie selbst hatte sich mit der Verabreichung von Koffein an eine Sterbende hierhin gebracht.

15

Nora sah in das Gesicht ihrer Mutter, ein einziges Weh in der Welt. An keinem Tag der letzten Wochen hatte es so gequält ausgesehen, nicht, wenn in ihrem Arm nach einer Vene gestochert wurde, nicht, wenn eine wunde Stelle am Rücken wieder aufplatzte. »Es ist zu spät, oder?«, fragte sie leise. »Zu spät, darüber zu sprechen?«

Nora, die ihren Stuhl ans Bett geschoben hatte, beugte ihren Kopf nah an den ihrer Mutter. »Nein«, sagte sie, »es ist gerade noch nicht zu spät.«

Und dann sagte Annabel Tewes, was und wie sie es so oft hatte sagen wollen und immer wieder nicht gesagt hatte.

Der Vater hatte die Creme aus einer Apotheke geholt. Für Noras roten Windel-Po. Nicht aus jener Apotheke, die viel zu weit weg war. Und aus dem Döschen roch es nicht nach Nivea mit Nutella, sondern nach Wollfett und Zink – dennoch, sie sah die nackten Babybeine, das rot-weiße Döschen, seine Finger und dachte: Salbe. Salbe Salbe Salbe. Und spürte, wie sie außer sich geriet. Vollkommen außer sich. Wie rote Flammen von innen gegen ihre Stirn schlugen, wie knisternd ihre Haarwurzeln Feuer fingen. Wie Höllenfarben der Nacht durch ihren Kopf zuckten und sie von innen ihre Augenhöhlen brennen sah. Wie durch ihre Nasenlöcher der Brand in ihrem Kopf Sauerstoff zog und nicht mehr aufzuhalten, nicht mehr zu löschen war. Und wie sie Worte schrie. Die ungeheuerlich waren. Wie sie das geglaubt und nicht geglaubt hatte, was sie da schrie. Wie sie ihn weggestoßen und verflucht und gleichzeitig noch von irgendwoher gewusst habe, dass sie sich mit diesen Fratzen gemein machte und doch nicht damit aufhören konnte – bis er weg war, so weit weg war, dass die Flammen in ihrem Kopf zusammenfielen und sie erst gar nichts und dann die Verwüstung in ihrem Inneren zu spüren begann und die Schuld, die auf ihr lag. Und doch habe sie immerzu das Gefühl gehabt, dass dies nicht das Schlimmste gewesen war, was hätte passieren können. Dass es nur das Zweitschlimmste war – vielleicht nur das Zweitschlimmste.

Nora sah, wie Tränen die Wangen ihrer Mutter herabbrannten, und konnte und wollte nicht aufstehen. Das hatte auch sie zu verarbeiten, dass sie wegen eines Döschens Wundcreme ohne Vater aufgewachsen war. Was so nicht stimmte. Dennoch.

Als ob sie die Frage, die Nora in sich hineinschwieg, warum sich denn ihr Vater, immerhin ihr Vater, so leicht hatte vertreiben lassen, gehört hätte, sprach ihre Mutter weiter.

Er habe sich gefügt, sagte sie, so, wie er sich immer gefügt habe – ob ein Kollege im Museum ihm einen besonders schönen Fund oder eine Karrierestufe wegschnappte, ob ihm eine unverschämte Mieterhöhung ins Haus flatterte oder eine angeheiratete Tante ihn zu umfangreichen Arbeitseinsätzen im Garten heranzog – immer hatte er sich gefügt. »Gelächelt und sich gefügt«, sagte Annabel Tewes und nickte, wie um diese beiden Worte als zentrales Merkmal des Vaters ihres Kindes zu bekräftigen, dann wieder schüttelte sie den Kopf, wie um es zu befragen oder sich selbst zu befragen, oder einfach nur als Ausdruck der Einsicht in

Unwiederbringliches. So verging eine Weile nur mit Kopfschütteln und Kopfnicken. Nora wagte nicht, sich zu bewegen.

Und dass sie gerade auch das an ihm geliebt habe, dieses Sich-Fügen-Können, fuhr ihre Mutter fort. Dass er überhaupt in der Lage war, nicht zu kämpfen, nicht zu protestieren, wie unverfroren die Zumutungen an ihn auch waren. Habe ein paarmal geblinzelt hinter seinen nicht ganz dünnen Brillengläsern …

Nora sah auf. Das Rätsel ihrer Kurzsichtigkeit: gelöst.

… und sich hineingefügt in jede Lage, in die das Leben ihn zu bringen gedachte – die Friedfertigkeit in Person.

»Ich habe es gehasst, wie die Leute darauf zählten, dass er sich nicht wehren würde.«

Nora sagte nichts. Auch ihre Mutter schwieg. Dachten sie das Gleiche? Dass auch sie darauf gezählt hatte an jenem fürchterlichen Tag, an dem sie durch die Schuld eines anderen hindurch selbst schuldig wurde, darauf, dass er sich nicht wehren würde, und dass sie sich selbst dafür hassen müsste.

Als das Schweigen ihrer Mutter in einen unruhigen Schlaf überging, aus dem sie murmelnd und rufend immer wieder aufschreckte, legte sich Nora neben sie und fing an zu sprechen, mit den sanftesten Worten, die sie finden konnte. Wie einen Balsam wollte sie diese Worte auf die Wunden legen, die zeitlebens nicht hatten heilen dürfen. »Mama«, sagte sie leise, »es hat uns nichts gefehlt.«

»Wir sitzen jetzt am Deich, Mama, riechst du das Wasser? Es ist silbern, und die Möwen tanzen auf den Wellen. Und sie rufen in den Sprachen aller Länder, die eine Küste haben, so sagst du immer, stimmt's? Dort sitzen wir und hören ihnen zu. Und wenn wir uns umdrehen, sehen wir auf den Feldern den Raps leuchten. Sommerraps oder Winterraps, immer leuchtet da was. Unsere Küche hast du links in Sommerraps gestrichen, rechts in Winterraps. Weißt du noch, wie du vor der Winterraps-Wand

Pyramiden aus Äpfeln gebaut hast? Wir haben ihnen Namen gegeben: Shan-Ti und Hal-el-Julia und Je-Eremia. Lass uns wieder eine bauen, aus Topaz und Elstar und Ingrid-Marie. Und dann fahren wir raus mit dem Rad, einfach los, durch die Wiesen, nach Groß Weitweg, das keiner auf der Karte findet, nur wir. Und wenn wir zurück sind, schleichen wir uns durch den Bühneneingang und schauen, ob unsere Namen noch im Vorhang eingestickt sind, und dann sticken wir Sterne darüber, Sonne und Mond. Mit Silberfaden, Mama.«

Die Nacht würde nicht ausreichen für die Fülle an Farben, Worten und Geschichten ihrer Kindertage. Vielleicht hörte ihre Mutter diese Worte, vielleicht spürte sie den Dank, den Nora in diese Worte legte. Für eine gute Kindheit – unter schlechtem Vorzeichen. Sie wurde ruhiger, ihr Gesicht entspannte sich. Gegen Morgen aber hob sie noch einmal plötzlich den Kopf und rief: »Ich hätte doch ... – Nora!«

»Lass das jetzt meine Sorge sein, Mom, bitte. Lass das jetzt alles meine Sorge sein.«

16

Als ihre Mutter erwachte, schien es Nora, als sei sie in einen so tiefen Schlaf gefallen gewesen, dass sie nicht mehr ganz daraus zurückkehren konnte. Als hätte sie in diesem tiefen Schlaf einen neuen Aufenthalt gefunden und wäre nur noch zu Besuch hier, bei ihr. Und als könne sie auch nur zu Besuch kommen, wenn sie oft genug schlief. Zwischen diesen Schlafphasen blieb ihnen, sich bei den Händen zu fassen und in den Blicken einander zu suchen und auch darin festzuhalten.

Einmal noch hatte Nora die schönsten Westernstiefel von zu Hause mitgebracht, sich selbst ein Paar angezogen und eines ihrer Mutter vorsichtig über die Füße gestreift und dann ihre Beine nebeneinander auf die Metallstange des Krankenbetts gelegt, wie früher aufs Mischpult – wenn *Biscaya* am Ende einer langen Theaternacht durch den Saal brauste. Jetzt erklang sie über das Handy aus einer Minibox. Und auch wenn die Mutter zwischen ihren langen schweren Atemzügen nicht mehr sprechen konnte, vernahm Nora alles – alles, was sie wieder und wieder aus ihrem Mund gehört hatte. Über die Kunst der Abmischung. Dass man das erst einmal hinbekommen müsse, Backgroundchor und Synthesizer, alles grauenhaft, aber wenn man im Ergebnis nicht mehr wisse, ob man sich in den Wellen elektronischer Frequenzen oder in denen des Meeres selbst befände, dann sei das schon genial. Obwohl viel zu schlicht, kompositorisch gesehen. Nie hatte ihre Mutter aufgehört, an diesem Rätsel zu arbeiten und nach Dienstschluss dieses Stück aufzulegen und es durch den großen Saal brausen zu lassen, in dem sonst Mahler, Wagner und Johann Strauss Sohn erklangen. Nun sagte sie nichts mehr, drückte nur Noras Hand.

Drei Tage und Nächte lang saß und schlief Nora still an der Seite ihrer Mutter und hörte in dieser vollkommenen Stille, wie sie immer kürzer einatmete und immer länger ausatmete. Sie schien nicht mehr viel zu brauchen.

In der Sterbestunde der Mutter teilte Nora ein Paar Ohrhörer auf. Ein Knopf im linken Ohr ihrer Mutter, ein Knopf in ihrem rechten. Sie ließ die Hand, die leicht, viel zu leicht in der ihren lag, nicht auskühlen und begleitete sie aufs Meer hinaus im Auf und Nieder der Atlantikwellen, die auf endlos eingestellt waren. Abschied auf hoher See.

Als die Ärzte kamen und ihre Protokolle schreiben und Urkunden ausstellen wollten, mussten sie sich vor Noras Ellbogen und Füßen in Sicherheit bringen. Sie zogen die Tür von außen zu und beratschlagten. Bis der Ex-Tumorvirologe sagte: »Lena, Lena soll kommen.«

Die von ihrer Kollegin benachrichtigte Nachtschwester kam in kürzester Zeit mit dem Fahrrad am Rushhour-Stau vorbeigeradelt, obwohl es noch Tag war, zudem ihr freier. Sie saß mit Nora am Bett und achtete darauf, dass keiner zur Tür reinkam. Unterdessen wartete unten auf dem Mitarbeiterparkplatz ein junger Landschaftsgärtner, der sich auf Bitten seiner Verlobten krankgemeldet hatte und viereinhalb Stunden lang mit Thermoskanne und *Kafka am Strand* im Auto saß, bis er, gerade war es zu dunkel zum Lesen geworden, seine Liebste mit einer sehr blassen jungen Frau seinen alten Renault ansteuern sah. Wortlos stiegen sie zu ihm ins Auto, und gemeinsam fuhren sie durch die Stadt. Sie hielten an, tranken Tee, sie hielten an, tranken Korn, sie hielten an und liefen durch die Hafenanlagen zu leeren Gabelstaplern, auf denen man sich zusammenkauern und die Dämmerung aufziehen sehen konnte. Sie fuhren stadtauswärts und liefen über Wiesen und Wirtschaftswege, bis sie das Meer riechen konnten, und fuhren wieder stadteinwärts, bis ihnen ein Imbissschild Grog versprach. Sie wurden angehalten, und die Nachtschwester hielt dem Dienstausweis des Polizisten ihren eigenen entgegen. Ob es der oder Noras Gesicht war, in das er blickte, sie wurden durchgewunken und peilten neue Ziele an, immer auf den Wechsel von Heißgetränken und Bewegung in kalter Nachtluft bedacht. Denn das schien Nachtschwester Lena in diesem Fall angeraten zu sein.

Als sie in die Klinik zurückkamen, begleitete Lena Nora wieder in das Zimmer ihrer Mutter und saß dort mit ihr, bis sie sie sagen hörte: »Nun geht es.« Und als sie sah, wie Nora das Angebot des Oberarztes, ein Barbiturat einzunehmen, abwies, wusste sie auch, dass es stimmte – und dass sie als gute Krankenschwester die richtigen Mittel eingesetzt hatte, ganz ohne Rücksprache mit dem ärztlichen Personal, auf eigene Gefahr und auf eigene Verantwortung.

17

Ihre Mutter habe doch sicherlich einige Wünsche festgehalten, wie die, nun, die Trauerfeier, hm, durchgeführt werden soll? Der Pfarrer der evangelischen Kirche, der Nora gegenübersaß, hatte Erfahrung im Umgang mit Trauernden, aber diese junge Frau vor ihm war auf eine Weise geistesabwesend, die ihm nicht geheuer war und ihn aus dem Konzept brachte. Nora antwortete nicht. Es wäre ihr nie in den Sinn gekommen, ihrer Mutter eine solche Frage zu stellen, und ihre Mutter wäre wenig geneigt gewesen, darauf zu antworten.

Während der Pfarrer nach einer Gesprächsstrategie suchte und Nora die Intarsien des Tischchens fixierte, auf dem die Tasse Kaffee stand, die ihr angeboten worden war, versuchte sie, den Unwillen, der in ihr aufgestiegen war, bei sich zu behalten, indem sie darauf herumkaute.

Als ob sie Zeit gehabt hätten für die Planung einer Trauerfeier. Sie hatten vom Krankenhausbett in die Wolken schauen und entscheiden müssen, ob es sich in dem einen Fall um ein Walross auf einem Surfbrett oder um eine Hochzeitstorte im freien Fall, in einem anderen um eine Giraffe im Sprint oder ein schlecht zusammengeschraubtes Kamerastativ handelte. Als ob sie Zeit gehabt hätten, über eine unvorstellbare Zeit zu sprechen. Als ob. Sie waren hinreichend damit beschäftigt gewesen, die kostbarsten Momente der hinter ihnen liegenden Zeit einzuholen und ihre Erinnerungen einander umkreisen zu lassen, bis einige Augenblicke so nah waren, dass sie noch einmal gemeinsam durch sie hindurchgehen konnten, wie Geister durch einen Schnappschuss. Und hatten außerdem ein Versprechen zu bearbeiten gehabt.

Als ob sie nicht selbst wüsste, wie um ihre Mutter zu trauern sei. Als ob die ihr einen Fahrplan zur feierlichen Betrauerung hätte geben müssen – oder wollen. Weder war sie sich selbst so wichtig noch Nora gegenüber so misstrauisch gewesen. Konnten verdammt noch mal die Leute nicht so unmissverständlich leben, dass sie nicht auf den letzten Metern die Welt mit einem Anweisungskatalog für ihre Beisetzung traktieren mussten?, dachte Nora. Wie zum Teufel sollte sie dies dem Pfarrer sagen? Er würde es nicht verstehen. Offenbar war er daran gewöhnt, ein Protokoll vorgelegt zu bekommen mit den Details der Verstorbenenbehandlung. Nicht, dass da am Ende etwas schieflaufen würde. Nicht, dass sich die Nachkommen dem fatalen Gefühl ausgesetzt sähen, es am Ende doch falsch gemacht zu haben und im Jenseits dafür belangt zu werden: ›Hast du nicht gewusst, dass ich Nelken hasse und die Musik von André Rieu‹, ›Wie konntet ihr nur diesen Hanswurst von Trauerredner an meinen Sarg lassen, und dann diese billigen Schleifen an den Kränzen! Ich habe mich zu Tode geschämt‹. Zur Hölle mit dieser verfluchten Kleingeistigkeit im Sterben und Zu-Grabe-Tragen. Wie dies dem Pfarrer sagen? Diesem Menschen, der sich immerzu räusperte, die Hände rang und gerade wieder anhob, das lange Schweigen zu brechen.

»Leider habe ich Ihre Mutter nicht gekannt …«, setzte der Pfarrer wieder an.

Nora hob ihren Blick nicht.

Sie erinnerte sich an ein Gespräch mit ihrer Mutter. Sie selbst musste zwölf oder dreizehn Jahre alt gewesen sein, als sie gemeinsam von einem Flug nach New York zu träumen angefangen und einen Kassensturz gemacht, buchstäblich jeden Cent umgedreht und hin und her gerechnet hatten, ohne dass das Geld für mehr als gerade mal den Flug gereicht hätte. Auf dem Tisch vor ihnen lagen die Lohnabrechnungen der Mutter, die ganz offensichtlich keine noch so spartanische Unterkunft in der Stadt ihrer Träume hergaben. Geschweige denn Croissants und Kaffee in New Yorker Frühstückbars. Nora hatte die Lohnstreifen zu sich herangezogen und genau geprüft, ob nicht irgendwo in den Zahlenkolonnen einige Extra-Euro versteckt waren, die ihre Mutter übersehen hatte.

»Kirchensteuer?«, hatte sie ihre Mutter gefragt. »Wir gehen doch nie in die Kirche. Fast nie. An Weihnachten.«

»Und manchmal ins Konzert«, sagte ihre Mutter.

»Da bezahlst du aber immer extra, oder?«

»Meistens.«

»Aber dann bezahlen wir dafür, dass wir Weihnachten in die Kirche gehen, ein paar Hundert Euro im Jahr!«

»Ich bezahle nicht dafür, dass wir Weihnachten in die Kirche gehen – das könnten wir auch ohne die Steuer; die kontrollieren doch nicht die Lohnstreifen am Eingang.«

»Wofür dann?«

Ihre Mutter hatte mit einer weiten Armbewegung die Gehaltszettel unsortiert zusammengeschoben, nachdenklich auf das Chaos geblickt, das sie anrichtete, und schien sich selbst Rechenschaft ablegen zu wollen.

»Dafür, dass dieses Lied weiter gesungen wird«, sagte sie schließlich. »*Es kommt ein Schiff geladen.* Das muss ja geübt werden. Es muss einen Kirchenchor geben, eine Chorleiterin und einen Organisten und ein Pfarrbüro, das das alles organisiert, jemand muss die Kirche heizen und den Altar abstauben. Und dann noch für die Weihnachtsbäume ganz oben auf den Kränen im Hafen – das gehört nämlich alles zusammen. Es kommt ein Schiff geladen – und die Lichterbäume dort oben weisen ihm den Weg.«

»Weihnachtsbäume sind heidnisch«, hatte Nora, die die Hoffnung auf eine Umbuchung der Kirchensteuer auf die Kosten für ein Hotel noch nicht aufgeben wollte, eingewandt.

»Stimmt«, hatte ihre Mutter geantwortet, »aber dass da mitten im Winter jemand auf achtzig Metern Höhe ein Bäumchen mit Lichterkette an ein paar Metallstreben befestigt, das kommt mir ziemlich christlich vor – da ist Gottvertrauen im Spiel, verstehst du?«

Dann hatte sie ihr erzählt, wie sie als Kind davon überzeugt gewesen war, dass selbstverständlich die Hafenstadt, ihre Hafenstadt, das Ziel dieses Schiffes gewesen war, immer schon und von alters her. Dazu hatte es nämlich auch so ausgezeichnet gepasst, dass an Heiligabend, wenn sie mit ihren Eltern am Küchentisch Backfisch mit Kartoffelsalat aß, aus dem kleinen Radio auf dem Kühlschrank die Grüße all derjenigen verlesen wurden, deren Schiffe es nicht in den Heimathafen geschafft hatten, sondern in der Ferne vor Anker lagen, und die sich nach ihren Familien zu Hause sehnten. Während in ›Gruß an Bord‹ die Namen und Nachrichten gestandener Seeleute von der betont nüchternen Stimme des Sprechers verlesen und dadurch noch herzzerreißender wurden, musste sie oft Essen und Tränen gleichzeitig hinunterschlucken. Und sie sah ihren Eltern an, dass es ihnen nicht anders erging. Weihnachten war für sie ein maritimes Ereignis, ein Hafenfest, es roch nach der See. Und so wenig, wie man die See verlassen konnte, so wenig konnte man aus der Kirche austreten.

Also waren sie damals statt nach New York nach Rom geflogen, waren in einem kleinen Hostel am Stadtrand untergekommen, gingen abends ins Kino und tagsüber in Kirchen: alle, die mit Santa Maria anfingen, es waren viele, dann noch solche, die Santa Sabina und Santa Susanna hießen, und schließlich all jene, deren Namen nicht zu merken waren, auf deren Hinterbänken und in deren Nischen man aber heimlich einen kleinen Imbiss aus dem Supermarkt einnehmen konnte, als die Reisekasse schon arg geschrumpft und das Wetter sehr unitalienisch geworden war. So viel Gegenliebe musste sein, hatte Nora gefunden – obwohl sie einsah, dass die vom Gehalt ihrer Mutter abgezogene Kirchensteuer es sicherlich nicht in italienische Kirchenkassen schaffte.

»*Es kommt ein Schiff geladen*«, sagte Nora in das abermalige, bedrückte Schweigen des Pfarrers hinein, »das soll gesungen werden.«

Dieser unvermittelte Einwurf machte es dem Pfarrer nicht leichter. Er unternahm zwei, wie er selbst fand, missratene Anläufe, Jahreszeit und Choral, Beerdigung und Advent auseinanderzuhalten, bevor Nora müde und desinteressiert an seiner Person, die sich in Anlässen und Abfolgen, in liturgischen Farben und Festkreisen verhedderte, aus dem Fenster blickte, vor dem der Namenszug der Bäckerei aufleuchtete, in der sie samstags ihre Brötchen geholt hatten, zwei Mohn, zwei Sesam.

»Wie stehen Sie zum Letzten Willen?«, fragte sie, mitten in seine Bedenken hinein.

Er stockte, sah in ihr Gesicht, vergaß seine Ausführungen und sagte: »Sie haben recht. Wir machen das.«

Zum ersten Mal schaute Nora ihn direkt an, mit einem Lächeln, das inmitten der Kühle, die sie durch Haltung und Hautfarbe ausstrahlte, von einer solch unmittelbaren Wärme war, dass sich dem Pfarrer, schneller als er seine eigenen Empfindungen vor sich bringen und, wie die Supervision es ihn gelehrt hatte, mediieren konnte, ein Kloß im Hals festsetzte und er hustend den Boden des weiteren Gesprächs wiederfinden musste.

Auf der Grundlage dieses seltsamen, dafür sehr aufrichtigen Einverständnisses legten sie sehr rasch die Dinge fest, die erwähnt werden sollten. Aus den Stichworten, die Nora ihm gab, fand er die richtigen Formulierungen, wie er aus ihrem Nicken schloss. Dass Annabel Tewes, geboren keine zweihundert Meter hinter dem Deich, dem Seewind zugeneigt gewesen war wie wohl kaum jemand anders in dieser Stadt, dass sie ihm früh schon seine eigenwilligen Schwingungen und Frequenzen abgelauscht hatte, bis sie selbst eine Meisterin der Töne geworden war. So würde sie in Erinnerung bleiben – als eine, die in Sang und Klang gelebt, sie verfeinert und weitergegeben habe. Möge sie auch dort, wohin sie uns vorangegangen sei, darin aufgehoben sein. Herr, erbarme Dich. Nora hatte sich schon halb erhoben, als sie sich noch einmal hinsetzte, dem Pfarrer fest in die Augen sah und bat: Nein, bitte nicht ›Herr, erbarme Dich‹, und auch nicht ›Sei ihrer Seele gnädig‹. Einfach nur: ›Save Our Souls‹, ob das ginge?

Obwohl nicht abgesprochen, hatte der Pfarrer, wie um seine Anläufe, den Adventschoral zu verhindern, wiedergutzumachen, die schönste Altstimme aus dem Kirchenchor gebeten, im Wechselspiel mit der Trauergemeinde, die zweite Strophe kirchenjahraußerplanmäßig in der Kapelle zu singen. Als die Altistin, die es so wenig absurd fand, für neun Takte in eine Friedhofskapelle gebeten zu werden, wie andere dies für den Gipfel der Absurdität gehalten hätten, zum Einsingen in einem dick gefütterten schwarzen Samtrock und dunkelgrauem Wollpullover erschien, weil sie dazu neigte, in chronisch unterkühlten Kirchengemäuern diese Unterkühlung mit nach Hause zu nehmen, und zwar durchaus auch und gerade sommers, da fand sie stimmliche Verstärkung unerwarteten Ausmaßes vor, denn der Chor und große Teile des Stadttheater-Ensembles hatten sich dort versammelt und es für das Mindeste gehalten, sich zuvor im Kostümfundus ins jeweilige Lieblingsgewand zu hüllen. Für Annabels letzten Vorhang.

18

Auf dem Weg zur Kapelle hatten sie damit gerungen, um nicht zu sagen gehadert, was aus ihrem Repertoire dem Anlass entsprechen könnte. Der Gefangenenchor aus *Nabucco*? Der Chor der Priesterinnen aus *Aida*? Und hätte man sich nicht anmelden müssen? Oh my god! Unschlüssig standen sie vor der Kapelle. Der Pfarrer saß bereits in der Kapelle und konnte seinen Blick nicht von dem Blumenschmuck lösen, der aus Zieräpfeln, Hagebutten und Sanddorn bestand. Nora saß auf einer Bank hinter der Kapelle und wusste nicht, woher sie Kraft nehmen sollte, aufzustehen und durch eine Tür zu gehen, hinter der ihre Mutter in einem Sarg ruhte, wie man sagte. Schon allein diese Wortverbindung von Mutter und Sarg und ruhen schien ihr absurd. Wie sollte Annabel Tewes ruhen können, wenn das Harmonium, auf dem sich der Organist unergriffen zurechtzufinden versuchte, in einer hochproblematischen Akustik preisgab, dass es dringend nachgestimmt werden musste?

Mangels Pfarrer und Angehöriger wurde nun die Altstimme umringt und befragt, ob und wie man sich seiner Tonmeisterin noch einmal zum letzten Gehör bringen könne – so formulierte es, ebenso zartfühlend wie respektvoll, ein tschechischer Bariton. Ob sie nicht in den Choral mit einstimmen wollten, fragte die Altistin. Vielleicht ein vielfaches Dacapo der zweiten Strophe? Sowieso die schönste. Sie hielt ihnen das Notenblatt vor die Handykameras. Tatsächlich stieß der Vorschlag auf vielstimmiges, vor allem vielsprachiges Einverständnis. Mit dem Enthusiasmus und dem Improvisationstalent echter Theatermenschen zählte man aus zweiundvierzig Anwesenden fünfzehn Sprachen heraus. Durchnummerieren. Einsatz merken. Orgel im Wechsel mit Streicher. Die erste Geige war schon beim Organisten. Die nicht Textsicheren googelten in ihrer Muttersprache den Wortlaut.

Nora, die nicht mehr hatte tun können und wollen, als einen Zweizeiler ins Theatersekretariat zu senden, traute ihren Augen nicht, als sie das Ensemble sich in der Kapelle zusammendrängen sah, und ging an ihnen vorbei, nach rechts und links unter Tränen nickend, in die erste Reihe, wo der Pfarrer sie erwartete. Parkett. Erste Reihe Parkett, dachte sie. Viel zu weit vorne, viel zu weit vorne. Sie machte auf dem Absatz kehrt und setzte sich weiter nach hinten, dorthin, wo das Pult der Tonregie wäre, wäre diese Kapelle ein Theater. Ihr Theater.

Nachdem der Pfarrer seine einleitenden Worte gesprochen, der Organist eines der fünf üblichen Stücke gespielt hatte, die er im Schlaf draufhatte, wie er zu sagen pflegte, und das hörte man natürlich auch, da stimmte er mit großem Gebrause den Choral an, den der Pfarrer kräftig mitsang, bevor sich alle anderen hineinfanden. »Es kommt ein Schiff, geladen bis an sein' höchsten Bord.« Dann fanden sich Altstimme und Geige zusammen in der zweiten Strophe. »Das Schiff geht still im Triebe, es trägt ein' teure Last; das Segel ist die Liebe, der Heilig' Geist der Mast.«

Dann auf Finnisch, Griechisch, Amerikanisch, Kroatisch, Nigerianisch und in all den anderen Sprachen, deren Sprecher hier zusammengefunden hatten, fünfzehn Stimmen, eine nach der anderen. Als ob durch die stete Wiederholung dieses Stückes, das sich in all seiner Kürze tatsächlich einen Taktwechsel und dann auch noch einen der Tonart erlaubte, nämlich von 6/4 zu 4/4 und von Dorisch zu Lydisch und wieder zurück, und das dennoch von einer solchen schlichten Schönheit war, als sei so etwas wie Taktzahl oder Tonart gar nicht im Spiel; und als ob in diesem Kaleidoskop von Stimmen und Sprachen sich der Schmerz selbst so durchgearbeitet hätte, dass ihm einen Moment lang seine Schwere abhandengekommen und er sich selbst durchsichtig geworden wäre, spiegelte er sich jetzt auf Noras verschlossenem und gequältem Gesicht auf diese neue Weise und geriet ins Leuchten. Es waren nicht nur die beiden in der Realmagie ihrer geistdurchlässigen Kulturen aufgewachsenen Chileninnen aus dem Chor, die meinten, Zeuginnen einer Erscheinung zu sein. Vielleicht war es dieser Widerschein, vielleicht war es ein profaneres Spiel von Licht und Schatten, jedenfalls meinte man, Annabel Tewes in Gestalt ihrer Tochter vor sich zu sehen. Eine unfassliche Doppelheit, eine irisierende Ähnlichkeit, eine ephemere Gegenwärtigkeit durch die Klänge des Chorals hindurch, die in eine Stille mündeten, die erst durch ein »Gracious me – it's her« der portugiesischen Kostümbildnerin gelöst wurde.

Nicht nur in dieser Hinsicht hatte die Trauerfeier übliche Grenzen hinter sich gelassen. So still das Schiff im Seelisch-Geistigen ging, irdisch-zeitlich drohte es aus dem Ruder zu laufen. Noch vor dem letzten Gebet joggte der Organist mit flatterndem Mantel über den Vorplatz der Kapelle dem Ausgang zu, um die Straßenbahn zu einer nächsten Beerdigung in einem anderen Stadtteil zu erreichen. So übernahm die Geige den musikalischen Ausgang und auch den Weg zum ausgehobenen Grab. Mit weltlichen Liedern. Was man als erste Theatergeige ohne Noten, im Gehen und unter Tränen so spielen konnte.

Die Truppe hatte Nora in ihre Mitte genommen, sodass sie auf Satin und Tüll, Pailletten und Samt in überwiegend leuchtenden Farben sah und nicht auf das helle Ahornholz des Sarges, das der Bestatter angepriesen hatte als vergleichsweise haltbar und verhältnismäßig günstig, bis sie ihn angeschrien hatte, sie würde hier jetzt gleich sehr ungehalten werden und es werde ihn vergleichsweise teuer zu stehen kommen, wenn er nicht ganz schnell mit seinem Discount-Gequatsche aufhörte. Aber da war schon zu viel über das Holz und seine Verfallszeiten über beziehungsweise unter der Erde gesagt worden, was sie nicht hatte hören wollen und nicht hatte hören sollen. Sie war dankbar, dass ihr der Blick darauf jetzt verstellt war.

Als sie im Halbkreis am offenen Grab standen und der Pfarrer aus seinen liturgischen Formeln heraus zu einem Vaterunser kam und von einem Vaterunser zu einem Segen, hielt sie sich an einer Stimme fest, die sie mit einem inneren Ohr hörte, vertraut, nah und schön. Sie sprach die Worte vor, wie man einem Kind ein Gebet vorspricht, bis es darin einstimmen kann. »… wie im Himmel, so auf Erden …«, fiel Nora leise in das Gemurmel ein; leise, damit sie die Stimme ihrer Mutter nicht verlor, »… sondern erlöse uns von dem Bösen … Amen.«

19

Jemand war nicht gegangen. Einer, der sich durch schlichte, schwarze Kleidung von den anderen abgehoben hatte und nicht mit einer einzelnen Rose, sondern mit einem Strauß üppiger gelber Teerosen lange vor dem Sarg in der Tiefe stehen geblieben war, bis er seine stumme Zwiesprache beendet oder einfach die Kraft beisammenhatte, den Arm auszustrecken und die Rosen hinabzuwerfen. Dann war er an den Rand des Halbkreises zurückgetreten und hatte den Blick nicht gehoben. Dennoch hatte er alles mitbekommen: Die Umarmungen, die Küsse, die ganze Körperlichkeit der Theaterleute hatte er in sich als einen krampfartigen Schmerz gespürt, sodass er sich am liebsten die Harlekinmütze, den Dreispitz des Musketiers, die Seidenkappe des Wesirs übergestülpt hätte, um seine Tochter in den Arm zu nehmen und damit auch sich selbst hindurchzuhelfen durch die

Großverluste seines Lebens, die, immer wieder mit Macht verdrängt, seit einigen Tagen nun selbst mit Macht nach oben drängten und Gestalt angenommen hatten: in einem Ahornholzsarg mit Zieräpfeln und in dieser jungen Frau, wie sie dort stand in schwarzen Röhrenjeans und einem hell gemusterten Poncho. Die so unverkennbar Annabels Tochter war. Annabel, die etwa so alt gewesen war wie ihre Tochter jetzt, als sie ihn aus dem Nichts bewogen hatte, fluchtartig das Land zu verlassen – ja, aus dem Nichts. Wie unheimlich war ihm dieses Nichts geworden, das sich in atemberaubender Schnelligkeit mit schierem Grauen vollpumpte. Wie ihm dann alles aus den Händen geglitten war und er sich selbst zu entgleiten drohte.

Stand sie da nicht? War er einer irren Veranstaltung, einem makabren Scherz aufgesessen? In großer Besetzung – ersonnen von einer kranken, zerstörerischen Seele, fürchterliche Fortsetzung des Geschehens von vor mehr als fünfundzwanzig Jahren. Der Sarg leer, sie in der Maske jung geschminkt, hatte ihm eine E-Mail geschrieben, die ihn in Hanjin heimgesucht hatte, um ihn oder was von ihm übrig geblieben war, zu zerstören. Als sie langsam auf ihn zukam, sah er, dass ihre Haare dunkler waren als ihre. Die Sommersprossen hatte sie eins zu eins weitergegeben, aber dass Noras Haare sich zwischen rotblond und fast schwarz in einem hellen Braun eingefunden hatten, das war sein Anteil – als er sie zuletzt gesehen hatte, mit zehn Monaten, war das noch nicht erkennbar gewesen. Der Krampf in ihm breitete sich immer weiter aus, er stieg ihm die Kehle hoch und sackte gleichzeitig in die Beine, die sich vom Boden nicht mehr lösen wollten.

Nora sah und erkannte ihn. Bis vor Kurzem hatte sie keinen Namen außer der distanzierten Formulierung ›mein Vater‹ gehabt – eine Worthülse, die sie, solange sie denken konnte, nie hatte füllen wollen. Vielleicht hatte sie als Kitakind mit ihrer

Standardantwort »nicht da« nicht nur anderen, sondern auch sich selbst weitere Fragen abgeschnitten. In ihrer Geburtsurkunde hatte es in der Rubrik ›Vater‹ keinen Namen gegeben. Aber dann, an einem der letzten Abende, hatte ihre Mutter ihn geflüstert, zwei Mal – wie zum Mitschreiben. Und dann hatte sie dieses Foto in einer Urkundenmappe entdeckt, zwischen Tontechniker-Diplom und Tonmeisterinnen-Brief. Fünf Sekunden später hatte sie ihn auch im Netz gefunden als Dr. Jens Hansen, Nationalmuseum, Seoul. Über das Kontaktformular hatte sie ihm eine Nachricht geschrieben: Ihre Mutter habe verfügt, er möge ihr verzeihen – und zu ihrer Beerdigung erscheinen –, und sofort auf ›send‹ gedrückt. »Ich komme«, hatte er zurückgeschrieben, ohne Anrede, ohne Grußformel.

Nora tat ein paar Schritte auf ihn zu, sie gaben sich nicht die Hand, sie berührten einander zaghaft am Stoff ihrer Jacken, während die Trauer, die Übernächtigung, die ganze Unfassbarkeit dieser Situation an einem offenen Grab ihnen keine anderen Worte ließen als »erst einmal« … und »später« … und »wir können ja mal« – dieses gesammelte Vokabular der Verschleppung. Nora sah in das Gesicht eines nicht mehr jungen, noch nicht alten Mannes, der offenbar zu viel Zeit in geschlossenen Räumen verbrachte. Eine nahezu durchscheinende Blässe, eine randlose Brille und zurückgehendes Haar, dunkel, aber an den Seiten von hellem Grau. Als hätte sie einen Vater zu erwarten gehabt, der, vor fünfundzwanzig Jahren in flüssigen Stickstoff getaucht, nun konserviert daraus hervorging, mischten sich in ihr Erstaunen, Enttäuschung und Unwillen. Sie wollte keinen Vater mit grauem Haar und beginnender Glatze, sie wollte allenfalls den, den sie auf diesem Foto in der Urkundenmappe gefunden hatte – mit dunklem Haar bis zu den Schultern. Warum habe ich das gemacht?, dachte sie. Warum habe ich diesen Fremden einfliegen lassen? Und wusste doch genau, warum: Wer, wenn nicht sie, konnte diese Schockwelle, die ihn nach Korea getrieben hatte, auslaufen lassen? Wer, wenn nicht sie, konnte dafür sorgen, dass das Verhängnis, das vor ihrer Geburt angefangen hatte, sich nicht fortsetzen würde? Wer, wenn nicht sie, konnte dafür sorgen, dass ein Unschuldiger dieser Stadt nicht fernbleiben musste, in der ein Schuldiger frei lebte? Wer, wenn nicht er, hatte das Recht, Abschied zu nehmen?

»Trinken wir einen Kaffee«, sagte ihr Vater, bevor das nächste Wort »na dann« gewesen wäre. Sie gingen in eine kleine Bäckerei, die sich in ihrem Nebenraum durch eine sehr zurückgenommene Farbgestaltung als Beerdigungsgastronomie empfahl. Auf die Idee, die Trauergemeinde hierhin einzuladen, war Nora überhaupt nicht gekommen. Die Äpfel-, Stullen-, Müsli-Welt, in der Annabel Tewes gelebt hatte, hätte mit einem Leichenschmaus nichts zu schaffen gehabt. Am Kaffeetisch, auf der einen Seite eine Reihe matheschwänzender Schüler, die sich in dieser Tristesse vor Nachstellungen sicher fühlten, auf der anderen Seite zwei ältere Damen, die ihre Köpfe zusammensteckten, einander wenig sagten und viel in sich hineinnickten, saßen Nora und ihr Vater, der zwei Tassen Kaffee und zwei Rosinenbrötchen bestellt hatte. Und während sie langsam tranken und kauten und einander scheu in die Gesichter sahen, fingen sie an, miteinander zu sprechen. Der Choral, und ja, der Seewind. Und Hanjin. Hanjin. Wie er dachte, als er wegmusste, und weg musste er ja, er wusste ja nicht, wie ihm geschah, unter Verdacht, das war doch gar nicht mehr er, also da wollte er doch nur zurück dorthin, wo die Liebe begonnen hatte: nach Hanjin. Er hatte immer gedacht, Hanjin wäre eine Hafenstadt in China. Aber als er ein Flugticket dorthin buchen wollte, koste es, was es wolle, gab es kein Hanjin. Jedenfalls nicht als chinesische Stadt mit Flughafen. Hanjin war ein Frachtschiffunternehmen in Seoul, erfuhr er. So sei er eben mit einem Frachter nach Seoul gereist. Neunundsiebzig Tage lang. Hauptsache Hanjin. Alles andere sei ihm egal gewesen. Und eigentlich sei es noch heute so. Er schaute zur Seite aus dem Fenster, bis die aufkommenden Tränen sich in seinen Augen verteilt und ihren Weg in den Körper zurückgefunden hatten, blinzelnd. Nora betrachtete sein Profil, hager, fast spitz, und, als er sich ihr wieder zuwandte, sein Gesicht, in dem sie die Friedfertigkeit wiederfand, die ihre Mutter beschrieben hatte, und auch die Ergebenheit, die ihm einen Zug eingeprägt hatte, der zwischen tiefer Weisheit und unendlicher Traurigkeit schwankte. Hatten so die Mandarine im alten China ausgesehen?

»Sie hat es mir erklärt«, sagte Nora. Ihr Vater nickte. Es war mehr, als er hätte hoffen können.

Wie es dort weitergegangen sei in diesem Hanjin, das es nicht gab, wollte Nora wissen. Er habe einen Sprachkurs besucht, antwortete ihr Vater, dann im Museum vorgesprochen, eine Stelle im Archiv bekommen, eine Witwe geheiratet mit einem achtjährigen Sohn, der ihn immer höflich, nie herzlich angesehen und ihn aus unerfindlichen Gründen Sam statt Jens genannt habe. Aber Höflichkeit habe sie alle miteinander auch ganz gut durch die Jahre gebracht. Kimchi und Kauri-Münzen. Nicht Krabben und Koggen, wie er gedacht, wie er gehofft hatte. So sei es gekommen.

Und Sam statt Papa, dachte Nora. Und im gleichen Moment, in dem sie dieses Wort dachte, dachte sie, dass sie es für ein fremdes Kind dachte, nicht für sich selbst, die es niemals ausgesprochen hatte.

Sie sagte ihm, dass sie mit ihrer Mutter oft bei den Hanjin-Containern gesessen hatte, aber dass es sie nicht mehr gäbe, zumindest nicht mehr dort am Alten Hafen, der völlig neu angelegt worden sei. Ihr Vater nickte und lächelte auf eine Weise, die in Nora unmittelbar das Gefühl hervorrief, sie müsse ihn schützen, sogar vor diesem Umbau, der längst stattgefunden hatte.

Hanjin gebe es nun tatsächlich nirgendwo mehr, antwortete er, nicht nur als chinesische Stadt nicht, auch als Frachtunternehmen nicht mehr. Bankrott. Insolvent. Abgewickelt. Es habe gerade in der Zeitung gestanden, als er ihre Nachricht erhalten habe. »Was für eine merkwürdige Fügung«, sagte er. Nora lächelte ihn an. »Ja«, sagte sie, »stimmt.«

Als sie wieder vor der Bäckerei standen, konnten sie einander die Hand geben und eine Umarmung andeuten. Er sagte nicht: ›wenn du mich brauchst‹, und sie sagte nicht: ›ich komme klar‹, sie sagten weder: ›wollen wir nicht‹ noch: ›besuch mich doch mal‹, sie verabschiedeten sich mit einem Gemurmel, das an allen möglichen Abschiedsfloskeln vorbei mit einer gewissen Harmonie ineinanderging und alles offenließ – auf gute Art.

20

Nora ging zum Deich und über den Deich rüber und die Steinkante hinab bis zum Wasser und begann, sich in ihre Einsamkeit hineinzufühlen. In die Frage, welchen Platz eine tote Mutter und ein plötzlicher Vater in dieser Einsamkeit einnehmen konnten. Saß lange im Wind, der in Böen die Schilfhalme zueinander- und auseinandertrieb und kleine Schaumbläschen über den Boden jagte, bis sie sich auflösten. Durchgefroren stand sie schließlich auf, lief zum Theater, schlich sich durch den Bühneneingang und sah die Schauspieler, mitten in *Anatevka,* sie alle, ausnahmslos alle: Milchmann und Schneider und Fleischer, Soldaten, Studenten, Töchter – mit einer schwarzen Binde am Arm. Erst dachte sie, dies sei die Idee des Regisseurs gewesen – den Menschen von Anatevka das nahende Pogrom als Trauerbinde schon mal an die Kleidung zu heften, mitten in ihren Tänzen und Fideleien. Aber nein, es war für ihre Mutter. Denn in der Regie sah sie auch den Tonmeister mit der Binde und einer Rose vor sich auf dem Mischpult. Durch ihren immer noch vor Kälte zitternden Körper liefen Lachen und Weinen in immer neuen Wellen, sodass sie bald nicht mehr wusste, ob das Brausen und Klingen noch vom Wind am Deich herrührte, ob es aus dem Zuschauerraum in ihre Ohren drang oder ob sie selbst es mit Blut und Atem in ihrem aufgewühlten Inneren produzierte. Jedenfalls war es das seltsamste Gemisch, das sie je in sich wahrgenommen hatte. Wie hätte es auch anders sein können, an diesem Abend, das erste Mal im Theater ohne ihre Mutter, die als Einzige, die als eine Tonmeisterin, wie es keine mehr geben würde, dieses Gemisch hätte steuern können.

Ihre Mutter dort zu suchen, wo sie am ehesten zu erwarten war, brachte sie auch in den nächsten Tagen und Wochen dazu, an den Deich zu gehen, nicht durch das schmiedeeiserne Tor mit den Kreuzen, wo die frisch aufgeschüttete Erde ihr modrig in die Nase stieg, nicht ins Theater, wo ein neuer Tonmeister die Regler bediente, die ihre Mutter bedient hatte, und wo sie ihr am Abend der Beerdigung gesagt hatten, bist du denn wieder hier ... möchtest du nicht wieder bei uns ... im Ballett ... oder auch in der Technik ... du weißt ja, unsere Türen stehen dir ... wann immer du willst. Unausdenkbar. Aber dass sie eine Beschäftigung brauchte, allein für die Miete, und dass ihr das Geld fürs Schlittschuhlaufen in der Eishalle nicht ausging, die einzige Möglichkeit, der düsteren Schwere, die sie fortwährend einholen wollte, davonzujagen, lag auf der Hand, und so wählte sie eines Tages die Nummer, die am Fenster eines Tonstudios am Hafen hing. »Suche Tontechniker/-in ab sofort.« Eine Stelle, rasch ausgeschrieben, aber nicht rasch wiederbesetzt, denn sie hatte den Zettel schon eine Weile beobachtet. Zwei von vier Tesafilmstreifen hatten sich gelöst, das war alles. »Na, dann komm mal vorbei«, hatte Walther Ullich am Telefon gesagt, als sie sich meldete. Nach der Probeaufnahme behielt er sie gleich da, damit sie am Abend die CD einer Funkband aufnehmen konnte. Davor hatte ihm schon gegraust. Für so etwas, bedeutete er Nora, waren seine Ohren im Grunde zu alt.

So bewegte sie sich in einem fortwährenden Kreis zwischen An-den-Deich-Gehen, Aufs-Eis-Gehen, Ins-Tonstudio-Gehen und Spät-wieder-nach-Hause-Kommen. Und dabei wiederum kreisten am Deich ihre Gedanken, kreisten ihre Beine auf dem Eis, ließ sie im Studio Spiralspuren auf Polycarbonat kreisen. Und als wenn sich all diese Umdrehungen gegenseitig anfeuerten, fühlte sich Nora mit jedem Tag mehr wie in einer mächtigen Zentrifuge, die sie in die Geschichte, deren Erbe sie angetreten hatte, hineinschleuderte und niemals mehr daraus entlassen würde. Sie schreckte von ihren eigenen Schreien hoch in der Nacht, Schweißperlen auf der Stirn. Tagsüber aber wurde ihr kälter und kälter. Sie verdoppelte und verdreifachte die Kleidung und hörte dennoch nicht auf zu zittern. Stärker und stärker empfand sie die Unerträglichkeit, ohne ihre Mutter, dafür aber mit ihm, dessen Name eines späten Abends doch genannt worden war, in derselben Stadt zu leben. Aber genauso unerträglich war ihr die Vorstellung, diese Stadt hinter sich zu lassen. Weil er hier ungestraft wohnte. Er saß noch immer zwischen seinen Salbendöschen. Jemand führte ihm junge Mädchen zu, er hatte irgendwo ein Häkchen gesetzt in einem Bestellformular in der dunkelsten Ecke eines weltweiten Netzwerks, unter zehn Jahren, nur gegen Aufpreis. Sicherlich bezahlte er pünktlich – diskret, unbescholten, rechtschaffen, wie es von einem Apotheker nicht anders zu erwarten war. Aber es gab eine alte Rechnung. Er meinte, sie sei vergessen. Nichts war vergessen. Und nichts vergeben, auch wenn er das Gesetz inzwischen auf seiner Seite hatte, es ihn schützte, ihn in Sicherheit wiegte und sein Verbrechen zudeckte mit seinen rechtsfriedlichen Regeln und der ganzen Schwammdrüber-Rhetorik, die gut zu ihm passte, und zu seinesgleichen.

Wenn die Gerichte nicht mehr helfen, dann muss eben der Radius erweitert werden, hatte sie gedacht. Dann müssen eben alle erreicht und alle verständigt werden – die ganze Stadt, in einer Welle. Dann ließe sich dieses Verbrechen aufdecken und ausschwitzen. Hatte sie gedacht. Grischa, Tom, Helge und Djamil hatte sie mit ins Boot geholt. Mit ins Boot geholt und verschwiegen, wohin die Reise ging: nicht in beschauliche Küstengewässer, sondern auf hohe See. Wie es dann mit ihrem Seesender geklappt hatte und mit der Welle, und dann doch alles so schiefgegangen war, wie es nur hatte schiefgehen können. Wie das Boot beigedreht und der Rettungsanker ausgeworfen worden, sie allein über Bord gegangen und hier angestrandet war, an einer Straßenkreuzung, die Lungen zu schwach, um noch einmal Luft zu holen. Der Atem ging ihr aus, die rote Ampel drehte sich in flackernden Kreiseln erst in den Himmel und kippte dann auf die Erde, und jetzt kam auch noch einer vom Amtsgericht, der vielleicht geschickt worden war, um nachzusehen, ob noch Gefahr ausging, der von Teufels Küche sprach und allen Ernstes fragte, was sie dort wolle.

III

OFF

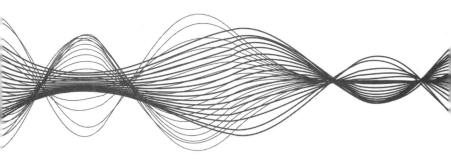

1

»In Teufels Küche«, sagte Simon, als Nora nicht antwortete, »geht man, wenn man einen guten Plan hat. – Geht man nur, wenn man einen guten Plan hat.«

Nora regte sich nicht, antwortete nicht, versuchte den Schwindel in ihrem Kopf niederzuringen, indem sie auf die Straße starrte. Auf die Pflastersteine, in ihre sandigen Poren, das feinkörnige Verlaufsgrau. Waren die wirklich alle genau gleich groß?

»Ich habe einen Plan«, sagte Simon. »Und ich denke, er ist gut.«

»Einen Plan, reinzugehen, oder einen Plan, wieder rauszukommen?«, fragte Nora, ohne den Blick von den Pflastersteinen zu lösen, erstaunt darüber, sich sprechen zu hören. Zu diesem Satz hatte es in ihr keinen Gedanken gegeben.

»Reingehen, Suppe versalzen, rausgehen«, antwortete Simon.

Nora richtete sich auf – zu schnell. Wieder erfasste sie ein jäher Schwindel, und Simons Gesicht drohte in einem dunklen Taumel zu versinken, bevor sie es doch klar vor sich bringen konnte: dunkelbraune Haare, die schräg in die Stirn fielen, grünbraune Augen, die gar nicht sie, sondern, in dringlichster Besorgtheit, durch sie hindurchzusehen schienen, direkt auf das Problem, das mit ihr verbunden war. Die Linie seines Mundes, die aussah, als habe jemand sie aus Übermut so lang gezogen, bis ein Lachen wie von selbst darauf lag, sich in letzter Sekunde aber doch umentschieden und sie mit einem Zug kindlicher Einsamkeit und Verletzlichkeit versehen. Und dann hatte dieser Jemand ihm noch eine Allerwelts-Lederjacke, eine Allerwelts-Jeans und ein Allerwelts-Hemd übergeworfen. So sah der aus, der ihr Briefe aus dem Gericht geschrieben hatte. Der jetzt meinte, dem Teufel die Suppe versalzen zu können – mit seinem Geschreibsel zu

Rückwirkungsverbot, Beständigkeit und Beharrung und dazu, wie das Recht mit sich selbst Frieden zu machen pflege, so leid es ihm tue …

»Suppe versalzen«, sagte Nora, und die Tonlosigkeit ihrer Stimme ließ offen, ob das eine Frage, eine Aussage oder eine Verächtlichkeit sein sollte.

Simon hatte diese beiden Wörter tadellos verstanden, obwohl Nora sie nicht zu ihm, sondern vor sich hin und eher wieder ins Pflastergrau gesprochen hatte. Was er aber am genauesten wahrnahm, war, dass eine versalzene Suppe nicht genau das bezeichnete, was sie sich von einem Besuch in Teufels Küche versprach.

»Du willst in Teufels Küche nur für diesen einen?«, fragte er.

»Das muss größer aufgezogen werden. Er ist nur einer von vielen. Die ganze Suppe muss versalzen werden, verstehst du? Allen, die so sind wie er.«

Nora antwortete nicht, aber Simon sah, dass sie nachdachte und der abwesende Schimmer aus ihren Augen wich. Er nutzte den Augenblick, deutete auf eine kleine Bäckerei, wenige Schritte entfernt, und sagte: »Komm mit.«

Vielleicht wäre sie in diesem Moment überall mit hingegangen. Weil ihr eine Richtung abhandengekommen war. Weil sie nicht wusste, wohin sonst. So ging sie mit in die Bäckerei, wo der Filterkaffee in einer Glaskanne auf der Wärmeplatte bereits seit den frühen Morgenstunden abstand und für sagenhafte achtzig Cent die Tasse tatsächlich einen Vorgeschmack der Hölle lieferte. Simon schob den dünnen, weißen Plastikbecher beiseite, beugte sich vor und sagte: »Wir werden ihn nicht davonkommen lassen.«

»Es ist verjährt.«

Simon schwieg, nahm einen Schluck Kaffee, sah aus dem Fenster.

»Verjährt«, wiederholte Nora. Vielleicht hatte er es nicht gehört.

»Na ja«, sagte Simon.

»Paragraf soundso, Strafgesetzbuch, müsste mal, kann aber nicht – hast du alles selbst geschrieben, oder etwa nicht?«

»Na ja«, sagte Simon wieder. So hatte er es nicht geschrieben, jedenfalls nicht gemeint.

Nora verdrehte die Augen.

»Na ja«, hob Simon erneut an. Vor Kurzem habe er in der Bibliothek des Amtsgerichts gesehen, wie ein Praktikant die Ergänzungslieferungen in die Loseblattsammlung eingefügt habe.

Nora rührte mit einem der Strohhalme, die zwischen der Zuckerdose und dem ›Rauchen verboten‹-Schild auf dem Tisch standen, die grünlichen Schlieren in ihrem Kaffee um.

»Das machen sie mehrmals im Jahr. Immer wieder sitzen sie dort und arbeiten die neuen Seiten ein. Ich habe mit einem von ihnen gesprochen.«

Nora war anzusehen, dass ihre Geduld bald am Ende sein würde.

»Eigentlich sind es ja immer nur ein paar Seiten«, sagte Simon. »Ist natürlich besser, als fünftausend Seiten komplett neu zu drucken.«

Nora nickte fahrig und suchte nach den Ärmeln ihrer Jacke.

»Obwohl sie das natürlich auch machen. Im Grunde jedes Jahr. Dann stapeln sich in den Fluren die Wälzer wie früher die gelben Telefonbücher, nur in Rot.«

Nora leerte ihren Becher bis zur Neige. Gleich würde sie aufstehen. Sie wusste nicht, warum sie hier diesen grottigen Kaffee trank. Sicherlich nicht, um über Altpapierentsorgung in Rot oder Gelb nachzudenken.

»Schaut keiner nach, ob die richtig eingeheftet sind«, sagte Simon. »Oder ob das Richtige eingeheftet ist.«

Nora sah auf und schob ihren Becher zur Seite.

Simon drehte an seinem Hörgerät, unsicher, ob sie vielleicht etwas gemurmelt hatte.

»Oder ob sie überhaupt etwas eingeheftet haben oder alles doppelt oder etwas anderes«, sagte Simon. »Interessiert erst mal keinen.«

»Schauen die nicht sowieso alle einfach im Netz nach?«

»Schon. Aber das ändert nichts. Gesetze werden erneuert, ausgemustert, ergänzt, ersetzt, gestrichen – digital genauso wie gedruckt. Die sind im Fluss. Macht man sich insgesamt zu selten klar.«

Der heiße Filterkaffee, schlimm, wie er war, hatte Noras Kopf geklärt und in den Stand versetzt, aus seinen Andeutungen eine einfache Quersumme zu ziehen. Sie brach in ein kurzes Lachen aus, schrill, bitter und schneller, als ihr zittriger Körper es kontrollieren konnte. »Geht nicht«, sagte sie.

»Das ist doch nicht deine Art«, antwortete Simon. »Geht nicht. Geht nicht ist nicht deine Art.«

»Nein«, sagte sie. »Aber meine Art geht nicht. Siehst du ja.«

»Na ja«, meinte Simon.

Nora stöhnte auf.

Simon sprach weiter, unbeirrt: »Die neuen Gesetze kommen drei-, viermal im Jahr, ohne viel Tamtam, als Abo. Auf Papier und elektronisch. Reine Routine. Schert sich kein Mensch drum, wird einfach weggesteckt.«

»Und du denkst, man kann da einfach was reinschummeln, ja?«

»Einfach nicht, aber reinschummeln: ja. In diese Richtung denke ich.«

»Was genau würdest du denen unterschieben?«

»Aufhebung der Verjährung – messerscharf begründet und beschlossen.«

»Die versalzene Suppe«, sagte Nora.
»Genau.« Simon nickte.
Nora stand auf, bat die Verkäuferin um ein Glas Leitungswasser, setzte sich wieder, trank und sah Simon an. »Sabotage«, sagte sie, »nennt man das so?«
»Wahrscheinlich«, antwortete Simon, der sich dabei ertappte, über den Weckruf, den er plante, nicht in dieser Weise nachgedacht zu haben. Aber Sabotage gefiel ihm gut. Es klang nach Nacht und Nebel, Ärger und Aufsehen, nach erfolglosen Ermittlungen und geschlossenen Reihen.
»Was, denkst du, sollte in unserer Gesetzesänderung stehen?«, fragte Simon.
»Das kann ich dir sagen«, meinte Nora.
»Weiß ich.« Simon lächelte, zum ersten Mal.
Über den Rand ihres Wasserglases hatte Nora gesehen, wie dieses Lächeln angefangen hatte: in den Augen, wo sich in das Braungrün Fünkchen anderer Farben mischten, so irisierend, dass es ihr schwerfiel, den Blick davon zu lösen, und sie sich unwillkürlich in dieses Lächeln hineinziehen ließ. Wie in einer Farborgel, dachte sie. Hatte sie noch nie gesehen: Farborgelaugen.
»Wir müssen es allerdings in die juristische Machart einpassen«, sagte Simon.
»Ich mach's«, sagte Nora, »und du machst die Machart.«
Sie verließen die Bäckerei, nachdem sie ihre Handynummern ausgetauscht hatten. Simon sah ihr nach, bis sie die Straße überquert hatte. Bei Grün. Immerhin diese bei Grün.

2

Er ging nach Hause und dachte nach. Nahm ein altes Adressbuch aus seiner Schreibtischschublade, stellte sein Hörgerät auf ›Telefonieren‹ und wählte eine Hamburger Nummer. »Hallo Arthur«, sagte Simon, »hast du eine Minute?«

»Simon«, rief sein Onkel, »was für eine Überraschung! Wie stehen die Aktien?« Simon, der wusste, dass Arthurs Frage tatsächlich eher finanzpolitisch als lebensweltlich zu verstehen war, versicherte ihm, sie ständen sehr gut, ausgezeichnet sogar, obwohl er sein Lebtag keine einzige Aktie gekauft, gehalten oder abgestoßen, genau, so sagte man nämlich: abgestoßen hatte. Und ja, auch zu Hause sei alles in Ordnung, antwortete er auf Arthurs rasch hinterhergeschobene Frage, bestens, keine Sorge. Tatsächlich hatte er seit Wochen nichts von ›zu Hause‹ gehört, wie überhaupt ›zu Hause‹ schon lange nach nichts anderem als einer abgelegten Vokabel klang.

Er habe eigentlich nur eine Frage, sprach Simon ins Telefon, die sei ziemlich dringlich, und zwar in der Bearbeitung eines Falls, der ihm probeweise übertragen worden war und an dem er sich hier seine ersten Lorbeeren verdienen könne. Es ging ihm glatt über die Lippen, er hatte es oft genug gehört: Lorbeeren verdienen. Da würde nämlich nach seinem Dafürhalten, fuhr er fort – ›Dafürhalten‹ war auch so ein Wort – eine Novelle des Steuerrechts greifen, die, wie er herausgefunden habe, demnächst verabschiedet werde, und wie sei das eigentlich, wann genau könne er darauf amtlich und offiziell zugreifen? Sobald die Sache im Bundesgesetzblatt auftauche, online, oder sobald sie gedruckt vorliege? Wie genau und im Einzelnen? Wäre natürlich super, wenn er vor allen anderen, also Arthur verstehe schon, es wäre gar nicht schlecht zu zeigen, dass er auf der Höhe der Zeit sei oder vielmehr eine Nasenlänge voraus. Dass er einer sei, der gleich mal ein Zeichen zu setzen verstehe. Simon hörte sich die Sprache sprechen, die Arthur Bernhardi verstand, vielleicht die einzige, die er verstand. Eine insgesamt einfache, leicht berechenbare Sprache, zusammengesetzt aus den elementaren Bestandteilen von Wirtschaftsliberalismus und Sozialdarwinismus. Was nicht hieß, dass sein Onkel sich nicht auf die diffizilsten Verästelungen des Rechtsgefüges verstand. Echte und unechte Rückwirkung, Verbot derselben, Übergangsregeln und vor allem eines: Vertrauensschutz. »Sieh mal, Simon«, sagte Arthur, »darauf bauen wir doch alle: Recht muss beständig sein. Die Leute müssen schon darauf vertrauen können, dass sie nicht im Nachhinein für etwas belangt werden, womit sie nicht gerechnet haben, worauf sie sich zur Tatzeit gar nicht einstellen konnten. Daher kommt ja auch dieser Begriff: Vertrauensschutz. Nein, nein, alles schön Schritt für Schritt und keine Überraschungseffekte, bitte.«

Aus der Fülle seiner Praxis heraus skizzierte er seinem Neffen den Weg einer Gesetzesänderung ins Bundesnachrichtenblatt, in die Printausgaben des Bundesgesetzblattes und von dort in die gebundenen Gesetzestexte der juristischen Verlage, wo er selbst, seinerzeit als Referent einer Geschäftsleitung, jene armen Pinsel, die einander im Korrektorat die Textänderungen verlasen, bei ihrer stupiden Arbeit habe beobachten dürfen.

Simon konzentrierte sich in seinen Zwischenfragen und kleinen Kommentaren ganz auf den vollkommen aus der Luft gegriffenen, wenngleich hoch realistischen Fall einer Steuerflucht, schrieb am anderen Ende der Telefonverbindung jedoch sorgfältig ausschließlich die Details der Novellierungsprozesse mit. Schließlich riss er sich zusammen, eine Einladung nach Hamburg auf unverfänglich begeisterte Weise gleichzeitig entgegenzunehmen und abzuwehren, was gewiss ganz in Arthurs Sinne war. Es lag auf der Hand, was Arthur jetzt dachte: dass die disziplinierende Wirkung eines Jurastudiums eben doch nicht zu unterschätzen sei. Dass Schwerhörigkeit, heutzutage, wo die Apparate so klein und hightech geworden waren, im Grunde keine große Sache mehr war. Jeder Manager, der etwas auf sich hielt, trug nach dem branchenüblichen Hörsturz heute solch ein Ding im Ohr. Gehörte fast schon zum guten Ton. Simon lachte über diese schöne Anspielung, die er seinem Onkel gerade unterstellte. Seinem Onkel, der noch immer und ohne Abzug der Idiot war, der er immer gewesen war. Ein Mann, der seinen Bauchansatz mit wiegenden, kleinen Schritten abfederte und dem, das groteske Missverhältnis zwischen Fachwissen und Lebensklugheit an sich selbst wahrzunehmen, jegliche Geisteskraft abging – wenn man die unmotivierten, kurzen Lacher, die er in seine Reden einzustreuen pflegte, nicht doch als Schrumpfform einer leichten Verunsicherung ansehen wollte. Dass Arthur nun gut fünfzehn Minuten lang ein Spielball seines Planes geworden war, eines Planes, für den Leute wie er in jeder Hinsicht nur Spott übrig hätten, versetzte Simon einen ungeheuren Energieschub. Er legte das Telefon zur Seite, nahm sein Hörgerät heraus, stand auf, riss das oberste Kalenderblatt ab, vom Mai vorvorletzten Jahres – sein Vormieter schien nicht mit der Zeit gegangen zu sein –, drehte es um und begann, auf der blanken Rückseite seinen Plan in gangbare Einzelschritte zu zerlegen. Als er diese übersichtlich aufs Papier gebracht hatte, war er hochzufrieden und setzte mit Schwung eine Überschrift auf das Blatt: »Weg in Teufels Küche«.

3

Derweil stand Nora bereits in einer Küche. In einer lichten, kleinen Küche. Zum ersten Mal, seit sie aus New York zurückgekehrt war, zog sie einen Topf aus dem Schrank und dachte: Das letzte Mal hat meine Mutter diesen Topf benutzt. Vielleicht hatte sie ihn spätabends gegriffen, eine Tütensuppe in heißes Wasser gerührt und eine Handvoll Erbsen dazugetan. Und dieses Päckchen Grieß, dachte Nora, dieses Tetra Pak haltbarer Milch hatte sie gekauft. Im Laden an der Ecke, in dem alles einfach weiterlief wie immer, obwohl ihre Mutter seit Jahrzehnten dort eingekauft hatte und jetzt nicht mehr dort einkaufte. Wie ging das überhaupt?, dachte sie. So viel Fehlen musste sich doch irgendwo zeigen, musste irgendetwas zum Stolpern und Stoppen bringen. Die Kasse müsste klemmen: Nichts würde sie einnehmen noch rausgeben; die Körbe müssten sich ineinander verhaken und die Leute dazu bringen, wenigstens einen ganzen Tag lang nichts zu kaufen; die Lieferungen müssten nur zur Hälfte kommen oder in einem einzigen Durcheinander, weil nichts mehr war wie zuvor.

Dort, wo alles einfach ohne sie weiterging, hatte ihre Mutter vor Monaten diesen Zucker gekauft und ihn womöglich gerade, als sie miteinander telefonierten, in diese Dose umgefüllt, die Nora selbst vor zwei Jahrzehnten mit den Aufklebern aus Cornflakes-Packungen verziert hatte.

Sehr, sehr langsam, und als würde die Mutter ihr aus dem Jenseits heraus an langen Fäden Arme und Beine führen, tat sie für sich selbst das, was ihre Mutter für sie getan hätte: ein Teller Grießbrei mit Zucker und Zimt, eine Wärmflasche, die Lieder von Maria Farantouri. Sie kroch unter die bunten Decken, in die gewickelt sie zuletzt ihre Mutter beim Skypen gesehen hatte, und hörte auf, die Wohnung zu fliehen. Bei *Tee und Teer* meldete sie sich krank, was mit großer Erleichterung zur Kenntnis genommen wurde. Sie bestand darauf, dass sie zurechtkäme, wirklich. Versprochen. Genau, einfach überarbeitet. Eine Auszeit. Ja, danke. »Ich melde mich wieder.«

Am Sonnabendmittag platzierte sie dann das Küchenradio vor sich auf den Sofatisch, stellte es auf 100,7 ein und verfolgte, mit der Wärmflasche unter den Füßen und einem halb leer gegessenen Teller Nudeln auf den Knien, die Sendung, die zu machen sie als fixe Idee durch die letzten Monate getrieben hatte. Und jetzt stand nicht sie selbst vor dem Teerkocher, sondern Tom, und der Teerkocher stand nicht vor jenem verhassten Thujahecken-Eigenheim, sondern einige Straßen weiter, auf dem Hinterhof eines Hauses, in dem der gemeinnützige Verein ›AMA Zone e. V. Beratungsstelle für Mädchen – Gegen sexuelle Gewalt‹ das Erdgeschoss angemietet hatte. »Hier werden Wunden von Schülerinnen versorgt, die Gewalt erlitten«, so die mit Ach und Krach zurechtgeschusterte Quiz-Lösung.

Tom hatte nur zweieinhalb Tage lang Zeit gehabt, sich in ein Thema hineinzudenken, das bei ihm nicht auf Strecke gelegen hatte. Und doch war er durch die freigeistige Sensibilität der niederländischen Piratenradiosexologen bestens darauf vorbereitet, über intime Dinge, die Aufklärung brauchten, auf angemessene Weise zu sprechen. Aufklärung, so Tom, bräuchte aber nun doch erst einmal der Name AMA Zone. Würden ihnen die Türen denn nicht eingerannt von Leuten, die meinten, hier Online-Bestellungen aufgeben, entgegennehmen oder umtauschen zu können?

AMA, sagte die Vorsitzende des Vereins, sei vieldeutig. Im Japanischen zum Beispiel bedeutet das Wort einfach nur Meermensch. Das passe doch schon mal gut hierher, oder? Spontaner Applaus aus dem Publikum. Dadurch ermuntert, legte sie mit forscher Stimme nach, dass in Japan allerdings auch die Perlentaucherinnen so genannt würden, die ohne jedes Gerät in die Tiefe hinabstrudelten. Luftanhalten und Überleben sei ihr täglich Brot, und was man von ihnen lernen könne: sich immer wieder zügig über Wasser zu bringen. Vor allem aber stünde AMA für ›Ask Me Anything‹, denn das sei es, was sie den Mädchen, die hier Hilfe fänden, immer wieder sagten: Ihr müsst nicht erzählen. Aber ihr dürft fragen. Alles. Er übrigens auch: »Nur zu, junger Mann.«

»Apropos Mann«, sagte Tom, warum eigentlich AMA Zone nur für Mädchen sei. Es gäbe ja doch viele, viel zu viele Jungs, denen sexuelle Gewalt angetan werde.

»O ja«, antwortete die Frau von AMA Zone. Aber man könne ja auch mal nur für Mädchen und junge Frauen sprechen, oder? So wie man mal für Brot für die Welt sammelte und dann wieder für Ärzte ohne Grenzen.

»Das schon«, meinte Tom, aber da sie gerade von Spenden gesprochen habe – wenn man etwa an Schiffbrüchige denke und die Spendendosen für die Seenotrettung, mit denen sie alle hier aufgewachsen seien, die unterschieden doch auch nicht nach Geschlechtern. Rosa Sammeldose, blaue Sammeldose, oder?

»Moment mal«, meinte die Frau von AMA Zone, habe er das nicht schon mal gehört: »Frauen und Kinder zuerst?« Sie hatte die Lacher auf ihrer Seite.

»Stimmt schon«, meinte Tom, aber Kinder setzten sich immer noch aus Jungen und Mädchen zusammen.

So gesehen, sagte die Frau von AMA Zone, habe er sicher recht. Im Übrigen sei die Gruppe BLUE Zone im Aufbau. Eigentlich noch nicht ganz spruchreif, aber »wissen Sie was, vielleicht gibt es ja hier unter den Hörern welche, die uns helfen können, das schnell auf die Beine zu stellen«.

»Gut zu wissen«, meinte Tom und öffnete die Diskussion in das Publikum hinein, aus dem etwa zu gleichen Teilen Zuspruch und Skepsis laut wurde. Alles zwischen »Die wird's immer geben, da wird man nichts ausrichten können« und »Ich habe donnerstags frei, wo soll ich mich melden?«.

Währenddessen saßen ein paar Schritte vom Teerkocher entfernt fünf Frauen auf der Fensterbank eines geschlossenen Gebraucht-Handy-Handels, hörten zu, reichten eine Zigarette von Hand zu Hand und begannen irgendwann, jede für sich, zu nicken. Das konnte Nora, die einige Kilometer entfernt regungslos auf dem Sofa saß, nicht sehen. Aber auch sie fing irgendwann an zu nicken. Was sie selbst genauso wenig bemerkte wie die Tränen, die ihr in die Augen traten und, ohne geweint zu werden, wieder vergingen, in stetem, selbstläufigem Wechsel, wie Ebbe und Flut.

Die radikale Umkehrung der Fragerichtung, hörte sie, sei erwachsen aus der Erfahrung der Ehrenvorsitzenden des Vereins, Frau Richterin Simone Krüger. Dort drüben stehe sie, neben dem Fahrradständer, im quietschgelben Ostfriesennerz, nicht zu übersehen, wie also die Simone es einfach nicht mehr habe ertragen können, dass in der Zeugenbefragung, selbst wenn sie nicht im Gerichtssaal stattfinde, die Mädchen, sorry, Jungs natürlich auch, vor Scham nicht mehr wüssten, wohin mit ihren Augen und Händen, überhaupt mit ihren Körpern, denen man ihr Selbstgefühl sowieso schon geraubt hatte, und wie manche Täter so ungerührt dasäßen, wenn sie nicht überhaupt zynisch grinsten oder sich bei der erstbesten Gelegenheit einen Aktendeckel vors Gesicht hielten und ausgiebig von ihrem Recht Gebrauch machten, die Aussage zu verweigern.

Tom, leicht alarmiert darüber, dass diese engagierte Beschreibung der Motivlage einer Richterin, die gerade beifälliges Gemurmel aus dem Publikum nach sich gezogen hatte, Wasser auf den Mühlen derjenigen sein könnte, die die Sache des Richtens allzu gern selbst in die Hand nehmen wollten und die man hier ja gerade versucht hatte abzuhängen, wandte ein, er könne nicht glauben, dass sie alle so seien. Er habe natürlich auch diese Bilder vor Augen, Tätergesichter, verborgen hinter grüner Pappe oder einem Klatschblatt, aber er habe auch gelesen, dass klinische Therapie- und Präventivprogramme, in denen Männer lernen, mit ihrem kindergefährdenden Begehren umzugehen, gerne mal gestrichen werden. Sparmaßnahmen der öffentlichen Hand, nannte man das dann. Dabei könne die öffentliche Hand auf diesem Weg hervorragend alle miteinander schützen, das sehe er doch richtig, oder?

Das sehe er absolut richtig, und wenn sie jetzt anfange, zu diesen Streichungen etwas zu sagen, dann hätte sie bis zum Ende dieser Sendung zu tun. Also, darüber müssen Sie bei *Tee und Teer* mal eine Extrasendung machen – über diese ganze Verlogenheit und, 'tschuldigung, breitärschige Passivität der Politik in diesen Fragen, aber hier bei AMA Zone wollten sie ganz bewusst denen ihre Stimme leihen, deren Schicksal alle naselang Schlagzeilen macht, ohne dass die Tragweite der Verbrechen, deren Opfer diese Kinder werden, auch nur annähernd erfasst werde. Daran ändere auch die hohe Aufmerksamkeit nichts, die Hollywood auf die Übergriffe gelenkt habe, die junge Frauen in ihren ersten Berufsjahren regelmäßig, flächendeckend, zu erleiden haben. Ihre Geschichten lehren uns viel über die Gesellschaft, in der wir leben, sagte Toms Gesprächspartnerin. Sie müssen gehört und auf Straftatbestände abgeklopft und geahndet werden, aber sie lehren uns nichts über die Situation von Kindern, denen sexuelle Gewalt angetan wird. Nichts. Absolut nichts.

Stille im Publikum. Alle schienen vollkommen beschäftigt damit, dieser starken Überzeugung einer Ehrenamtlichen, mit den eigenen Mehr-oder-weniger-Gedanken und schwach ausgeprägten Kann-sein-kann-auch-nicht-sein-Einschätzungen abzugleichen, mit Zeitungsberichten und Radiomeldungen, mit verstreuten Lebenserfahrungen und mäßigem Hintergrundwissen. Tom hielt das so lange aus, bis er dachte: Jetzt tippen die Hörer auf eine Sendestörung und beginnen, an ihren Apparaten zu hantieren.

»In Ordnung«, sagte er, »wir haben das notiert: eine Sendung zum Stand von Präventivtherapien, eine zu Sexismus und eine zu BLUE Zone im Aufbau, mit Spendenaktion. Wir haben zu tun. Jetzt aber zurück zu AMA Zone. Dem Bereich, in dem nichts erzählt werden muss und alles gefragt werden darf.«

»Genau«, sagte die Vorsitzende, dies sei der Simone von Anfang an ganz wichtig gewesen, dass die Mädchen, wenn sie zu ihnen kämen, erst einmal nichts sagen, gar nichts sagen müssten, wenn sie nicht wollten. Noch nicht mal »Guten Tag«. Es gäbe einen Raum, den könnten sich alle nachher gern mal ansehen, in dem die Mädels lesen und Tischtennis spielen würden. »Tee gibt's da auch, so wie hier bei Ihnen, Tom«, sagte sie und deutete auf den großen Heißwasserspender, mit dessen Hilfe zwei Studenten der Fachhochschule Tee aufbrühten und an die Hörer verteilten.

»›Ask Me Anything‹ fängt also mit Tee an – und mit Schweigen«, meinte Tom.

»So ist es. Und dann fangen sie an zu fragen, irgendwann: ›Was mache ich, wenn untenrum alles so rot ist und danach riecht, obwohl ich ständig alles abwasche?‹, ›Was mache ich, wenn er mich von der Schule abholen will und meine Mutter sagt, ist doch toll, und ich sage, nein, ich geh lieber zu Fuß, und sie sagt, du spinnst ja, ihr könnt doch gleich den Einkauf zusammen machen. Immer bist du so schwierig‹, ›Kann ich schwanger davon werden, wenn er sich an meinem Hintern reibt?‹, ›Meine kleine Schwester, die sagt so komische Sachen von ihrem Volleyballtrainer. Sie will nicht mehr hin. Und schließt sich im Bad ein.

Soll ich das meinen Eltern sagen? Sie sagt, sie bringt sich um, wenn ich den Eltern was sage‹.«

»Das werden die gefragt, die sagen, du kannst uns alles fragen«, meinte Tom, und man hörte, dass ihn dieser Satz Mühe kostete. »Danke, dass Sie uns die Wahrheit sagen – auch wenn sie schwer zu ertragen ist.«

»Ich habe es ein bisschen verändert«, sagte die Vorsitzende.

Tom stockte.

»Abgemildert«, sagte sie.

Wieder war im Radio für einige Sekunden nichts zu hören als der Wind in den Bäumen und das Klappern einer Haustür.

»Und haben Sie immer eine Antwort?«, fragte Tom. »Sie erfahren von Straftaten, Sie müssten losrennen und die Polizei alarmieren und die Eltern heranzitieren, und was weiß ich alles.«

»Wir antworten immer. Aber Antworten können sehr verschiedene Formen annehmen. Wir entscheiden Schritt für Schritt, im Team, mit Augenmaß und nie über die Kinder hinweg.«

»Schlafen Sie nachts?«, fragte Tom.

»Manchmal«, meinte die Vorsitzende.

Dass sie jetzt gleich einen Musikwunsch frei habe, das sei wirklich das Mindeste, was *Tee und Teer* ihr bieten könne, sagte Tom. Und sie habe sich *I Am Woman* gewünscht, von Helen Reddy, der ersten Gewinnerin eines American Music Award, kurz AMA. Genau. Dies sei nämlich die inoffizielle und ab sofort, wenn er so sagen dürfe, die offizielle Hymne starker Mädchen und Frauen bei AMA Zone, dem im Übrigen gemeinnützigen Verein, und selten habe er dieses Wort ›gemeinnützig‹ für angemessener gehalten als in diesem Fall. »Die Kontaktdaten von AMA findet ihr auch auf unserer Website. Helft mit, und bis zum nächsten Mal – euer Tom Bonny.«

4

Nachdem der Song gelaufen war, bewegten sich fünf Frauen langsam, aber zielstrebig auf die AMA-Zone-Vorsitzende zu, die, wie sie so dastand, in Windjacke und Rucksack, tatsächlich so aussah, als ließe sie sich ansprechen. Wenige Minuten später holten alle gleichzeitig ihre Handys aus den Taschen und tippten die Nummer von AMA ein, die die automatische Sortierung ganz oben in der Adressliste einordnete, denn Namen, die nach einem A einen Buchstaben vor M hatten, gab es nicht viele.

Nora stellte das Radio aus, wickelte sich aus den Decken und ging zum Friedhof. Auf dem Parkweg zum Grab sammelte sie Tannennadeln, Bucheckern und Grashalme und legte sie in einen Mandala-Kreis neben den Grabstein. Als sie sich aufrichtete, sagte sie: »Tom hat es gemacht, nicht ich. Er hat es gut gemacht, richtig gut gemacht. Tom ist der, der beim Abschlussball mit dir Twist getanzt hat und der unsere Obstschüssel fallen gelassen hat an meinem sechzehnten Geburtstag und der sie mit nach Hause genommen und wieder zusammengeklebt hat. Dreiundachtzig Teile. Du weißt schon.«

Ein Windstoß durchfuhr den Mandalakreis und trug die Halme mit sich fort. Nora schluckte: »Ich hab's vermasselt. Ich dachte, ich krieg ihn dran. Aber ich weiß nicht, ob du das überhaupt willst. Willst du das, dass wir ihn drankriegen?« Nora sah auf den Namen im Grabstein, so unwirklich. Annabel Tewes, von bis. »Mama«, flüsterte sie, »willst du, dass wir ihn drankriegen?« Sie wartete ab. Kein Zeichen. Die Bucheckern blieben, wo sie waren, die Halme kamen nicht wieder, die Tannennadeln waren zu einem kleinen Häufchen zusammengeweht. Nora wartete. Dann strich sie kurz über den rauen, hellen Stein, drehte sich um und ging auf das große Friedhofstor zu. Auf halber Strecke hielt sie inne, weil sie auf einmal das Rufen eines Mäusebussards hörte, vollkommen zweifelsfrei. Keinen anderen Vogelruf konnte sie sicher erkennen. Diesen schon. An die hundertmal hatte sie ihn gehört in *Süßer Vogel Jugend*, einem Dauerbrenner des Stadttheaters. Einen Mäusebussard hatte sich der Regisseur in den Kopf gesetzt und aus sämtlichen Naturkundemuseen des Landes und sogar angrenzender Länder ausgestopfte Mäusebussarde als Leihgabe zusammengesammelt, sodass auf Jahre hinaus kein Schulkind mehr einen Mäusebussard hinter Vitrinenglas betrachten konnte, was vermutlich keiner Museumspädagogin, keiner Grundschullehrerin und erst recht nicht irgendeinem Schüler oder irgendeiner Schülerin aufgefallen war. Als er der Mäusebussarde habhaft geworden war, hatte der Regisseur, der selbst zunehmend kauzig wurde, sie zu beiden Seiten der Bühne in Szene gesetzt. Dann war er mit Annabel und Nora an drei Wochenenden hintereinander aufs Land gefahren, wo sie an wechselnden Plätzen auf drei Regiestühlen mit Thermoskanne, Feldstecher und Aufnahmegerät auf einen Mäusebussardruf gewartet hatten. Bis sie eines Mittags, sie alle waren in der ersten Frühlingssonne eingedöst, plötzlich einen auf Band hatten, mit seinen katzenartigen, dringlichen Rufen. Und hier war er wieder. Unverkennbar. Vielleicht derselbe. Wie alt wurden Mäusebussarde? Nora beobachtete, wie er das Friedhofsterrain mit weiten Schwingen umkreiste – in lauerndem Auf und Ab, federleicht und doch kraftvoll und entschieden.

Sie beschleunigte ihre Schritte, ging nach Hause, klappte ihren Laptop auf und schrieb, welche Strafe sie von einem Gericht erwartete, das darüber zu befinden hatte, wie das Leben eines Menschen fortan aussehen würde, der sich an Kindern verging. Das hatte sie jetzt nicht wirklich gedacht, oder?, dass sich hier jemand verging, verlief sozusagen, das war doch auch wieder so eine Verharmlosung. Nein, wie das Leben eines Menschen aussehen würde, der Kinder schwerverletzte, auf eine Weise, die festlegte, wie zumindest ihr Leben fortan aussehen würde: schwergeschädigt. Dass sich um einen Menschen, der solcher Verbrechen zweifelsfrei schuldig war, die Tore und Mauern schließen müssten, auf dass er nichts anderes mehr tun könnte, als Gitterstäbe zu zählen, die sich nie wieder auftun würden, daran sollte es keine Zweifel geben dürfen. Lebenslang nicht mehr auftun würden. Nicht für ihn. Ein Hummelnest sei ihm vor das vergitterte Fenster zu setzen, bis er seinen Kopf gegen die Wand schlagen müsste, um für ein paar Sekunden das Brausen in seinen Ohren loszuwerden, das er gleichwohl nie wieder loswerden würde, zeitlebens nicht. Sie stockte, weil sie nicht wusste, ob sie zeitlebens klein und zusammen oder groß und auseinander schreiben sollte, und außerdem erinnerte sie dieses Wort daran, dass es in ihrem Gesetzesvorschlag ja nicht um die Frage ging, was Zeit Lebens, ob nun klein und zusammen oder groß und auseinander, mit lebenslänglich zu tun hatte, sondern darum, dass ›lebenslänglich‹ sowieso nicht verhängt wurde, weil das Leben lange, sehr lange brauchte, um das Verhängnis, das Missbrauch genannt wurde, rechtzeitig vor Gericht zu bringen. Und dann wäre ›lebenslänglich‹ sowieso verjährt.

›Verjährung‹, setzte sie wieder an, nachdem sie einfach ein neues Paragrafenzeichen eingefügt hatte, verfahre fortan nach dem Vorbild der Verzinsung: Je länger der Täter straffrei gelebt habe, desto mehr Strafjahre würden jährlich ausgeschüttet.

Nora war hochzufrieden mit ihrem Gesetzentwurf. Das ergäbe in vielen Fällen wie von selbst lebenslänglich. Die Zellen seien mit Aussagen der Opfer auszukleiden. Wer die Augen davor schließe – und wer würde nicht die Augen davor schließen, womöglich sogar er –, dem würden diese Zeugnisse akustisch aufgezwungen: das ganze lebenslängliche Elend, das er verursacht hatte. Medizinische Gutachten würden ihm nicht helfen. Hören ließe sich auch im Liegen, mit Tropf und Kabeln aller Art.

Tropf und Kabel aller Art. Blankes Entsetzen durchfuhr sie und Ekel, als dieses Bild in ihr auftauchte, denn es waren nicht nur genau der Tropf und genau die Kabel, auf die sie wochenlang gesehen hatte, die ihr jetzt vor Augen standen, sie sah auch das Bett vor dem Fenster, und in dem Bett einen Menschen ...

Sie stand auf, fuhr sich durch die Haare, lief durch die Wohnung, öffnete alle Fenster, um das Bild aus dem Kopf zu bekommen, das ihr dieser Höllentanz der Genugtuung beschert hatte: Hummeln, Schläuche, Ohrenbrausen, Ausweglosigkeit. Alles verdoppelt, alles wiederholt, alles nicht richtig. Wie diese Doppelsuchbilder, dachte sie. »Wir haben zehn Fehler versteckt. Findest du sie?« Wenn es denn nur zehn Fehler wären. Nein, dachte sie, alles ist falsch, diese gesamte irrsinnige Verdopplung.

Wie aus dem Nichts stand ihr ein Memory vor Augen. Das hatte sie von einer Impfärztin in der Schule bekommen für ›Tapferkeit vor dem Piks‹. Zu Hause hatte sie diesen Tapferkeitsorden von der Bundeszentrale für gesundheitliche Aufklärung, bestehend aus vierzig Kärtchen mit Körperteilen, ausprobieren wollen, obwohl sie wusste, dass ihre Mutter kein Memory-Fan war. Ihr Unvermögen, auf einer sehr überschaubaren Fläche zwei gleiche Karten im Blick zu behalten, hatte sie mit grundlegenden Einwänden überspielt: »Was sollen wir mit zwei Mündern? Und vier Ohren? Mit zwanzig Zehen?«

»Ist doch nur ein Spiel«, hatte Nora damals geantwortet, »man soll die Buchstaben gleich mit lernen. Von Auge bis Zahn heißt es.«

»Auge um Auge, Zahn um Zahn sollte es besser heißen«, hatte ihre Mutter geantwortet. »Das ist kein Spiel, das ist Altes Testament.«

»Was ist das, Altes Testament?«

»Immer Gleiches auf Gleiches setzen und es dabei schlimmer machen«, hatte ihre Mutter geantwortet. Als ob Erinnern dafür da wäre. Das hatte Nora nur halb verstanden und halb akzeptiert, aber da das Spiel tatsächlich von brutaler Hässlichkeit gewesen war: Die Augen rotgeädert, die Zähne mit Kariesdellen, die Ellbogen mit Warzen, hatten sie, nachdem alle Körperteile, die die Bundeszentrale für gesundheitliche Aufklärung für wichtig hielt, erinnert und gedoppelt waren, drei Viertel davon auf Noras Seite, das Spiel in die Kiste getan, in der sie zu klein gewordene Kleidung sammelten, um sie bei einer Hilfsorganisation abzugeben. Aber dann hatte ihre Mutter nach kurzem Zögern die Memory-Karten doch einfach ins Altpapier geworfen. So etwas Fürchterliches solle sich am besten gar nicht erst verbreiten, hatte sie gemeint.

Als die nächste Auffrischungsimpfung fällig war, ermunterte die Schulärztin Nora, in den Kasten mit dem Körper-Memory zu greifen. Die sollte ihr Gedächtnis auch mal etwas trainieren, wenn sie sich noch nicht einmal daran erinnern konnte, dass die Kinder hier vor sechs Wochen genau so eines schon bekommen hatten, hatte Nora gedacht, aber weil sie es liebte, ihre Mutter beim Memory zu schlagen, hatte sie die Ärztin gefragt, ob sie nicht ein anderes habe – Neues Testament vielleicht. Die Ärztin hatte sie irritiert angesehen, so, als ob mit ihr ernstlich etwas nicht stimmte, und den Kopf geschüttelt. Dann war sie aufgestanden und hatte eine zweite Schachtel aus der Ecke geholt, mit kleinen Segelfliegermodellen. »So etwas habe ich noch«, hatte sie gesagt. Also war Nora mit einem kleinen Plastiksegelflieger nach Hause gegangen und hatte ihn ihrer Mutter gezeigt. Ein Neues Testament hätte die Ärztin nicht dabeigehabt, hatte Nora ihrer Mutter gesagt und von dem Gespräch mit der Ärztin erzählt. »›Neues Testament‹ hast du gesagt?«, hatte die Mutter gefragt. »Wirklich?« Dann hatte sie gelacht, den kleinen orangen Segelflieger hin und her gedreht, ihn sehr bewundert und durch die Luft gleiten lassen.

Nora setzte sich wieder und holte ihren Rechner aus dem Ruhemodus, löschte alles, was sie bislang geschrieben hatte, und setzte neu an, völlig neu an. Mit der Vehemenz eines Menschen, der aus einer alten Logik herausgerissen und in eine neue hineingeworfen wird, meinte sie genau zu erkennen, worum es jetzt, einzig und allein, gehen durfte: nicht um ein Nullsummenspiel, Schmerz auf Schmerz, Qual auf Qual, sondern darum, die Verjährung null und nichtig zu machen. Die Annulierung annulieren; Zeit geben; die Opfer nicht in der Heckwelle des Justizdampfers untergehen lassen, der sich einen Frieden auf die Fahne schreibt – auf ihre Kosten.

Fast zu leicht, fast zu schnell konnte sie alles über Bord werfen, was sie so lange beherrscht hatte: Was er verursacht hatte, auf ihn selbst zurückzuwenden, das Verhängnis, das von ihm ausging, auf ihn zurückrollen zu lassen. Soll er doch sagen, was ihn dazu getrieben hat, schrieb sie, soll doch ein Gericht das berücksichtigen, wenn es die Not der Leidtragenden mindestens, mindestens im gleichen Maße berücksichtigt.

›Rechtssicherheit‹, das müsse unbedingt wieder in zwei Worte zerlegt werden, schrieb sie; das gehöre so einfach einfach nicht zusammen, so wenig wie ›Verjährung‹ und ›Vergebung‹ und so wenig wie ›Drankriegen‹ und ›Nicht davonkommen lassen‹ – das waren Memory-Karten, die man nicht zur Deckung bringen konnte. Man konnte darauf verzichten, ihm an die Gurgel zu gehen, und darauf, ihn mit Tropf und Kabel zu fixieren, aber nicht darauf, ihn vorzuladen und auch nach Jahr und Tag zur Verantwortung zu ziehen nach allen Buchstaben des Gesetzes, das ging unter keinen Umständen. Das nicht. Nicht Auge um Auge, aber Zug um Zug.

Nora speicherte die Datei unter dem Titel »Neues Gesetz« ab.

Sie war sehr gespannt, wie Simon Bernhardi das Neue Testament der Nora Tewes in die Sprache des Strafgesetzbuches übersetzen würde. Sie nahm ihr Handy und schrieb eine Nachricht: »Ich hab's. Wohin soll ich das senden?«

Fünf Sekunden später hatte sie eine Adresse auf dem Display. Als sie die eingab, sah sie Simons Vielfarbenaugen vor sich. Seine dunkle Haarsträhne. Seine Handbewegung, mit der er nach dem kleinen Knopf im Ohr tastete. Offene, dem Gegenüber zugewandte Handflächen, das war das, was ihren und Toshios Tanz ausgemacht hatte. Ihre Spezialität, ihre Art Karate. Von der Kampfkunst zur Liebeskunst. Make love, not war. Toshio. Ihre Finger suchten ihn. Fünfzehn Anschläge. Blind geschrieben. Toshio Hatsugawa. »Toshio Hatsugawa wins at Isadora Duncan Dance Awards. Read more.« »Toshio Hatsugawa, educated in Kyôto, Barcelona, and New York, who is now in San Francisco, is given an ›Izzies‹ for his outstanding performance of a self-written piece: nOra ga haru.« Kerzengerade saß Nora da, mit hoch angespannten Muskeln, die sie ohne Weiteres direkt auf die Bühne katapultiert hätten, auf der Toshio seinen Preis gewonnen hatte. Mit dieser Körperspannung hätte sie eine Arabesque in eine Gargouillade verwandeln können, im Bruchteil einer Sekunde. Sie hatte sich verboten, seinen Namen einzugeben. Überhaupt an den Tanz zu rühren. Zu spät. Sie war mittendrin. Las den Bericht der *New York Times,* die Kritik in *To the Pointe,* die Reportage im *Dancer* und im *Con Temp Toe,* in *dance on line,* alles über Toshio, der, wie selten sei das!, hieß es dort, sich nicht nur in die Herzen des Publikums, sondern auch in die Köpfe der Juroren getanzt hatte. Sie sah die Bilder von Toshio, wie er in japanischen Fischerhosen mit nacktem Oberkörper und vor der Brust zusammengelegten Händen die Auszeichnung entgegennahm. Immer wieder das gleiche Bild, um Zehntelsekundenbruchteile verschoben. Der rätselhafte Titel nOra ga haru spiele, so der *Dance Report*, auf eine Haiku-Sammlung des japanischen Dichters Issa Kobayashi an. Ora ga haru, übersetzt so viel wie ›My spring‹, or, American style: ›The spring of my life‹. Der Tänzer habe mit einem befreundeten Musiker die Vertonungen für Shakuhachi und Koto erarbeitet und choreografiert. Auch wenn der junge Künstler sich zu den Hintergründen selbst nicht äußere, sei backstage zu erfahren gewesen, dass »n« für eine Tänzerin der Compagnie in New York stehe, die von einem Tag zum anderen verschwunden sei. Ob, so gelesen, Toshio Hatsugawa jener nOra, wherever she went, den Frühling ihres Lebens wünsche oder nOra wie der Frühling selbst sei oder nur mit nOra der Frühling überhaupt wieder in sein Leben einkehre, dies habe sich auf die Schnelle nicht herausfinden lassen – und sollte ja eigentlich auch nicht davon ablenken, dass, welche Liebe der Vergangenheit auch immer in seinen Tanz einfließe, sich zukünftig alle großen Bühnen um TH, wie seine Kollegen ihn nannten, reißen würden.

Indessen saß »a former dancer, who unexpectedly left the Compagnie« an ihrem Küchentisch, starrte auf den Bildschirm, der sich in den Ruhezustand versetzte, und spürte die Wucht einer jäh abgebrochenen Vergangenheit. Und einer Zukunft, die gerade anderswo stattfand. Und selbst die Gegenwart, die den logischen Fluchtpunkt dieses Zusammenbruchs einerseits und dieser Abgeschnittenheit andererseits hätte darstellen müssen, war nichts als ein mit dumpfer Trauer angefüllter Stillstand. Nichts verlief in der Zeit, einerlei, ob sie saß, aufstand, einschlief, aufwachte und wieder einschlief, sodass sie erst gar nicht wusste, wo der Ton, ein zweifaches Pling, vertraut aus einem anderen Leben, herkam und wo er hingehörte und was sie mit ihm anfangen sollte, bis sie ihre Hand ausstreckte, das Handy griff, das hinter dem immer noch aufgeklappten Laptop lag, und die Nachricht las, ein Text für sie sei in einem E-Mail-Anhang zu finden.

Sie fand den E-Mail-Anhang, er trug ein Datum, und an diesem Datum war abzulesen, dass es ein Heute gab, eine in vierundzwanzig Stunden zerlegte Gegenwart, die tatsächlich verstrich, indem etwas stattfand: Jemand hatte eine E-Mail geschrieben, sie hatte eine E-Mail bekommen. Als sie den Anhang geöffnet hatte und zu lesen begann, begann auch die Gegenwart sich wiederzubeleben, und als sie fertig war mit Lesen, war sie nahe daran zu glauben, dass, unter gewissen Umständen, die Gegenwart stark genug war, Zukunft und Vergangenheit zu ändern.

5

Mit einem Dutzend Zeilen hatte Simon die Verjährungsregeln für sexuellen Missbrauch außer Kraft gesetzt, die Aufhebung der Strafverfolgung aufgehoben, das Rückwirkungsverbot durchbrochen. Hatte Bezifferungen von Paragrafen zu Verjährungsvorschriften und deren einzelne Absätze skrupulös in eine Gesetzesänderung eingefügt, die er sich zur Vorlage gewählt hatte. Bundesgesetzblattbezeichnungen und Gliederungsnummern, Berücksichtigungen des Bekanntmachungsgesetzes, alles, was auf -ung endet, hatte er in exakt der Weise behandelt, in der es zur Behandlung vorgesehen war, in bereinigter Fassung also, und alle vorangegangenen Änderungen und nachrichtlichen Hinweise miterfasst und somit verfahrensgerecht im Bundesanzeiger verkündet, mit Datum, Bezeichnung, Fundstelle.

Während Nora dieses juristische Kondensat wieder und wieder las, erst auf dem Handy, dann am Laptop, sie über das Abkürzungsgewimmel und die bedrückende Sprache in all ihrer unfreiwilligen Komik den Kopf schüttelte – bereinigt, verkündet, nachrichtlich, klang das nicht nach Tatortreiniger, Erzengel und verdecktem Ermittler? – und zu erwägen versuchte, was dies alles nun im Einzelnen bedeutete: strafgesetzlich, lebenspraktisch –, hatte Simon einen Ausdruck seines Werks gegen eine Obstschale gelehnt und war in dessen Betrachtung versunken. Auf sein Staatsexamen, das er mit einem Gefühl nahezu resignativer Erleichterung absolviert hatte, war er weit weniger stolz gewesen als auf diese Minimalprosa. Simon Bernhardi: teetrinkender Referendar einer norddeutschen Mittelstadt, kongenialer Übersetzer von Holly Gomighty alias Nora Tewes, politischer Aktivist auf dem Weg in Teufels Küche. Noch nie hatte er sich so lebendig gefühlt.

Er nahm das Blatt, sortierte es probeweise in ein Bundesgesetzblatt ein und schaute, wie sich die Sache im Gesamtzusammenhang machte. Er war sehr zufrieden. Noch einmal überprüfte er die Zeichensetzung, wobei ihm auffiel, dass sie in den umliegenden Paragrafen nicht immer hinreichend beachtet worden war. Er war versucht, einen Kommafehler, den er gemacht hatte, absichtlich zu erhalten, korrigierte ihn dann doch, und als ihm die Sache perfekt erschien, legte er Buch und Blatt zur Seite und holte sich stattdessen alle juristischen Kommentare, die er im Regal hatte, auf den Tisch und begann, seine frei erschaffene Gesetzesänderung zu erläutern und zu kommentieren, in größtmöglicher Anlehnung an formale und semantische Gepflogenheiten juristischen Schrifttums. Dies gleich mit zu verbreiten, flankierende Maßnahme, war Teil seines Plans.

Der unmittelbar nächste Schritt jedoch war ein Treffen mit Nora an einer Bank am Deich vor der Fachhochschule. Beide kamen direkt von der Arbeit. Simon aus dem Gericht, Nora direkt von der Morningshow bei *Tee und Teer*, die sie vor Kurzem wieder aufgenommen hatte – sehr zur Erleichterung der Hörerschaft, bei der die eigenartige Geschichte mit dem Quiz, wie es schien, in Vergessenheit geraten war und die jedenfalls mit Noras Vertretung nicht warm geworden war; einer Frau, die lange in der Klassik-Schiene gearbeitet hatte und der Gefahr, dass sie zu bildungsbürgerlich daherkommen könne, mit einem hemmungslos auf jugendlich gebürsteten Gequatsche hatte vorbeugen wollen, allerdings dabei mehr als einmal entgleist war und allen voran die Jugendlichen genervt hatte.

Vor zehn Minuten hatte Nora sich am Mikrofon verabschiedet, heiter und gelassen. Vor fünfundzwanzig Minuten war Simon aus dem Gericht gegangen, wie zu einem alleralltäglichsten Kurzspaziergang, und nun saßen sie beide nebeneinander auf der Bank und fragten sich, in einer fahrig-euphorischen Mischung zwischen Angestacheltsein und Kalte-Füße-Bekommen, was sie hier eigentlich machten. War das alles nicht eine Nummer zu groß? Warum hatte das eigentlich noch nie jemand vor ihnen versucht? Wie würden sie vorgehen, wenn …

Beiden war klar, dass sie von nun an auf Verbündete setzen mussten, auf Mitwisser und Mittätige. Ihre Gesetzesänderung ließ sich ja nicht mit Tesafilm einkleben, sie brauchten nicht nur juristischen und medialen Sachverstand, sondern auch elektronischen. Und mit Sachverstand allein war es auch nicht getan. Informationstechnisch-kriminelle Energie musste es sein. Und für solche konnte man schlecht ein Inserat aufgeben. Sie versuchten, aus Erinnerungen an die letzten Datenskandale geeignete Verfahrensverweise für ihr Vorhaben zu gewinnen, gelangten jedoch schnell ans Ende ihrer Vorstellungskraft. Eine Weile saßen sie schweigend nebeneinander.

»Wenn etwas zu kompliziert wird, muss man es ganz einfach angehen«, sagte Nora, der in den Sinn gekommen war, wie sie in der Compagnie einmal geschlagene zwei Wochen lang nach dem tänzerischen Ausdruck für die ersten Takte von *Solveigs Lied* gesucht hatten. Zweiundfünfzig Industrieleitern waren auf- und wieder abgebaut worden, ein riesiges, durchsichtiges Tauchbecken war befüllt und wieder abgelassen worden, Kostüme aus dreilagigem Batist waren genäht und wieder aufgetrennt worden, bis sie schließlich darauf gekommen waren, dass nichts besser war, als in hautfarbenen Trikots, barfuß und gemessenen Schrittes, schön nacheinander auf die Bühne zu gehen.

»Ich geh mal gucken«, sagte sie.

Sie stand auf, nickte Simon zu, ging schnurstracks in die Mensa der Fachhochschule und lud sich Kartoffelsalat mit Grillkäse, Mokkajoghurt und Pfefferminztee auf ein Tablett. In der Schlange zur Kasse scannte sie die Besetzungen der Tische und setzte sich, nachdem sie bezahlt hatte, dorthin, wo fünf Studenten gerade dabei waren, mit Zeichen von Verachtung, aber auch einer gewissen Sportlichkeit, den wässrigen Pudding zu löffeln, den sie sich mit dem Spar-Menü Chili con Carne als Dessert eingehandelt hatten. Nachdem sie ein kurzes Hallo gemurmelt und sich auf den letzten freien der sechs Stühle gesetzt hatte, registrierte sie die Blicke, die auf ihrem stichfesten Mokkajoghurt lagen.

»Neidisch?«, fragte sie.

»Nee, nicht wirklich«, wurde ihr geantwortet. Die Kombi, die sie da gewählt habe, sei ja zum Abgewöhnen. Da passe nun wirklich nichts zusammen. Und dann auch noch Pfefferminztee. Sie hätten gar nicht gewusst, dass so etwas hier im Angebot sei.

»Ihr habt tatsächlich keine Ahnung«, antwortete Nora, zerschnitt ihren Käse und nahm einen Schluck Tee.

»Nee, nicht von der Veggie-Ayurveda-Abteilung.«

»Blöd für euch«, antwortete Nora.

Blicke schwirrten hin und her, kurzes Lächeln, in allen Nuancen von freundlich bis herausfordernd.

Mit ›Chefkoch‹ würden sie ab und zu schon mal was Nettes zusammenrühren, meinten die Jungs. Dips zum Beispiel fürs

Grillen. Da könne sie sehr gern mal dazukommen. Notfalls auch mit Fleischersatz.

»Chefkoch?«

»Kennst du doch. Kommt immer als Erstes, wenn du nach einem Rezept suchst.«

»Tja, dafür müsste man erst einmal einen funktionierenden Rechner zu Hause haben.«

»Du hast deinen Rechner geschrottet?«

»Er hat sich selbst geschrottet, glaub ich.«

Fünf grinsende Jungmännergesichter. Fünf halb gegessene Vanillepuddings. »Frau und Technik«, das hing deutlich vernehmbar in der Luft, das musste nicht erst ausgesprochen werden – hier in dieser Hochschule, wo der Frauenanteil in den meisten Fächern unterhalb der Nachweisbarkeitsgrenze lag.

»Wo kann ich den denn mal hingeben? Ich suche schon lange einen richtig guten Laden, wo sie anständig reparieren, zu fairen Preisen und nicht immer gleich sagen: Ich an deiner Stelle würde mir lieber gleich einen neuen undsoweiter.«

»Bastler meinst du? Retrotechniker?«

»Nicht Retro, so alt ist mein Rechner nicht, aber welche, die sich so richtig in den Tiefen auskennen mit dem ganzen Kram«, sagte Nora.

»Die sich in der Tiefe auskennen, also in echt jetzt, die sitzen irgendwo in ihren Bitcoin-Villen an der Costa del Sol, nicht hier, am Arsch der Welt.«

»Alter, sie braucht jemanden, der ihren Rechner wieder zum Laufen bringt, nicht irgendeinen Super-Software-Heini.«

»Ich dachte, diese Cracks sitzen alle bei ihren Eltern zu Hause, in ihren Jugendzimmern mit gepolsterten Drehsesseln und schwarzen Kapuzenpullovern«, warf Nora ein und war sehr angetan davon, wie gut ihr Aufschlag funktioniert hatte, wie schön sich der Ball in der Luft hielt.

»Genau. Und löffeln den Pudding von Mutti. Der ist dann wenigstens besser als dieser hier.«

»Ich glaub, die sind mitten unter uns. Und die essen nicht Vanillepudding, die trinken Mate.«

»Wem's hilft ...«

»Denk mal an die unten an der Ecke. Da hocken jedenfalls immer welche rum, die sehen nicht so aus, als ob sie bloß Festplatten wechseln.«

»Die haben einen Kühlraum für ihre Rechner, hab ich mal von wem gehört. Den brauchst du nur, wenn du hochleistungsmäßig unterwegs bist, ihr versteht schon ...«

»Da kühlen die ihre Bierkästen, Mann ...«

»Wen meinst du eigentlich?«

»Die an der Schleuse?«

»Ja, die sind schon echt schräg drauf.«

»Wo früher die Kneipe war?«

»Genau. Den Windfang in der Eingangstür haben die einfach hängen lassen. Du kriegst 'ne Nikotinvergiftung, wenn du da bloß durchgehst.«

»Ich weiß nicht, ob die überhaupt Kunden wollen.«

»Reparieren sollen sie ganz gut, hab ich mir sagen lassen.«

Mitten in diesen von viel Nicken und Brummen und Puddingreste-aus-dem-Bart-Wischen begleiteten Austausch hinein wandte sich einer von ihnen Nora zu und meinte: »Du gehst am besten mal auf Nummer sicher und zu Benny. Der kriegt fast alles wieder hin, und der Preis ist auch okay. Dauert ein bisschen, aber es lohnt sich. Solide Arbeit. Benny war Jahrgangsbester bei der Telekom. Sie wollten ihn übernehmen, aber er hatte schon gleich nach der Ausbildung die Schnauze voll und wollte zurück ans Meer und sein eigener Herr sein. Sag ihm, Eric hat dich geschickt. Bekommste Rabatt.«

Nora schob den Mokkajoghurt in die Mitte des Tisches, nahm

ihr Tablett und setzte sich mit einem »Super, danke, Jungs« in Gang.

»Hey, was ist jetzt mit Chefkoch-Grillen?«

Nora lächelte über die Schulter zurück, freundlich, unverbindlich und offenbar sehr in Eile. Sie war schon aus der Tür und die Treppen runter, als Eric einfiel, dass er ihr Bennys Adresse gar nicht gegeben hatte.

»Die war jedenfalls auch nicht ganz dicht«, meinte er zu den anderen und zog den Aludeckel vom Mokkajoghurt.

6

Die Adresse von Benny brauchte Nora nicht. Von einem klassenbesten Telekom-Lehrling versprach sie sich nichts. Zügig ging sie zur nächstgelegenen Schleuse und hielt nach einem Computerladenschild Ausschau. Dreimal lief sie das Areal ab, bevor sie im Souterrain eines Eckhauses den gesuchten Laden erkannte. Im Schaufenster ein Uraltmonitor und ein Rechnerklotz, dessen heraushängende Kabel in einem fachgerechten Kreuzknoten verbunden waren. Sie schob den tatsächlich mit kaltem Rauch vollgesogenen Kneipenvorhang zur Seite, ging hinein und erkundigte sich bei einem bärtigen, leicht übergewichtigen Mittvierziger nach den Preisen für einen Check ihres in Dauerabsturz befindlichen Rechners. Seine gelangweilte Arroganz und seine Weigerung, halbwegs allgemein verständliche Vokabeln für elektronische Zusammenhänge zu verwenden, hätten sie unter anderen Umständen rasch aus dem Laden getrieben, und zwar nicht ohne eine Reihe sehr allgemein verständlicher Vokabeln zu hinterlassen. Jetzt aber ließ sie nicht locker, sondern verwickelte ihn in ein Gespräch über Sinn und Nutzen von Festplattenerweiterungen.

»Ich will ja einfach nur meine Diplomarbeit fertig schreiben und keinen Cyberangriff starten«, sagte sie.

»Wieso nicht?«, antwortete ihr Gegenüber, ohne aufzuhören, den Kugelschreiber zwischen den Fingern auf den Ladentresen zu klopfen. Nora antwortete nicht.

»Ich überleg's mir noch«, sagte sie, nachdem die Pause lang genug gewesen war, um Bedeutung zu erlangen. Tags drauf ging sie wieder vorbei, mit einem ausgemusterten Laptop, den sie aus dem Lagerraum des Rechenzentrums abgezweigt hatte.

Die unverhohlene, die absolute Unverbundenheit Noras mit diesem ramponierten Stück Elektronik, das sie jetzt auf den Ladentisch legte, ließ keinen Zweifel daran, dass ihr Anliegen ein anderes war. In ähnlich desinteressierter Weise wurde sie nach dem Passwort gefragt.

»Scheiße«, antwortete sie, »das hab ich jetzt schon wieder vergessen. Es ist echt eine Katastrophe, zweimal im Jahr brauch ich eine neue Bankkarte, und online einkaufen geht gar nicht. Ich bin echt nicht für Passwörter geschaffen.«

Ihre halbherzig hingelogene Passwortschwäche wurde mit Schweigen quittiert. Bis Nora sich zu einem »Was machen wir denn jetzt?« genötigt fühlte.

»Du fragst mich, ob wir das knacken können? Dieser Rechner hat acht Jahre auf dem Buckel. Da setze ich meinen siebenjährigen Neffen dran. In zwei Minuten hat er das.«

Wie um zu unterstreichen, dass das Ganze auch im Blindflug vonstattengehen könne, hatte er seine Brille abgenommen und in den Saum seines ausgewaschenen T-Shirts gesteckt.

»Okay«, meinte Nora, die den Zeitpunkt einer Flucht nach vorn für gekommen hielt. »Das also macht ihr hier den lieben, langen Tag.«

»Komm Ende der Woche, dann ist das Ding fertig.« Noras Offensive wurde jäh abgeschnitten.

»Hochschulschrott«, sagte sie im Hinausgehen.

Hinter sich hörte sie ein trockenes Lachen.

Als sie wiederkam, drei Tage später, zog dieser Schwereinschätzbare, dieser schlampig-arrogante Nerd, den Rechner aus dem Abholregal und sagte: »Der läuft eigentlich noch ganz ordentlich. Wir haben ihn auf das neueste Betriebssystem erweitert, das er verkraftet. Jetzt kannst du E-Mails ohne Anhang abrufen und Wetter ohne Werbung – wenn du etwas Zeit mitbringst.«

»Na klasse«, sagte Nora, »dann wird das mit dem Cyberangriff doch wieder nichts.«

»Das müssen dann eben andere machen«, antwortete ihr Gegenüber, ohne den Blick von der Kasse zu nehmen, in die er den Rechnungsbetrag eintippte. Mit dem Wechselgeld gab er ihr eine Visitenkarte: Schleusentor. Rechnerreparatur und Datenrettung. Am Schleusentor 1a. Inhaber: Lukas Leander. Kontakt: schleusen@tor.com.

Nora wusste nicht viel über die Branche, aber sie las Zeitung und war darüber im Bilde, dass Tor Spuren im Netz verwirbelte wie eine lange Satteldecke Hufabdrücke in mexikanischem Wüstensand. Und dann auch noch dieser Gesangbuchname: Lukas Leander. Augenblicklich war ihr klar, dass dies hier die unverfrorenste Deckadresse war, die es je gegeben hatte.

»Wo steht ihr?«, fragte sie.

»Wo wir stehen? Halb im Wasser, nehme ich an«, antwortete Lukas Leander und deutete mit dem Kopf vage zum Fenster. Nora nickte und wartete ab. Ihr Kopf arbeitete fieberhaft, baute sekundenschnell Entscheidungsbäume auf, schätzte Folgen ab, spielte in Gedanken eine Karte aus, dann eine andere. Welche war die richtige? Welche die falsche? Sie schob den reparierten

Rechner zur Seite und sah Lukas Leander, in dessen hellblauen Augen neugierige Wachsamkeit die Attitüde träger Arroganz vertrieben hatte, direkt an.

»Ihr hackt die Ministerien? Euch steht das Wasser bis zum Hals? Ihr tummelt euch im Darknet, wo Kinderpornos verhökert werden? Eure Gurus sitzen fest wegen Plagiats und sexueller Nötigung. Wo steht ihr?«

Hätte Lukas Leander seine Intelligenz ausschließlich auf Schaltflächen und Algorithmen gerichtet, wäre er von der Kommunikation, die ihm hier, im Fahrwasser eines Alibi-Rechners, aufgezwungen wurde, vermutlich einfach überrannt worden – wäre stinksauer geworden, alarmiert gewesen; oder geschmeichelt. Aber da er regelmäßig Schach spielte, wenn auch zu ungewöhnlicher Zeit, zwischen acht Uhr dreißig und zehn Uhr dreißig, genau dann, wenn sein Onkel Léon Leander in seiner Seniorenanlage gefrühstückt hatte und die Zeit bis zum Mittagessen überwinden musste, wenn er also nicht dieses tägliche Training mit dem mehrfachen Gewinner der Meisteranwärterklasse gehabt hätte, wäre ihm vielleicht die Freude an einem provokanten Spiel nicht vertraut gewesen und hätte er den nächsten Zug nicht so schnell zur Hand gehabt, der darin bestand, ohne die Miene zu verziehen, kundzutun, dass er nicht am Bettende dieser Gurus stehe. Im Übrigen fände er Daten geil und Sex geil und Datenmissbrauch genauso scheiße wie sexuellen Missbrauch.

»Und ich finde es scheiße, beides Missbrauch zu nennen«, sagte Nora.

»Verstehe«, sagte Lukas Leander.

»Hör mal«, meinte Nora, während sie den Hochschul-Laptop verstaute, »wie wär's mit einem Bier? Ich habe einen Bekannten. Der würde dich gern mal kennenlernen.«

»Bier gibt's hier. Täglich ab einundzwanzig Uhr.«

7

Am nächsten Abend klingelten Nora und Simon an einem Seiteneingang von Schleusentor und wurden in einen Raum geführt, in dem außer einer langen Tischreihe mit Rechnern und einer Handvoll Bürostühle, die ausnahmslos so aussahen, als stammten sie aus der Konkursmasse überstürzt gegründeter Start-ups, keinerlei Einrichtungsgegenstände zu sehen waren, geschweige denn ein paar gruftige Poster vom Chaos Computer Club, wie Nora es sich vorgestellt hatte. Neben dem Schleusenwärter Lukas Leander war da noch ein junges Gesicht unter einer tief in die Stirn geschobenen Mütze, sehr hell, aber nicht auf die blasse Art. Die klar geschnittenen Züge gaben keinerlei Auskunft darüber, ob sie einem weiblichen oder einem männlichen Wesen zugehörten, genauso wenig wie die überdimensionale, schwarz-weiß karierte Jacke, die allenfalls darauf hindeutete, dass hier jemand auch in gut geheizten Räumen dazu neigte, sehr zu frieren. Als Lukas Leander »Das ist Muskat« sagte, meinte Nora, noch nie einen passenderen Namen gehört zu haben. Für diese Haut, die tatsächlich genau die dunkel durchwirkte Helligkeit frisch geriebener Muskatnuss hatte. Mit einer Stimme, die sich, wie Nora fasziniert bemerkte, genau zwischen Alt und Tenor bewegte, fragte Muskat, auf Simons Hörgerät deutend, ob es nicht besser für ihn sei, wenn sie die Musik ausschalten würden. Simon lächelte und nickte, erstaunt und dankbar. Nichts gegen Pink Floyd. Aber vielleicht nicht gerade, wenn es darauf ankam, jedes Wort zu verstehen. Während Muskat mit zwei, drei Klicks auf dem nächstgelegenen Rechner *On the Run* runterregelte, lehnte Lukas Leander am Tischrand und erkundigte sich nach der Software, mit der Simons Hörgerät betrieben wurde.

»›Aurel‹«, antwortete Simon. »Die erste, die wirklich funktioniert.«

Davon habe er noch gar nichts mitbekommen, meinte Lukas Leander und erzählte von seinem Onkel, der beim letzten Hörgerätwechsel darauf bestanden habe, wieder ein »Mango«-betriebenes zu bekommen, obwohl ihm klar und deutlich zu verstehen gegeben worden war, dass der Service für ›Magon‹ demnächst auslaufe und man ihm dann hier jedenfalls nicht mehr weiterhelfen könne. Sein Onkel war nicht umzustimmen gewesen. Altersstarrsinn und Schwerhörigkeit kämen nicht selten zusammen, hatte der Akustiker ihm, dem begleitenden Neffen, zugeraunt. »Jugendwahn und Respektlosigkeit aber auch«, hatte sein Onkel daraufhin gesagt und damit den Akustiker gewaltig aus der Fassung gebracht. Er persönlich, meinte Lukas Leander, hege sowieso den Verdacht, dass die Schwerhörigkeit seines Onkels eher prinzipieller als physiologischer Natur sei: bloß nicht immer reagieren müssen und Leute ausbremsen, die ihm weiterhelfen wollten, wo Hilfe nicht vonnöten war.

Während des einverständigen Lachens, das das Bild eines kauzigen, alten Mannes, der nicht hören wollte, und eines nassforschen Akustikers, der vom Nicht-Hören im Grunde nichts verstand, heraufbeschworen hatte, sah Simon zu Nora hinüber, die ihm zunickte, und mitten in das ausklingende Lachen hinein sagte er: »Es ist eine Art Witz.«

Lukas Leander, der, genau wie Simon und Nora, während dieses kurzen, vertrauensfördernden Gesprächs keine Sekunde lang unaufmerksam geworden war, erfasste sehr gut, dass Simon mit diesem Satz keine Zusammenfassung der Hörgerät-Episode geben, sondern ins eigentliche Thema einsteigen wollte.

»Über den nicht alle lachen können, nehme ich an.«
»Nein, nicht alle.«
»Das sind natürlich die besten.«

»Sehen wir auch so.«

»Bier?«

Sie nickten. Was Nora und Simon nicht erwartet hatten, war, dass Lukas Leander eine Falltür aufzog, eine steile Treppe runterstieg und mit einem Arm voller Flaschen erstaunlich geschickt die Leiter wieder hochbalancierte. Muskat zog ihm eine Cola aus dem Bündel. Wie alt mochte Muskat sein? Sechzehn? Achtzehn? Zweiundzwanzig? Oder doch erst vierzehn? Nora beobachtete fasziniert, dass es ihr in diesem Fall an jeglicher Einschätzungskompetenz mangelte.

»Und zum Witze-Erzählen braucht ihr uns?«, fragte Lukas nach den ersten Schlucken Bier.

Simon nickte. »Wir wollen, dass alle etwas davon haben. Ganz offiziell. Unterzeichnet und gestempelt.«

»Trotzdem illegal, nehme ich an«, meinte Lukas Leander und stellte seine Flasche ab, gefährlich nahe an der Tastatur, fand Nora.

»Illegal?«, antwortete Simon. »Nein, so würde ich das nicht nennen.«

»Wie dann?«, hakte Lukas nach und setzte sich halb auf die Tischkante.

Jetzt eine falsche Armbewegung, dachte Nora, und die Tastatur ist hin. Gleichzeitig, wie auf einer zweiten Tonspur, dachte sie: Warum mache ich mir Sorgen um die Tastatur, die Leute hier sind Profis der Rechnerreparatur, es geht mich nichts an, es geht um etwas ganz anderes – aber es war genau diese dritte Spur des Etwas-Ganz-Anderen, die ihrem überangespannten Kopf gerade immer wieder entglitt und an dessen Stelle sich die gefährliche Nähe von Tastatur und offener Bierflasche schob.

»Manchmal braucht man eine Gesetzesänderung schneller, als die das in der Regierung überhaupt schaffen können«, sagte Simon nach kurzem Bedenken. »Dann ist es doch gut, wenn jemand einfach schon mal vorlegt. Einen Prototyp macht.«

»Ein Gesetz, das sich selbst überholt? Superlegal? Turbolegal?«

»Geht absolut in die richtige Richtung«, sagte Simon. »Oder eben protolegal. Jedenfalls nicht illegal.«

Lukas Leander nickte, Muskat nickte. Beiden lag dabei ein Lächeln um den Mund.

Nach einer Pause, in der Simon die drei Gesichter um ihn herum der Reihe nach genau angesehen hatte, sagte er:

»Legal geht so: Gesetzesentwurf, Bundeskanzlerin, Bundesrat, Bundestag, Verteilung einer Drucksache, Druckerei, Bundesdrucksache, Bundestagspräsident, Bundesministerien, Plenum, erste Lesung, zweite Lesung, dritte Lesung, Ältestenrat, Ausschüsse, Experten, Fraktionen, Anhörung, Beschlussempfehlung, gedruckt zurück zur Bundeskanzlerin, Bundespräsident, Unterschrift, Druckerei, Bundesgesetzblatt, Vierzehntagefrist, Inkrafttreten, Verteilung, Versendung, Abheftung, Anwendung.«

Die dreißig Schritte konnte Simon ohne Stocken und ohne Blick auf eine Notiz hersagen. Oft genug hatte er sich diesen Bandwurm in den letzten Tagen vor Augen gehalten, um Schwachstellen in dem wohleingerichteten Ablauf auszumachen. Nora hatte die Bierflasche im Auge behalten. Muskat hatte sich auf einen Tisch gesetzt, die Füße auf einen Stuhl gestellt, die Ellbogen auf die Knie und das Gesicht in die Hände gestützt. Lukas Leander hatte zu jedem Schritt genickt, genau dreißigmal. Dann hatte er das Nicken eingestellt.

»Und ihr wollt also ein Gesetz ändern, ohne diese Bundesgeschichten, ohne Lesungen und Aussprache und Frist und den ganzen Kram?«

»Die Zeit drängt.«

»Ich nehme an, dass es nicht um Feinstaubgrenzen oder Einfuhrzölle geht.«

»Wir heben eine Verjährungsfrist auf.«

»Für?«

»Schweren sexuellen Missbrauch.«

»An Kindern«, fügte Nora hinzu, die auf einmal die entscheidende Spur in ihrem Kopf wiederhatte und sich nun direkt zuschalten konnte.

»So etwas verjährt?«, fragte Lukas Leander.

»Ja.«

Während Lukas Leander noch nachdenklich in sich hineinnickte, war Muskat dabei, einen Rechner hochzufahren. Der Startsound hallte wie ein tiefer Seufzer durch den Raum.

»Muskat war schon mal im Außenministerium – und im Kanzleramt«, sagte Lukas.

»Um was zu tun?«

»Guten Tag zu sagen – und: ›Lasst nicht immer alles so offen rumliegen‹.«

»Seid ihr gut vernetzt, in der Branche?«

Lukas nickte. »Fragt jetzt bitte nicht, mit wem.«

Er sah den schnellen Blickwechsel zwischen Nora und Simon.

»Alles superlegal – oder protolegal, ganz, wie ihr wollt«, fügte er hinzu. Er öffnete sich ein zweites Bier, trank einige Schlucke und fing an, die Sache einzuordnen: Dass sie das Zeug hätte, das nächste ganz große Ding zu sein – jedenfalls von »Guten Tag. Lasst eure Sachen nicht immer so offen herumliegen« ziemlich weit entfernt. Dass man sehr viel über Abläufe wissen müsse, um den perfekten Zeitpunkt abzupassen. Wenn Gesetzesänderungen anstünden, müsste man diese in letzter Sekunde mit einschleusen.

Simon und Nora nickten. Ganz genau. Gut versteckt, aber öffentlich-rechtlich. Punktgenau und unverzüglich.

Lukas Leander sagte länger nichts, sah kurz zu Muskat hin, die am Rechner beschäftigt war, dann lange auf das Etikett seiner Bierflasche, als sähe er es zum ersten Mal. Schließlich begann er über Intranet und Internet zu sprechen. Über Verschlossenes, das so zu öffnen sei, dass keiner den Luftzug aus der offenen Tür spüre. Über richtige Zeitpunkte. Nichts sei so schwierig wie ›in letzter Sekunde‹. Weil man in letzter Sekunde eben nur einen Versuch habe. Springen und landen, wo man hinwollte, oder springen und auf die Schnauze fallen. Klimaanlagenwartung und USB-Sticks spielten keine geringe Rolle, Versionskontrollsysteme, Zeitschränke und VPN-Zugänge – wenn das überhaupt was werden könnte ...

»Dazu braucht es Trojaner oder so«, meinte Nora und hasste sich dafür, eine irgendwo aufgeschnappte, eine halb verstandene Vokabel in dieses, ausgerechnet in dieses Gespräch zu bringen, zu dem sie aber unbedingt etwas beitragen und das sie unbedingt nach vorn bringen wollte. Ihre Einlassung wurde, wie nicht anders zu erwarten, mit einem maliziösen Lächeln quittiert. Für einen guten alten Trojaner allein sei diese Sache eher etwas zu komplex, meinte Lukas. Er persönlich setze lieber auf Trantüten. Trantüten seien für dieses Geschäft insgesamt wesentlich wichtiger als Trojaner. Die, die eine Sicherheitslücke übersehen oder irgendetwas vergessen zu aktivieren oder versehentlich deaktivieren, und die, die ihre Passwörter mit einem sträflichen Mangel an Kreativität wählten, die gäbe es nämlich sowieso immer – und überall. Wirklich immer. Wenn auch nicht immer auf den ersten Blick. Und hier, in diesem Fall, nun, da sei es mit einer Trantüte sicher nicht getan. Da bräuchte es schon ein Trantüten-Nest.

»Es handelt sich um Bundesbehörden und gesetzgebende Organe«, wandte Simon zweifelnd ein.

»Ja, das macht die Sache leichter«, meinte Muskat.

»Andererseits«, fuhr Lukas Leander fort, »wenn es gelingt, dann hast du dich damit unsterblich gemacht.«

Auch wenn er »du dich« und nicht »ich mich« oder »wir uns«

sagte, hörte Nora einen gewissen Ehrgeiz heraus, den sie reflexhaft schürte: »Genau, du kannst dich damit verewigen. Mit der Aufhebung der Verjährung. Passt doch.«

Simon zog seine Loseblattsammlungen aus der Tasche und zeigte die eingelegten Änderungsblätter. Er wartete ab, bis Muskat und Lukas die Seiten abgenickt hatten, und legte dann die Protokolle der Bundestagssitzungen auf den Tisch. Muskats Augen bewegten sich konzentriert durch die Zeilen, wie um bereits Aufwand und Dateigrößen abzumessen. Lukas Leander las rasch und lachte sein kurzes, heiseres Lachen: »Ihr habt tatsächlich die Lesungen gefakt? Die Protokolle? Das hat euch richtig Spaß gemacht, was? Sollen die auch irgendwo hochgeladen werden? Auf der Bundestagsseite? Ihr seid ja nicht ganz dicht.«

»Vielleicht Schritt für Schritt.«

»Man könnte das über eine Webagentur online stellen. Sobald die Sache in Auslieferung ist. So verbreitet es sich am schnellsten«, meinte Muskat.

»Wir müssen schauen, was geht.« Lukas Leander sah Muskat an. Muskat nickte und wandte sich dem Monitor zu.

Simon und Nora erhoben sich von ihren Hockern. Sie hatten verstanden, dass im Schleusentor die Dinge jetzt auf eine Weise besprochen werden würden, deren Zeugen sie besser nicht sein sollten.

»Wir melden uns«, sagte Lukas, während auch er sich an einen Rechner setzte. »Kann aber dauern.«

Das klang jetzt ganz so, als ginge es doch wieder nur um die Festplatte eines schrottigen Hochschulrechners. In welchem Spiel waren sie hier gelandet? Alles auf Anfang – oder doch schon fast am Ziel?

Als Nora und Simon in die Nacht hinaustraten, kam sie ihnen, nach den dunkel getünchten Schleusentor-Wänden, seltsam hell vor. Bleiche Nebelschwaden lösten sich vor ihren Augen in einen feinen Niesel auf, der in den Wimpern hängen blieb. Als hätte jeder einzelne Tropfen die Hafenlichter in sich aufgenommen und würde sie nun nach und nach abgeben, direkt dort, wo sie gebraucht wurden.

»Jetzt gibt es kein Zurück mehr«, sagte Simon zu Nora, die es in diesem eigenartigen Licht fertigbrachte, ihr Zahlenschloss ohne Handylicht zu öffnen.

»Nein«, sagte Nora, sah auf und deutete ein Lächeln an, »absolutes Rückwirkungsverbot«.

Sie schwang sich auf ihr Rad und fuhr davon. Obwohl weder Vorder- noch Rücklicht leuchteten, konnte Simon sie noch lange sehen.

8

»Wir melden uns«, hatten sie im Schleusentor gesagt. Und dass es dauern könne. Dennoch ließ Nora das Handy nicht aus den Augen, checkte Mails so oft wie die Leute, über die sie sich sonst lustig machte, tigerte in der Nähe des Schleusentors herum, als ob ihre bloße Anwesenheit im Einzugsgebiet des Ladens die Vorgänge dort beschleunigen könnte, und traf dabei mehr als einmal Simon, der oben auf dem Deich eine Bank umgedreht hatte und so statt des Wolken- und Wellenspiels in der Hafeneinfahrt das Schleusentor im Auge behielt. Es vergingen Tage und Wochen, und irgendwann sprach Nora das aus, was auch Simon dachte: dass Lukas und Muskat vermutlich doch nicht die Richtigen gewesen waren für dieses Ding, aus welchen Gründen auch immer. Was keiner von ihnen aussprach, aber beide dachten: dass sie am Ende nicht mit Ergebnissen, sondern mit dem Besuch eines Sonderkommandos Cybersicherheit zu rechnen hätten, verfolgte sie als Schreckgespenst in den Nächten, bis auch das aufhörte. Wenige Tage nachdem Simon sich mit dem Satz »Vielleicht müssen wir uns etwas anderes überlegen« von seiner Bank erhoben hatte und Nora, die auf dem Fahrradsattel sitzen geblieben war und sich mit einem Fuß an der Bank abgestützt hatte, lange überlegt hatte, ob mit Überlegen überhaupt irgendetwas erreicht werden konnte oder doch eher mit Nichtüberlegen und Irgendetwasmachen – aber was jetzt noch machen?, erschien am späten Nachmittag eine No-reply-Nachricht auf ihrem Handy: »Ihr Rechner ist fertig. Bitte denken Sie an den Abholschein. Unsere Öffnungszeiten …« Während Nora noch auf den Monitor starrte und sich tatsächlich fragte, ob sie damals eigentlich den alten Hochschul-Laptop mitgenommen hatte, ploppte eine zweite Nachricht auf: »21 Uhr? Simon.«

Als sie um kurz nach neun an der Hintertür klopften und Lukas Leander sie hereinließ, schienen Ort und Personen ihnen auf nahezu beklemmende Weise unverändert: Muskat mit Mütze und karierter Jacke, eine Colaflasche vor sich auf dem Rechnertisch. Lukas Leander auf dem Weg in den Keller, um Bier zu holen, die Rechner ohne Anzeichen dafür, was sich in ihnen abgespielt oder nicht abgespielt hatte.

»Wir haben, was wir brauchen«, sagte Lukas. »Wir wissen, was nötig ist. Seit gestern ist klar, wann es losgeht.«

Nora und Simon nickten, sahen sich an, sahen Lukas und Muskat an.

»Wir tauschen die Datei im Ganzen aus. Und haben dafür gesorgt, dass sie in den Verteiler geht, an die Online-Abonnenten, die Verlage und Druckereien. Wir haben einen schönen, breiten Zugang zur Bundestagsseite. Da könnten wir sogar eure Protokolle immer noch reinsetzen, wenn ihr wollt. Aber wahrscheinlich ist es wirklich besser, sie einfach im Netz zu verbreiten, über gewisse Nachrichtenportale. Wie Muskat gesagt hat. Sucht es euch aus.«

»Wollt ihr dabei sein, wenn es losgeht?«, fragte Muskat.

Nora und Simon, immer noch ohne Worte, nickten gleichzeitig.

»Dann kommt übermorgen. Aber später. Es wird eine lange Nacht. Wir machen es wahrscheinlich zwischen zwei und drei.«

»Wie die Zeitumstellung«, sagte Simon.

»Ist es ja auch«, meinte Muskat.

Mit dem deutlichen Gefühl, dass mehr für diesen Abend nicht geplant war, dass ihre Anwesenheit hier nicht vonnöten, vielmehr hinderlich wäre, stellten Nora und Simon ihre halb ausgetrunkenen Bierflaschen synchron auf den Boden, standen auf und sagten: »Bis übermorgen.«

»Ihr findet den Weg«, antwortete Lukas Leander.

In der übernächsten Nacht wurden Nora und Simon Zeuge, wie Lukas und Muskat, diesmal ohne Bier, dafür mit Kaffeebechern, die sie kontinuierlich nachfüllten, in nervenaufreibend unregelmäßigen Intervallen die Tastatur ihrer Rechner bearbeiteten – bis Lukas Leander ruckartig aufstand, sich hinter Muskats Stuhl stellte und aufmerksam die Einträge verfolgte. Dann hob er den Arm wie zu einem Startschuss und ließ ihn wenige Sekunden später fallen.

»Jetzt«, sagte Muskat.

Im Abstand weniger Sekunden klickte Muskat auf dieselbe Taste, ließ dann beide Hände einen Augenblick lang über der Tastatur schweben, drehte sich um, nahm einen Schluck Kaffee und verzog das Gesicht, als ob zum ersten Mal in dieser Nacht die säuerliche Bitterkeit von abgestandenem Kaffee Marke Mocca die Chance hatte, in die Geschmacksnerven vorzudringen. Lukas Leander nickte und schlug die Beine übereinander. »Jeden Tag eine gute Tat«, sagte er.

Simon holte eine Flasche Whiskey aus der Tasche, in den er einen Gutteil seines Referendarsgehalts investiert hatte. Nora sammelte mit zitternden Händen Wassergläser aus einem Regal mit Handbüchern und Kabeln zusammen. Angeregt durch die amerikanische Brauart des Whiskeys entspann sich ein Hin und Her über Gut und Böse im klassischen Western: The Good, the Bad and the Ugly. Über White Hats, Grey Hats und Black Hats.

»Und wir«, fragte Nora. »Wo stehen wir?«

In der trockenen Luft des Schleusentor-Raumes, zu vorgerückter Stunde, hatte sie ihre Kontaktlinsen aus den Augen nehmen müssen und suchte mit nervösen Händen das Brillenetui in ihrer Tasche. So sah sie nicht, wie freundlich und nachdenklich Lukas Leander sie anschaute.

»In der Grauzone?«, fragte sie nach, als sie nach einer Weile noch keine Antwort bekommen hatte.

»Unsere Hüte«, sagte Lukas Leander, »sind weiß wie Schnee.«

Alle Blicke im Raum ruhten auf ihm.

»Angekokelt beim Entern der Firewalls und angeschmuddelt in den Darkrooms«, fuhr er fort, »aber in der Grundfarbe: weiß wie Schnee.«

Der Whiskey hatte durch Noras leeren Magen hindurch zu rasch ins Blut gefunden und ließ Lukas' Worte in einem seltsam glasklaren Schwindel kreisen – weiß wie Schnee weiß wie Schnee weiß wie Schnee – und neue Verbindungen eingehen: Sie sah in ihr Glas, drehte es zwischen den Händen und wartete, bis sie sich in dem schwankenden, bronzenen Spiegel neu sortiert hatten: *Weiß wie Schnee, Worte / die durchs Tor kommen und durch / Wände aus Feuer.* Das muss ich Grischa schicken, dachte sie, für die Morningshow. Die Morningshow, die sie diesmal wohlweislich gegen die Abendshow mit ihm getauscht hatte. Und gleichzeitig, während ihr die Silben bereits wieder entglitten, wusste sie, dass dies ein verräterisches, vor allem aber ein schlechtes

Haiku war. Toshio jedenfalls hätte es nicht gefallen. Amateur-Haiku, hätte er gesagt.

»Nein, nein«, sagte Nora laut und wusste selbst nicht, ob sie damit die Erinnerung an Toshio abwehren, ihr flüchtiges Haiku ungeschehen oder die Versicherung, auf der guten Seite zu sein, anzweifeln wollte. Auch die anderen im Raum versuchten, dieses vehemente, doppelte Nein einzuordnen. Dann sagte Muskat, sehr entschieden: »Doch«, stand auf und vertauschte Noras Whiskeyglas mit einem Kaffeebecher.

Als sie das Schleusentor durch die Hintertür verlassen hatten, ihre Räder vom Hof schoben und Simon sein Hörgerät wieder auf Umgebung stellte mit jener kleinen Bewegung am Ohr, dieser nach außen offenen Hand, wurde Nora von einer Zärtlichkeit ergriffen, auf die sie hier, in einem vernachlässigten Hinterhof, bei Nieselregen und inmitten einer dieser zähen Stunden zwischen Nacht und Tag, vollkommen unvorbereitet war. In der sich alle Arten von Zärtlichkeit, nicht jede einzelne davon erotisch, dennoch zu einem nicht mehr abzuwehrenden oder abzuwägenden Verlangen zusammentaten, das sie dazu brachte, eine Hand vom Lenker zu nehmen, den Arm um Simons Hals zu legen und ihn zu küssen. Und Simon, der eine solche Wende nicht für möglich, wenngleich für hochgradig wünschenswert gehalten hatte, ließ sich in diese Zärtlichkeit verwickeln und konnte ihr mit all der Zärtlichkeit antworten, die sich in ihm seit Kindertagen angestaut hatte und sich in seinen sexuellen Begegnungen, die zu wünschen tatsächlich genug übrig gelassen hatten, noch nicht verbraucht hatte. Nach einem langen Kuss gingen sie dicht nebeneinander zu dem Haus, in dem Simon Bernhardi sein Zimmer angemietet hatte, mit Blick auf die Schiffe im Neuen Hafen. Die sah Nora nicht, weil sie ihre Brille schon an der Tür abgenommen hatte. Sie wusste, wie man Hemden und Trikots und Stulpen und, ja, ein Suspensorium ohne Sehhilfe auszog, nicht, wie man Hörgeräte abnahm.

Sie fand es aber wichtig, es abzunehmen. Aus Gründen der Parität. Simon half ihr und staunte über die Zartheit ihrer Finger und die Empfindsamkeit seines Ohrs, für die alle Welt immer nur die Vokabeln übrig gehabt hatte, die auf die eine oder andere Weise mangelnde Sensitivität beschrieben.

Jedenfalls hatte Kurzsichtigkeit auf der einen und Schwerhörigkeit auf der anderen Seite über Jahre hinweg jeweils die Tastsinne überdurchschnittlich ausgeprägt, sodass es hier und jetzt zu bemerkenswerten Steigerungsprozessen kam. So war es jedenfalls noch nie gewesen. So hautnah, so weltentrückt, so auf den anderen ausgerichtet, dass das leichteste Zittern, das leiseste Murmeln wie von selbst eine Antwort fand. Der Whiskey hatte sie zudem in eine intensive Wachheit versetzt, dass sie lange etwas von dieser Reise über Haut und Haar hatten. Kurz bevor Nora einschlief, meinte sie, an der Wand ein Kalenderblatt vom Juni vorvorletzten Jahres zu sehen, und geriet in einen kurzen, heftigen Taumel über Raum und Zeit, bevor sie in der Lage war, diesen mysteriösen Stillstand ihrer Kurzsichtigkeit zuzuschreiben. Als ob. Als ob es einen Weg in Vergangenes hinein gäbe. Wo doch ihre inständige Bitte des Noch-einmal-zurück oder wenigstens des Noch-etwas-Bleibens erst kürzlich in höchster Instanz abgelehnt worden war.

Als Simon früh am nächsten Morgen die Tür öffnete, um den Tee hereinzuholen, den er dort jeden Tag auf einem Wägelchen vorfand, mit der immerselben Sammeltasse aus Fine Bone China, die, strahlend weiß, einen rot-goldenen Drachen zum Henkel hatte, stand eine zweite Tasse auf dem Tablett: weit geschwungen, mit einer blau-weißen Ansicht von Delft. Und statt der zwei Friesenblätter gab es vier – als hätte die alte Dame gewusst, dass der nächtliche Gast die Art Morgenmensch war, der genau zwei Kokoskekse zum Frühstück brauchte und der diese dünnwandige Tasse erst gegen das Licht und dann vor die kurzsichtigen Augen halten würde, die dank zu hoher Brechung im Nahen ausgesprochen scharf gestellt waren.

»Schau mal, da ist ein kleiner Hund auf dem Kahn, ein Spitz, oder? Und hinter der Gardine im Turmfenster, da steht doch jemand? Mit einer Tasse in der Hand. Genau mit dieser Tasse, wirklich genau mit dieser! Schau doch mal!«

Simon, der mit seiner Drachentasse am Fenster stand, las diese Worte von ihren Lippen und konnte sich nicht sattsehen an ihrer hellen Freude, in der eine kindliche Unbeschwertheit lag, die sich, wie ihm schien, von weit her Bahn gebrochen hatte. Als lägen alle Schwierigkeiten schon hinter ihnen – wo sie beide doch gerade gestern Abend alles darangesetzt hatten, sie erst beginnen zu lassen.

9

Sie hatten Wetten darüber abgeschlossen, wie lange es dauern würde, bis die Fälschung einer Gesetzesnovelle aufflöge – in Deutschland.

»Zwei Minuten«, hatte Nora gemeint, »zwei Wochen« Lukas Leander, »zwei Monate« Simon. Muskat hatte sich Zeit gelassen. »Ich denke, es wird drei Wochen dauern. Aber bis wir es mitbekommen, wird noch einmal die gleiche Zeit vergehen.«

Jedenfalls verging genug Zeit, um die Nerven bloßzulegen. Nora klickte sich bis spätabends durch die Nachrichtenseiten und wartete auf die roten Balken einer Eilmeldung. Simon forschte in den Gesichtern seiner Kollegen nach Sensationslust, lauerte auf einen kollektiven Aufschrei und ließ den Posteingang des Intranets nicht aus den Augen.

Was Lukas und Muskat taten, deren Nervosität doch mindestens so groß wie ihre sein musste, wussten sie nicht. Sie hatten sich Kontaktsperre verordnet. Letztlich war Lukas Leander am nahesten dran. Aber es lief so ähnlich, wie Muskat vorhergesagt hatte: Die Abonnenten hefteten die neue Sendung ab. In den Verlagen wurden die neuen Printausgaben vorbereitet. Es blieb ruhig.

Bis am Tag sechzehn nach der Aktion in Trier eine ältere Dame zu einem Anwalt ging. Sie hatte lange überlegt. Etwa fünfeinhalb Jahrzehnte lang. Ihren ersten Monat in Rente hatte sie damit zugebracht, systematisch die Liste der Anwälte in den Gelben Seiten ihrer Stadt durchzugehen und nach einer geeigneten Person zu suchen. Dabei waren ihr die Spezialgebiete und Arbeitsschwerpunkte egal gewesen, sie hatte ein Kriterium, das weniger leicht zu ermitteln war: Ihr Anwalt musste nach 1980 geboren sein. Zu einem älteren, das wusste sie, würde sie kein Vertrauen fassen. Und so einen Juniorpartner, der unter der Fuchtel eines Seniors stand, den wollte sie auch nicht. Er sollte für sich selbst stehen und einer Generation angehören, die sich mindestens potenziell eine Mahlzeit kochen und ihre Wäsche selbst waschen konnte. Natürlich hatte sie auch darüber nachgedacht, eine Frau zu beauftragen, diesen Gedanken aber verworfen, weil sie meinte, dass eine augenscheinliche Männer-Frauen-Front der Sache, nicht zuletzt auch in erzieherischer Absicht, da konnte sie als ehemalige Lehrerin nicht aus ihrer Haut, abträglich sein würde. Nach sorgfältiger Recherche auf ihrem Tablet, auf dem sie die Fotos der Anwälte im Längs- und Querformat taxierte, sofern diese ihr Geburtsjahr verschwiegen hatten, und einigen Anrufen und Gesprächen mit Vorzimmerpersonal hatte sie mit einem jungen Rechtsanwalt, Jahrgang 1982, einen Termin vereinbart. Der war nicht wenig erstaunt, dass sie mit ihrem Anliegen ausgerechnet zu ihm kam. Hatte er nicht ›Schwerpunkt Insolvenzrecht‹ auf seiner Homepage stehen?

»Sie waren mir sympathisch«, sagte die Frau, die ihm in einem schlichten Sommerkostüm gegenübersaß, »ich denke, Sie sind der Richtige.«

Diese ebenso unverhoffte wie unbeirrte Erwählung ließ den jungen Mann nicht kalt. Prinzipiell könne er das schon machen, meinte er, noch immer zögerlich.

»Nein, nein«, entgegnete sie, »nicht prinzipiell – offiziell, hochoffiziell.«

Diese Antwort wiederum gefiel dem Anwalt sehr. »Ich schau's mir an«, sagte er, »nehmen wir mal die Daten auf.«

Nachdem er dies getan hatte, meinte er: »Einen Augenblick mal«, klickte sich in Gesetze im Internet ein, zog die Augenbrauen hoch und sagte: »Oh, da haben Sie aber Glück gehabt, das wusste ich noch gar nicht, die Verjährung ist gerade aufgehoben worden. Sogar mit echter Rückwirkung, Wahnsinn! – Daran wären wir natürlich gescheitert.«

Er fragte sich, wie eine solche Sache seiner Aufmerksamkeit komplett entgangen sein konnte – das musste während seiner letzten Digital-Detox-Kur passiert sein. Dennoch ...

Durch das Gesicht der älteren Dame, die nahezu ein Leben damit zugebracht hatte, sich in einen Prozess hineinzudenken, in ein Auge-in-Auge mit ihrem Peiniger, der, wie sie gehört hatte, noch vergleichsweise rüstig in einer schlossähnlichen Wohnanlage lebte, zog eine kurze nachträgliche Unruhe. Nie hätte sie es für möglich gehalten, dass es nicht mindestens zu diesem Prozess kommen konnte. Dass er straflos davonkäme, nach all der Zeit, das schon, aber nicht, dass man ihn nicht wenigstens würde anklagen können. Einen kurzen Augenblick sah sie in diesen Abgrund, in den sie geraten wäre, wenn sie hier unverrichteter Dinge wieder hätte gehen müssen. Dann holte sie tief Luft und sagte:

»Wie gut.«

»Dann machen wir die Anzeige fertig«, meinte der Anwalt zu seiner neuen Klientin und stand auf, um sie zu verabschieden. »Am besten, Sie unterschreiben vorn im Sekretariat schon mal die Vollmachten.«

»Gern«, antwortete sie. ›Vollmachten‹ war doch ein sehr schönes Wort. Sie hatte gar nicht auf Liste gehabt, dass es diesen Plural gab.

Für die Formulierung der Strafanzeige brauchte der Anwalt insgesamt nicht lange, auch wenn er zwischendurch öfter aufstand und aus dem Fenster sah. Aus einem einerseits unbestimmten, andererseits unbedingten Gefühl heraus fügte er Hinweise ein, die ›Gefahr in Verzug‹ nahelegten. Er reichte die Sache online bei der Staatsanwaltschaft ein und hoffte auf schnelle Bearbeitung, denn er mochte die Frau und wollte nicht, dass sie noch länger würde warten müssen. Danach verlegte er den Termin mit einem Finanzberater, der mitten in einem enervierenden Konkursverfahren steckte. Er brauchte jetzt einen Spaziergang und eine Tasse Kaffee in der Sonne, um die gesamtgesellschaftliche Bankrotterklärung, die er gerade bearbeitet hatte, zu verdauen.

Der Staatsanwalt, ein viel beschäftigter Mann, der zudem gerade selbst einen Prozess am Hals hatte, seinen eigenen Scheidungsprozess nämlich, und der einige Mühe hatte, sein chronisch unterbesetztes Büro mit mäßig motivierten Vertretungskräften am Laufen zu halten, las bei erster flüchtiger Sichtung vor allem anderen eine Fluchtgefahr heraus und war froh, die Sache gleich weiterschieben zu können. Der Ermittlungsrichter wiederum war ein Mann, der in letzter Zeit öfter mal vergaß, was er gerade wollte, und der durch diese Anzeige daran erinnert wurde, dass er lange Zeit etwas gewollt hatte, was ihm in seinen letzten Berufsjahren in Vergessenheit geraten war. Donnerwetter, dachte er, ich werde wirklich alt. Jetzt haben sie das endlich hingekriegt, und ich habe nichts davon mitbekommen. Zeit, dass ich mich zurückziehe. Dann ließ ihm die Sache aber doch keine Ruhe. Er schaute in seiner Loseblattsammlung nach. Aus einer Generation stammend, die für so etwas nach Feierabend den Laptop nicht mehr hochfuhr, griff er vom Sessel aus seine Unterlagen aus dem Bücherregal. Und tatsächlich fand er die Gesetzesänderungen, in allen davon betroffenen Paragrafen und Abteilungen, an ihrem dafür vorgesehenen Ort, von ihm höchstpersönlich erst vor Kurzem abgeheftet – an seinem letzten Sortier-Sonntag, nach dem Frühstück, wie immer zu den Klängen von Mozarts *Jupiter-Sinfonie*.

Er ging die ergänzten Blätter Zeile für Zeile durch. Irgendetwas machte ihn stutzig. War es die Kommasetzung oder eine der Abkürzungen? Eigentlich alles korrekt. Morgen werde ich mir mal die Protokolle ansehen, dachte er. Sehr merkwürdig das Ganze.

»Suchen Sie mir doch bitte mal die Bundestagsprotokolle der letzten Novellierungen heraus«, sagte er am nächsten Tag zu seiner Mitarbeiterin, die diesen Auftrag an einen Praktikanten weitergab. Der junge Mann legte ihm, ausgedruckt und geklammert, die Protokolle der Sitzungen auf den Tisch, die er unter dem Eintrag ›Bundestagsdebatte Verjährungsfrist aktuell‹ ganz oben bei Google gefunden hatte. Sich auf den offiziellen Seiten durchzuklicken dauerte ja immer ewig. Der Richter verdrehte innerlich die Augen und beschloss, den Studenten demnächst mal zur Seite zu nehmen und ihn über seriöse und nicht seriöse Quellen aufzuklären, über den Wert von Fachbibliotheken und die Grenzen digitaler Verlässlichkeit, blätterte sich aber doch erst einmal durch Protokolle, Aussprachen und Lesungen, so wie sie ihm auf den Tisch gelegt worden waren, und bereits nach wenigen Seiten war ihm klar, dass die tadellose Zeichensetzung hier nicht das einzig Ungewöhnliche war. Die Sache war einfach zu perfekt.

Die Argumente durchdacht und rhetorisch geschliffen, das Pro und Kontra raffiniert parteipolitisch proportioniert, die Zwischenrufe in ungewöhnlich gutem Mischungsverhältnis von feinem Witz und grober Polemik. Teufel, war das gut – gut erfunden. Er war sich absolut sicher, dass es hier nicht mit rechten Dingen zuging. Aber er war sich absolut nicht sicher, was er jetzt tun sollte. Die Sache an die große Glocke hängen? Dann war der Fall für die fünfundsechzigjährige Klägerin verloren. Na ja, war er im Grunde sowieso. Demnächst würde die Sache auffliegen, heute, morgen oder in einer Woche. Wie würde er dastehen, wenn er hier einfach mitlief? Als einer, der auf seine alten Tage eine Eulenspiegelei zur Grundlage einer Verhandlung gemacht hatte. Nein, das wäre der Sache nicht zuträglich, obwohl er es immer gewollt hatte, dass solche Dinge nicht verjährten. Verbrechen, die sich in die Körper der Opfer auf immer eingeschrieben hatten, sollten für die Täter nicht gelöscht werden dürfen. Hatte lange genug gedauert, bis es überhaupt so bezeichnet wurde: Verbrechen. Wie hatte er als junger Richter darunter gelitten, stattdessen von ›Vergehen‹ sprechen zu müssen: sexueller Missbrauch in einer Reihe mit Fahren ohne Führerschein und Ladendiebstahl. Zehn Tagessätze. Und nach dem Urteil die Gesichter der Leidtragenden.

Nicht nur einmal war er nach solchen Verhandlungen aus dem Gericht gestürmt und Runde um Runde durch den Park gelaufen, um wieder Boden unter die Füße zu bekommen. Wie das wohl auf die Leute gewirkt haben mochte: ein großer Mann, der mit wehendem Talar die Treppen runtersprang, in den Park lief und dort so schnell und weit ausschritt, dass er zuweilen die Jogger überholte. Bis er sich dann irgendwann auf einer Bank niedergelassen und jeden Vater mit einer Tochter im Sandkasten misstrauisch beäugt hatte und dabei selbst in elterliches Visier geraten war …

Inzwischen war immerhin offiziell von Verbrechen die Rede, und nach den letzten Großskandalen näherte das Strafmaß sich dem an, was man für angemessen halten konnte, aber das half denen, die vor längerer Zeit Opfer dieser Verbrechen geworden waren, nicht mehr. Der Fall, der hier, wie auch immer, den Weg auf seinen Schreibtisch gefunden hatte, war schon vor dreißig Jahren verjährt gewesen. Selbst für solche, die deutlich jünger waren, die in der Mitte des Lebens standen und seit ihrer Kindheit mit dem, was man ihnen an Leib und Seele angetan hatte, kämpften, war nichts mehr zu machen. Heiliges Rückwirkungsverbot. Heilige Scheiße. Musste das für solche Verbrechen gelten? Im Namen des Volkes und des gesellschaftlichen Friedens?

Den Einwand zunehmend schwieriger Ermittlungen hatte er immer für vorgeschoben gehalten: Zweifel an der ›Haltbarkeit der Beweismittel‹ – als ob es hier um Verbraucherempfehlungen für pasteurisierte Milch ginge und nicht um schwerste Verbrechen. Vielleicht war es nämlich genau andersherum: dass auch die Zeugen Zeit brauchten. Dass die Ermittlungen insgesamt viel leichter, nicht schwerer werden würden.

Er dachte hin und her, arbeitete einen Aktenstapel ab, organisierte einige Termine und war doch in Gedanken ganz bei dem Fall, an den von Rechts wegen kein Gedanke mehr verschwendet werden sollte. Schließlich rief er drei Leute an. Weggefährten, auf die er sich absolut verlassen konnte. Einen pensionierten Staatssekretär, einen Journalisten und eine Rechtsphilosophin. Morgen Abend schon etwas vor? Bei ihm? Er habe einen erstklassigen Port und etwas zu berichten. Und brauche Rat.

Schon als er auflegte, ging es ihm besser. Am ersten Tag seines ersten Semesters hatte ihm das Leben diese Freunde beschert. In der Einführungsveranstaltung waren sie zufällig nebeneinander zu sitzen gekommen und nach neunzig Minuten als Vier-Freunde-Kette fest aneinandergeschmiedet wieder aufgestanden. Als jener Professor, der damals die Einführungsvorlesung gehalten hatte und dem sie als Hörer treu geblieben waren, weil er ein Meister seines Faches war und sich traute, dessen Grenzen beherzt zu überschreiten, lange bevor das als wünschenswert galt; weil er sich immer mal wieder nicht nur von seinem Skript, sondern überhaupt von seinem Pult löste und die Stufen des Hörsaals hochlief, um sein Tafelbild aus einem gewissen Abstand heraus anzuzweifeln – als der sich gegen Ende ihres Grundstudiums eine Kugel durch den Kopf jagte und an einem Dienstagmorgen sein Platz leer blieb und es kein Nachdenken und kein Nachfragen mehr gab, sondern nur blankes Entsetzen, da waren sie, weil an anderes sowieso nicht zu denken war, zu viert aus der Stadt raus- und in die Weinberge hochgelaufen und hatten weitergedacht, wo er beschlossen hatte, aufzuhören: Willenserklärungen und Rechtfertigungsgründe. Fortan waren sie, egal, wo sie sich gerade in der Welt befanden, jedes Jahr an seinem Sterbetag zusammengekommen und im Gespräch geblieben. Seit sie wieder alle in der Stadt wohnten, trafen sie sich auch an runden und halbrunden Geburtstagen, und weil die sich reihum schneller rundeten oder halbrundeten, als man gucken konnte, trafen sie sich gar nicht so selten. Wenn auch selten außerhalb dieser Ordnung. Allerdings war diese Sache außerordentlich genug, um die Gesetzmäßigkeiten ihres Treffens zu durchbrechen, befand der Richter.

10

Er hatte in sein Haus eingeladen, das seit dem Auszug der Kinder zu groß und seit dem Tod seiner Frau viel zu groß geworden war; das wie ein zu weiter Hemdkragen scheuerte und sich jeden Tag unpassender anfühlte.

Gerade hatte er seinen schönen Port aus dem Keller geholt und die selten gebrauchten Gläser zwischen die vom Catering-Service gelieferten Spezereien gestellt. Ob es denn etwas zu feiern gebe, wurde er gefragt. Der Richter hielt im Öffnen der Flasche inne – selbst erstaunt darüber, dass er dem spontan anberaumten Treffen einen so festlichen Anstrich gegeben hatte.

Zu feiern? Im Grunde nicht, aber ja, tatsächlich sei ihm wohl danach gewesen. Wie solle er den Anlass beschreiben? Etwas sei in Gang gekommen, sagte er nach kurzem Zögern, etwas, von dem er geglaubt hatte, dass es festgefahren gewesen sei. Und er habe in diesem Zusammenhang den Eindruck gewonnen, dass es ein paar kluge Leute unter dem juristischen Nachwuchs gäbe, ungehorsam, im besten, im allerzivilsten Sinne. Er hatte ja die Hoffnung schon fast aufgegeben gehabt.

»Nun spann uns mal nicht so lange auf die Folter«, sagte der Journalist.

»Gutes Stichwort«, sagte der Richter und berichtete von der gefälschten Aufhebung der Verjährung für schweren sexuellen Missbrauch von Kindern. Durchgezogen bis in die Loseblattsammlung. Samt Protokollen und Lesungen, mit allem Zipp und Zapp.

Der Journalist strich sich vergnügt den Bart. Ganz nach seinem Geschmack.

»Bist du sicher?«, fragte er.

Der Richter nickte. »Vollkommen sicher.«

»Hammer«, meinte der Journalist.

»Tja, manchmal wünscht man sich so einen«, meinte der Richter, »aber wer weiß, ob ich den immer sachgerecht angewendet hätte.«

Die Rechtsphilosophin hatte sich eine Kissenburg in der Couchecke gebaut, die Schuhe ausgezogen und eine dicke Decke über die Knie gezogen. Sie hatte einen langen Weg hinter sich. Nicht nur, weil sie gerade mit der Straßenbahn vom Stadtrand hergekommen war, aus einem ebenfalls zu großen Haus, in das die ausgeflogenen Kinder nur noch zum Sattessen und Schlauchboot-Holen kamen, sondern weil sie eigentlich gar nicht aus dieser Stadt und schon gar nicht von deren Rand herkam, vielmehr aus einer anderen Stadt in einem anderen Land, aus Thessaloniki, und zwar von mittendrin, aus einem nicht viel zu großen, sondern einem viel zu kleinen Haus, in dem man nicht immer satt geworden war und ein Schlauchboot der Lacher gewesen wäre. Und nicht nur in der physischen Welt hatte sie mit den Jahren einen weiten Weg zurückgelegt, auch in der geistigen: Seit ihrer Dissertation über Thrasymachos und ihrer Habilitation zu Kant war sie mittlerweile bei Karl Jaspers gelandet. Von einem unleidigen Sophisten über den kategorischen Imperativ zu den großen Fragen von Schuld und Vergebung.

Sie war moderater gestimmt als früher, aber auch melancholischer. Blieb bei Tee und Wasser, obwohl sie ja mit der Straßenbahn da war.

Die Begeisterung ihrer Freunde sei ihr nicht gänzlich unverständlich, meinte sie jetzt, aber mal weitergedacht: Solche Prozesse nach Jahr und Tag? Unter den derzeitigen Bedingungen. Alte Wunden, wieder aufgerissen. Ob das wirklich für irgendjemanden gut sei, ob nicht auch für die Leidtragenden letztlich ein

Schlussstrich besser sei – oder auch in sich selbst nach Möglichkeiten des Vergebens zu suchen ...

Der Staatssekretär fiel ihr ins Wort. Das tat er selten. Er war auf Zuhören abonniert. Reden hatte er die längste Zeit für andere geschrieben.

»Maria«, sagte er, »schütte das Kind nicht mit dem Bade aus. Vergeben ist gut, aber gehören dazu nicht doch zwei? Notwendigerweise, zwangsläufig und unabdingbar.« Er sprach mit Nachdruck – wie jemand, der Erfahrung in der Sache von Altschulden hatte. Seine drei Weggefährten ließen sich ihr Erstaunen nicht anmerken. Was im Leben hatte ihn zu einer so starken Überzeugung kommen lassen? Das, was in seinem freundlichen, runden Gesicht diesen bitteren Zug herauspräpariert hatte?

Dass einseitige Vergebung, so nobel das immer klinge, sich oft genug als Verschiebebahnhof erweise, fuhr er fort, die ganze schöne Vergebung dann einfach anderswo als Aggression wieder rauskomme, weil tatsächlich nichts heilen könne, unter solchen Umständen. Vergebliche Vergebung, so nenne er das. Er sei für einen ordentlichen Prozess. Dann gerne auch Vergebung. Wenn darum gebeten werde und sie gewährt werden könne.

»Tja, und der müsste dann eben tatsächlich auch stattfinden«, meinte der Richter. Ganz davon abgesehen, dass er auch nach fünfunddreißig Berufsjahren nicht wisse, wie ein ordentlicher Prozess eigentlich aussehe, einer, in dem alles, wirklich alles mit rechten Dingen zugehe.

Der Staatssekretär hatte die Flasche Port genommen und schenkte Maria ein – sie widersprach nicht – und den anderen nach.

»Verjährung verschafft den Gerichten Luft. Nur ist diese Luft verpestet«, fuhr der Richter fort.

Der Staatssekretär nickte zustimmend. »Wie viele Petitionen habe ich gelesen?«, sagte er. »Wie viele Gesetzesentwürfe? Wann verjähren die denn? Wie lange soll ich die in meinem Büro aufheben? Zehn Jahre lang, wie Kontoauszüge?« Er schüttelte den Kopf. Dann wandte er sich der Rechtsphilosophin zu, die noch immer schwieg:

»Wie hast du das vorhin eigentlich gemeint? ›Derzeitige Bedingungen‹?«

»Ich meinte zum Beispiel diese notorische Zweierkonstellation in den Verhandlungen. Staat und Täter. Man gewinnt doch den Eindruck, dass das Ganze an den Betroffenen vorbeigeht.«

»Sie können Nebenkläger werden«, meinte der Richter, »da ist einiges auf den Weg gebracht worden.«

»Klingt aber immer noch sehr nach ›Nebensache‹, oder?«, meinte Maria. »Mit beschränkten Rechten.«

»Du hast resigniert«, sagte der Staatssekretär.

Maria zuckte mit den Schultern. »Jedenfalls habe ich in letzter Zeit den Eindruck gewonnen, dass all diese Reformen Flickwerk sind, dass die Strukturen nicht genug ineinandergreifen, um darin Gerechtigkeit üben zu können. Und dass all das Leid, dass Schuld und Scham und die Verletzungen letztlich ohne die Gerichte – oder gegen die Gerichte …«

»Maria!!«, riefen Richter, Staatssekretär und Journalist wie mit einer Stimme.

»Stimmt doch«, hielt sie ihnen entgegen. »Diese Verfahren sind ja mittlerweile selbst so verfahren, dass sie nur noch mit sich selbst beschäftigt sind, bis am Ende nichts mehr stimmt, bis selbst die Akteneinsicht durch die Nebenkläger nur wieder den Wert ihrer Aussagen herabmindert.«

Sie erntete Schweigen – kein zustimmendes, kein ablehnendes, kein vielsagendes, kein nichtssagendes; einfach nur: Schweigen.

»Ich kann es nicht mehr ertragen«, fuhr sie nach einer Weile fort. »Deshalb bin ich in letzter Zeit immer öfter mal rüber zu den Theologen und den Soziologen. Irgendwie sind die näher dran an den Menschen.«

»Die Soziologen?« Der Journalist schüttelte ungläubig den Kopf.

Maria musste lächeln, blieb aber eine Antwort schuldig.

»Die Theologen«, meinte der Journalist, »sorgen sich wenigstens um die Seele – und um eine angemessene Sprache ...«

Der Richter nahm die Flasche Port und schenkte noch einmal nach. Er stellte sie vorsichtig wieder ab, nahm sein Glas, hielt es gegen das Licht, um die schöne Lohfarbe darin zu würdigen, und sagte:

»Stell dir vor, wir würden das Bürgerliche Gesetzbuch reformieren wie Luther die Bibel.«

»Dem Volk aufs Maul schauen? Du meine Güte.«

Der Journalist schüttelte den Kopf.

»Nein, aber wieder Lebensbezug herstellen.« Maria rappelte sich in ihrer Sofaecke auf.

»Das wäre allerdings der nächste epochale Schritt in der juristischen Wissenschaft«, meinte der Staatssekretär und ließ seine Blicke über die Bücherregale des Richters schweifen, wie um zu ermessen, welcher Handapparat dafür vonnöten wäre. »Auf der Wartburg ist doch bestimmt noch ein Studierzimmer frei.«

»Da müsste man mich schon entführen wie weiland Junker Jörg. Länger als zwei Wochen am Stück bekomme ich doch gar nicht mehr frei«, meinte der Richter und lachte in sich hinein. »Aber jetzt mal konkret: Wie soll ich mit diesem Fall umgehen?«

Das Wunderbare an ihrer Freundschaft war, dass in Zeiten der Bedrängnis ›Ich‹ in ›Wir‹ übersetzt wurde. Die Flasche Port ging zur Neige, als sie übereingekommen waren, dass es das Beste, das Einfachste und das Wirkungsvollste wäre, dieses Spiel, das irgendwo im Geheimen eröffnet worden war, einfach mitzuspielen. In logischer Konsequenz der Aufhebung der Verjährung würde eine Verhandlung geführt werden – im Modus des Als-ob. Nicht im Gericht, aber in angemessenem Rahmen. Über diese im besten Sinne des Wortes fingierte Verhandlung würde der Journalist im Modus des Faktischen detailfreudig berichten.

Weiterhin wurde beschlossen, dass, wenn Richter Urban aus Trier für diesen Scheinprozess zur Verantwortung gezogen würde, er mit einer Eisenacher Ausgabe *Deutsche Gesetze in Neuer Sprache* seinem Ruf wieder Ehre machen würde, dass Staatssekretär Krohn sämtliche Petitionen zur Aufhebung der Verjährungsfristen heraussuchen und einen Bericht dazu in petto haben würde, der die Hochberechtigtheit (Wohlsein! Was für ein schönes Wort!) der Fälschung belegen würde, und dass Frau Professor Maria Nikolaidis ihren Lehrauftrag im nächsten Semester zum Thema ›Recht haben und Recht vergeben‹ anbieten würde. Und außerdem Richter Urban auf die Wartburg begleite, im Falle eines Falles.

»Da werden wir ganz schön was ins Rollen bringen, fürchte ich«, sagte der Journalist und leerte sein Glas in einem Zug.

»Fürchte dich nicht, Hans«, meinte der Staatssekretär.

»Immerhin setzt ein rollender Stein keinen Schimmel an«, sagte Maria, erhob sich aus ihrer Sofaecke, ließ sich in den Mantel helfen und küsste ihre drei Gefährten auf beide Wangen. »Altes griechisches Sprichwort.«

11

Am nächsten Morgen rief der Richter den jungen Rechtsanwalt an. Der wiederum meldete sich bei der älteren Dame und berichtete von dem, »nun, sagen wir, Irrtum«, und was sich daraus machen ließe. Die zögerte kurz. »In Ordnung«, sagte sie dann.

Wieder hatte der Richter zu sich nach Hause gebeten. Er genoss es, wie sich die Räume mit Leben füllten, mit Tatendrang.

Der Anwalt und seine Klientin nahmen zwischen den vier Freunden Platz und wurden über die Details des Plans für die Ersatz-Verhandlung ins Bild gesetzt. Die Klägerin wurde gefragt, was ihr besonders wichtig wäre: Was möchten Sie sagen? Was möchten Sie fragen? Was soll berichtet werden? Welches Ergebnis erzielt? Und der Täter? Wie könne er zur Verantwortung gezogen werden, in Ihrem Sinne?

Der Täter. Doch, sie habe immer gewollt, dass er vor Gericht erscheinen müsse. Weil sie wissen wollte, wie er damit hatte leben können. War er auf ähnliche Weise heimgesucht worden wie sie und ihre verstorbene Schwester? War er irre geworden an seiner eigenen Schuld, seiner Brutalität und der Abscheulichkeit seiner Drohungen, mit denen er ihr Schweigen erpresst hatte? Oder gab es tatsächlich so etwas wie die schlichte Brutalität eines Stärkeren, der vergisst, was er zertritt, vollkommen vergisst? Dann solle man ihm alles, alles, alles in Erinnerung rufen. Sachlich, öffentlich, rechtlich. Und sie könne durchaus dazu beitragen, diese Dinge zur Sprache zu bringen. Inzwischen.

Wie alle anderen im Raum hörte auch der junge Anwalt der Frau, die mit ruhiger Stimme vortrug, was Jahr um Jahr in ihr nach Worten gesucht hatte, zu und war so beeindruckt, dass er selbst keine Worte fand. Aber er dachte über einen neuen beruflichen Schwerpunkt nach.

Der Journalist saß dann eine halbe Nacht an seinem Artikel, bis er zufrieden war. Auch damit, dass in diesem Artikel der geständige Beschuldigte, um einer Verurteilung zuvorzukommen, versprach, einen Großteil seines Vermögens an dramatisch unterfinanzierte Frauenhäuser abzugeben. Nicht gerade tätige Reue, aber nicht nichts.

Jedenfalls verbarg sich darin eine Handlungsanweisung, denn es war beschlossen worden, ihm eine Ausgabe der Zeitung mit leserführenden Anstreichungen direkt an den Frühstückstisch der Seniorenresidenz zu liefern – anstelle eines Haftbefehls.

Am letzten Satz aber, der – rückwirkend! – den Indikativ des Geschriebenen in den Konjunktiv wenden musste, hatte der Journalist am längsten herumgeknobelt: »Wenn es so stattgefunden hätte« oder »So würde es stattfinden, wenn«. Oder aber: »Hätte es doch so stattgefunden« oder »Doch hätte dies nur stattfinden können, wenn …«. – Wie viele Möglichkeiten es gab für wenn und doch, für hätte und würde.

Das schön komponierte Zusammenspiel von Aussage und Zurücknahme jedenfalls sorgte dafür, dass eine Meldung durchs Netz raste, auf die außer einer Handvoll Leute in einer randständigen Seestadt niemand gefasst gewesen war. ›Fassungslos‹ war die Vokabel, die die Berichterstattungen beherrschte und die sich jedenfalls auch unmittelbar in den Gesichtern derer spiegelte, auf die das bittere Los gefallen war, vor die Kameras treten zu müssen. Fassungslos waren die behördlichen IT-Abteilungen, waren Verlagsleitung, Anwaltskammer und das Bundesamt für Sicherheit in der Informationstechnik. Unglaubwürdig waren die hilflosen Versuche, die Angelegenheit in die russische Hackerszene hineinzuprojizieren, die bislang in der Auseinandersetzung um deutsche Verjährungsfristen nicht auffällig geworden war. Die Vokabel ›fassungslos‹ wurde abgelöst durch die stehende Verbindung ›lückenlose Aufklärung‹, deren fortwährende Wiederholung allerdings auch nicht dazu beitrug, Licht ins absolute Dunkel dieser Angelegenheit zu bringen.

Derweil saßen Nora und Simon am Hafen auf einer Bank, die Simon wieder in Richtung Meer gedreht hatte, und warteten darauf, dass endlich auch jener Online-Kommentar gefunden wurde, in dem der Präzedenzfall eines norddeutschen Apothekers angeführt wurde, der als Nachhilfelehrer in den 1970er-Jahren mehrere junge Mädchen missbraucht hatte – ein Fall, dessen Aufdeckung maßgeblich dazu beigetragen hatte, dass die Verjährungsfristen erneut diskutiert und schließlich aufgehoben worden waren. Vielleicht war der von Muskat und Lukas zu gut versteckt worden?

»Alles nur eine Frage der Zeit«, sagte Simon.

Nora nickte. Sie stand auf und ging durch die Stadt, Richtung Friedhof. Dass die Zeit insgesamt eine sehr fragliche Angelegenheit war, hatte sie in den letzten Monaten erfahren. Außer Frage stand, dass die Zeit Wunden nicht heilte. So freundlich war die Zeit nicht. Aber sie veränderte etwas. Die Zeit brauchte Zeit, weil sie viele Gesichter ausprobieren musste, nicht nur von Schmerz, auch von Zorn, von Zärtlichkeit, von Geschwindigkeit. Ob Djamil das *Amen Break* der Winstons mit 130 beats per minute oder mit 175 beats per minute abspielte – das änderte viel. Und auch dass Stillstand seine Zeit brauchte, hatte sie gelernt.

Stillgestanden hatte sie in Teufels Küche und sich gut umgesehen: Was sich da zusammengebraut hatte, was ihr da entgegengekommen war an üblen Dämpfen. Stillgestanden hatte sie und wahrgenommen, was die erste lange Welle ihres Zorns hochgespült hatte: Verdrängtes, Verbrechen, Versäumnisse. Aber auch Bodensätze von Ressentiment, Aufwiegelung und Hetze, die sie verachtete und verabscheute, gerade und obwohl und weil sie darin auch ihre eigenen Rachephantasien wiederfand, die sich viel zu leicht auf ultrarechts wenden ließen. Widerlich. Das hätte ihre Mutter nicht gewollt.

»Aber anders hätte es nicht geklappt, Mom«, argumentierte sie am Grab ihrer Mutter, »die verschwinden schon wieder, aber ihm, ihm und nicht nur ihm, geht jetzt der Arsch auf Grundeis.«

»Taschengeldentzug«, sagte ihre Mutter. »In diesem Fall kann man das wirklich mal so sagen«, wandte Nora ein.

»Na gut«, meinte ihre Mutter. »Du hast ja recht.«

»Wir haben es mal kurz auf unsere Seite gebracht«, entgegnete Nora.

»Dass du immer das letzte Wort haben musst«, hörte sie ihre Mutter antworten.

12

Dass die juristische Welt nun mit Rückrufaktionen des, wie es schnell genannt wurde, ›fake law‹ in Erscheinung trat wie sonst nur Lebensmittelkonzerne in Hinblick auf verunreinigte Salami oder Möbeldiscounter in Hinblick auf falsch zusammengeschraubte Klemmleuchten – dies war eine der ersten, mit großem Spott bedachten Folgeerscheinungen, die Nora in helle Begeisterung versetzten, auch wenn sie in mehr als einer Nacht den Gedanken loswerden musste, sie könne im Falle einer Aufdeckung an den irrsinnigen Kosten dieser Rückrufe beteiligt werden – und müsste dorthin flüchten, wo man sie nicht finden würde: nach Hanjin. Atemlos verfolgte sie, wie lang und breit diskutiert wurde, ob der ›Fehldruck‹ ordnungsgemäß vernichtet werden könne. Wie sicherstellen, dass das falsche Gesetz nicht doch in Umlauf bliebe? Und Sammlerwert entwickelte? Ein Foto der roten Wälzer, Sinnbild höchstrichterlicher Würde, eröffnete jede Nachricht und verlor in dieser Inflation rapide an Autorität. Die Juristen beeilten sich, den Schwarzen Peter der Politik zuzuschieben, denn es waren ja doch wohl Bundesrat und Bundestag, die die Gesetze machten, wenn sie nicht irrten, und die Politik sagte, sie werde sich der Sache der Verjährung erneut annehmen zu gegebener Zeit, und die Journalisten fragten, wann die Zeit gegeben sei, und die Politiker antworteten: »Ich werde mich hier jetzt nicht festlegen, auch wenn Sie …«, und im Übrigen habe ja wohl die Cyber-Security versagt. Die Cyber-Security sagte: Das ist Teil eines globalen Problems, nicht nur das Netz umspanne die Welt, sondern eben auch die Kriminalität. Man brauche mehr finanzielle Mittel.

Per Eilbeschluss wurde die Netzsicherheit der Bundesministerien aufgerüstet und bekam mehr neue Stellen zugesprochen, als sie kurzfristig besetzen konnte. Es verging kein Tag, an dem nicht ein Politiker, eine Politikerin, gleich welcher Fraktion, vor irgendeine Kamera, vor irgendein Mikrofon gezerrt wurde.

Tee und Teer zeigte sich gut informiert. Sehr gut informiert. Einen Tick zu gut informiert. Immer eine Nasenlänge vorn, was natürlich zunächst niemandem auffiel. Erst als die anderen Medien, deutschlandweit, europaweit, weltweit – denn auch die anderen Länder interessierten sich lebhaft dafür, wie in Deutschland neuerdings Gesetze geändert wurden –, sich immer häufiger auf *Tee und Teer* beriefen, auf Holly Gomighty, die extrem gut über juristische Hintertürchen Bescheid wusste, auf Grischa Grimm, der hochinteressante Kontakte zu Selbsthilfevereinen und Stiftungen für seine Sendungen nutzte, auf Tom Bonny, der aus dem Handgelenk die Geschichte der Sabotage von französischen Eisenbahnerstreiks bis Watergate aufrollen konnte – da wurden Leute, vor allem die, die ein bestimmtes, irgendwie schräges Quiz von *Tee und Teer* in Erinnerung hatten, hellhörig. Aus der Hellhörigkeit wurden Verdächtigungen, aus Verdächtigungen anonyme Hinweise, aus anonymen Hinweisen ein Ermittlungsverfahren und eine Anordnung, und so fuhren eines Tages um die Mittagszeit einige Polizeiwagen ins absolute Halteverbot vor der Fachhochschule. Denen entstieg ein Dutzend Männer und Frauen, die Hälfte davon in Uniform, mit Faltkartons in den Händen und einem Schreiben, das sie ermächtigte, bei *Tee und Teer* eine Durchsuchung vorzunehmen. Auf ihre Frage nach dem ›Verantwortlichen‹ bedeutete Tom ihnen, dass sie ein Verantwortungskollektiv seien. Also die Verantwortlichen bitte. Das klang nicht nur wenig eingeschüchtert, sondern nahezu freudig erregt, denn eine gewisse Nähe zur Piratenexistenz war dieser Situation nicht abzusprechen.

»Wem darf ich dann das Schreiben aushändigen?«, fragte ein Polizist, für die Studiotemperatur entschieden zu warm angezogen. Ihm standen die Schweißperlen auf der Stirn.

»Geben Sie mal her«, sagte Tom, legte es auf den Kopierer, tippte lässig eine Zwölf ein und verteilte dann die Blätter.

Während die meisten Anwesenden das Papier eher unschlüssig in den Händen hielten, beugte sich der Meeresforscher, der sich gerade für die nächste ›Nordlicht‹-Sendung vorbereitete, interessiert darüber, rückte seine Nahbrille zurecht, begann leise wispernd Zeile für Zeile durchzugehen, und vermittelte in seiner nervös-renitenten Konzentration den Eindruck, dass er einen Verfahrensfehler so todsicher aufspüren würde wie einen Zwischenkieferknochen im Skelett eines Pottwals. Verstohlen sahen währenddessen die Polizisten zu der Frau in Jeans und Schlabber-T-Shirt hinüber. Das musste Holly Gomighty sein, die sie über das Teeküchenradio ihrer Wache mit der Morgenshow in den Tag brachte. Auch heute in den Tag gebracht hatte. Und der sollte man jetzt ihr Sendemanuskript entreißen?

Nora sah auf das Amtsschreiben und zwang sich zur Ruhe.
»Na, dann sagen Sie doch mal, was Sie hier vorhaben. Sollen wir offline gehen?« Ja, das war ihre Stimme. Unverkennbar.

»Um Himmels willen«, sagte einer der Polizisten.

»Also, dort drüben im Regal sind die Protokolle. Im Schrank daneben Abrechnungen und so weiter. Unsere Rechner sehen Sie vor sich.«

Helge wurde herbeigeklingelt. Er stürzte in den Raum, grüßte knapp, warf einen Blick auf die Durchsuchungsanordnung, reichte einem der Polizisten seine Visitenkarte, und als dies nicht viel Eindruck hinterließ, sagte er:

»Das geht ja wohl zu weit. Denken Sie, hier handelt es sich um ein russisches Hacker-Nest? Sie befinden sich in einem EU-geförderten Start-up eines öffentlich-rechtlichen Senders.«

»Wenn's danach ginge ...«, brummelte einer der Angesprochenen.

»Wo ist eigentlich Grischa?«, fragte Helge, der sich gerade intensiv nach einem gutmütig-zuversichtlichen Gesicht sehnte.

»Schläft«, antwortete Tom, »kommt erst um achtzehn Uhr, für die Abendsendung.«

Dafür kam wenige Minuten später Grischas Mutter in den Sender, um ihre neue Folge von ›Tuchfühlung. Nähen mit Gefühl bei *Tee und Teer*‹ aufzunehmen. Als sie statt des üblichen Hin und Her den uniformierten Aufmarsch gegenwärtigte, legte sie sich die Hand auf die Brust und stieß einen kurzen, russischen Laut aus. Aber sie fing sich schnell und tat, was man ihrer Meinung nach in neunundneunzig von hundert Fällen in Bedrängnis tun sollte: Sie bot allen im Raum Tee an, und zwar mit einem solch hinreißenden Großmutter-Charme, dass es den Polizisten nichts half, von Berufs wegen abzulehnen, die Teetassen gelangten wie von selbst in ihre Hände, die nun gewissermaßen gebunden waren. Mehr oder minder hilflos suchten die Polizisten eine Abstellfläche, fingen an, in Papierstapeln zu blättern, gingen nacheinander in die Mensa, kamen wieder und stießen auf Djamil, der eilfertig Aktenordner und Aufnahmebänder herbeitrug und in größter Offenherzigkeit eine Passwortliste anbot. Mit Blick auf seine schmale Gestalt und die rasant wachsenden Stapel wiederholte der Polizist sein ›Um Himmels willen‹. Um Himmels willen, dachte auch Nora. Fieberhaft überlegte sie, ob sie das Amateur-Haiku Weiß wie Schnee in jener Nacht an den Sender geschickt hatte oder sonst wo hatte herumliegen lassen. Unentschlossen beratschlagte die uniformierte Truppe sich auf dem Flur, bevor sie sich artig für den Tee bedankte, einige Stapel mit Aktendeckeln mitnahm, die restlichen Kartons wieder zusammenfaltete und von dannen zog.

Helge schmiss eine Runde Cola.

»Und jetzt mal ernsthaft«, sagte er. »Habt ihr was damit zu tun?«

»Natürlich haben wir etwas damit zu tun«, sagte Nora. »Wir arbeiten für einen öffentlich-rechtlichen Sender.« Helge sah sie irritiert an.

»Oder etwa nicht?«, fragte sie.

Tatsächlich hatten Tom und Grischa kürzlich mit Nora zusammengesessen, bei dieser Gelegenheit Simon Bernhardi kennengelernt und nach allem, was sie zu hören bekommen hatten, ein sehr ernst zu nehmendes Schweigegelübde abgelegt. Zum einen Djamil gegenüber, dessen ungesicherten Aufenthalt sie nicht mit prekärem Wissen belasten wollten, wobei sie das deutliche Gefühl hatten, dass Djamil sie rücksichtsvoller Weise selbst nicht wissen ließ, was er alles ahnte oder wusste. Zum anderen Helge gegenüber. Der durfte, der sollte und der wollte es natürlich auch gar nicht wissen. Der fand es letztlich einfach nur klasse, dass *Tee und Teer* jetzt in aller Munde war. Dieser toughe, neue Sender: volle Kraft voraus. Er hatte es immer gewusst.

13

Mittag für Mittag ging Simon in die Kantine, setzte sich nicht wie sonst an den Rand, sondern vorsätzlich neben und zwischen die Kollegen. Er wartete darauf, Zeuge von Fachgesprächen zum ›fake law‹ zu werden. Wenn auch angesichts der Kantinenkost zumeist lediglich Geschmacksurteile gefällt wurden, war hier und dort der Skandal um den Fehldruck doch noch mal Thema – was seine technischen und finanziellen Folgen anbelangte: wer wo Schadensersatz beantragen könne. Simon hatte mehr erwartet. Dass diskutiert werden würde, und zwar lang und breit und hoch her, ob nicht, in echt jetzt, diese Verjährungsregeln revidiert gehörten – zwingend, und zwar aus Gründen des Gemeinwohls –, ja, genau, warum nicht den guten alten Radbruch aus dem Regal holen und diskutieren, inwieweit und bis wohin, warum und warum nicht, wenigstens darüber streiten und nicht immer sofort abwiegeln und den Gang der Dinge beschwören und – genau! – sich einmal lautstark daran erinnern, dass dies ja nicht die erste Verjährungsaffäre war: Waren nicht von interessierter Seite etliche braune Vergangenheiten eiskalt wegverjährt worden? Und musste nicht allein deshalb jede Verjährungsregel genau unter die Lupe genommen werden? Und war nicht das Rechtsgut einer ungestörten sexuellen Entwicklung ein viel zu schwaches Konstrukt zum Schutz der Schwächsten? Gehörte nicht überhaupt der gesamte Gesetzeskomplex reformiert, wie andere Länder es gerade vormachten? Hatte nicht die Schweiz schon vor Jahren für schwersten Missbrauch an den Jüngsten die Verjährungsfrist komplett abgeschafft?

Er hörte Gespräche, die nicht stattfanden, und fragte sich, ob mit ihm noch alles in Ordnung war. In viel zu kurzer Zeit hatte er sich in viel zu viele Einzelfragen reingefuchst. War auf der Suche nach Argumentationen für seine Gesetzänderungsbegleittexte in die Bibliothek gegangen und hatte sich dort durch die Regalreihen gestöbert. Es waren ihm Schriften ins Auge gefallen, in denen gegen Ende des neunzehnten Jahrhunderts dafür gekämpft wurde, nicht nur Angriffe auf die körperliche Unversehrtheit, sondern auch solche gegen die Unversehrtheit des Seelenlebens als einen eigenen Straftatbestand anzusehen, nahezu unbeachtet waren die geblieben. Vergessen und verloren standen sie neben Büchern, mit denen sie außer dem Anfangsbuchstaben der Autoren nichts verband. Hundertzwanzig Jahre Einsamkeit. Simon war mit der Gesamtsituation seines Faches und der Entwicklung des Skandals, den er ihm angehängt hatte, äußerst unzufrieden.

Eines Sonnabends, als er nach dem Einkaufen seinen Weg über einen Flohmarkt nahm, der auf dem Platz vor dem Stadttheater aufgebaut worden war, traf er Lukas Leander. Sie waren darauf bedacht gewesen, Abstand zu halten. Nicht doch noch in eine Falle tappen. Aber so, wie jetzt der eine die Qualität eines alten Fernglases prüfte und der andere den Verschluss eines antiken Bilderrahmens, ließ sich ein Gespräch führen, das alle Anzeichen einer absolut zufälligen Begegnung aufwies.

»Ich hatte gehofft, dass die Sache noch mehr in Schwung käme – inhaltlich, meine ich«, sagte Simon. »Aber es geht nur noch um IT-Blamage und Neudruckkosten.«

»Wundert mich nicht. So ist es nun mal: Alle regen sich mordsmäßig auf, und keine vierundzwanzig Stunden später gehen sie zur Tagesordnung über«, meinte Lukas. Er persönlich erlaube sich diesbezüglich Melancholie – mit zwischenzeitlichen Aktivitätsschüben. Sonst könne er sich selbst nicht aushalten. Und seit er für Muskat zu sorgen habe, falle es ihm leichter, sich immer wieder aufzuraffen, um mit irgendeinem digitalen Weltverbesserungskommando mit ihr durchs Netz zu jagen.

Simon, dem gerade klar wurde, dass er hier am Flohmarktstand mehr über Muskat erfahren würde als in all den Wochen zuvor, obwohl ihre Rätselhaftigkeit von der Art war, die gar nicht nach Auflösung drängte, überwand seine Scheu, um auf Lukas Leanders Offenheit nicht mit Verhaltenheit zu antworten.

»Ist sie deine Tochter?«

»Meine Nichte.« Ihre Eltern seien vor vier Jahren von einem Autofahrer getötet worden, erzählte Lukas Leander. 2,1 Promille hatte der im Blut gehabt, 300 PS unterm Fuß und einen Airbag am Lenkrad. Die beiden, die ihm entgegenkamen, hatten nur zwei alte Hollandfahrräder und ein paar Einkaufsbeutel am Lenker, auf dem Heimweg zu ihrer damals dreizehnjährigen Tochter, die sie Muskat genannt hatten, weil das ihr Lieblingsgewürz war und außerdem eine Figur ihres Lieblingsschriftstellers. Rose Muskat Suominen. Ihr Vater Finne. Ein Programmierer. Die Mutter, seine Schwester, eine Webdesignerin.

»Danach ist Muskat ins Netz abgetaucht. Es hat sie tatsächlich aufgefangen.«

Simon nickte.

»Im Darknet«, sagte Lukas und nahm ein anderes Fernglas zur Hand, »geht es ihr, schätze ich, darum, Sachen zu finden, die noch schrecklicher sind und gegen die man vielleicht noch etwas tun kann. Sie zerstört Adressen, weißt du? Sie kappt Verbindungen wie mit der Heckenschere – und sie zeichnet phantastische Graphic Novels. So wird sie die Sachen dann wieder los.«

»Sie macht Bücher daraus?«

»Glaub nicht, dass ein Verlag so etwas haben will. Will niemand schwarz auf weiß sehen, so etwas. Was nicht heißt, dass es das nicht gibt.«

»Sie hat so etwas – Helles. Als könne ihr diese Dunkelwelt nicht wirklich etwas anhaben.«

Zum ersten Mal in diesem Gespräch sah Lukas Simon direkt

an. Er lächelte. »Inzwischen kommt sie manchmal mit zum Kanufahren«, sagte er. Er nahm das Fernglas von den Augen und sah prüfend in den Himmel, legte es zurück und ging weiter. Auch Simon legte den Fotorahmen wieder ab, nickte der Verkäuferin zu und schleppte seine Einkaufstüte nach Hause.

Wenige Tage später war es, als er mit Nora vis-à-vis auf der Fensterbank seines Zimmers saß und beobachtete, wie sich das erste Tageslicht durch den Nebel arbeitete. Spät am Abend war sie zu ihm gekommen. Nach wenigen Stunden eines unruhigen Schlafs hatten sie die Fenster weit geöffnet, um die kühle, klare Luft hereinströmen zu lassen. Jetzt dürfe er sich schon mal auf die Christbäume hoch oben in den Kränen freuen, hatte sie gerade gesagt, und er hatte darauf geantwortet, dann könnten sie ja hier auf der Fensterbank Heiligabend feiern, und sie hatte nicht reagiert, sondern nur so geschaut, als könne sie durch den Dunst hindurch diese Christbäume hoch oben schon sehen, und dann gefragt, ob die Leute wohl bis Heiligabend vielleicht mal rausgefunden hätten, um was es wirklich gehe. Da wandte er den Kopf in Richtung Meer und sagte: »Was hältst du davon, wenn du dem Ganzen noch mal etwas nachhilfst in der Morningshow? Reib ihnen diesen Strafkommentar, den ich dir gezeigt habe, unter die Nase. Sag, *Tee und Teer* hätte Meldung, dass da auch eine Fälschung drin ist.«

»Du meinst diese Sache mit der Folgenlosigkeit? Dass sexueller Missbrauch bei einem kleinen Kind gut und gern auch ohne Folgen sein kann und deshalb die ganze Verjährungsverlängerung Quatsch ist?«, fragte Nora.

Simon nickte. »Sag doch einfach, es gebe Hinweise darauf, dass es sich hierbei ebenfalls um eine Fälschung handelt. Weil keiner, der auch nur halbwegs bei Sinnen ist, so etwas schreiben würde. Weil es jedem Forschungsstand und natürlich auch jedem Anstand entgegensteht. Weil es im Grunde unausdenkbar sei, solche Sätze in einem Kommentar zu finden, der Studenten empfohlen wird und zum Examen zugelassen ist. Der Standardkommentar. Nicht irgendein Schmierenblatt.«

Nora lächelte. »Dir gefällt es in Teufels Küche«, sagte sie.

Simon ließ sich mit seiner Antwort Zeit. Jetzt hatte es die Sonne über die Hochhäuser geschafft. »Mir passt das Süppchen nicht, das andere jetzt kochen«, meinte er schließlich. »Wie hier Netzsicherheit mit Rechtssicherheit zusammengerührt wird.«

Nora nickte, stand auf und zog sich an. Trank ihren Tee, aß ihre Friesenkekse. »Ja, lass uns noch mal nacharbeiten«, sagte sie.

Nach ihrer Sendung am nächsten Morgen setzte sie sich in die Bibliothek der Fachhochschule, holte sich einen knapp dreitausendseitigen Kurzkommentar aus dem Regal und vertiefte sich in den Text, der ihr schon bei der ersten Durchsicht widerwärtig vorgekommen war. Wie da Gewalt und Missbrauch gegeneinander ausgespielt wurden ... Eine Körperverletzung, die nach zehn Jahren verjähre, während – das stand da wirklich – der »folgenlose sexuelle Missbrauch eines fünfjährigen Kindes aber erst nach fünfundvierzig Jahren«.

Nora erinnerte sich, dass Simon diesen Abschnitt mit einem langen Strich und vielen Fragezeichen gekennzeichnet hatte. Sie selbst hatte einen roten Filzstift genommen, den Strich nachgezogen und neben die Fragezeichen ein dickes Ausrufezeichen gesetzt. Dieses Bibliotheksexemplar hier war frei von Zeichen der Irritation.

Sie ging zum Kopierer. Legte das Buch mit der aufgeschlagenen Doppelseite auf die Glasplatte, drückte es mit zwei Händen fest nach unten und vervielfältigte die Seiten, die schon viel zu lange und viel zu oft vervielfältigt worden waren, setzte sich mit Leuchtmarker und Bleistift hin, markierte weitere Wörter und Sätze, skizzierte einen Gesprächsverlauf und schrieb eine Nachricht an die *Tee und Teer*-Volontärin: »Kontaktiere bitte die Missbrauchsbeauftragte des Senats. Ob sie morgen Vormittag Zeit für ein Interview hat. Wir lassen ihr vorab ein paar Scans zukommen.«

Dies eine noch, dachte sie. Sie zog ihre Jacke an und ging in einem weiten Bogen durch die Stadt: Zuerst besuchte sie Walther Ullich in seinem Tonstudio.

»Seit du nicht mehr da bist, klingt's nicht mehr so«, sagte er. »Wann kommst du wieder?«

Nora lächelte. Legte ihm einen Arm um die Schulter und schwieg. Danach lief sie an halb zugewachsenen Gewerbehöfen vorbei zur Eissporthalle, die »betriebsbedingt geschlossen« war, bog nach Süden ab, ging zum Friedhof, besah sich lange den hellen, von grünlichen Bändern durchzogenen Sandstein auf dem Grab ihrer Mutter, betrachtete auch die beiden Gräber zur Rechten und zur Linken, ein altes und ein neu hinzugekommenes, als suche sie Hinweise dafür, dass es sich um angenehme Nachbarn handele, und setzte sich dann zu einem langen Zwiegespräch mit ihrer Mutter auf die Bank. Das hatte sie noch nie getan. Als sie wieder aufstand, war es schon dämmrig, und sie spürte erst jetzt, dass ihre Füße eiskalt geworden waren. Sie lief, um warm zu werden, sehr rasch vom Friedhof zum Wasser, gerade rechtzeitig, um die allerletzten Sonnenstrahlen aufzufangen, ein Licht, das noch lange nachdem die Sonne im Meer verschwunden war, der Horizontlinie einen hellsilbernen Anstrich gab. Von dort ging sie nach Hause. Sie streifte durch die Wohnung, trank nach und nach alles aus, was sie im Kühlschrank fand, öffnete Schränke und Schubladen, strich über Decken und Bücher, guckte nach, ob die vertrauten kleinen Risse und Muster an den Wänden dort waren, wo sie immer schon gewesen waren, über dem Toaster, zwischen Fensterbrett und Heizung, und legte sich, kurz bevor es wieder hell wurde, für kurze

Zeit schlafen. Sie wachte auf, bevor ihr Wecker klingelte, überprüfte, ob die Kopien und die vorbereiteten Fragen noch in ihrer Tasche lagen, und ging aus dem Haus.

14

Sie ging nicht auf kürzestem Weg ins Studio, sondern machte einen Umweg zu Simons Adresse, schlüpfte an eiligen Menschen, die mit Thermobechern und offenen Jacken aus dem Haus stürzten, vorbei in den Flur und warf einen Umschlag in den Briefkasten. Einen Umschlag mit Abfahrtszeiten und einem Ausdruck von Google Maps mit einer versteckten Markierung. Würde Simon aus Zahlen und Luftbildaufnahmen herauslesen, was sie sich zu fragen nicht traute? Wie schnell war er im Kofferpacken? Oder wie geduldig im Warten?

Nach den ersten launigen Intros in ihrer Morningshow kündigte Nora eine Sondersendung an. Es gebe eine brandaktuelle Meldung – »das Strafgesetz lässt uns nicht los, liebe Hörer« –, dass nämlich die digital aufgehobene Verjährung nur die Spitze eines Eisbergs gewesen sei. Jetzt sehe es so aus, als hätten die Hacker mit ihrem Fake Law nur darauf aufmerksam machen wollen, dass die juristische Literatur, die Gesetzestexte, die Nachschlagewerke, seit langem unterwandert waren. Von verschiedensten Seiten habe es in Zusammenhang mit dem Skandal Hinweise gegeben, dass auch ein Kommentar gefälscht worden und dies lange Zeit unentdeckt geblieben sei. Nein, nicht ein Kommentar, sondern der Kommentar. Auch hier wieder zur Verjährung, wenn auch gewissermaßen von der anderen Seite her. Es handele sich um eine Passage, die, im Gewand von

Sachnähe und Fachwissen, von so aberwitzigem Zynismus sei, dass es auch hier nicht mit rechten Dingen zugegangen sein konnte. Sie freue sich, dass die Missbrauchsbeauftragte des Senats, Frau Dr. Weber, sich spontan bereit erklärt habe, zu ihr ins Studio zu kommen. »Mehr gleich nach den Nachrichten. Bleibt dran.«

Nach *Zombie* von den Cranberries, Werbeblock, Nachrichten und Wetter verlas Holly Gomighty den Satz vom ›folgenlosen Missbrauch eines fünfjährigen Kindes‹.

»Frau Weber«, fragte Holly Gomighty, »was sagen Sie dazu?«

»Ich bin sprachlos«, antwortete die Missbrauchsbeauftragte.

»Das verstehe ich gut«, antwortete Holly Gomighty, »es geht mir nicht anders, aber wir sind beim Radio. Wir müssen etwas dazu sagen.«

»Also«, sagte die Missbrauchsbeauftragte, sie habe gerade, als sie diese Passage noch mal gehört habe, gedacht, das komme ja nahezu der Aufforderung zu einer Straftat gleich: folgenloser Missbrauch eines fünfjährigen Kindes. Überhaupt nur anzunehmen oder nahezulegen, dass so etwas denkbar sei. Also bitte. Ja, auch sie gehe fest davon aus, dass es sich hier um ein Versehen handeln müsse – »ähm, eine Fälschung, meine ich«, schob sie nach.

»Meinen Sie wirklich?«, hakte Holly Gomighty nach. »Und keiner hat's gemerkt? Das steht da ja offenbar schon seit Längerem drin. Und es ist doch der Standardkommentar. Den benutzen die Amtsgerichte und die Studenten im Examen. Tausende, Zehntausende von Leuten. Das muss doch irgendjemandem aufgefallen sein, dass da etwas drinsteht, was jedem Forschungsstand widerspricht.«

»Unglaublich, oder?«, meinte ihre Interviewpartnerin, sie habe allerdings den Eindruck, dass die meisten gar nicht mehr in diese gedruckten Exemplare schauten, sondern nur noch rasch online auf gesetze-im-internet.de surften. Anders sei es doch gar nicht denkbar. Es hätte doch einen Aufschrei geben müssen.

»Tja, dafür hat jemand wohl erst mal die Verjährung ganz aufheben müssen«, meinte Holly Gomighty, damit ein Ruck durch die Gesellschaft gehe und man Gedrucktes kritisch prüfe, auch wenn es in seriöse Buchdeckel eingebunden sei. Aber noch mal zurück zu ›folgenlos‹: Soweit sie auf die Schnelle recherchieren konnte, gebe es tatsächlich keinerlei Anzeichen dafür, dass Missbrauch in der frühen Kindheit nicht immer schwere und schwerste Folgen habe – die sich allerdings häufig erst im Laufe des Lebens offenbarten.

»So ist es«, antwortete ihr Frau Weber. »Natürlich hat er Folgen – immer. Manchmal geben sich die Folgen tatsächlich erst sehr spät zu erkennen, wie Sie richtig sagen, und man muss sie auch erkennen können. Aber ›folgenlos‹, nein, ›folgenlos‹ ist nicht vorstellbar.«

»Geradezu grotesk, kann man das sagen?«, fragte Holly Gomighty.

»Unbedingt«, antwortete Frau Weber. ›Folgenloser Missbrauch eines fünfjährigen Kindes‹, das sei einfach so absurd, wie wenn man sagen würde, in Tschernobyl sei radioaktive Strahlung ausgetreten, sie sei aber folgenlos für die Umwelt geblieben. Völlig irre. Aber genau das hätten die, die das da reingeschmuggelt hätten, ja sicherlich gewollt. Aufrütteln, damit mal endlich Klartext geredet wird: »Sexueller Missbrauch, das ist der Super-GAU für die Entwicklung eines Kindes.«

Nora nickte, was draußen an den Empfangsgeräten niemand sah, aber die Missbrauchsbeauftragte, die gerade dabei war, zu einem Rundumschlag auszuholen, darin bestärkte, sich keinen Zwang anzutun.

»Auch die anderen Sätze in dieser Passage sind ja reiner Zynismus«, fuhr sie fort. »Da steht, warten Sie mal, ich lese das am besten mal vor, dass die Verlängerung der Verjährungsfristen auf psychologischen Erkenntnissen über ›Verarbeitungsprozesse‹ beruhen soll. Verarbeitungsprozesse steht da in Anführungszeichen.«

»Ein Zitat?«, fragte Nora.

»Ach was«, antwortete Frau Weber. »Das ist doch schlichtweg eine Distanzierung – im Sinne von ›angeblich‹ und ›vom Hörensagen‹ und von ›was ein paar Spinner so meinen‹. Der blanke Hohn. Und dann noch dieses Wörtchen ›soll‹: Verächtlicher geht es wirklich nicht.«

»Wie stellen wir uns Verarbeitungsprozesse ohne Anführungszeichen vor, Frau Weber?«

»Wir haben über Jahre hinweg, an unseren runden und eckigen Tischen, in unseren Hotlines, immer wieder erfahren, dass der Prozess der Bearbeitung oft erst nach Jahrzehnten der Verdrängung beginnt, ohne die die Betroffenen gar nicht überleben würden, überleben. Und wie quälend und langwierig diese Wege dann sind. Also, dem, der das geschrieben hat, dem würde ich gern mal den Hörer unserer Hotlines ans Ohr halten, ob er dann die Verarbeitungsprozesse immer noch in Anführungszeichen setzen möchte.«

»Hm«, meinte Holly Gomighty, das sei ja eben sicherlich ganz und gar beabsichtigt gewesen, diese Sätze so bodenlos zynisch und ignorant abzufassen, dass man sich in genau dieser Weise darüber aufregen muss. Und dass man sofort sehe: So etwas würde doch kein ernst zu nehmender Jurist, keine ernst zu nehmende Juristin schreiben. Wo dieser Text wohl herkomme? Vielleicht war das eine Aufgabe bei einem dieser Hacker-Wettbewerbe gewesen? Hackathons? Könne doch sein, oder?

»Leider kenne ich mich in diesem Bereich nicht gut aus«, sagte Frau Weber. »Aber wer weiß, wie viele gefälschte Sätze da noch im Umlauf sind. Im Grunde müsste man jetzt die ganze juristische Literatur genau unter die Lupe nehmen, Seite für Seite.«

»Vielleicht sollte *Tee und Teer* ein Quiz dazu veranstalten – das Quiz ›Falsche Strafsätze‹«, meinte Holly Gomighty. »Nach der nächsten Musik wollen wir noch eingehender auf die Langzeitwirkung dieser Verbrechen zu sprechen kommen. Wir senden ja hier auf Ultrakurzwelle, aber niemand soll uns daran hindern, gerade auch lange Wellen in den Blick zu nehmen, oder, Frau Weber?«

»Ich bin dabei, Frau Gomighty.«

Nora gab Djamil ein Zeichen, die Musik abzufahren. Eine Arie aus Pergolesis *Stabat Mater*. ›Eia Mater, fons amoris, me sentire vim doloris fac, ut tecum lugeam.‹

15

»›Super-GAU‹, haben Sie vorhin gesagt«, eröffnete Holly Gomighty nach der Musik die nächste Runde des Interviews. Von einem japanischen Freund habe sie gehört, dass die Opfer der Strahlung nach den Atombombenabwürfen in Hiroshima und Nagasaki geächtet wurden, selbst ihre Nachkommen kämen als Ehepartner oft nicht infrage – aus Angst vor Erbschäden noch in der zigsten Generation.

»Denken Sie, dass sich das ein Stück weit auch auf unser Thema übertragen ließe? Man sieht ja auch Opfern sexuellen Missbrauchs und ihren Nachkommen diese Leidensgeschichte, die verschiedene Formen annehmen kann, nicht immer gleich an.«

»Durchaus«, antwortete Frau Weber. »Sie müssen sich das so vorstellen: Um überleben zu können, kapseln Kinder die Verbrechen, die an ihnen verübt wurden, ein. Aber diese Kapseln sind, entschuldigen Sie diesen drastischen Vergleich, eine tickende Zeitbombe. Irgendwann geht die Sache hoch, und der ganze Schrecken richtet sich dann entweder gegen sich selbst oder gegen andere. Dann werden diese Menschen auffällig, werden gemieden, und es beginnt ein Teufelskreis.«

»Könnte man so das Dilemma einer langen Halbwertszeit beschreiben?«

»Ja. Und dennoch meinen immer noch Leute, nach fünf oder zehn oder dreißig Jahren muss die Sache endlich mal durch sein, für alle Beteiligten.«

»Endgelagert sozusagen.«

»Genau. Das Fass zumachen und irgendwo deponieren. Aber Fässer verrosten. Das Gift wird austreten und die nachkommenden Generationen belasten.«

»Kernkraftwerke kann man stilllegen, Atombomben abrüsten, was ist mit sexuellem Missbrauch, Frau Weber?«

»Kann man nur stilllegen, indem man laut darüber spricht und ermittlungstechnisch aufrüstet. Verjährung, Folgenlosigkeit, diese Anführungszeichen – das arbeitet letztlich doch alles Hand in Hand und gegen jede Lebenswirklichkeit.«

»Vergessen wir nicht, dass wir es offenbar mit einer Fälschung zu tun haben.«

»Richtig«, sagte Frau Weber, »jetzt habe ich mich so in Rage geredet, dass ich es beinahe für wahr gehalten hätte.«

»Ging mir auch so«, meinte Holly Gomighty. »Ich hoffe sehr, dass ich die Autoren dieser Fälschung auch irgendwann mal an die Strippe bekommen werde. Ich denke, wir alle sind sehr interessiert an den Hintergründen.«

»Ich schätze, dass der Gesetzgeber da auch schon fahrlässig formuliert hat, mit der Fraglichkeit von Folgen«, meinte Frau Weber. »Das lädt ja zu Falschmeldungen förmlich ein, oder?

Missbrauch und Missverständlichkeit – das geht gar nicht. Da ist eine ganz andere Präzision gefragt ...«

»Klingt einleuchtend«, meinte Holly Gomighty und gab Djamil das Zeichen, einen von LogMen gecoverten Song abzufahren: *Jockey Full of Barbon* aus *Down by Law*. Sie bezweifelte, dass die Rechte dafür bereits ordnungsgemäß eingeholt worden waren, aber nicht daran, dass dies sehr gut nachzuholen sei.

Nach diesem Song musste das Gespräch mit Blick auf die Nachrichten zu Ende gebracht werden.

»Wollen Sie uns noch etwas mit auf den Weg geben?«, fragte Holly Gomighty.

»Die Rufnummer unserer Anlaufstelle«, sagte Frau Weber.

»Und noch einmal die Spendennummer für AMA Zone, denke ich«, sagte Holly Gomighty.

»Sicher nicht falsch«, meinte Frau Weber, wenn auch Wörter wie Spende und Opfer sich in ihren Ohren nicht so gut anhörten. »Klare, angemessene Gesetzesverhältnisse und nicht alles so gnadenmäßig, verstehen Sie? Dafür kämpfe ich, mit einem politischen Auftrag und einem Gehalt des öffentlichen Dienstes. Mein erstes Ziel ist, dass da nichts mehr in privat finanzierte Gemeinnützigkeit abgeschoben werden muss.«

»Alles klar«, sagte Holly Gomighty. »Leinen los.«

Während des *Amen Break* der Winstons vor dem Werbeblock verabschiedete Nora ihren Studiogast. Dann legte sie die Kopfhörer auf die Gabel, winkte Djamil kurz zu und verließ das Aufnahmestudio.

Djamil dachte, sie nutze Nachrichten und Wetter, um mal kurz aufs Klo zu gehen. Aber sie kam nicht wieder. Djamil legte den erstbesten Titel nach, wurde unruhig. Hektisch sprang er auf, öffnete die Tür, sah den Flur entlang, weit und breit niemand zu sehen, schloss sie wieder, setzte sich auf Noras Platz im Studio, machte ein paar lässige Bemerkungen über die nächsten

Sendungen von ›Arabradio‹, was da alles zu hören sein werde, das Neueste von A-WA zum Beispiel, den drei Schwestern, über die Ofra Haza sich sehr gefreut hätte – hier noch mal ihr bislang größter Hit *Habib Galbi,* überlegte währenddessen fieberhaft und kündigte dann eine kleine Programmänderung an. Hechtete zurück in die Regie und zog eine vorproduzierte Sendung zum Jahrestag eines Besuchs, mit dem der thailändische König Bhumibol und seine Frau Sirikit die Stadt einst beehrt hatten, aus dem Speicher. Nachdem die ersten Sätze dieser Aufzeichnung glatt auf Sendung gegangen waren, nahm er sein Handy, schrieb drei Worte an Grischa und Tom und versendete sie mit allerhöchster, mit dunkelroter Priorität: »Sie ist fort.«

16

Tom und Grischa bogen nahezu gleichzeitig, wenn auch von verschiedenen Seiten her, mit ihren Rennrädern in den Hof der Hochschule ein. Als sie abstiegen, gaben ihre Handys einen Signalton: »Sirikit läuft. 35 min ab jetzt.«

Sie schoben ihre Räder Richtung Fahrradständer. Bevor sie sie anschließen konnten, erreichte sie eine weitere Nachricht. Djamil hatte den Zettel, der im Senderaum zu Boden geweht war, fotografiert:

»Bin okay. Off – for some time.«

Beide atmeten hörbar erleichtert aus, steckten ihre Handys ein, setzten sich, wo sie waren, auf den Boden, lehnten ihre Rücken an die warme Wand, legten ihre Füße in die Rahmen ihrer Fahrräder und überlegten, ob sie sich dennoch Sorgen machen müssten – oder nicht.

»Vielleicht ist sie auf dem Weg zurück nach New York«, sagte Grischa.

Tom schüttelte den Kopf. »Kann ich mir nicht vorstellen.«
Beide schwiegen.

»Meinst du, sie hatte was mit Simon?«, nahm Tom die Überlegungen wieder auf. »Vielleicht ist sie mit ihm auf und davon.«
»Der fand's doch so schön hier«, entgegnete Grischa.
»Einen Vater hat sie nicht, oder?«, meinte Tom.
»Es würde mich sehr wundern, wenn sie keinen hätte«, antwortete Grischa, und zum ersten Mal, seit sie »Sie ist fort« gelesen hatten, mussten beide lächeln.

»Ich hab mal gesehen, wie sie ein Video angeschaut hat, immer wieder von vorn. Mit einem japanischen Tänzer. Vielleicht ist sie unterwegs zu ihm.«

»Nach Japan?«, fragte Grischa. Es klang alarmiert. Als sei sie verloren, wenn es zu weit nach Osten ginge.

»Was weiß ich, wo japanische Tänzer tanzen. Kann überall sein.«

Tom zog einen Halm aus dem Rasen, drehte ihn zwischen den Fingern und entlockte ihm ein paar kehlige Laute. Grischa legte den Kopf in den Nacken, spürte den raschen Wechsel von Sonne und Wolken und das Auffrischen und Abebben des Windes auf seinem Gesicht.

»Ich bin eigentlich sicher, dass wir von ihr hören werden«, sagte er nach einer Weile. In seiner Stimme lag all die Gelassenheit eines Menschen, der als Kind ungeheure Landmassen durchquert hatte, ohne das Meer aus den Augen zu verlieren.

Hinweise

Nachbemerkung

Die Personen und Handlungen des Romans sind frei erfunden. Eine gewisse Konkretion der Schauplätze, auch diese hier und dort frei variiert, sollte nicht darüber hinwegtäuschen, dass es sich um ein durch und durch fiktives Geschehen handelt, das keinerlei reale Biografien abbildet.

Anregungen und Informationen habe ich aus folgenden Publikationen gewonnen:

Hannah Arendt – im Gespräch mit Joachum Fest. Eine Rundfunksendung aus dem Jahr 1964. Hg.v. Ursula Ludz und Thomas Wild, in: HannahArendt.net.Zeitschrift für politisches Denken. Ausg.1, Bd.3, Mai 2007
(www.hannaharendt.net/index.php/han/article/view/114/194)

Hannah Arendt: *»Ziviler Ungehorsam«*, in: Zur Zeit. Politische Essays, hg. und mit einem Vorwort versehen von Marie Luise Knott. Aus dem Amerikanischen von Eike Geisel, München 1989.

Andreas von Arnauld: *Rechtssicherheit. Perspektivische Annäherungen an eine »idée directrice« des Rechts,* Tübingen 2006.

Daina Augaitis, Dan Lander (Hrsg.): Radio Rethink: Art Sound and Transmission, Banff 1994.

Jens Bertrams: *»Radio Veronica und seine lange Geschichte«,* publiziert am 31.08.2005; https://blog.jens-bertrams.de/2005/08/radio-veronica-und-seine-lange-geschichte/ (zuletzt aufgerufen am 15.04.2019).

Das letzte Kleinod (Doku-Theater/Regisseur Jens Erwin Siemssen): Heimweh nach Hongkong (2013).

Thomas Fischer: *Strafgesetzbuch mit Nebengesetzen,* München, 65. Auflage, 2018 (sowie 68. Auflage 2021).

Hans Forkel: »*Die seelische Unversehrtheit als Schutzanliegen des Zivil- und des Strafrechts*«, in: Ellen Schlüchter und Klaus Laubenthal (Hrsg.): Recht und Kriminalität. Festschrift für Friedrich-Wilhelm Krause zum 70. Geburtstag, Köln 1990, S. 297–316.

Hacker's Black Book 1999.

Tatjana Hörnle: »*Sexueller Missbrauch von Kindern: Reges Interesse in der Politik und den Sozialwissenschaften; unzureichende Schutzzweckdiskussion in der Strafrechtswissenschaft*«, in: Henning Ernst Müller, Günther M. Sander, Helena Válková (Hrsg.): Festschrift für Ulrich Eisenberg zum 70. Geburtstag, München 2009, S. 321–336.

Tatjana Hörnle, Stefan Klingbeil, Katja Rothbart: *Sexueller Missbrauch von Minderjährigen: Notwendige Reformen im Strafgesetzbuch erstellt für den Unabhängigen Beauftragten für Fragen des sexuellen Kindesmissbrauchs* (2014).

Arthur Kaufmann: »*Gedanken zum Widerstandsrecht*«, in: ders.: Rechtsphilosophie im Wandel, Frankfurt/M. 1972, S. 326-333.

netzwerkB. Diskussionen, Veröffentlichungen auf der Webpage von https://netzwerkb.org/. netzwerkB ist ein Netzwerk von Betroffenen sexualisierter Gewalt und hat u. a. Stellung bezogen zu Fragen des Rückwirkungsverbots, der Verjährungsfristen und, nicht zuletzt, einen Gesetzentwurf zur Aufhebung der Verjährungsfristen vorgelegt.

Gustav Radbruch: *Grundzüge der Rechtsphilosophie,* Leipzig 1914.

Paul Ricœur: Gedächtnis. Geschichte. Vergessen, München 2004.

Paul Ricœur: *Das Rätsel der Vergangenheit. Erinnern – Vergessen – Verzeihen*, Göttingen 2000.

Heinrich Schönfelder (Hrsg.): *Deutsche Gesetze*. Gebundene Ausgabe II/2017, München (Stand 3. August 2017).

Richard Schmidt: »*Verbrechen an dem Seelenleben der Menschen*«, in: Der Gerichtssaal. Zeitschrift für Strafrecht, Strafproceß, gerichtliche Medizin, Gefängnißkunde, und die gesamte Strafrechtsliteratur, Bd. XLII, Stuttgart 1889, S. 57–67.

Franz Scholz: *Die Rechtssicherheit*, Berlin 1955.

Peter Wieners: »*Streichquartett Nr. 2 ›Intime Briefe‹*«; http://www.dr-peter-wieners.de/i--r/janacek/streichquartette/streichquartett-nr-2-intime-briefe.html (zuletzt aufgerufen am 11.05.2019).

Wörtliche Übersetzung der lateinischen Passage aus »Stabat Mater« auf S. 311:

»Ach Mutter, Quelle der Liebe, lass mich fühlen die Kraft des Schmerzes, dass ich mit dir trauere.«

Hilfreiche Gespräche hinsichtlich verschiedener fachlicher Aspekte des Romans habe ich führen dürfen mit:

Bernhard von Becker, Martin Bley, Jurij Ginsburg, Christiane Habermalz, Gisela Gräfin von Keyserlingk, Alice Lagaay, Helge Mohn, Wolfram Müller, Katinka Neyen, Tina Schmitt und Katja Zeidler.